Sophie Kinsella

Née à Londres en 1969, Sophie Kinsella est une véritable star. Elle est reconnue dans le monde entier pour sa série culte des aventures de Becky : *Confessions d'une accro du shopping* (2002), *L'accro du shopping à Manhattan* (2003), *L'accro du shopping dit oui* (2004), *L'accro du shopping a une sœur* (2006), *L'accro du shopping attend un bébé* (2008), *Mini-accro du shopping* (2011), *L'accro du shopping à Hollywood* (2015) et *L'accro du shopping à la rescousse* (2016) ; série dont les deux premiers volets ont été adaptés au cinéma. Elle est également l'auteur de : *Les Petits Secrets d'Emma* (2005), *Samantha, bonne à rien faire* (2007), *Lexi Smart a la mémoire qui flanche* (2009), *Très chère Sadie* (2010), *Poppy Wyatt est un sacré numéro* (2013), *Nuit de noces à Ikonos* (2014), *Ma vie (pas si) parfaite* (2017) et *Surprends-moi !* (2019). Son dernier ouvrage, *À charge de revanche*, paraît en 2020.

Tous ses romans sont publiés chez Belfond et repris chez Pocket. Sophie Kinsella écrit aussi des romans pour la jeunesse, notamment *Audrey retrouvée* (PKJ, 2016).

SURPRENDS-MOI !

SOPHIE KINSELLA

SURPRENDS-MOI !

*Traduit de l'anglais
par Daphné Bernard*

belfond

Titre original :
SURPRISE ME
publié par Bantam Press, une marque de Transworld
Publishers, Londres

Pocket, une marque d'Univers Poche,
est un éditeur qui s'engage pour la préservation
de l'environnement et qui utilise du papier fabriqué
à partir de bois provenant de forêts gérées
de manière responsable.

© Madhen Media Ltd, 2018.

© Belfond, un département place des éditeurs 2019,
pour la traduction française.
ISBN : 978-2-266-30703-1
Dépôt légal : juin 2020

Pour Henry

« Les jeunes d'aujourd'hui ont trois fois plus de chances de devenir centenaires que leurs grands-parents et deux fois plus que leurs parents. »

Rapport de l'Institut de la statistique
britannique, 2011

« L'espérance de vie augmente à une vitesse si vertigineuse qu'il nous faut réviser nos prévisions... »

Sir Steven WEBB,
ministre britannique des Retraites
(2010-2015)

Prologue

Je dispose d'un vocabulaire secret pour décrire mon mari. Des mots que j'ai inventés, juste pour lui. Je ne lui en ai jamais parlé. Ils fusent dans ma tête de temps en temps. Exemples…

Fronchon : quand il est largué, sa manière adorable de plisser le front, d'écarquiller les sourcils, de m'implorer du regard comme pour dire : « Explique-moi ! » Dan déteste se sentir perdu. Il aime que tout soit ordonné. Au cordeau. Sans embrouille.

Oursouille : son air crispé, sur la défensive quand on évoque mon père. (Il croit que je ne m'en aperçois pas !)

Chagrinou : quand la vie lui fait des misères, qu'il en reçoit plein le museau et qu'il en a le souffle coupé.

En fait, c'est un mot passe-partout. Il peut s'appliquer à tout le monde. À moi aussi. En ce moment précis, il s'applique *tout à fait* à moi. Pourquoi ? Je suis sous le choc. Respiration bloquée, fourmillements dans les mâchoires. Telle une actrice de série télé. Je vous explique : 1. je suis occupée à fouiller le bureau de Dan pendant… 2. qu'il est à son boulot et qu'il ne se doute de rien et 3. j'ai ouvert un tiroir secret fermé à clé et 4. je n'arrive pas à croire ce que j'ai découvert, ce que je tiens dans ma main, ce que je vois.

Pour une surprise, c'est une surprise. De taille. Mon cerveau m'envoie des messages de panique comme : *Quoi ? Ça prouve que… ?* Et : *Par pitié. Non. Ce n'est pas vrai. C'est sûrement une erreur.*

Et cette idée plus cruelle que tout : *Tilda aurait raison depuis le début ? Tout serait ma faute ?*

Je suis au bord des larmes. Envahie par le doute mais aussi par la peur. Quel est le plus fort des deux ? Je sais. L'incrédulité l'emporte et s'allie à la colère. J'ai envie de hurler : « Vraiment ? *Vraiment* Dan ? »

Mais je m'abstiens. Je prends juste quelques photos avec mon téléphone. On ne sait jamais. Puis je remets tout ce que j'ai trouvé en place, repousse le tiroir, le boucle à double tour, vérifie qu'il est bien fermé (je suis du genre maniaque quand il s'agit de me barricader ou de débrancher un fer à repasser ; comprenez-moi bien : je n'en fais pas toute une affaire, je ne suis pas complètement *obsédée*, juste un peu…). Je sors du bureau comme si je quittais le lieu du crime.

Je croyais tout savoir sur mon mari et qu'il savait tout de moi. Je l'ai vu pleurer devant *Là-haut*. Je l'ai entendu crier « Je *t'abattrai* ! » dans son sommeil. En vacances, il a vu mes petites culottes tremper dans le lavabo (je les lavais : à l'hôtel, les prix de la blanchisserie sont dingues) et sécher sur le porte-serviette.

Nous avons toujours été ce genre de *couple*. Fusionnel. Imbriqué. Nous lisons dans les pensées de l'autre. Nous terminons les phrases de l'autre. Je croyais que nous n'avions plus de surprise l'un pour l'autre.

Ce qui prouve que je me trompais.

1

Cinq semaines plus tôt

Tout commence lors de notre dixième anniversaire de mariage. Qui l'aurait cru ?

En fait, je me pose deux questions. Premièrement : qui aurait pensé que tout commencerait un jour aussi mémorable ? Deuxièmement : et d'abord, qui aurait cru qu'on aurait tenu dix ans ?

Par dix ans, je ne veux pas dire dix ans depuis le jour de notre mariage. Non : dix ans à partir de notre première rencontre. À l'anniversaire de ma copine Alison. Le jour où nos vies ont changé pour toujours. Dan était chargé du barbecue, je lui ai demandé un hamburger. Et… *pouf.*

Pas un *pouf* coup de foudre. Non, un *pouf* genre « Miam ! Trop chou, le mec ! Il a de ces yeux ! Et une de ces carrures ! » Il portait un tee-shirt bleu qui faisait ressortir la couleur de ses yeux et un tablier de cuisinier. Et il retournait les burgers comme un chef. Quel talent ! Le *king* des burgers.

Vous savez le plus drôle ? Jamais je n'aurais pensé que « retourner les burgers comme un chef » ferait partie des qualités que je rechercherais chez un mec. Et pourtant !

Rien que le fait de le regarder s'occuper du barbecue tout en souriant m'a… impressionnée.

Je me suis tout de suite renseignée auprès d'Alison (« un vieux pote de la fac, travaille dans l'immobilier, très cool ») et j'ai entamé illico un flirt verbal. Ça n'a rien donné. J'ai donc demandé à Alison de nous inviter tous les deux à dîner. Pas plus de résultat. Alors, « comme par hasard », je suis tombée sur lui dans la City. À deux reprises, dont une où j'arborais un top hyper décolleté (bon, un peu pute sur les bords, le top, mais c'était ma dernière cartouche). *Finalement*, il m'a remarquée et m'a invitée à sortir. La foudre au cinquième coup, si je puis dire.

À sa décharge, il sortait d'une histoire avec une nana et n'était pas vraiment disponible dans sa tête. C'est ce qu'il dit maintenant. J'ajoute que nous avons légèrement remanié la version officielle des faits. On a supprimé le top hyper décolleté. Les gens n'ont pas à connaître mes petites manigances.

Bref. Revenons au point de départ. Quand nos regards se sont croisés au-dessus du barbecue. Le début de notre histoire. Un de ces tournants du destin qui influence une existence à tout jamais. Un moment à chérir. Un moment à célébrer, dix ans après, par un déjeuner au Bar.

On adore le Bar. Bouffe délicieuse et super ambiance. Dan et moi, nous avons beaucoup de goûts en commun en ce qui concerne les films, les spectacles d'humoristes, les balades. Mais nous cultivons certaines différences. Par exemple, vous ne me verrez jamais sur un vélo. Pas plus que vous ne croiserez Dan en train de faire des courses de Noël. Les cadeaux ne l'intéressent pas. Au point que son anniversaire devient une source de frictions. (Moi : « Il y a bien quelque chose qui te ferait plaisir. *Réfléchis* ! » Dan, avec une mine de martyr : « Euh… achète-moi… euh… Je crois qu'on n'a plus de pesto. Oui, voilà, achète-moi un pot de pesto. » Moi : « Un pot de *pesto* ? Pour ton *anniv* ? »)

Une nana en robe noire nous conduit à notre table et nous présente deux grands menus gris.

— C'est la nouvelle carte. Quelqu'un va venir prendre votre commande.

La nouvelle carte… Les yeux de Dan pétillent d'une manière inimitable.

Je le provoque :

— Vraiment ? Tu crois ?

— Facile !

— Crâneur !

— J'accepte le défi. Tu as du papier ?

— Bien sûr.

J'ai toujours du papier et des stylos dans mon sac, pour la bonne raison qu'on joue tout le temps à ce jeu. Je lui passe un stylo à bille et une page arrachée à mon agenda. Même matériel pour moi.

— OK, je dis. On y va.

Nous dévorons la carte des yeux en silence. Hum ! Il y a de la sole et du turbot, ce qui complique les choses… Malgré ça, je *sais* ce que Dan va commander. Il va essayer de jouer au plus fin mais je vais l'avoir au finish. Je sais comment il fonctionne, mon mari.

Il gribouille quelques mots.

— Terminé ! lance-t-il.

— Moi aussi !

Nous plions nos feuilles juste au moment où la serveuse arrive.

— Vous avez fait votre choix pour les boissons ?

— Oui ! Pour les plats aussi. Je voudrais un cocktail Negroni. Et je prends des coquilles Saint-Jacques et du poulet.

— Pour moi, ce sera un gin tonic, fait Dan une fois qu'elle a noté ma commande. Ensuite, des Saint-Jacques et de la sole.

Nous attendons qu'elle s'éloigne.

— J'ai trouvé ! je m'écrie en glissant mon papier vers lui. À part le gin tonic. Je pensais que tu boirais du champagne.

— Raté ! Moi, j'ai tout bon !

Dan me tend sa feuille. Il a inscrit de son écriture bien nette : *Negroni, coquilles Saint-Jacques, poulet.*

— C'est pas vrai ! Je pensais que tu mettrais langoustines.

— Avec de la polenta, peut-être ? Tu plaisantes !

Il sourit et me verse de l'eau.

— Eh bien, je suis sûre que tu as failli choisir le turbot.

Je ne peux pas m'empêcher de faire ma maligne pour lui montrer à quel point je connais ses goûts.

Je reprends :

— C'était ça ou la sole mais tu as préféré le fenouil servi avec la sole.

Dan rigole doucement. Ah ! je l'ai bien eu !

— Au fait, je dis en dépliant ma serviette. J'ai parlé à…

— Très bien. Elle a dit quoi ?…

— Pas de problème.

— Parfait.

Dan avale une gorgée d'eau et j'efface mentalement ce sujet de la liste.

La plupart de nos conversations ont lieu sur ce mode : phrases syncopées, style télégraphique, transmission de pensée. Je n'ai pas besoin de préciser : « J'ai parlé à Karen, la nounou, au sujet du baby-sitting. » Ce n'est pas que nous soyons *extralucides* mais nous nous comprenons à demi-mot.

— Ah, à propos de la fête…, dit-il.

— Oui, on ira directement de…

— Bonne idée !

Une fois encore, pas besoin de mettre les points sur les *i*. Nous partirons du cours de danse des filles pour nous rendre à la fête d'anniversaire de la mère de Dan. Une évidence pour tous les deux.

Je lui présente la corbeille de pain en sachant qu'il prendra le petit pain au levain. Pas parce qu'il l'aime spécialement mais parce qu'il sait que j'adore la *focaccia*. Voilà le genre d'homme qu'est mon mari. Le genre qui laisse à sa femme son pain favori.

Quand nos boissons nous sont servies, nous trinquons gaiement. Comme nous avons pris notre après-midi, nous sommes très relax. Notre seule obligation ? En fin de journée, un check-up chez le médecin pour le renouvellement de notre assurance maladie.

— À nos dix ans ! Tu te rends compte, Dan : *dix ans* !

— Incroyable !

— On y est arrivés !

Dix ans ! Un exploit. Le sommet d'une montagne escaladée tant bien que mal. *Une décennie.* Trois déménagements, un mariage, des jumelles, vingt étagères Ikea... Pratiquement, toute une vie.

Et quel bonheur d'être toujours ensemble. J'en suis consciente. Quelques-uns des couples qui se sont formés en même temps que le nôtre n'ont pas eu cette chance. Je pense à mon amie Nadia qui a divorcé après trois ans. Incompatibilité d'humeur.

Je contemple amoureusement le visage de Dan – ce visage que je connais par cœur, avec ses pommettes hautes, ses taches de rousseur et ce teint hâlé que les sorties à vélo lui procurent. Ces cheveux blond-roux et drus. Cet air dynamique qui ne le quitte pas même quand il est assis pour déjeuner.

Il vérifie son portable et je fais pareil. Il faut vous avouer que nous ne sommes pas très stricts sur la question du téléphone. Franchement, qui peut passer tout un déjeuner sans un coup d'œil sur son écran ?

— Oh, j'ai un truc pour toi ! s'exclame-t-il soudain. Je sais que ce n'est pas un vrai anniversaire mais...

Quand il sort un paquet rectangulaire, je devine qu'il s'agit d'un livre sur l'entretien des maisons que j'ai projeté de consulter.

— Waouh ! Merci ! J'ai aussi un petit présent pour toi...

En soupesant son cadeau, Dan sourit d'un air entendu. Il collectionne les presse-papiers. Donc, à chaque anniversaire, à chaque occasion spéciale, je lui en offre un (avec, bien évidemment, un pot de

pesto !). Un choix prudent. Rectification : le mot *prudent* a quelque chose d'ennuyeux. Or nous n'avons
rien d'un couple ennuyeux. Non, simplement, je sais
ce qu'il va apprécier. Alors pourquoi prendre le risque
de se tromper et gaspiller de l'argent ?

— Il te plaît ?

— Je l'adore. Et je t'aime, murmure-t-il en se penchant pour m'embrasser.

— Je t'aime, mon Dan.

À 15 h 45, nous sommes chez le médecin dans un
état de bien-être complet. Le genre d'euphorie qui
vous gagne seulement lorsque vous avez un après-midi
libre, que vos enfants vont jouer chez des copines après
l'école et que vous venez de déjeuner divinement.

C'est la première fois que nous voyons le docteur
Bamford – choisi par notre mutuelle. Drôle de type !
D'abord il nous reçoit ensemble dans son cabinet – ce
qui semble peu habituel. Il prend notre tension, nous
pose un tas de questions et étudie les résultats de nos
récents examens de sang. Puis il remplit nos dossiers
en lisant à voix haute comme s'il déclamait.

— Mme Winter, une charmante jeune femme de
trente-deux ans, ne fume pas et surveille son alimentation...

Dan me lance un coup d'œil ironique que je fais
semblant de ne pas remarquer. Aujourd'hui, c'est l'anniversaire de nos dix ans. Comme c'est un jour particulier, j'ai repris de la mousse au chocolat. Normal,
non ? En apercevant mon reflet dans le miroir accroché
au mur, je me redresse immédiatement et rentre mon
ventre.

Je suis blonde avec de longs cheveux ondulés. Vraiment longs. Jusqu'à la taille. Comme la Raiponce du conte de Grimm revu par Disney. Je les porte longs depuis mon enfance. Et l'idée de les couper m'est insupportable. C'est ma *marque de fabrique*. Et ils plaisaient à mon père. Donc…

Nos jumelles sont également blondes et tout à fait adorables dans les tee-shirts rayés et les robes chasubles que je leur choisis. Rectification : que je leur choisissais. Car maintenant que le football est leur nouvelle passion, elles ne veulent plus vivre qu'en maillots de foot, ceux de l'équipe de Chelsea en nylon bleu criard. Si j'en veux à leur père ? Un peu, beaucoup, énormément.

Le docteur Bamford attaque maintenant le dossier de Dan.

— M. Winter, un homme puissant de trente-deux ans…

Je réprime un ricanement. « Puissant » ? Dan va adorer. C'est vrai qu'il fait de la gym. Moi aussi, d'ailleurs. Mais je ne le qualifierais pas de puissant. Il est… bien. Bien à sa façon, quoi !

— … et voilà. Terminé !

Le médecin nous regarde en souriant de toutes ses dents. Dès que nous sommes entrés, j'ai remarqué qu'il portait une perruque. Je m'applique donc à ne pas fixer le haut de son crâne. Il faut dire que, dans mon boulot – qui consiste en partie à lever des fonds pour un petit musée du centre de Londres, la Willoughby House –, je croise pas mal de vieux messieurs riches. Alors des moumoutes, j'en vois beaucoup : des jolies et des moches.

Non ! Je retire ce que je viens de dire. Elles sont toutes affreuses.

— Vous êtes un couple plaisant et en bonne santé, conclut le docteur Bamford.

On dirait qu'il lit un rapport scolaire.

— Depuis combien de temps êtes-vous mariés ?

— Depuis sept ans, je dis. Mais, avant, nous sommes sortis trois ans ensemble. En fait, notre première rencontre date de dix ans. Ça fait dix ans aujourd'hui, j'ajoute en serrant la main de mon mari dans un soudain élan de tendresse.

— Dix ans ensemble, confirme Dan.

— Félicitations ! Et je vois que vos antécédents familiaux sont excellents. Soit vos grands-parents sont vivants, soit ils sont morts à un âge vénérable.

— Exact, fait Dan. Les quatre miens sont en pleine forme. Sylvie en a deux en excellente santé qui habitent le sud de la France.

— Confits dans le pastis, je précise avec une grimace rigolarde.

— Mais seulement trois de vos parents toujours en vie ? demande le médecin.

— Mon père est mort dans un accident de voiture, j'explique.

Le docteur Bamford me jette un regard de sympathie.

— Sinon, il se portait bien ?

— Oh oui ! Parfaitement bien. Il était très sain. Il était incroyable. Il était...

C'est plus fort que moi : j'attrape mon téléphone. Mon père était tellement séduisant. Il faut que le médecin s'en rende compte. Quand je rencontre des gens qui n'ont jamais connu mon père, j'éprouve presque un sentiment de *rage* à l'idée qu'ils ne l'ont jamais vu, qu'ils n'ont jamais serré sa main ferme, qu'ils ne comprennent pas à quel point son décès a été une perte.

Les gens disaient qu'il ressemblait à Robert Redford. Il avait le même éclat, le même charisme, les mêmes cheveux dorés. Il ne grisonnait pas, même en prenant de l'âge. Désormais il n'est plus de ce monde. Voilà deux ans qu'il nous a quittés. Il m'arrive pourtant de me réveiller en ayant oublié sa disparition jusqu'à ce que, au bout de quelques secondes, le souvenir de son décès me fende le cœur.

Le médecin observe la photo que j'ai scannée sur mon mobile. Elle a été prise quand j'étais petite, probablement par ma mère. Assis sous le magnolia, sur la terrasse de notre ancienne maison, papa et moi rions d'une blague que je ne me rappelle plus. Le soleil, à travers les feuilles, fait des taches d'or sur nos têtes blondes.

J'observe avec attention la réaction du docteur Bamford, espérant qu'il va s'exclamer : « Mais quelle perte pour le monde ! Comment faites-vous pour le supporter ? »

Évidemment, il ne s'extasie pas. J'ai remarqué une chose : plus votre deuil est ancien, moins les gens réagissent. Le médecin hoche simplement la tête. Il me rend la photo en disant :

— Merci. Il est clair que vous tenez de votre ascendance. Sauf accident, je vous prédis à tous les deux une longue et heureuse vie.

— Formidable ! s'écrie Dan. C'est ce qu'on voulait entendre.

— À notre époque, on vit beaucoup plus long-temps, commente le médecin, nous offrant un visage rayonnant. La longévité, c'est mon domaine de prédilection. Chaque année, l'espérance de vie augmente. Mais les gens ne le comprennent pas vraiment. L'administration… les caisses de retraite… l'industrie… personne n'a convenablement assimilé ce fait.

Il sourit gentiment et ajoute :

— Par exemple, jusqu'à quel âge vous attendez-vous à vivre tous les deux ?

Dan hésite :

— Je ne sais pas. Quatre-vingts ans ? Quatre-vingt-cinq ans ?

— Je dirais quatre-vingt-dix ans, je lance avec audace. Ma grand-mère est morte à cet âge, donc, logiquement, je vivrai sûrement plus longtemps qu'elle, non ?

— Vous dépasserez les cent ans, assène le médecin. Peut-être les cent deux ans. Vous, monsieur Winter, vous vivrez moins vieux. Jusqu'à cent ans sans doute.

Dan semble sceptique.

— L'espérance de vie n'a pas augmenté *à ce point*, objecte-t-il.

— En moyenne, non. Mais, médicalement parlant, vous êtes au-dessus de la moyenne. Vous surveillez votre santé, vous avez de bons gènes… Je crois sincèrement que vous atteindrez tous les deux les cent ans. Au moins.

Il a le sourire bienveillant d'un Père Noël en train de distribuer des cadeaux.

— Waouh !

J'essaie de me représenter à cent deux ans. Jamais je ne me suis imaginée aussi vieille. Jusqu'à aujourd'hui, l'espérance de vie ne faisait pas partie de mes préoccupations, point final. Je me suis contentée de vivre ma vie, tout simplement.

Dan exulte :

— Cent ans ! Ça, c'est quelque chose !

— Et moi cent *deux* ans ! j'ajoute en rigolant.

— Combien d'années de mariage, vous avez dit déjà ? demande le médecin. Sept ans, c'est ça ?

— Oui. Et en couple depuis dix ans.

Ma réponse semble l'enchanter.

— Eh bien, je vous annonce une bonne nouvelle. Vous devriez passer encore soixante-huit merveilleuses années ensemble.

Hein ? Quoi ?

Mon sourire se fige. Tout devient flou autour de moi. J'ai du mal à respirer.

Soixante-huit ans ?

C'est ce qu'il a dit ?

Soixante-huit ans de mariage ? Avec Dan ?

Je l'adore, c'est entendu, mais…

Encore soixante-huit ans ?

— J'espère que vous avez des tas de mots croisés pour vous occuper, blague le docteur Bamford qui, visiblement, se trouve désopilant. Pour ne pas épuiser tous les sujets de conversation. Remarquez, il y a toujours la télé. Et les coffrets de séries.

Je me force à sourire et regarde mon mari. Est-ce qu'il apprécie le sens de l'humour du médecin ? Non ! Il a l'air en transe. Son visage a viré au gris cendre.

Il a même lâché son gobelet en plastique plein d'eau sans s'en apercevoir.

Je le pousse du pied.

— Eh, Dan ! Dan !

Il revient à lui avec un sourire en forme de rictus :

— Ouais !

— Encore soixante-huit ans ensemble. C'est une bonne nouvelle – pas vrai ? On en a, de la veine !

— Absolument, articule Dan avec difficulté. Soixante-huit ans. On en a... de la veine !

2

Évidemment, c'est une nouvelle géniale. Absolument. Nous sommes en super bonne santé, notre espérance de vie est longue... Ça se fête.

Mais soixante-huit ans supplémentaires de vie commune ? On *plaisante* là ou quoi ?

Dans la voiture, pendant le trajet du retour, nous ne pipons pas. Je n'arrête pas de lancer des petits regards en coin à Dan. Et vous savez quoi ? Il fait pareil.

Au bout d'un moment, je finis par lâcher :

— C'était sympa à entendre, hein ? Nous allons vivre jusqu'à cent ans et être mariés pendant...

Impossible de prononcer le nombre d'années. Tout simplement impossible.

— ... encore un bon bout de temps, je conclus platement.

— Oui, dit Dan les yeux rivés sur le pare-brise. Oui ! Très sympa.

— Tu avais imaginé ça ? Je parle de notre mariage. De... euh... sa durée.

Pause gigantissime. Dan a le visage crispé qu'il affiche en silence chaque fois qu'il doit résoudre un énorme et difficile problème.

— Ça paraît drôlement long, je dirais. Tu n'es pas d'accord ?

— Si, j'acquiesce, ça fait long. Drôlement long.

Autre pause pendant laquelle Dan se concentre en traversant un carrefour. Je lui offre un chewing-gum, comme je fais toujours en voiture.

— Mais *agréablement* long, non ? je m'entends dire.

— Certainement, répond Dan presque trop vite. Incontestablement.

— Super.

— Oui, super. Bon, ben voilà.

— Voilà.

Nous ne disons plus rien. En temps normal, je serais à même de deviner parfaitement ce que Dan a en tête, mais aujourd'hui je suis moins sûre de moi. Je le regarde vingt-cinq fois de suite en lui envoyant des messages par télépathie : *Parle-moi !* Et encore : *Dis quelque chose !* Et aussi : *Ça te tuerait de tourner la tête vers moi, juste une fois ?*

Mais la fréquence sur ondes conjugales ne fonctionne pas. Il a l'air perdu dans ses pensées. Donc, en dernier ressort, je pose la question à 100 livres sterling :

— Tu penses à quoi, Dan ?

J'aurais dû la boucler. Je n'ai jamais été le genre de femme à demander à son mari : « À quoi tu penses ? » Je me sens à la fois minable et furieuse contre moi-même. Pourquoi Dan n'aurait-il pas le droit de réfléchir en silence pendant un moment ? Pourquoi je le titille ainsi ? Pourquoi je ne le laisse pas tranquille ?

D'accord, mais d'un autre côté, il pense à quoi, bordel ?

— Oh, à rien de spécial, répond-il finalement. Aux modalités d'un emprunt. Au crédit immobilier.

Au crédit immobilier ?

Je manque m'étrangler de rire. OK. Voilà la preuve qu'il existe une différence entre les hommes et les femmes. Un sujet que je n'aime pas aborder parce que je ne suis absolument *pas* sexiste. Mais franchement ! Quand moi je pense couple, lui pense finances.

— On a un problème avec l'emprunt ?

— Non, dit-il distraitement en regardant le GPS. Putain ! Cette route ne mène *nulle part*.

— Alors pourquoi cogiter sur ces histoires de crédit immobilier ?

— Euh…

L'œil fixé sur le GPS, il fronce les sourcils.

— Je me disais qu'avant de signer pour un emprunt…

Il fait un brusque demi-tour sans se préoccuper des coups de klaxon qui fusent.

— … tu sais exactement pendant combien de temps les remboursements vont courir. Par exemple, vingt-cinq ans, et ensuite c'est terminé. Tu es libre. Libéré.

Mon cœur se serre. Et sans réfléchir, j'explose :

— Tu me compares à un *crédit* ?

Je ne suis plus l'amour de sa vie. Je ne suis plus qu'un arrangement financier pénible.

Dan me regarde, sidéré :

— Quoi ? Mais Sylvie, on ne parle pas de *toi*. Rien à voir avec *toi*.

Oh my God ! Au risque de me répéter, je ne suis pas sexiste mais… Ah, les *mecs* !

— Tu ne t'es pas entendu ? je dis.

Et, imitant les intonations de Dan :

— Donc nous allons rester mariés un sacré bout de temps. Merde alors ! Au fond, il n'y a pas mieux que le système du crédit. Après vingt-cinq ans de mensualités, on est libre. Libéré.

Puis, reprenant ma voix normale :

— Tu prétends que tu as pensé à cette histoire de crédit par hasard ? Qu'il n'y a pas eu association d'idées ?

— Ce n'est *pas*…

Dan s'interrompt brusquement avant de se ressaisir et de lâcher plus énergiquement :

— Ce n'est *pas* ce que je voulais dire.

Et, pour faire bonne mesure, il ajoute :

— En fait, j'ai complètement oublié la conversation chez le médecin.

Je lui lance un regard incrédule.

— Tu l'as oubliée ?

— Oui !

Il semble si peu convaincant que j'ai presque pitié de lui.

— Tu as oublié que nous devons passer encore soixante-sept ans ensemble ?

Un petit piège que je ne peux pas m'empêcher de lui tendre.

— Soixante-huit ans, corrige-t-il instantanément.

Une rougeur révélatrice envahit son visage.

— Enfin, peu importe ! Comme je te l'ai dit, je l'avais oublié.

Quel menteur ! C'est gravé dans son ADN. Comme ça l'est dans le mien.

Arrivés à Wandsworth, nous trouvons à nous garer pas très loin de chez nous. Nous vivons dans une maison semblable à toutes celles de la rue : avec trois chambres et un jardin à l'arrière où l'on faisait pousser des herbes aromatiques et des fleurs. Avant d'être presque totalement envahi par deux maisonnettes Wendy identiques que ma mère a achetées aux filles pour leurs quatre ans.

Il n'y a que ma mère pour choisir un tel cadeau et le faire livrer sans prévenir au milieu du goûter d'anniversaire des jumelles. Une surprise ! Vous imaginez la tête médusée des invités en voyant trois costauds débarquer et assembler dans la foulée les cloisons aux couleurs de bonbons rayés, les toits et les mignonnes petites fenêtres.

« Eh bien, Mum, tu t'es surpassée ! j'avais dit après une effusion de remerciements. Elles sont merveilleuses… Absolument géniales… Mais pourquoi deux ? »

Ma mère s'était contentée de cligner ses yeux bleu clair avant de répondre :

« Ainsi, elles n'auront pas à *partager*, ma chérie », comme si c'était l'évidence même.

Elle est comme ça, ma Mum. Adorable. Adorablement agaçante. Ou, je devrais dire plutôt : agaçante de manière adorable. Je précise que la seconde maisonnette est très pratique pour entreposer mon tapis de sol et mes haltères.

Une fois à l'intérieur, nous ne sommes pas très en veine de conversation, Dan et moi. Je trie le courrier tandis qu'il examine la cuisine comme s'il découvrait notre maison pour la première fois. Comme s'il se familiarisait avec sa cellule, je me dis en moi-même.

Puis je m'engueule mentalement. Tu es folle ou quoi ? Il n'a vraiment pas l'air d'un prisonnier.

Puis je me ravise parce que, en fait, il en a l'air. Il tourne comme un lion en cage, contemplant d'un œil morose les placards peints en bleu. Si ça continue, il va faire une marque sur les murs. Pour consigner le début de notre interminable et fastidieuse marche vers nos soixante-huit ans.

— Quoi ? fait Dan qui sent que je l'observe.

— Quoi *quoi* ? je rétorque.

— Rien.

— Je n'ai rien dit.

— Moi non plus.

Mais qu'est-ce qui nous arrive ? Nous sommes irritables et sur nos gardes. La faute à ce maudit docteur Bamford et à ses bonnes nouvelles.

Finalement, je n'y tiens plus :

— Écoute, puisque nous allons vivre quasiment jusqu'à la nuit des temps, autant nous en *accommoder*. Il faut qu'on en parle !

— Parler de quoi ? riposte Dan qui joue à l'innocent.

J'explose :

— Oh arrête ! Je sais ce que tu penses. Bordel, combien de temps nous allons tenir ? Bon, d'accord, c'est formidable. Mais c'est... un challenge.

Je me suis laissée glisser le long du placard sur lequel je m'appuyais, de sorte que je me retrouve accroupie. L'instant d'après, Dan m'imite.

— Ça fait flipper, admet-il.

Et le fait d'en avoir convenu détend son visage.

Et voilà ! Finalement c'est sorti. La vérité vraie de vraie. Cette épopée conjugale qui s'étend devant nous, aussi interminable que la saga du *Seigneur des anneaux,* nous fait flipper à mort.

Je tente une avancée :

— Tu *pensais* qu'on resterait mariés combien de temps ?

Dan a un geste d'exaspération.

— J'en sais rien ! Qui se pose ce genre de questions ?

— Devant l'autel, quand tu as dit « jusqu'à ce que la mort nous sépare », tu n'avais pas un chiffre approximatif en tête ?

Il fronce les sourcils comme pour s'aider à se remémorer ce moment.

— Tout ça me paraissait vague, tu sais.

— Pareil pour moi, je marmonne. J'étais dans le brouillard. J'ai probablement imaginé qu'un jour nous fêterions nos noces d'argent. Lorsque les gens atteignent vingt-cinq ans de mariage, on pense : « Bravo ! Ils y sont arrivés ! »

— À la date de nos vingt-cinq ans de mariage, nous ne serons même pas à la moitié du chemin, fait remarquer Dan.

Silence radio. Cette précision et ses implications nous coupent le sifflet.

— Cette durée est bien plus longue que prévu, avoue Dan au bout d'un moment.

— Je suis d'accord. *Drôlement* plus longue.

— Un vrai marathon.

— Un super marathon. Même un *ultra* marathon.

34

— Ouais ! se réveille Dan. C'est ça ! On pensait courir dix kilomètres et nous voici engagés dans une de ces courses d'endurance dingues de cent soixante kilomètres qui ont lieu dans le désert du Sahara, sans possibilité d'abandonner. Oh, ce n'est pas que j'aie *envie* de laisser tomber, ajoute-t-il très vite devant ma mine furieuse. Mais je ne veux pas non plus… euh… m'effondrer, victime d'une attaque.

Mon mari a vraiment le sens des métaphores. D'abord il compare notre couple à un emprunt. Et maintenant notre vie commune va lui filer une attaque. Au fait, qui est le désert du Sahara dans cette histoire ? Moi ?

— Nous n'avons pas trouvé le bon rythme, poursuit-il.

Décidément, il s'en tient à son idée.

— Si *j'avais su* que je vivrais aussi longtemps, je ne me serais probablement pas marié aussi jeune. D'ailleurs, si l'espérance de vie augmente à ce point, il faut changer les règles. « Ne t'engage pas avant d'avoir au moins cinquante ans » serait le premier commandement…

— Et avoir des enfants à cinquante ans ? je le coupe. Tu as déjà entendu parler de l'horloge biologique ?

Il reste bouche bée.

— OK, on efface !

— De toute façon, on ne peut pas revenir en arrière. Nous en sommes là. En *bonne* position, je dis, déterminée à me montrer positive. Pense à tes parents. Mariés depuis trente-huit ans, et ce n'est pas fini. S'ils y parviennent, nous le pouvons aussi.

— Mes parents ne sont pas vraiment un bon exemple, riposte Dan.

Il a raison. Son père et sa mère entretiennent de drôles de rapports.

— Bon, alors la reine Élisabeth, je lance juste au moment où la sonnette de l'entrée se fait entendre. Elle est mariée depuis mille ans !

— La reine ? C'est tout ce que tu as trouvé ?

— Laisse tomber ! On discutera de tout ça plus tard.

Et je me dirige vers la porte.

Au moment où les filles déboulent joyeusement, ces fichus soixante-huit ans n'ont plus d'importance. Voilà ce qui compte. Nos filles, leurs joues roses d'excitation, leurs petites voix aiguës annonçant : « On a eu des *stickers* ! Et on a mangé de la *pizza* ! » Elles m'attrapent par les bras, me racontent leur après-midi et me retiennent fermement quand j'essaie de dire au revoir à mon amie Annelise qui vient de les déposer et qui retourne à sa voiture en nous faisant de grands gestes d'adieu.

Je sens leurs bras et leurs jambes se tortiller quand je les serre contre moi. Je grimace quand elles m'écrasent les pieds avec leurs chaussures d'école. Deux heures chez une copine, ce n'est rien, mais en les étreignant j'ai l'impression qu'elles ont été absentes un temps fou. L'impression qu'Anna a grandi, que les cheveux de Tessa ont une odeur différente. Et d'où vient cette petite écorchure sur le menton d'Anna ?

Elles se mettent à parler dans leur langage secret de jumelles. Tandis qu'elles se penchent sur l'hippocampe brillant collé sur la main de Tessa, leurs voix se chevauchent, leurs mèches de cheveux blonds s'entremêlent. D'après ce que je comprends, elles établissent un plan pour le partager « jusqu'à quand on est grandes ». Comme le sticker va se désintégrer dès que je l'aurai retiré, j'ai besoin d'une diversion ou alors il va y avoir des hurlements. Vivre avec des jumelles de cinq ans, c'est comme vivre dans un pays communiste. Je n'en suis pas à *compter* les céréales de leurs petits déjeuners pour m'assurer qu'elles sont en nombre égal, mais c'est tout comme…

En fait, je les ai comptées une fois, dans leurs bols. C'était plus simple.

Dan fait irruption :

— Allez, les filles ! On prend le bain ? On prend le bain ! se dépêche-t-il de corriger.

Le bain n'est pas une question. C'est une affirmation. Un cérémonial. Au fond, on pourrait dire que l'édifice de notre quotidien parental repose sur l'heure du bain des filles.

Pas seulement chez nous, en fait, mais dans la plupart des foyers avec des enfants en bas âge. Quand le rituel du bain n'est pas observé, tout va de travers. Le chaos s'installe, la civilisation se désintègre. Les enfants errent dans les rues en haillons en rongeant des os d'animaux tandis que leurs parents tout tordus gémissent dans de sombres ruelles. Vous voyez le tableau !

Bref, c'est l'heure du bain. Et tandis que notre routine du soir se déroule, c'est comme si l'atmosphère bizarre de l'après-midi n'avait jamais existé. Avec Dan, nous fonctionnons à nouveau comme une équipe. Nous devinons la pensée de l'autre, nous extrapolons sur-le-champ.

— Anna… ? demande Dan en me passant le démêlant.

— C'est fait. Ce matin.

— À propos de… ?

— Yep !

— Le message de Mlle Blake ? questionne-t-il.

— Maintenant je *sais*.

Je suis en train de démêler les cheveux d'Anna en appliquant le produit avec mes doigts. Au-dessus de sa tête, j'articule en silence :

— *Hilarant.*

Mlle Blake est la directrice de l'école. Son message était dans le cahier de textes d'Anna : un mémo tapé et adressé à tous les parents, leur demandant de ne pas parler ou même de « discuter à la porte de l'école » d'un certain incident « DENUÉ absolument de FONDEMENT ».

Comme je n'avais aucune idée de ce qu'elle sous-entendait, j'ai immédiatement envoyé des mails aux autres parents. Les faits ? Apparemment Mlle Christy, la maîtresse de CP, a été surprise en train de googler un des papas sur l'ordinateur de l'école sans se rendre compte qu'il était relié au tableau de la classe.

— Passe-moi la…

Dan me tend le pommeau de douche et je rince la tête d'Anna pendant qu'elle hurle de rire : « Il pleut ! Il pleut ! »

Question : Dan et moi avons-nous toujours été des champions de la transmission de pensée ? Des as de la communication sans parole ? Je ne crois pas. Nous avons changé après la naissance des filles. Des jumelles arrivent et le père et la mère se retrouvent embarqués sur le même bateau. C'est la rotation des tâches : on nourrit, console, change les bébés à tour de rôle. On affine ses habitudes. On ne perd pas de temps avec les mots. Quand je nourrissais Anna et Tessa, trop fatiguée pour même *parler*, Dan pouvait deviner à ma seule expression ce que je voulais dire :

1. Encore de l'eau, s'il te plaît. Trois litres suffiront.

2. Et deux barres Galaxy ? Mets-les-moi dans la bouche. Je les suçoterai.

3. Tu peux changer de chaîne ? J'ai les mains occupées et ça fait une journée entière que je regarde la même émission.

4. Je suis fatiguée ! Ça fait au moins cinq cents fois aujourd'hui que je le dis. Ou suis-je en dessous de la vérité ?

5. Tu réalises *à quel point* je suis crevée ? Au point que mes os me font mal, que mon foie s'est affaissé sur mes reins qui crient doucement.

6. Oh, ma poitrine. *Aïe aïe aïe !*

7. *Aïïïïïïe !*

8. D'accord, c'est normal ! C'est magnifique ! Ce que tu veux !

9. On arrête après ça, OK ?

10. Tu as entendu ? Tu as pigé, Dan ? PLUS DE BÉBÉS. JAMAIS.

— Ouille !

Mes souvenirs s'arrêtent net. Tessa s'ébroue si fort dans le bain que je suis trempée.

— Ça *suffit* ! s'écrie Dan. Vous *sortez* toutes les deux de la baignoire.

Immédiatement les filles commencent à pleurer. On pleure beaucoup à la maison. Tessa pleure parce qu'elle m'a éclaboussée sans le faire exprès. Anna pleure parce qu'elle pleure toujours quand sa sœur pleure. Elles pleurent parce que Dan a élevé la voix. Et parce qu'elles sont épuisées, ce qu'elles ne voudront jamais admettre.

— Mon sti-icker, gémit Tessa qui aime tourner les événements en catastrophe. Mon sti-i-i-i-cker est cassé. Et j'ai mal au pou-ou-ce.

Je l'enveloppe dans une serviette.

— On va l'emmener à l'hôpital des stickers, tu te souviens de ce que j'ai dit ? Et je vais soigner ton pouce avec plein de bisous.

Maligne, Tessa saisit l'opportunité :

— Je peux avoir un esquimau ?

On ne peut qu'applaudir son culot. Je me détourne pour sourire et dis :

— Pas maintenant. Peut-être demain.

C'est au tour de Dan de leur lire une histoire. Moi, je vais enlever mes vêtements mouillés. Je me sèche et me retrouve toute nue devant le miroir de notre chambre.

Soixante-huit ans ? Je ressemblerai à quoi dans soixante-huit ans ?

Avec précaution, je pince la peau de mes cuisses jusqu'à ce qu'elle plisse. *Oh my God !* Voilà mon avenir. Sauf que j'aurai la peau fripée sur tout le corps. Sur mes cuisses, mes seins et… je ne sais pas, peut-être sur le cuir chevelu. Je relâche la pression et m'examine à nouveau. Dois-je me lancer dans une série de soins du corps ? Des séances d'exfoliation, peut-être ? Oui, mais est-ce que ma peau va tenir le coup jusqu'à mes cent deux ans ? Est-ce que, au contraire, ne pas la récurer l'aiderait à se raffermir ?

Comment conserver son look pendant cent ans ? *That is the question.* Pourquoi les magazines n'abordent jamais ce sujet ?

— Bon, j'ai fini avec les filles ! Je vais courir, m'annonce Dan.

Il retire sa chemise quand il s'aperçoit que je suis à poil devant le miroir.

— Miam ! fait-il l'œil brillant.

Il jette sa chemise sur le lit, s'approche de moi et pose ses mains autour de ma taille.

Sa silhouette se reflète dans la glace. Mon jeune et séduisant mari. Mais *il* ressemblera à quoi dans soixante-huit ans ? J'ai tout d'un coup l'image déprimante d'un Dan tout fripé et ratatiné, agitant sa canne comme un vieux scrogneugneu.

Mais non ! Ridicule !

Je secoue la tête pour dissiper cette vision atroce. *Pourquoi* ce médecin s'est-il cru obligé de nous parler d'avenir ?

— Je pensais juste à…

— À combien de parties de jambes en l'air nous avons devant de nous ? J'ai déjà fait le calcul.

Je me retourne pour lui faire face.

— *Quoi ?* Je ne pensais pas à ça. Euh… combien de fois ?

— Onze mille. Approximativement.

— Onze mille ?

Le choc me fait vaciller. Comment est-ce physiquement possible ? Moi qui pensais que *l'exfoliation* allait abîmer ma peau, c'était sans compter le nombre de frottements…

Dan enlève son pantalon et le suspend.

— Eh oui ! Je croyais qu'on atteindrait un chiffre plus élevé, dit-il.

— *Plus élevé ?*

Plus élevé ? Alors que ce simple chiffre me donne le vertige. Onze mille séances de baise à venir, toutes avec Dan. Ce n'est pas que… Bien sûr, je veux m'envoyer en l'air avec mon mari, mais… *onze mille fois ?*

Et d'abord, comment aurons-nous le temps ? C'est vrai, non ? Il faut qu'on se nourrisse. Qu'on garde nos jobs. Sans parler de l'ennui qui risque de s'installer. Et si je cherchais sur Internet de nouvelles positions ? Et si j'installais une télé au plafond ?

Son calcul est sûrement faux. Il a dû rajouter un zéro.

— Comment es-tu parvenu à ce résultat ? je demande avec suspicion.

Mais il m'ignore. Il pose ses mains sur mes fesses avec un regard qui en dit long. Avec Dan, la parlotte pré-coïtale ne dure que trente secondes. Il préfère agir. Pour lui, le bla-bla préliminaire est une perte de temps absolue. Moi, j'aime bien les conversations de sexe, mais j'ai appris à en parler *après*. Alors, nichée dans ses bras, je lui dis tout ce qui me passe par la tête, absolument tout, et il dit « oui, oui » jusqu'à ce que je me rende compte qu'il s'est endormi.

— Mon jogging attendra, chuchote-t-il en m'embrassant dans le cou. C'est notre anniversaire…

Et nous faisons l'amour comme des dieux – dans ce domaine aussi, la transmission de pensée marche impec entre nous. Et, après coup, nous échangeons des « Je t'aime » et des « C'était super », et tous les petits mots doux que les couples heureux se murmurent.

C'était génial.

Je l'aime.

Mais – je vais être tout à fait franche – il y a quand même une petite voix dans un coin de ma tête qui me susurre : *Et d'une ! Il n'en reste plus que 10 999.*

3

Quand j'ouvre un œil, de bonne heure, je m'aperçois que Dan est déjà sorti du lit. Assis sur la petite chaise en osier de notre baie vitrée, il regarde dehors d'un air morose.

— Salut ! dit-il en se tournant un peu vers moi.

— Salut !

Je m'assieds, déjà tout à fait réveillée, avec mille pensées trottant dans la tête. Cette histoire de vie centenaire m'a turlupinée. Avant de m'endormir, j'y ai beaucoup réfléchi. Et j'ai la réponse.

Je suis sur le point de faire part de mes cogitations à Dan, quand il prend les devants.

— J'ai fait le calcul : en réalité, il faut que je travaille jusqu'à quatre-vingt-quinze ans, m'annonce-t-il avec une mine d'enterrement.

— Je ne comprends pas.

Il me jette un regard lugubre.

— C'est clair : si on vit jusqu'à la nuit des temps, on devra bosser jusqu'au crépuscule. Pour financer notre longévité de vieillards. On oublie la retraite à

soixante-cinq ans ! On oublie le repos bien mérité !
On oublie la vie cool !

— Arrête d'être sinistre ! Je te rappelle que c'était
une *bonne* nouvelle.

— Tu as envie de bosser jusqu'à tes quatre-vingt-dix
balais ?

— Et pourquoi pas ? J'aime mon job. Et toi aussi,
tu aimes ton boulot.

Il se renfrogne.

— D'abord, je ne l'aime pas *tant* que ça. Ensuite,
mon père s'est retiré de la vie professionnelle à
cinquante-sept ans. Tu le savais ?

L'attitude de Dan commence à me faire sérieusement braire.

— Ne sois pas négatif ! Pense aux occasions qui
vont s'offrir à nous pendant des dizaines et des dizaines
d'années. L'avenir est plein de promesses. C'est formidable. Il suffit de faire des projets.

— Tu veux dire quoi, exactement ? s'inquiète Dan.

— Écoute-moi ! je lance en le regardant droit dans
les yeux, histoire de mieux le convaincre. Nous allons
diviser notre vie en tranches de dix années. Chaque
décennie sera consacrée à quelque chose de différent
et sympa. On va accomplir plein de trucs. On va se
remuer. Par exemple, les dix prochaines années, on ne
se parlera qu'en italien.

— *Hein* ?

— On se parlera uniquement en italien, je répète,
un peu sur la défensive. Pourquoi pas ?

— Parce *qu'on ne sait pas un mot d'italien*, fait Dan
comme si j'étais tombée sur la tête.

— On apprendra ! Quelle amélioration de la qualité de vie en perspective ! Quelle…

Je fais un geste vague.

— Tu as d'autres idées aussi brillantes ?

— On se lancera dans de nouvelles carrières.

— Quelles nouvelles carrières ?

— J'en sais rien, moi ! On trouvera de nouveaux métiers épanouissants et stimulants. Ou on vivra dans des endroits différents. Pourquoi pas une décennie en Europe, une en Amérique du Sud, une aux États-Unis ? je propose en comptant sur mes doigts. N'importe où, en fait.

— On pourrait voyager, concède Dan. On devrait voir du pays. J'ai toujours rêvé d'aller en Équateur, de voir les Galápagos.

— Eh bien voilà ! On ira en Équateur.

Arrêt sur image. Dan digère en silence la suggestion. Soudain son regard s'éclaire.

— Ouais, faisons tout ça. Putain, Sylvie, c'est une alerte rouge ! *Vivons* notre vie ! On va retirer les filles de l'école, réserver des billets d'avion pour l'Équateur. On pourrait y être vendredi. Allez, c'est *parti* !

Son enthousiasme est tel que je ne veux pas jouer les trouble-fête. Mais il a mal compris. Je parlais des dix prochaines années. Ou même des suivantes. D'un avenir lointain et non spécifié. Pas de *cette semaine*.

— Je meurs d'envie d'aller en Équateur, je dis au bout d'un moment. Mais ça va coûter une fortune…

— C'est une expérience unique absolument géniale, rétorque Dan. On se débrouillera. Tu te rends compte, Sylvie ? *L'Équateur !*

Je me force à partager son excitation :

— L'Équateur, c'est le bonheur ! Il y a un petit bémol, tout de même : Mme Kendrick déteste les congés non planifiés.

— Elle n'aura qu'à s'en arranger !

— Et la pièce de théâtre des filles. *Impossible* qu'elles la manquent. Et puis, elles doivent assister aux répétitions…

Grognement exaspéré.

— Bon. Le mois *prochain*, alors !

— C'est l'anniversaire de ta mère. Et les Richardson viennent dîner. Ah ! et les filles commencent le sport…

— OK ! fait Dan qui s'évertue à garder son calme. Dans deux mois ! Ou pendant les vacances d'été !

— On a prévu d'aller visiter le Lake District.

Coup d'œil courroucé.

— On peut toujours annuler, mais nous avons versé des arrhes et…

— Donc, pour résumer la situation, fait Dan qui, malgré son ton mesuré, est sur le point d'exploser : j'ai devant moi d'innombrables années mais je ne peux pas trouver un moment pour partir en voyage sur un coup de tête.

Silence. Je me tais mais n'en pense pas moins : il est *évident* qu'on ne peut pas partir en Équateur comme ça parce que – hello quoi ! – nous avons nos vies pré-organisées.

— Pourquoi on n'irait pas dîner dans un restaurant équatorien ? je suggère gaiement.

Bon, d'accord ! Vu la tête de Dan, j'aurais dû la fermer.

Au petit déjeuner, je sers à Dan et à moi-même un bol de muesli auquel j'ajoute des graines de tournesol. Puisque nous devons passer encore soixante-huit ans sur cette terre, autant prendre soin de nous.

À propos, est-ce le moment de commencer le Botox ?

— Encore vingt-cinq mille petits déjeuners, annonce Dan brusquement. Je viens de faire le compte.

En train de grignoter un toast, Tessa, toujours prête à blaguer, dévisage son père l'air malicieux :

— Si tu manges vingt-cinq petits déjeuners, ton ventre va exploser.

— Vingt-cinq mille, corrige Anna.

— C'est ce que j'ai *dit*, riposte Tessa.

— Franchement, Dan, tu ressasses toujours ce truc ? C'est ridicule. Passe à autre chose !

Vingt-cinq mille petits déjs à venir ? Merde alors ! Comment les rendre *appétissants* ? En servant du *kedgeree*, mélange de poisson fumé, œufs durs et riz au curry ? En entamant une décennie de recettes japonaises ? À base de tofu ? Ou une autre spécialité de ce genre ?

— Sylvie, pourquoi tu fronces le nez ?

— Pour rien !

Pour me donner une contenance, je défroisse ma jupe rose à fleurs. Je m'habille souvent dans ce style pour aller travailler. C'est adapté à mon bureau. Il ne s'agit pas d'un uniforme requis, non. Mais si je porte quelque chose de frais, de mignon ou avec des imprimés, ma directrice, Mme Kendrick, s'exclamera à coup sûr : « Oh ! C'est *ravissant*, Sylvie ! »

Quand votre patronne est également propriétaire de la boîte où vous bossez, quand elle a tous les pouvoirs, et en particulier celui de virer les gens sous le pré-texte qu'ils « ne sont pas conformes », vous préférez l'entendre dire : « Ravissant ! » C'est pourquoi ma garde-robe est devenue au fil des années hyper colo-rée et super girly.

Mme Kendrick aime le jaune citron, le bleu per-venche, l'imprimé Liberty, les petits ruchés, les bou-tons en perle et les nœuds sur les escarpins (avis aux amatrices : très bon site en ligne de clips décoratifs pour chaussures).

Elle *déteste* le noir, les tissus brillants, les tops décolletés, les tee-shirts et les chaussures compensées (terriblement *orthopédiques*, ma chère, vous ne trouvez pas ?). Et, comme je viens de le dire, elle est la boss. Dans le genre original, d'accord. Mais elle commande. Et entend bien être obéie.

Dan ouvre le courrier. Un carton retient son attention. Il ricane.

— Qu'est-ce qui se passe ?

— Tu vas adorer.

J'ai droit à un sourire sardonique quand il me le tend.

C'est une invitation à une réception donnée au profit d'une nouvelle œuvre de charité médicale dont s'oc-cupe David Whittall, un vieil ami de mon père. Cette fiesta a lieu au Sky Garden.

Je sais tout sur le Sky Garden. Il se trouve au trente-cinquième étage d'une tour et n'est que cloisons de verre et vues spectaculaires sur Londres. Le seul fait d'y penser me donne envie de m'agripper aux accou-doirs de mon fauteuil et de rester clouée au sol.

— Tout à fait mon rayon ! je m'écrie en levant les yeux au ciel.

— C'est bien ce que je pensais, ironise Dan qui ne connaît que trop bien mon problème.

J'ai tellement le vertige que ce n'est pas drôle. Impossible de me tenir sur des balcons élevés, d'emprunter un ascenseur aux parois vitrées. Si, dans une émission de télé, je vois un parachutiste sauter en chute libre ou un funambule s'aventurer sur un fil, je panique alors que je suis assise en sécurité sur mon canapé.

Je n'ai pas toujours été comme ça. Avant, je skiais, je passais sur des ponts suspendus sans difficulté. Après les jumelles, changement de programme. Sans savoir pourquoi, j'ai commencé à avoir le tournis même sur un escabeau. Et, contrairement à ce que j'espérais, cette peur du vide ne s'est pas estompée avec le temps. À l'époque où les filles ont eu dix-huit mois, je suis allée à la pendaison de crémaillère d'un collègue de Dan – un appartement avec terrasse sur le toit. Je n'ai même pas pu m'approcher du bord pour admirer le panorama. J'étais comme paralysée.

« Qu'est-ce qui t'est *arrivé* ? m'avait demandé Dan une fois de retour à la maison.

— Je ne *sais* pas. »

Je me rends compte que c'est une phobie dont j'aurais déjà dû me débarrasser. (Par hypnose ? Thérapie comportementale ? Thérapie par exposition ? À l'occasion, je regarde sur Google.) Mais ce n'est pas la priorité du moment. J'ai d'autres problèmes plus urgents à résoudre. Par exemple…

Il y a un fait majeur en ce qui me concerne. Quand mon père est mort il y a deux ans, ça a été dur. Je « n'arrivais pas à faire face ». C'est ce que tout le monde disait. Je les entendais qui murmuraient dans mon dos : « Sylvie n'arrive pas à faire face » (ma mère, Dan, ce médecin qu'ils m'avaient envoyée voir). Et ça a commencé à m'énerver. D'ailleurs, ça signifiait quoi, « arriver à faire face » ? Comment « arriver à faire face » quand son père, son héros, meurt soudain dans un accident de voiture ? Je crois, moi, que les gens qui « arrivent à faire face » dans ce genre de situation soit se font des illusions, soit n'avaient pas un père comme le mien. Ou peut-être n'éprouvent-ils aucun sentiment.

Et si je ne *voulais pas* arriver à faire face ? Est-ce qu'ils avaient pensé à cette *possibilité* ?

Bref, les choses ont commencé à se détraquer. J'ai dû arrêter de travailler pendant un moment. J'ai fait deux… trucs idiots. Le médecin a voulu me prescrire des médicaments. (Non, *merci* !) Inutile de dire qu'au milieu de cette débâcle le vertige me semblait le cadet de mes soucis.

Aujourd'hui, tout est rentré dans l'ordre. Complètement. À part cette peur d'être plus grande que je soignerai quand j'aurai le temps.

— Tu devrais voir quelqu'un pour te débarrasser de cette phobie, lance Dan qui a cette façon effrayante de déchiffrer ce qui me passe par la tête. Eh, PS, tu m'entends ? ajoute-t-il, parce que je ne réagis pas au quart de seconde.

PS : c'est ainsi que Dan me surnomme de temps en temps. Les initiales de Princesse Sylvie.

Quand on s'est rencontrés, c'était sa rengaine : j'étais Princesse Sylvie alors qu'il n'était qu'un pauvre type issu d'une famille modeste. Dans son discours de mariage, il m'a appelée « Princesse Sylvie ». À quoi mon père a répondu : « Je suis donc le roi. » Tout le monde s'est tordu de rire et Dan s'est fendu d'une petite révérence moqueuse. À vrai dire, mon père était tellement distingué et séduisant qu'il *ressemblait* à un roi. Je me souviens de lui ce jour-là, superbe dans sa jaquette de mariage immaculée, ses cheveux dorés comme bronzés par les projecteurs. Je n'ai jamais vu un homme aussi élégant que lui. « Continuez, Prince Daniel ! » a enchaîné papa tout charme dehors. Plus tard, le témoin a fait une allusion à notre « mariage royal ». Tout ça était très amusant.

Mais, au fur et à mesure que les années passent – peut-être parce que je suis plus vieille –, ce surnom m'agace, me prend à rebrousse-poil, me fait tiquer. Mais pas question de faire des reproches à Dan. Je dois me montrer pleine de tact. Parce que... Vous savez quoi ? La situation est un petit peu gênante.

« Gênante », non. Le mot est trop fort. Simplement... Oh, comment la qualifier sans... ?

OK. Un autre fait majeur qui me concerne : j'ai grandi dans un milieu privilégié. Je n'étais pas à proprement parler gâtée mais... choyée. La chouchoute de mon père. Nous étions très aisés. Papa occupait un poste de direction dans l'industrie aéronautique. Quand la boîte a changé de mains, il a obtenu un paquet d'argent en vendant ses actions. Le bureau de conseil qu'il a monté ensuite a marché formidablement bien. Sans surprise. Il avait le genre de personnalité magnétique qui attire les gens et le succès. S'il voyageait en première classe dans le même avion qu'une personne célèbre, à la fin du vol ils étaient devenus copains. Ils se séparaient avec leurs numéros de portable respectifs en se jurant de se revoir pour boire un verre.

Pour résumer, nous avions non seulement de l'argent mais toutes sortes d'avantages. Par exemple, des voyages en avion à des conditions exceptionnelles. J'ai plein de photos de moi enfant, posant dans le cockpit de tel ou tel avion, coiffée de la casquette du commandant de bord. Quand j'étais toute petite, nous avions une maison à Los Bosques Antiguos, en Espagne, dans la résidence ultra-fermée où les joueurs de golf célèbres se marient (on voit souvent des photos dans le magazine *Hello!*). Certains étaient des amis de mes parents. Voilà le genre d'existence que nous menions.

Pour Dan, c'est… différent. Il vient d'une famille vraiment adorable mais simple et modeste. Son père était comptable et très économe. Pour ne pas dire *radin*. Il a commencé à épargner à dix-huit ans pour s'acheter une maison. Douze ans de restrictions, mais il y est parvenu (il m'a raconté cette histoire quand Dan me l'a présenté, avant de me demander si je cotisais pour mes points de retraite). Jamais il n'aurait embarqué subitement sa famille pour un voyage à la Barbade, jamais il n'aurait fait ses courses chez Harrods.

Comprenez-moi bien : je ne rêve pas de partir pour la Barbade ou d'aller chez Harrods. Je l'ai répété à Dan des millions de fois. Mais, à ses yeux, ce chapitre est encore un peu… Comment dire ? *Épineux*. C'est ça. Mon passé reste un sujet épineux.

Il n'était pas comme ça au début. C'est ce qui est frustrant. Avec papa, ils s'entendaient super bien. Nous partions en bateau tous les quatre, avec maman – le bonheur. Bien sûr, mon père était meilleur marin que Dan, qui n'avait jamais fait de voile, mais ça allait, ils se respectaient. Papa disait que Dan, avec son œil de lynx, serait capable de surveiller son équipe de financiers. D'ailleurs, il lui demandait quelquefois son avis. Nos rapports étaient détendus et faciles.

Mais, je ne sais pas trop pourquoi, Dan est devenu plus susceptible avec le temps. Il n'a plus voulu aller naviguer. Pour être honnête, c'était devenu plus difficile après la naissance des filles. Et puis, trois ans plus tard, nous avons acheté une maison en utilisant l'héritage de ma grand-mère comme acompte – et papa nous a proposé de compléter la somme, ce que Dan a refusé. Il est devenu soudain bizarre, disant qu'on dépendait trop de ma famille. (Évidemment, la remarque de son père, visitant la maison – « C'est ta belle-famille qui t'a payé ce toit ? » –, n'a rien amélioré. Franchement ! À croire que nous venions d'emménager dans un palace et non dans une maison de Wandsworth achetée à crédit.)

À la mort de mon père, tout est allé à ma mère. Elle a voulu faire preuve de générosité mais Dan n'a rien voulu savoir. Sur le sujet de l'argent, il est devenu intraitable. Une source de frictions entre nous, soit dit en passant.

J'accepte son amour-propre. (Pas complètement, en fait. Je ne pige pas bien sa fierté mal placée, mais c'est peut-être un trait de caractère masculin.) Ce que je trouve difficile à avaler, c'est qu'il soit tellement sur la défensive quand il s'agit de mon père. Leurs relations s'étaient détériorées, alors que papa était encore vivant. Dan disait toujours que je me faisais des idées mais c'est faux. J'ignore ce qui s'est passé ou pourquoi Dan se montrait si *grinche-grinche* (c'est à cette époque-là que j'ai inventé le mot). En tout cas, j'avais l'impression qu'il lui en voulait.

Même maintenant, on dirait qu'il se sent encore menacé. Il n'accepte qu'à contrecœur de feuilleter avec moi mes albums de photos-souvenirs. Il ne les regarde que d'un œil. Au bout d'un moment, il trouve une bonne excuse pour s'éloigner. Et ça me brise le cœur parce que, si je ne peux pas évoquer mon père avec mon mari, je me demande avec qui je pourrais. Ma mère ? Elle est ma Mum. Adorable. Mais impossible d'avoir une *conversation* ou un échange avec elle. Et je n'ai ni frère ni sœur.

Être fille unique m'a embêtée. Enfant, je n'arrêtais pas de harceler ma mère pour avoir une petite sœur. (« Non, chérie », disait-elle, très gentiment.) Alors je me suis inventé une amie imaginaire. Elle s'appelait Lynn, elle était brune avec des longs cils et sentait le peppermint. Je lui parlais en secret pendant des heures mais ce n'était pas pareil.

Quand Tessa et Anna sont nées, je les regardais, couchées face à face, déjà unies dans un rapport exclusif. Et j'éprouvais une sorte de jalousie viscérale. J'avais tout eu dans mon enfance mais pas *ça*.

Bon, suffit ! Je me suis remise depuis longtemps d'être fille unique. J'ai passé l'âge depuis longtemps d'avoir une amie imaginaire. Et, en ce qui concerne Dan et mon père... Eh bien, j'ai accepté le fait que toute relation humaine comporte des imperfections. La meilleure attitude consiste à éviter le sujet et à sourire quand Dan m'appelle PS. Parce qu'au fond, c'est sans importance.

Alors je réponds à sa question :

— Oui, je vais aller consulter quelqu'un. Bonne idée.

— Et nous allons refuser cette invitation au Sky Garden, dit Dan.

— Je vais écrire à David Whittall. Il comprendra.

Ensuite Tessa fait des bulles avec son lait. Anna annonce qu'elle a perdu sa barrette et qu'elle ne veut porter que *celle-là* parce qu'il y a une *fleur* dessus. Et notre train-train du matin reprend son cours.

Dan a changé de job depuis notre première rencontre. À l'époque, il travaillait dans un fonds d'investissement immobilier de premier ordre. Lucratif mais peu gratifiant. Alors, il a mis de l'argent de côté (tel père, tel fils) chaque année jusqu'à avoir assez pour créer son propre business. Il fabrique des éléments de bureau autonomes, préfabriqués, renouvelables. Le siège de l'entreprise se trouve sur la Tamise, à l'est de Londres. Comme l'école est sur son chemin, le matin il dépose souvent les jumelles.

En leur disant au revoir depuis le pas de la porte, j'aperçois notre voisin, le professeur Russell, en train de ramasser le journal sur son paillasson. Sa houppette de cheveux blancs me fait chaque fois rire. Mais, quand il se relève, je reprends vite une expression d'adulte sérieuse.

Il a emménagé récemment. Âgé de soixante-dix ans, à vue de nez, il est retraité de l'université d'Oxford où il a enseigné la botanique. Apparemment, il est l'expert mondial d'une certaine espèce de fougère. Son jardin est occupé par une immense serre dans laquelle je le vois souvent jardiner. Il vit avec un autre homme à cheveux blancs qu'il nous a simplement présenté comme Owen. J'imagine qu'ils sont en couple, sans en être totalement certaine.

Avec eux, je suis sur mes gardes. Tout de suite après leur installation, Tessa a envoyé un ballon de foot au-dessus de la clôture qui a atterri sur le toit de la serre. Dan a dû aller le récupérer. En grimpant, il a cassé un carreau. Bien sûr, nous avons payé son remplacement, mais ce n'était pas la *meilleure* façon de nouer des relations de bon voisinage. Maintenant je m'attends à chaque instant à ce qu'ils se plaignent des cris des filles. Mais j'y pense ! Ils sont peut-être sourds. Si seulement !

Non, annulez cette remarque. Je ne leur *souhaite* pas d'être durs de la feuille. Bien sûr que non… C'est juste que ce serait… pratique.

— Bonjour ! je lance gaiement.

— Bonjour.

Malgré le sourire aimable qu'il m'adresse, l'expression de ses yeux est lointaine.

— Vous vous plaisez à Canville Road ?

— Beaucoup, vraiment beaucoup.

Son regard est fuyant. Peut-être que je l'ennuie. À moins qu'il ne soit légèrement gâteux. Impossible à dire.

— Ça doit faire bizarre après Oxford, non ?

Je le vois très bien traverser la cour d'un bâtiment ancien dans une toge noire et flottante ou faire cours à un groupe d'étudiants de licence. Franchement, cette image lui va mieux que celle que j'ai sous les yeux : un monsieur d'un certain âge, planté sur son paillasson avec l'air perdu.

On dirait que c'est la première fois qu'il réfléchit à cette question.

— Oui, c'est un peu étrange. Mais positif. Changer d'air est salutaire.

Soudain, il me lance un regard plein de vivacité.

— Tant de mes confrères s'incrustent. Vous savez, si on n'avance pas dans la vie, on dépérit. *Vincit qui se vincit*.

Il fait une pause comme pour donner de la force à ses mots et reprend :

— Comme vous le savez certainement.

En tout cas, il n'est *pas* gaga.

— Vous avez raison ! *Vincit*… euh… Absolument.

Erreur ! Jamais je n'aurais dû essayer de répéter cette citation.

Au fait, ça veut dire quoi ce *vincit* machin ? Et si je cherchais sur Google en vitesse ?

Une voix interrompt mon projet :

— Toby, tu m'écoutes ? Il faut sortir la poubelle. Et si tu veux te rendre utile, fais un saut au magasin et achète une salade pour le déjeuner. Et tu sais où sont passés tous les mugs de la maison ? Je vais te le dire, moi. Par terre, dans ta chambre.

Tilda, mon autre voisine, est sur le pas de sa porte. Et, tout en nouant autour de son cou un immense foulard ethnique, elle houspille son fils. Toby, vingt-quatre ans, a terminé la fac à Leeds il y a deux ans. Il est revenu vivre avec sa mère et travaille sur un projet de start-up technologique. (Chaque fois qu'il entreprend de m'expliquer ce dont il s'agit, ma cervelle se vitrifie. Apparemment, ça a à voir avec la capacité digitale. Un truc de cet acabit !)

Appuyé contre la porte d'entrée, mains enfoncées dans les poches, le dénommé Toby écoute sa mère avec un silence éloquent. Il pourrait être beau mec s'il n'était pas barbu. Parce qu'il y a des barbes sexy et des barbes idiotes. La sienne est idiote : clairsemée et sans forme. Répugnante, quoi ! J'ai envie de lui dire : « Coupe ces poils ! Taille cette barbe ! Fais-en *quelque chose* !… »

— … et il faut qu'on parle d'argent, fulmine Tilda.

Sur ce, avec un grand sourire :

— Salut, Sylvie ? Prête ?

Tous les matins depuis six ans, nous allons ensemble à la station Wandsworth Common. En fait, Tilda ne prend pas le métro car elle travaille de chez elle : elle assure le secrétariat de six personnes différentes. Mais elle aime marcher et bavarder.

Nous n'habitons l'une à côté de l'autre que depuis trois ans. Mais je la connais depuis l'époque où nous vivions dans un appartement juste en face de chez elle. C'est d'ailleurs elle qui nous a prévenus que la maison était à vendre. Elle nous a pratiquement suppliés de nous y installer. Elle est comme ça, Tilda ! Impulsive, démonstrative, avec des idées très arrêtées (mais dans le bon sens). Elle est devenue ma meilleure amie.

— Au revoir !

J'agite la main à l'intention du professeur et de Toby et quitte la maison. J'ai des baskets aux pieds mais dans mon sac se trouvent des escarpins à petits talons et un serre-tête en velours turquoise. Mme Kendrick, qui adore les serre-tête en velours, m'a offert celui-là pour Noël. Plutôt mourir que de le porter à la maison. Mais si elle est contente de le voir sur moi, pourquoi pas.

— Super mèches ! je m'exclame après un coup d'œil sur les cheveux de Tilda. Très brillantes !

— Je le *savais* ! Trop, non ?

— Pas du tout ! Elles t'éclairent le visage.

— Pas sûr ! fait-elle en tirant dessus. Je vais peut-être y retourner et les faire foncer.

Ma copine ne craint pas les contradictions quand il s'agit de son look. Elle se teint les cheveux scrupuleusement mais ne se maquille que très rarement. Elle porte toujours un foulard de couleur vive mais pratiquement jamais de bijoux. L'explication ? Ils lui rappellent ceux que lui offrait son mari – maintenant ex-mari – pour se déculpabiliser. Elle s'est aperçue que c'était des cadeaux de compensation. (« J'aurais préféré qu'il m'achète des trucs pour la cuisine ! Un KitchenAid aurait fait l'affaire ! »)

Nous tournons dans une rue adjacente.

— Alors, ce quiz ? je demande.

— Une vraie cata ! fait-elle avec une grimace d'épouvante. Je ne sais rien.

— Et moi, encore moins que rien, je réplique. Nous courons au désastre.

Tilda, Dan et moi sommes volontaires pour participer à un quiz de charité demain soir. Une soirée de bienfaisance qui a lieu dans le pub du bout de la rue. Cette année, Simon et Olivia, qui habitent en face de chez nous, nous ont demandé de faire équipe avec eux. « Simple comme bonjour », ont-ils affirmé pour nous attirer.

Mais, hier matin, Simon avait complètement changé de refrain. Il nous a confié que « certaines séries de questions seront plutôt durailles. Mais pas de quoi s'inquiéter : on n'aura besoin que d'un peu de culture générale ».

Quand il est parti, nous avons échangé un regard horrifié. « Un peu de culture générale ? »

J'en ai eu des notions à un certain moment de ma vie. Par exemple, pour un concours interscolaire, j'ai appris cent noms de capitales. Mais, depuis la naissance des jumelles, les seules informations que je suis capable d'intégrer sont : 1. la recette des nuggets de poulet d'Annabel Karmel, spécialiste anglaise de la nourriture pour enfants, 2. le thème musical du dessin animé *Peppa Pig*, 3. le jour où les filles ont piscine (le jeudi). Et, pour être honnête, il m'arrive de confondre la chanson de *Peppa Pig* avec celle de la série *Charlie et Lola.* Vous voyez mon niveau de nullité !

— J'ai dit à Toby qu'il devrait jouer avec nous. Comme il aime la nourriture du pub, je n'ai pas eu trop de mal à le persuader. Il en connaît un bout sur la musique et autres. Et puis ça le fera enfin sortir de la maison. *Oh, ce garçon*, s'énerve-t-elle.

Affirmer que Tilda et Toby se tapent mutuellement sur les nerfs est peu dire. Ils bossent tous les deux de chez eux mais, d'après ce que je comprends, leur notion du travail à domicile est assez opposée. Pour Tilda ? Ordre et maîtrise. Pour Toby ? Foutoir dans toute la maison, musique à fond pour l'inspiration, discussions avec son associé à minuit dans la cuisine et aucun revenu tangible. Pas encore.

Pas encore est le mot d'ordre de Toby. Tout projet qu'il n'a pas réalisé mais auquel il va s'atteler ? Il ne s'y est *pas encore* mis. Je l'ai même entendu un jour beugler à travers la cloison de sa chambre : « Je n'ai *pas encore* rangé la cuisine ! *Pas encore*, M'man, bon sang ! »

Il n'a *pas encore* trouvé l'argent nécessaire pour lancer sa start-up. Il n'a *pas encore* envisagé de se diriger vers une autre profession. Déménager ne lui a *pas encore* traversé l'esprit. Préparer des lasagnes n'est *pas encore* au menu de ses compétences culinaires.

Tilda a une fille plus âgée, Gabriella. À vingt-quatre ans, elle était employée dans une banque, vivait avec son chéri et conseillait judicieusement sa mère sur le choix des gadgets de cuisine du catalogue Lakeland. Tout ça pour vous montrer la différence entre la sœur et le frère.

Une chose que j'ai apprise en ce qui concerne Tilda : quand elle commence à déblatérer sur Toby, mieux vaut changer de sujet en vitesse. J'ai d'ailleurs une question à lui poser sur les risques et périls de la vie conjugale.

Je demande, l'air de rien :

— Tilda, quand tu t'es mariée, tu pensais que ça serait pour longtemps ? Je veux dire « pour toujours » ? (Je mime des guillemets.) Pourtant tu as quand même divorcé, donc... Mais le jour de tes noces, quand tu n'imaginais rien de ce que l'avenir t'apporterait, tu te disais que « pour toujours » durerait combien de temps ?

— Tu veux la vraie vérité ? demande Tilda en remuant son poignet. *Merde !* Mon Fitbit s'est arrêté !

— Euh... oui.

— C'est un problème de pile ? On a fait combien de pas à ton avis ?

Elle tapote son bracelet électronique.

— De toute façon, ça ne compte que si mon Fitbit l'enregistre. J'aurais pu aussi bien me dispenser de marcher.

Le Fitbit est sa dernière tocade. Pendant un moment, ça a été Instagram : notre marche du matin était ponctuée par d'innombrables arrêts pour qu'elle puisse photographier des gouttes d'eau sur les feuilles. Maintenant elle est focalisée sur le nombre de ses pas.

J'essaie de revenir à nos moutons.

— Bien sûr que ça compte. Je te dirai le nombre de pas quand on sera à la station de métro. D'accord ? En attendant, dis-moi : quand tu t'es mariée…

— Quand je me suis mariée…, répète-t-elle.

— Tu croyais que « pour toujours » signifierait quoi ? Trente ans ? Ou… cinquante ?

Tilda émet un drôle de grognement hilare.

— *Cinquante ans ?* Cinquante ans avec Adam ? Crois-moi, quinze ensemble, c'était déjà un record. Et on s'est donné du mal pour que ça tienne jusque-là. Pourquoi tu me poses la question ?

— Oh, pour rien de spécial. Je réfléchissais à la vie en couple, sa longévité, etc.

— Tu veux *vraiment* connaître mon avis sur la question ? dit Tilda en accélérant l'allure. Alors voilà : tout le système est défectueux. « Pour toujours » ? Mais qui peut s'engager pour toujours ? Les gens évoluent, les vies changent, les événements varient…

— Euh, oui…

En fait, que dire ? Je me suis *engagée* pour toujours avec Dan.

C'est vrai, non ?

— Et vieillir ensemble ? je lâche.

— Pour moi, c'est incompréhensible. Tu parles d'une vie excitante ! Vieillir ensemble ? Autant promettre de garder toutes ses dents.

— Rien à voir, je réplique en rigolant.

Mais Tilda ne réagit pas. Quand elle est partie sur un sujet, elle a tendance à s'emballer.

— On en fait, des histoires, sur ce « pour toujours ». Enfin, mettons ! Mais « jusqu'à ce que la mort nous sépare », ça ne te paraît pas un peu trop ambitieux ? Un coup de poker, non ? Il y a des scénarios plus vraisemblables. « Jusqu'à ce que nos chemins différents nous séparent », « jusqu'à ce que l'ennui nous sépare », « jusqu'à ce que la queue baladeuse du mari nous sépare ».

Je me fends d'un sourire ironique. Tilda ne parle pas souvent d'Adam, son ex-mari. Une fois, elle m'a tout raconté : une histoire à la fois drôle et déchirante et, pour finir, vraiment triste.

Il s'est remarié et il a trois jeunes enfants qui l'épuisent.

— On y est ! fait Tilda en secouant son bras. Maudit machin ! Quel est ton programme ce matin ?

— Je prends un café avec un membre donateur. Ah, regarde mon appli podomètre ! Voilà : 4 458 pas.

— Ouais, mais tu as probablement dû monter et descendre dix fois les escaliers avant qu'on parte. Tu le prends où, ce café ? ajoute-t-elle avec un haussement de sourcils sardonique qui me fait pouffer. Ne me fais pas croire que c'est chez Starbucks.

— Au Claridge's.

— Au Claridge's ! Je m'en doutais.

— Allez, à demain !

Je descends les marches de la station. En sortant mon pass, j'entends sa voix claironner :

— Y a que toi pour aller au Claridge's. Le *Claridge's*, rien que ça !

Question job, je suis gâtée, c'est vrai.

Gâtée *au sens propre* du terme. Je suis assise dans le salon de thé de l'hôtel Claridge's, devant une assiette de pâtisseries et de croissants fourrés à la confiture d'abricot. En face de moi se trouve Susie Jackson, une fille que j'ai rencontrée à plusieurs reprises et à qui je parle de notre prochaine exposition d'éventails du XIXe siècle.

Je travaille pour la Willoughby House, demeure de la famille Kendrick depuis des siècles et qui est devenue un petit musée privé. C'est une construction de style georgien située à Marylebone : elle est bourrée d'œuvres d'art, de peintures et – assez curieusement – de clavecins. Sir Walter Kendrick vouait une véritable passion aux clavecins, qu'il a commencé à amasser en 1894. Il prisait aussi les épées de cérémonie et sa femme, les miniatures. À vrai dire, tous les membres de la famille étaient des accumulateurs forcenés. Mais nous n'appelons pas leur butin des accumulations. Nous disons « de précieuses collections de peintures et d'objets d'intérêt national et historique », nous les montrons au public et nous organisons des conférences ainsi que des petits concerts.

Étant donné mes études d'histoire de l'art, ce boulot me convient parfaitement. Je ne suis jamais plus heureuse qu'entourée de choses belles ou/et d'importance historique, ce qui est le cas pour de très nombreuses pièces des collections Kendrick. (Il y a aussi bon nombre de vieilleries moches et sans rapport aucun avec l'Histoire mais nous les exposons tout de même pour leur valeur *sentimentale*. Aux yeux de Mme Kendrick, c'est ce qui compte le plus.)

Avant la Willoughby House, j'ai travaillé pour une prestigieuse maison de vente aux enchères. Je mettais au point leurs catalogues mais, étant basée dans un immeuble séparé de la salle des adjudications, je ne voyais jamais ni ne manipulais les objets à vendre. Franchement, c'était un boulot fastidieux. J'ai donc opté pour une structure tout à fait modeste, afin d'être vraiment opérationnelle et d'acquérir davantage d'expérience en matière de développement. Le développement ? Dans ma branche, ça veut dire lever des fonds. Sauf que c'est une expression que nous n'employons pas. Que le seul mot « argent » soit prononcé et Mme Kendrick prend un air de martyre. Idem avec les termes « toilettes » et « site Internet ». Ma patronne a un fonctionnement bien à elle. Après six années auprès d'elle, j'en connais parfaitement les règles. Ne pas utiliser le mot « argent » en est une. Les autres ? Ne pas appeler les gens par leur prénom. Ne pas secouer la sébile en faisant la quête. Ne pas faire de laïus dans le but de soutirer aux sympathisants quelques thunes. Non ! Non ! À la place, il faut *établir des relations, cultiver des contacts.*

C'est justement ce que je suis en train de faire avec Susie, qui s'occupe d'un trust de bienfaisance important dédié au soutien de la culture et des arts. (Une précision : sur leur budget de 275 millions de livres, un gros morceau est alloué chaque année à différentes associations.) Je la baratine donc en douceur histoire de lui faire connaître notre petit musée. Mme Kendrick insiste sur la subtilité de l'approche et la lenteur des opérations. Elle nous interdit de parler de donation au tout début. Son raisonnement ? Plus le temps d'approche est long, plus le donateur sera généreux le moment venu.

En fait, nous rêvons de tomber sur une nouvelle Mme Pritchett-Williams. Un personnage de légende dans l'histoire de la Willoughby House, cette femme ! Pendant dix ans, elle a assisté à toutes les manifestations du musée. Pendant dix ans, elle a bu notre champagne, avalé nos petits fours et écouté nos conférences sans jamais débourser un centime.

Et puis elle est morte. Son testament indiquait qu'elle laissait au musée 500 000 livres. La moitié d'un million !

— Vous voulez encore du café ? je demande en souriant à Susie. Tenez, voici l'invitation au vernissage de notre nouvelle exposition « Éventaire d'éventails ». J'espère que vous pourrez faire un saut.

Comment la décrire ? Je dirais qu'elle est proche de la trentaine. Et que, cette fois encore, elle porte de nouvelles chaussures divines.

— Ça a l'air fabuleux, marmonne Susie la bouche pleine de croissant. Mais le même soir je vais à une fiesta qu'organise le Victoria & Albert Museum.

— Vraiment ?

Malgré ma contrariété, je garde le sourire. Il se passe toujours un truc au V&A. Et comme la moitié de nos sponsors – ou même plus – sont aussi mécènes du V&A, nous passons notre temps à changer les dates de nos événements pour ne pas interférer.

— De quoi s'agit-il ? je demande l'air de ne pas y toucher. Je ne suis pas au courant.

— Une expo de textiles. Il paraît qu'ils offrent des foulards à tous leurs invités. Un genre de cadeau-souvenir.

Regard appuyé vers moi.

Des foulards ? Bordel ! Vite, Sylvie, creuse-toi les méninges.

— Oh ! Mais j'ai oublié de vous parler du merveilleux présent que nous réservons à nos soutiens, le jour de l'inauguration. C'est… un sac.

Ah ! En plein dans le mille !

— Un sac ?

— Un modèle dont le style rappelle l'exposition, bien sûr, j'affirme en mentant comme une arracheuse de dents. Plutôt ravissant, je dois dire.

Bon ! Et maintenant où vais-je dénicher au débotté trente sacs inspirés de notre collection d'éventails anciens ? Dieu seul le sait. Mais *pas question* de perdre Susie au profit du V&A, sans parler de tous les autres bienfaiteurs.

Visiblement, elle est en train de peser le pour et le contre. Entre un foulard du V&A et un sac de la Willoughby House, que va-t-elle choisir ? Le sac a *toutes les chances* de l'emporter mais… sait-on jamais.

— Eh bien, je devrais pouvoir me libérer, admet-elle finalement.

— Formidable ! Je vous mets sur la liste des acceptations. Vous ne serez pas déçue.

Je demande l'addition et termine mon croissant en me disant que ce rendez-vous mérite un « B + ». En rentrant au bureau, je vais écrire mon rapport et informer Mme Kendrick des deux vernissages qui ont lieu en même temps. Ensuite, je commencerai la chasse aux trente sacs.

Tiens, pourquoi ne pas essayer la boutique du musée V&A ?

— Alors, comment vont les filles ? s'exclame Susie avec un grand sourire bizarre au moment où l'addition arrive. Ça fait longtemps que je n'ai pas eu de leurs nouvelles. Je peux voir une photo ?

— Tessa et Anna ? je fais légèrement surprise. Elles vont bien, merci.

Je tends ma carte de crédit au serveur.

— Des jumelles, c'est tellement mignon ! J'adorerais en avoir un jour. Évidemment, il faut d'abord que je trouve le père…

Je l'écoute à moitié tout en tâchant de trouver une photo des filles sur mon téléphone. Quelque chose me tarabuste… Quoi donc ? Ouais ! Je sais ! Le montant de la note. D'accord, c'est le Claridge's, mais quand même…

— Je peux jeter un second coup d'œil à cette note, s'il vous plaît ?

Je récupère l'addition et l'examine.

Café ? OK.

Pâtisseries et viennoiseries ? Pas de problème.

Gâteau au moka à 50 livres ? C'est *quoi* ce truc ?

— Oh, en fait… euh… fait Susie d'une drôle de voix.

Elle me défie du regard et pique un fard. Mais je suis toujours dans le flou. Jusqu'à ce qu'un autre serveur s'amène avec une grande boîte à gâteau fermée par un ruban et la tende à Susie.

— Voici votre gâteau, madame.

Quoi ? J'en reste sans voix.

Elle a commandé un gros gâteau pour son usage personnel et le fait mettre sur *ma* note ? Au Claridge's, en plus ?

Elle ne manque pas d'air, la cocotte. Quel culot d'enfer ! C'est pour ça qu'elle jacassait. Pour me distraire et m'empêcher de regarder la somme. Quand je pense que ses manigance ont failli marcher !

Je garde pourtant la même expression d'intense amabilité placardée sur le visage. L'instant est surréaliste. Mais je ne flanche pas. Six ans de collaboration avec Mme Kendrick m'ont appris à garder le cap en toutes circonstances. Je tape mon code et, en récupérant le reçu, j'adresse un sourire radieux à Susie.

— J'ai été vraiment ravie de passer ce moment avec vous, je dis avec toute la suavité dont je suis capable. On se voit donc au vernissage d'« Éventaire d'éventails ».

— Oui !

Susie a l'air gênée. Elle fixe d'abord la boîte du gâteau, puis me regarde avec circonspection. Et, avec un éclat de rire peu convaincant, elle lance :

— À propos de ce gâteau… Je ne sais pas pourquoi ils l'ont mis sur votre addition.

Je suis légèrement étonnée qu'elle revienne sur le sujet, mais je réplique, comme si la Willoughby House faisait don tous les jours d'un gâteau de 50 livres à quelqu'un :

— Aucun problème ! C'est une affaire réglée. Nous sommes *ravis* de vous l'offrir. Régalez-vous à notre santé !

En sortant du Claridge's, je bouillonne de colère. Nous sommes une organisation philanthropique, bordel ! Nous dépendons uniquement de la générosité de nos bienfaiteurs ! En arrivant au bureau, vingt minutes plus tard, je me suis calmée. Je peux même voir le côté cocasse de l'histoire. Et son « plus ». Car, désormais, Susie a une dette envers nous.

Pause devant la porte d'entrée. Après avoir mis mon serre-tête en velours et appliqué un joli rose pâle sur mes lèvres, je pénètre dans le grand hall carrelé où s'affairent Annabel et Nina, deux de nos bénévoles. Je fais bonjour de la main sans m'arrêter et grimpe au dernier étage.

Nous avons énormément de bénévoles – des femmes d'un certain âge principalement. Elles passent leur temps dans un fauteuil, à boire du thé et à papoter. À l'occasion, elles donnent à qui le demande un renseignement sur un objet exposé. Certaines sont des habituées de longue date, beaucoup ont tissé entre elles de vrais liens d'amitié. Le bénévolat leur tient lieu de vie sociale. Pour l'anecdote : il y a parfois tant de collaboratrices volontaires dans le musée qu'on doit en renvoyer quelques-unes chez elles pour laisser de l'espace aux visiteurs.

La plupart de ces dames établissent leurs quartiers dans le grand salon, orné d'un célèbre tableau de Gainsborough et d'extraordinaires vitraux couleur or. Mais ma pièce préférée est la bibliothèque bourrée de vieux bouquins et de journaux intimes écrits à la plume par les membres de la famille. Elle est restée telle qu'elle était, avec ses armoires vitrées et ses anciennes lampes à gaz, si bien qu'y pénétrer équivaut à remonter le temps. Il y a aussi un sous-sol où la cuisine d'autrefois est conservée « dans son jus », avec les antiques casseroles, une immense table et un fourneau aussi gigantesque que terrifiant. J'aime cet endroit. J'y descends de temps en temps, m'y arrête et imagine ce que pouvait être la vie d'une cuisinière dans une maison pareille. J'ai suggéré un jour d'organiser une exposition sur la vie des serviteurs d'autrefois. Réponse de Mme Kendrick : « Pas vraiment adéquat, ma chère. » Fin de non-recevoir.

L'escalier peut paraître interminable – cinq étages – mais j'ai l'habitude. Il y a bien un petit ascenseur capricieux mais je ne suis pas fana des petits ascenseurs capricieux. Surtout de ceux qui ne se gênent pas pour tomber en panne et vous laisser coincée au sommet de l'immeuble sans moyen de redescendre…

Pour résumer, je grimpe les marches tous les jours, ce qui constitue un bon exercice de cardio. Me voici arrivée au cinquième. J'entre dans le bureau inondé de lumière et salue Clarissa. Ma collègue a vingt-sept ans. Elle s'occupe de l'administration et recherche de temps en temps des fonds pour le musée. Nous ne sommes que deux – plus Mme Kendrick : équipe réduite mais tandem efficace car on s'aime bien. Les petites manies de Mme Kendrick n'ont pas de secrets pour nous. Avant Clarissa, il y a eu une dénommée Amy. Mais elle était trop bruyante. Un peu trop insolente. Elle remettait les choses en question et critiquait nos méthodes. Bref, d'après Mme Kendrick, « elle n'était pas conforme ». Forcément, la fille n'a pas fait long feu.

Clarissa, en revanche, est parfaitement conforme. Longs cheveux bruns, grands yeux gris avec quelque chose de sérieux et d'attachant. Ah ! Elle porte des robes ceinturées à fleurs et des chaussures de danse rétro. Au moment où j'arrive, elle vaporise d'eau les plantes vertes – une de nos tâches quotidiennes. Mme Kendrick est contrariée si on oublie.

— Bonjour, Sylvie ! m'accueille-t-elle joyeusement. Je rentre juste d'un petit déjeuner très réussi. Six prospects qui ont promis de ne pas oublier la Willoughby House dans leurs dernières volontés. *Gentil* de leur part, hein ?

— Bravo ! C'est formidable !

Je lui ferais volontiers un *high-five* mais ce geste n'est *pas du tout* apprécié par notre patronne, qui risque de faire son entrée à tout moment.

— Malheureusement, mon rendez-vous n'a pas été aussi abouti. J'ai pris un café avec Susie Jackson de la Wilson-Cross Foundation qui m'a dit que le V&A organisait un lancement le même soir que l'inauguration d'« Éventaire d'éventails ».

— Oh noooon !

— J'ai arrangé le coup en lui racontant qu'on offrirait un sac en souvenir à chaque invitée. Et donc elle vient.

— Génial ! Quel genre de sac ?

— Pas la moindre idée. Il va falloir trouver.

— Pourquoi pas à la boutique du V&A ? propose Clarissa après réflexion. Ils ont des modèles *ravissants*.

— Oui, j'y ai pensé.

Je suspends ma veste et vais mettre le reçu du Claridge's dans la Boîte. C'est une grande boîte en bois posée sur une étagère. À ne pas confondre avec sa voisine, la Boîte Rouge, qui, elle, est en carton mais qui fut à une époque recouverte de papier cadeau à fleurs. Un lambeau vermillon figure toujours sur le couvercle, d'où son nom de Boîte Rouge.

La Boîte reçoit les reçus et quittances tandis que la Boîte Rouge est destinée aux fax. À côté d'elles se tient la Petite Boîte où l'on conserve les Post-it et les agrafes mais *pas* les trombones qui, eux, vont dans le Plat (un plat en céramique sur l'étagère voisine). Les crayons sont stockés dans le Pot.

Je sais, cette organisation a l'air compliqué mais, une fois qu'on s'y est fait, c'est facile.

— On n'a presque plus de papier pour le fax, annonce Clarissa en plissant le nez. J'irai en acheter tout à l'heure.

Nous utilisons beaucoup le fax au bureau. L'explication ? Mme Kendrick travaille parfois de chez elle et aime correspondre avec nous par fax. Dépassé comme système ? D'accord. Mais c'est sa façon à elle de procéder.

En m'installant pour taper mon rapport, je demande :

— Qui sont tes prospects ?

— Six types adorables de chez HSBC. Assez jeunes, en fait. Tout juste sortis de la fac. Mais *absolument* charmants. Ils ont promis de léguer de l'argent au musée. Des milliers de livres, je crois.

— Incroyable ! je dis en commençant à rédiger.

À ce moment, un bruit inhabituel se fait entendre dans l'escalier. Je connais le pas de Mme Kendrick. D'ailleurs, elle est en train de monter. Mais une autre personne l'accompagne. Ses pas sont plus lourds. Plus rythmés.

La porte s'ouvre au moment précis où je me dis : *Il s'agit d'un homme.*

C'est effectivement un homme.

Dans les trente ans. Costume sombre, chemise bleu vif, costaud, cheveux foncés coupés court. Du genre avec des poignets poilus et qui met trop d'after-shave. (Je renifle d'ici ses effluves parfumés.) Du genre à se raser deux fois par jour. À soulever des poids en salle de gym. À conduire une bagnole voyante assortie à sa chemise. Très inhabituel dans nos locaux. Il est planté sur le tapis vert délavé, ses chaussures brillantes aux pieds ; sa tête atteint presque le linteau. Bref, sa présence semble incongrue. À vrai dire, on voit assez peu d'hommes par ici. Ou alors, ce sont les maris grisonnants de nos bénévoles. Qui mettent leur vieille veste de smoking en velours pour assister à nos manifestations. Qui posent plein de questions sur la musique baroque. Qui boivent du sherry. (Nous en servons à chaque soirée : une autre manie de Mme Kendrick.) J'ajoute qu'ils ne grimpent jamais au dernier étage et qu'ils n'ont pas l'œil inquisiteur de ce mec.

Justement, le voilà qui s'écrie d'un ton incrédule :

— C'est un *bureau,* ce pigeonnier ?

Non mais, quel toupet ! Oui, mon grand, c'*est* un bureau.

Je jette un coup d'œil à Mme Kendrick, vêtue d'une robe fleurie à jabot et impeccablement coiffée comme toujours. Elle va sûrement le remettre à sa place avec une de ses petites remarques pincées (« Ma chère, a-t-elle dit un jour à Amy qui ouvrait une cannette de Coca, vous vous croyez dans un lycée américain ? »)

Mais, pour une fois, elle a l'air moins revêche. Elle regarde le visiteur en tripotant la broche en camée qu'elle affectionne particulièrement.

— Ce pigeonnier est assez pratique, dit-elle avec un petit rire nerveux. Mais, d'abord, les présentations. Mesdames, voici mon neveu, Robert Kendrick. Robert, je te présente Clarissa qui s'occupe de l'administration du musée. Et Sylvie qui est en charge du développement.

Nous nous serrons la main, ce qui n'empêche pas Robert de continuer à inspecter notre bureau, la mine sévère.

— Hum, c'est un peu encombré, non ? Vous devriez faire place nette sur vos tables.

Faire place nette sur nos tables ? Ça alors ! Il se prend pour qui ? J'ouvre la bouche, prête à riposter vertement avant de me dégonfler. Avant toute intervention, mieux vaut décoder la situation. Le regard sidéré de Clarissa volette sans discontinuer entre Mme Kendrick et moi. Et cette dernière réalise enfin qu'elle nous doit une explication.

— Robert a décidé de s'intéresser à la Willoughby House, commence-t-elle avec un sourire forcé. Il en héritera un jour, bien sûr, avec ses deux frères aînés.

Pincement au cœur. Sommes-nous devant le méchant neveu qui veut fermer le musée de sa tante pour le transformer en immeuble d'appartements ?

Je n'y tiens plus :

— S'y intéresser de quelle manière ?

— De manière tout à fait impartiale. Au contraire de ma tante, semble-t-il.

J'ai raison : il *est* le méchant neveu.

— Vous ne pouvez pas fermer le musée, je contre-attaque sans réfléchir. Impossible. La Willoughby House représente une page d'histoire. C'est un refuge pour les Londoniens épris de culture.

— Plutôt un refuge pour une bande de pique-assiette éprises de cancans.

Belle voix grave d'homme bien élevé. Il serait séduisant s'il faisait preuve de moins d'intolérance. Il m'examine en fronçant les sourcils.

— Cet endroit a besoin de *combien* de bénévoles ? J'ai l'impression que la moitié des retraitées de Londres tient salon au rez-de-chaussée.

— Les bénévoles sont les gardiennes du musée, je rétorque.

— Les bénévoles boulottent leur poids en petits biscuits. De chez Fortnum, rien que ça ! N'est-ce pas un peu extravagant pour un organisme qui vit de la générosité de ses membres amis ? Combien dépensez-vous en biscuits ?

Silence dans le rang. Mme Kendrick étudie avec attention le bouton de sa manche. Clarissa et moi échangeons force regards en dessous. Les petits biscuits de chez Fortnum *sont* effectivement un luxe, mais Mme Kendrick trouvent qu'ils sont « civilisés ». Nous avons essayé d'autres marques avant de revenir à Fortnum. (En plus, on adore leurs boîtes en fer.)

— Je voudrais voir tous les comptes, nous informe Robert. Les dépenses, la trésorerie, les disponibilités en cash… Vous gardez les reçus et les quittances ?

— Évidemment, je réponds froidement.

— Ils sont dans la Boîte, confirme Clarissa en fonçant vers l'étagère.

— Pardon ?

Comme Robert a l'air perplexe, Clarissa se lance dans une démonstration :

— Ici, c'est la Boîte. Là, c'est la Boîte Rouge et ensuite la Petite Boîte.

— Le truc, le machin et le *chose* ? fait Robert en se tournant vers moi. Un peu du n'importe quoi, non ?

— Pas du tout, je réplique alors qu'il continue son inspection.

— Je ne vois qu'un seul ordinateur, constate-t-il.

— Nous le partageons.

D'accord, un ordi pour deux, c'est un peu atypique, mais, dans notre cas, ça fonctionne.

— Vous *partagez* l'ordinateur ? Jamais vu ça. C'est dingue.

— On s'arrange, je marmonne. Nous l'utilisons à tour de rôle.

— Mais… vous vous envoyez des mails comment ?

— Si je veux correspondre avec les filles, je leur envoie un fax, claironne Mme Kendrick. Un moyen très pratique.

— Un *fax* ? Dites-moi que ma tante plaisante !

— Nous faxons beaucoup, j'explique. À nos bienfaiteurs également.

Il s'approche du fax, l'observe pendant un moment en respirant bruyamment.

— Vous écrivez à la plume d'oie ? Vous vous éclairez à la chandelle ?

— Nos méthodes de travail ne sont pas conventionnelles mais elles sont efficaces, je lui fais remarquer sèchement.

— Foutaises ! Une organisation moderne ne se gère pas de cette façon !

Aïe ! Aïe ! Aïe ! Je n'ose pas lever les yeux vers Mme Kendrick. « Foutaises » ne figure pas du tout sur la liste des mots qu'elle tolère.

— C'est un système particulier, je dis. Il nous convient.

Sous ma bravade, je me sens légèrement mal à l'aise. Car, à mes débuts à la Willoughby House, quand on m'a montré les Boîtes et le fax, j'ai réagi comme lui. Je voulais me débarrasser de toute la paperasse. Et j'ai fait toutes sortes de propositions en ce sens. Mais Mme Kendrick avait des idées très arrêtées – les mêmes qu'aujourd'hui. Chaque suggestion était rejetée. Et donc, petit à petit, je me suis habituée aux Boîtes et au fax. J'ai été endoctrinée.

Finalement, est-ce tellement important ? Est-ce si grave d'être démodées ? De quel droit ce type débarque-t-il pour fanfaronner et nous donner des directives sur la manière de bosser ? Nous réussissons plutôt bien, n'est-ce pas ?

Il jette un coup d'œil tout autour de la pièce :

— Je reviens la semaine prochaine. Cet endroit a besoin d'une sacrée reprise en main. Sinon…

Sinon ?

— Eh bien, Robert et moi partons déjeuner. Ensuite nous aurons une petite conversation. Sur un peu tout.

Inutile de préciser que Mme Kendrick semble secouée. Quand ils ferment la porte, nous nous regardons en silence, Clarissa et moi. Et dès qu'ils ne sont plus à portée d'oreille, elle m'interroge :

— Sinon quoi ?

Les empreintes des chaussures grandes pointures sont toujours visibles sur le tapis.

— Je n'en sais rien. Et j'ignore de quel droit il se permet de nous juger.

— Peut-être que Mme Kendrick veut se retirer et qu'il va devenir notre boss, avance Clarissa.

— Quelle horreur ! Tu *l'imagines* parler aux bénévoles ? « Merci d'être venues et maintenant foutez le camp ! »

Clarissa est prise de fou rire. Je ris moi aussi. Pas question de lui faire part de mon intime conviction. À mon avis, Robert n'a aucune envie de diriger le musée. Cette maison est un emplacement de premier choix en termes d'immobilier. Et l'aspect financier des choses finit toujours par l'emporter.

Clarissa, une fois calmée, va nous préparer un café. Je m'assieds à mon bureau pour taper mon rapport en essayant d'oublier ce qui vient de se passer. Mais impossible. Je suis toute retournée. Mon anxiété n'a d'égal que mon mépris. Et pourquoi, je vous prie, notre structure *n'aurait-elle pas le droit* d'être différente ? Pourquoi *faudrait-il* qu'on s'aligne ? Je me fiche de qui il est et de ses prétentions sur la Willoughby House. S'il veut détruire cet endroit unique pour en faire des appartements, il devra d'abord me passer sur le corps.

En quittant le bureau, j'ai dû aller assister à une conférence sur la peinture italienne que donne un de nos bienfaiteurs. J'arrive donc à la maison vers 20 heures. Pas un bruit – ce qui indique que les filles sont au lit et dorment. Je grimpe dans leur chambre pour leur faire un bisou, les border et changer Anna de position (elle commence toujours sa nuit les pieds sur l'oreiller comme Fifi Brindacier, l'héroïne des romans pour enfants). Puis je redescends pour trouver Dan assis à la table de la cuisine, une bouteille de vin devant lui.

— Salut ! Tu as passé une bonne journée ?

— Bof, fait Dan en haussant les épaules. Et toi ?

— Un gratte-papier est venu nous donner des leçons. Le neveu de Mme Kendrick. Apparemment, il veut « s'intéresser » au musée. Ou plutôt, le fermer et construire des apparts.

— Il l'a dit ? s'alarme Dan.

— Non, pas exactement, mais il nous a demandé de changer nos méthodes, sinon…

Je prononce ce dernier mot d'un ton menaçant mais le visage de Dan s'est déjà détendu.

— Il voulait probablement dire « sinon pas de fête de Noël ». Tu veux du vin ?

Avant que j'aie répondu, il me verse un verre. Je vois immédiatement que la bouteille est à moitié vide. Et qu'il a sa tête des mauvais jours.

— Hé, Dan ? Tu as des problèmes ?

Pendant un instant, il regarde dans le vide. J'ai l'impression qu'il est bourré. Il a dû s'arrêter au pub en chemin. Ça lui arrive quand je travaille tard et que

Karen garde les jumelles. Généralement, en rentrant, il ouvre une bouteille et continue à picoler.

— Tu sais à quoi j'ai pensé aujourd'hui au bureau ? À ma vie professionnelle. Construire des bureaux, les vendre, les construire, les vendre et continuer ainsi jusqu'à la fin des temps… C'est à ça que je vais passer les prochains soixante-huit ans ?

— Je comprends.

— Cette notion de « pour toujours » me donne le vertige.

— Pas jusqu'à la fin des temps, je dis en riant pour égayer l'atmosphère. Tu ne seras pas obligé de travailler jusqu'à *ta mort*.

— Pour moi, c'est l'éternité. Nous sommes immortels, voilà ce que nous sommes, Sylvie. Et, d'après toi, les immortels sont quoi ?

— Des héros ?

— Des putains de cons, voilà ce qu'ils sont !

Sur ce, il attrape la bouteille et se ressert une bonne rasade.

Oh ! Oh ! Ça ne va pas du tout.

— Dan, tu ne serais pas en pleine crise existentielle, par hasard ? je lui demande, sans pouvoir m'en empêcher.

— « Crise existentielle » ? Tu rigoles, ma pauvre fille ! Vu toutes les années que j'ai encore à vivre, à mon âge, je ne peux pas me le permettre.

— Mais c'est *positif* d'avoir autant de temps devant soi !

— On va en faire quoi, de ce temps, Sylvie ? Comment remplir ces années inhumaines et stupides de boulot abrutissant ? Où est la *joie* dans nos vies ?

Il jette un coup d'œil interrogateur tout autour de la cuisine comme s'il espérait trouver un bocal étiqueté « joie » à côté du flacon de curcuma.

— On en a parlé ce matin ! Nous devons juste établir des projets d'avenir, contrôler nos vies. *Vincit qui se vincit*, j'ajoute fièrement. Autrement dit : « Celui qui sait se dominer est vainqueur. »

J'ai cherché la citation latine ce matin au bureau, quand ça a été mon tour d'utiliser l'ordi.

— D'accord, mais quel est ton plan pour vaincre ?

— Je ne sais pas.

Je bois une gorgée de vin. C'est si bon que j'en avale une seconde. Ensuite, je sors des assiettes du placard, dispose sur un plat le poulet qui mijotait dans une cocotte et le saupoudre de coriandre. Pendant ce temps, Dan prend des couverts dans un tiroir.

— *Sans parler de…* Tu sais bien, dit-il en posant bruyamment couteaux et fourchettes sur la table.

— Non ! Sans parler de quoi ?

— De notre vie sexuelle, fait-il comme si c'était l'évidence même.

Oh là là ! Encore ! *Je rêve !*

Pourquoi faut-il que Dan ramène tout au sexe ? C'est important, d'accord ! Mais il y a d'autres choses dans l'existence, des choses qu'il ne semble pas remarquer ou *apprécier*. Comme des embrasses de rideau. Ou une saison de « MasterChef ».

— Précise ta pensée, Dan !

— Sans parler du fait de coucher avec la même personne toujours et toujours. Pendant des millions d'années.

Un silence s'installe pendant que j'apporte nos assiettes pleines à table. Des réflexions inquiètes tournent dans ma tête à toute allure. C'est donc comme ça qu'il considère notre couple ? Une union qui va durer « des millions d'années » ? Je me souviens de la remarque de Tilda. Le concept « jusqu'à ce que la mort nous sépare », n'est-ce pas un peu ambitieux ? N'est-ce pas un coup de poker ?

— On pourrait prendre un congé sabbatique ou un truc de ce genre, je propose sans bien réaliser ce que je dis.

Dan lève la tête :

— Un congé sabbatique ?

— Oui. Mener des vies séparées pendant un moment. Voir d'autres gens, je dis, en jouant la fille ultra-cool. Pourquoi ne pas en faire le thème d'une de nos décennies ? Enfin, c'est une idée comme ça.

En fait, j'ai moins d'audace que je ne feins d'en avoir. Je ne veux pas que Dan couche avec d'autres nanas pendant dix ans. Je veux qu'il n'approche personne à part moi. D'un autre côté, je ne veux pas qu'il se sente comme un homme en cage pour le restant de ses jours.

Il me regarde, perplexe :

— Alors, comme ça, on parle italien pendant dix ans, on baise à droite et à gauche pendant dix ans et puis… c'était quoi déjà, la suite ? On déménage en Amérique du Sud ?

— Oh, arrête ! J'essayais de me rendre utile.

Dan me dévisage attentivement.

— Tu veux *vraiment* un congé sabbatique ? Tu es en train de me dire quelque chose, là ?

— Mais non ! Je veux seulement ton bonheur. Je croyais que tu *étais* heureux. Mais maintenant que tu veux nous quitter…

— Absolument pas ! C'est toi qui veux que je parte. Tu veux que je décanille *tout de suite* ?

— Je ne veux pas que tu nous quittes ! je hurle presque.

Comment en est-on arrivés là ? Je termine mon verre et, en tendant la main pour attraper la bouteille de vin, je résume notre conversation dans ma tête. D'accord, j'ai brûlé les étapes. Mais lui aussi.

Nous dînons en silence. Je descends mon verre à petites gorgées en me disant que ça va m'éclaircir les idées. Du coup, je me sens graduellement plus calme. En fait, par « calme », je veux dire « pompette ». Les deux verres de prosecco que j'ai bus à la conférence font leur effet, ce qui ne m'empêche pas de finir mon second verre. Un geste vital. Comme prendre un *médicament*.

— Tout ce que je désire, c'est que nous soyons heureux très longtemps, je finis par bredouiller. Je ne veux pas qu'on s'ennuie, qu'on compte les jours comme si nous étions en prison. Et je ne veux pas de congé sabbatique. Quant à notre vie sexuelle, euh… Eh bien, je peux toujours acheter de nouveaux dessous…

— Je suis navré. Je ne voulais pas te blesser. Faire l'amour avec toi, c'est épatant, tu le sais, non ?

Épatant ? J'aurais préféré *époustouflant*. Mais pas la peine de relever.

— Nous sommes inventifs, nous pouvons être heureux. Alors tout va bien.

— Évidemment, nous pouvons être heureux. Oh, Sylvie, je t'aime tellement ! J'aime tellement les filles…

Après le vin agressif, l'humeur sentimentale (j'ai un mot pour cet état : *auto-apitoiement*).

— Le jour de la naissance des jumelles, ma vie a… a… (Dan cherche ses mots en fermant les yeux.) Ma vie a pris une dimension plus grande. Mon cœur s'est *dilaté*. Je ne savais pas que je pouvais ressentir autant d'amour. Tu te souviens comme elles étaient minuscules dans leurs petits berceaux de plastique ?

Sans mot dire, je me souviens – et je devine qu'il se souvient aussi – des terribles premières vingt-quatre heures que Tessa a passées sous assistance respiratoire. Cela semble très ancien. Aujourd'hui, c'est une petite fille robuste et pétante de santé. Mais quand même.

Des larmes d'ivrogne jaillissent soudain de mes yeux :

— Je m'en souviens.

— Et ces tout petits chaussons qu'elles portaient ? Je vais te confier un secret, Sylvie : ces petits chaussons me manquent.

— Mais je les ai toujours !

En me levant avec précipitation, je trébuche sur le pied de ma chaise.

— L'autre jour, j'ai trié leurs vêtements de bébé et j'en ai gardé tout un tas pour… j'sais pas. Pour plus tard, quand elles auront des enfants…

Je vais dans l'entrée, ouvre le placard qui est sous l'escalier et tire un plein sac de vêtements premier âge. Dan, qui a ouvert une autre bouteille, pousse un verre vers moi pendant que je sors du sac une brassée de pyjamas. Ils ont encore l'odeur de la lessive en paillettes – un parfum tellement associé à leur petite enfance que mon cœur se serre. Notre univers tournait autour de nos bébés et maintenant c'est fini.

Dan les fixe, comme hypnotisé :

— Oh, ils sont vraiment riquiqui !

J'avale une gorgée :

— Regarde celui avec les canetons jaunes.

C'était mon préféré. D'ailleurs, on appelait parfois les filles nos canetons. On disait : « On va mettre nos canetons dans leurs nids. » C'est drôle comme certains petits détails vous reviennent soudain.

Dan agite son verre par à-coups.

— Et le mobile en forme de nounours qui faisait de la musique ? C'était quoi l'air, déjà ?

— La la la…

Impossible de me le rappeler. Zut alors ! Cette berceuse était pourtant imprimée dans nos mémoires.

— On l'a sur une vidéo, m'annonce Dan en ouvrant son ordinateur portable.

Un moment après, une vidéo intitulée « Les jumelles : première année » apparaît sur l'écran. En revoyant ce film vieux de cinq ans, je suis tellement bouleversée que je suis incapable de parler.

Dan est sur le canapé et tient contre lui Anna, âgée d'une semaine, toute recroquevillée comme le sont les nourrissons. Elle paraît si fragile, avec ses jambes maigrichonnes. Les gens disent : « Tu oublieras comme tes jumelles étaient petites. » Cela semble invraisemblable et pourtant c'est ce qui se produit. Et il y a Dan, tout en tendresse et protection. Si fier, si père.

Lui aussi est très ému.

— *C'est ça !* fait-il d'une voix étranglée, comme s'il pleurait. C'est ça, le sens de la vie. Devant nous.

— Devant nous, j'ânonne en m'essuyant les yeux.

— Devant nous, répète-t-il, les yeux toujours fixés sur Anna bébé.

— Tu as raison. Tu as… tellement, tellement, tellement… (Je suis à court de vocabulaire.) Tu as raison. Oui, *raison*.

— Rien d'autre ne compte, discourt Dan en faisant de grands gestes, verre à la main. *Rien d'autre.*

— Rien d'autre, je confirme tout en m'agrippant à ma chaise pour l'empêcher de tourner sur elle-même. Je me sens *un peu*… Comment dire ? Je vois deux Dan assis en face de moi.

— *Rien d'autre*, assène-t-il. Rien d'autre au monde. Rien.

— Oui, rien.

— Tu sais quoi, Sylvie ? déclare Dan le doigt pointé vers l'écran. On devrait en avoir *plus*.

— Oui, j'acquiesce de tout mon cœur, pas sûre de comprendre ce qu'il a en tête. Plus de quoi ?

— C'est de *cette façon* que nous donnerons un sens à notre existence, que nous remplirons les années interminables qui s'étendent devant nous.

Dan paraît très véhément, tout à coup :

— On devrait avoir plus de bébés. *Beaucoup* plus, Sylvie. *Dix* de plus.

Plus de bébés ? J'en reste sans voix.

Et puis les larmes jaillissent. Il a *raison*. Avoir des enfants, c'est la réponse à tout.

À travers un brouillard alcoolisé, j'ai une vision de dix adorables petits êtres couchés en rang dans des berceaux en bois identiques. *Bien sûr* qu'il faut que nous fassions davantage de bébés. Pourquoi n'y avons-nous pas pensé avant ? Je serai la Mère Nourricière. J'emmènerai mes enfants faire des balades à vélo. Ils seront tous habillés pareil. Nous chanterons en chœur des comptines.

Dans un coin de ma tête, une petite voix semble émettre des objections, mais elle n'est pas très audible. Et je n'ai pas envie de l'entendre. Non, je veux des pieds minuscules et des petits crânes au duvet de caneton. Je veux d'adorables poussins qui m'appelleront « maman » et qui m'aimeront inconditionnellement.

Un amour multiplié par dix.

Sans réfléchir, j'attrape la grenouillère aux canards, la tends à bout de bras. Nous la contemplons en l'imaginant portée par un nourrisson gigotant. Et puis, je la laisse tomber :

— Allez, on s'y met ! Tout de suite et ici !

Je me penche pour embrasser Dan, chavire et me retrouve par terre. Merde ! *Aïe !*

— Tout de suite et ici ! s'emballe Dan qui me rejoint et commence à me déshabiller.

Bon, dire que le sol carrelé est *très* confortable serait un mensonge. Mais ça m'est égal car nous commençons une nouvelle vie. Nous entamons un nouveau chapitre. Nous sommes motivés, nous avons un but : un délicieux petit bébé dans son panier en rotin… Soudain je vois la vie en rose.

4

MON DIEU ! QU'EST-CE QUI M'ARRIVE ?

Enceinte ?

Pas enceinte ?

C'est le lendemain matin. Je suis couchée. J'ai mal au crâne. Mal au cœur. Je flippe grave. Suis-je enceinte ? Ou pas ? *That is the question.*

Ce scénario me paraît invraisemblable. J'ai l'impression d'être dans une de ces vidéos qui mettent en garde les ados sur les possibilités d'une grossesse accidentelle. Hier soir, notre partie de jambes en l'air s'est déroulée *sans* protection.

Attendez ! Avec ou sans ?

Non, non ! Sûrement pas avec !

Je palpe mon ventre avec précaution. Pas de changement. Mais ça ne veut rien dire. À l'intérieur de moi, le miracle de la conception a pu avoir lieu. Ou il peut se produire à ce moment précis, pendant que Dan dort comme un bienheureux en étreignant son oreiller, sans savoir que notre vie est foutue.

Je corrige : pas foutue.

Eh si, *foutue* ! À plein d'égards.

Nausées matinales. Dos douloureux. Inconfort abdominal. Insomnies. Problèmes d'argent. Sans parler de ces horribles jeans pour femmes enceintes avec leurs bandes élastiques.

Le pire, c'est le manque de sommeil. Ça m'obsède. Pour moi, il s'agit d'une forme de torture. L'idée de passer à nouveau des nuits sans dormir m'est insupportable. En plus, la différence d'âge avec les jumelles sera de six ans. Devrons-nous mettre en route un quatrième bébé pour tenir compagnie à celui-là ? Quatre ? *Quatre enfants ?* Quel genre de bagnole faudra-t-il acheter ? Un de ces énormes minibus ? Et comment le garer dans notre rue étroite ? Cauchemars en perspective.

Et mon boulot ? Devrai-je l'abandonner pour surveiller ma couvée ? Mais non, *pas question.* J'aime ce que je fais. Et, à la maison, tout roule.

Soudain, une pensée atroce me coupe le souffle. Imaginez ! Nous avons un troisième enfant et nous mettons en route un quatrième… pour *nous retrouver avec des triplés.* Ces choses-là existent. Tilda a rencontré une famille de Stoke Newington à qui c'est arrivé. Trois enfants et, boum, des triplés. Je serais effondrée. J'en mourrais. Mais pourquoi n'y a-t-on pas pensé avant ? Six enfants. *Six.* Et on les *mettrait* où ? Je vous le demande.

Je suis en hyperventilation. Je passe de l'état de maman de deux filles qui assure à celui de mère d'une famille de six, totalement débordée, la tignasse échevelée vaguement tenue par un élastique, les pieds déformés dans des tongs, l'air perpétuellement crevée et ahurie…

Une seconde ! Il faut que j'aille au petit coin.

En me rendant aux toilettes sans faire de bruit pour ne pas réveiller Dan, je me rends compte tout de suite que je ne suis pas enceinte. Pas du tout enceinte.

Quel soulagement ! Je m'assieds sur la cuvette et me laisse aller, la tête dans les mains. C'est comme si je m'étais arrêtée de justesse au bord d'un précipice. Une famille de quatre, c'est le bonheur. La perfection.

Mais comment Dan va-t-il réagir ? Lui que la vision de la grenouillère à canetons et des petits chaussons a fait fondre ? Lui que la perspective d'une famille nombreuse a enchanté ? Lui qui, s'il veut six enfants, ne m'a jamais fait part de son souhait ?

Je reste dans la même position pendant un moment en réfléchissant à la manière de lui annoncer que nous n'aurons ni ce bébé ni d'autres enfants.

— Sylvie ? Ça va ?

— Oh, bonjour ! Tu es réveillé ? je lui réponds d'une voix haut perchée qui n'est pas la mienne. Je…

Une fois de retour dans notre chambre, j'évite de le regarder.

— Finalement, je ne suis pas enceinte, je déclare, l'œil fixé sur le sol.

Il s'éclaircit la gorge :

— Bon, eh bien, c'est…

S'ensuit une pause interminable. Je retiens ma respiration. J'ai l'impression d'être dans le jeu télévisé *À prendre ou à laisser*. Suspense ! Comment va-t-il finir sa phrase ?

— C'est… dommage, articule-t-il finalement.

J'émets une sorte de son qui montre que je suis d'accord alors qu'en fait je pense exactement le contraire. Mon estomac gargouille doucement. Je me demande si cette histoire va faire exploser notre couple. Plus grave que l'épisode du canapé vert en velours ? (Une vraie saga ! Pour finir, nous nous sommes mis d'accord sur du gris. Mais, entre nous, le vert aurait été *dix mille fois* mieux.)

— On peut essayer le mois prochain, propose Dan au bout d'un long moment.

— Oui, je réponds en me disant *Merde alors ! Il veut vraiment six enfants*.

— Tu devrais acheter du… Comment ça s'appelle ? De l'acide folique.

Mais non ! C'est dix fois trop tôt. De l'acide folique ? Et pourquoi pas des couches pendant que j'y suis ?

— Oui, j'acquiesce, les yeux rivés sur la commode. J'en prendrai éventuellement.

Je dois lui annoncer la nouvelle. C'est comme sauter dans une piscine. On respire à fond et on y va.

Je plonge :

— Dan, désolée mais je ne veux plus d'autres bébés. Les petits chaussons nous ont rendus sentimentaux mais finalement ce ne sont que des chaussons, tandis que l'arrivée d'un enfant est un engagement pour la vie entière, sans parler du bouleversement que cela occasionne. Notre organisation est maintenant sur les rails, alors en accueillir dans notre vie un troisième, et probablement un quatrième et même plus, n'est pas raisonnable. En tout cas, c'est mon avis.

Quand je reprends mon souffle, je me rends compte que Dan, planté en face de moi, est en train de discourir à perdre haleine. Comme si lui aussi venait de sauter dans une piscine.

— … regarder l'aspect financier. Les études universitaires, la chambre supplémentaire, une voiture plus grande…

Minute papillon !

— Tu es en train de dire quoi exactement ?

— Navré, Sylvie ! D'accord, hier soir, on s'est emballés. Peut-être désires-tu agrandir la famille. Dans ce cas, il faut qu'on en parle sérieusement. Tu sais que je respecterai toujours ton point de vue, mais ce que je veux dire…

— Je ne veux pas agrandir la famille. C'est toi qui veux six enfants !

— Six ? Tu es dingue ! On a baisé une fois sans capote. Par quel miracle pourrait-on avoir « six enfants » ?

Franchement ! Il est borné ou quoi ?

— Regarde : nous avons un enfant, puis un autre pour qu'il ne soit pas tout seul mais nous nous retrouvons avec des triplés. Ces choses-là arrivent. Tu te souviens de ce couple de Stoke Newington ?

La mention de « triplés » le laisse pantois. Quand nos regards se croisent, la vérité me saute aux yeux. Il ne veut ni triplés, ni minibus, ni rien de ce genre.

— Un enfant supplémentaire est un leurre. Ça ne résoudrait rien, lance-t-il finalement.

— Hier soir, nous étions raides pétés, je dis en me mordant les lèvres.

Je pense à nouveau au petit pyjama. Hier soir, j'étais en mal de bébé. Je voulais absolument un nourrisson. Aujourd'hui, il n'en est plus question. Comment est-il possible de changer d'avis de cette manière ?

Je veux quand même insister pour être sûre qu'il ne me cache pas un profond désir d'enfant qu'il me révélera dans un flot de ressentiments quand il sera trop tard, quand nous serons un vieux couple séjournant au bord d'un lac italien et que nous ferons le bilan de nos erreurs. (Pour info : à mon club de lecture nous venons de terminer un roman d'Anita Brookner.)

— Quid du pyjama aux canetons ? je demande.

— Ce n'est jamais qu'un pyjama, marmonne Dan. Sujet classé.

— Et les soixante-huit ans ensemble ? On en fera quoi de ces interminables dizaines d'années ?

Silence. Puis, avec un sourire ironique :

— Comme l'a prescrit le médecin, il y a toujours des coffrets de séries.

À mon avis, on peut faire mieux que regarder des *séries*.

En arrivant au pub pour le quiz, je me sens remontée à bloc. Bourrée d'adrénaline. Presque bouillonnante d'énergie. La cause ? Honnêtement, toutes sortes de raisons, et pas seulement la perspective de rester mariée à Dan jusqu'à la fin de mes jours.

C'est surtout ma journée de boulot qui m'a mise dans cet état d'agitation. J'ignore ce qui s'est passé à la Willoughby House. Non, rayez cette phrase, s'il vous plaît ! Je sais parfaitement ce qui s'est passé. Le vilain neveu est passé par-là. Alors je reprends : je ne sais pas ce qu'il a dit à sa tante pour qu'en l'espace d'une nuit elle se soit métamorphosée à ce point – et pas pour le mieux.

Explication : Mme Kendrick s'est toujours comportée en despote. Elle décidait de ce qui, selon ses critères, était Convenable. Elle savait, un point c'est tout. Elle avait ses méthodes qu'elle ne remettait jamais en question et nous le supportions.

Aujourd'hui, sa main de fer est vacillante. Elle-même se montre instable et nerveuse. Ce matin, elle a passé une demi-heure à tournicoter dans le bureau comme si elle le découvrait pour la première fois. Elle s'est emparée de la Boîte et l'a contemplée comme si subitement elle la désapprouvait. Elle a jeté des vieux exemplaires de la revue *Country Life* dans la poubelle de recyclage de papier (mais elle les a récupérés plus tard, je l'ai vue). Elle a couvé des yeux le fax pendant un instant puis s'est approchée de l'ordinateur.

— Sylvie, un ordinateur c'est très proche d'un fax, n'est-ce pas ? m'a-t-elle demandé d'un ton plein d'espoir.

Je l'ai rassurée. Oui, d'une certaine façon, on pouvait les comparer dans la mesure où tous deux permettaient de communiquer avec les gens. Grave erreur de ma part. Car elle s'est assise avec un air bravache en annonçant qu'elle allait envoyer quelques mails.

Et elle a commencé à tapoter l'écran comme sur un iPad.

J'ai alors interrompu mon travail pour l'aider. Après quelques minutes, quand elle m'a asséné : « Mais ce que vous faites n'a aucun *sens*, ma chère ! », Clarissa est venue à la rescousse.

Finalement, après beaucoup de perplexité et de frustration de part et d'autre, on s'est aperçues que Mme Kendrick confondait la ligne « objet » avec le texte du mail. J'ai dû lui expliquer qu'il fallait ouvrir chaque mail et lire son contenu. À la suite de quoi, elle nous a gratifiées d'un « je comprends » étonné. Et, chaque fois que je fermais un mail, elle s'exclamait, sidérée : « Mais où est-il parti ? »

Environ vingt fois de suite.

Comme la démonstration l'avait un peu fatiguée, je lui ai préparé une tasse de thé et lui ai montré une lettre de compliments envoyée par un de nos soutiens (écrite à l'encre, sur du papier vélin). Voilà qui l'a rassérénée. À mon avis, le méchant neveu lui a seriné : « Un peu d'effort, tante Margaret ! Vous devez commencer à envoyer des mails ! » À quoi, je rétorque : « Mais fichez-lui la paix ! Si elle veut faxer à ses amis, quel est le problème ? » Ah mais !

Il est revenu au bureau pour « évaluer les choses ». On peut jouer à deux à ce jeu, mon petit monsieur ! Si, d'après mon « évaluation », il s'avère que vous terrifiez votre tante sans aucune raison, je vais vous dire ma façon de penser.

(Sans doute dans un aimable mail lorsqu'il aura tourné les talons. Autant dire la vérité : en matière de confrontations, je suis nulle.)

Je lisse mes cheveux en vitesse avant d'entrer dans le pub. Cette histoire de quiz est une très mauvaise idée, je le sais depuis le début. Mais que faire ? Rien.

L'endroit a été transformé pour la soirée. Sur une grande bannière, on peut lire : QUIZ DE L'HOSPICE ROYAL TRINITY. Une sono a été installée sur une petite estrade, dans un coin. Des groupes de gens, assis avec des verres de vin et des pintes de bière, ont déjà le nez dans des questionnaires. Simon et Olivia sont à la même table que Tilda et Toby. Je vais vers eux et les embrasse.

— Dan ne va pas tarder, je dis en dégageant une chaise. Il attend juste que la baby-sitter arrive.

Si on fait le total de la somme versée à la baby-sitter, des tickets d'entrée et des consommations, cette soirée qui nous assomme un maximum va nous coûter les yeux de la tête. Au moment où j'ai quitté la maison, Dan a râlé : « Quelle connerie, ce truc ! On devrait leur filer 50 livres et rester devant la télé à regarder un épisode de *Veep*. »

Mais, comme j'essaie d'être positive, je garde son commentaire pour moi.

— J'espère qu'on va rigoler, je dis.

— Absolument, fait Olivia. Pas question de prendre ce quiz trop au sérieux. On est là pour s'amuser.

Je ne connais pas bien Olivia et Simon. Ils ont à peu près l'âge de Tilda, et ont des enfants à la fac. Lui est jovial, avec des cheveux bouclés et des lunettes. Elle ? Plutôt impétueuse et agitée. Elle donne toujours l'impression de prendre sur elle en serrant les poings. Elle a en outre une façon déconcertante de détourner les yeux au beau milieu d'une conversation, en faisant des mouvements de tête comme si elle s'attendait à être frappée.

D'après la rumeur, ils ont failli divorcer l'an dernier. Simon couchait avec sa secrétaire. Olivia l'a forcé à participer avec elle à un stage New Age de thérapie du mariage : pendant une semaine, dans les Cotswolds, ils ont dû allumer des bougies et « chasser son infidélité » avec des balais de brindilles aux pouvoirs mystiques.

Je précise que ces détails viennent de Toby qui les tient de la jeune fille au pair de leurs voisins.

Pourtant, je n'écoute pas les potins. Pas plus que je ne les imagine, chaque fois que je les rencontre, en train de chasser son infidélité avec un balai de brindilles. (Croyez-moi, si Dan me trompait, j'utiliserais un moyen plus radical que leur balai. Je l'écraserais à coups de maillet.)

— Quelle est ta matière de prédilection, Sylvie ? me demande Tilda. Moi, j'ai potassé les capitales du monde.

— Non ! C'est mon sujet !

— OK ! Capitale de la Lettonie ? questionne-t-elle en me tendant un verre de vin.

Voyons voir. Elle a dit la Lettonie. Est-ce Budapest ? Non, c'est Prague. Budapest, c'est la *Hongrie*. Mieux vaut faire acte de générosité.

— Très bien, Tilda, tu peux prendre les capitales. Je vais me concentrer sur l'histoire de l'art.

— Parfait. La spécialité de Simon, c'est le foot.

— L'année dernière, on aurait gagné si on avait joué notre joker sur les questions de foot, fait remarquer Olivia. Mais Simon a absolument voulu l'utiliser avant.

Elle darde un regard glacial sur son mari. Tilda et moi nous échangeons des regards entendus. À l'évidence, Olivia n'est pas *du tout* ici pour rigoler.

— Comme nous habitons dans Canville Road, notre équipe s'appelle Les Conquérants de Canville, m'informe Tilda.

— Super !

Au moment où je m'apprête à lui raconter ma journée au bureau, Olivia me passe une feuille.

— Jette un coup d'œil sur ces monuments célèbres, Sylvie. Tu les reconnais ? C'est la première épreuve.

En fronçant les sourcils, je regarde la page où s'alignent vingt clichés photocopiés de qualité médiocre. Difficile à dire et encore moins à…

— La tour Eiffel ! je m'exclame.

— Ça, tout le monde le sait ! s'impatiente Olivia. D'ailleurs, on l'a déjà écrit dans la colonne des réponses. Tu vois, c'est marqué : la *tour Eiffel*. Tu peux nommer les autres ?

— Euh…

Je scrute les photos, sans m'arrêter sur Stonehenge et Ayers Rock qui ont déjà été identifiés, et je m'interroge tout haut :

— Ça, c'est le Chrysler Building à New York, non ?

— Non, aboie Olivia, ça lui ressemble un peu mais ce n'est pas ça.

— Bon, bon, d'accord.

Mauvaise pioche. Je suis dans le flou total et Tilda itou. Quant à Olivia, elle pince les lèvres comme une maîtresse d'école mécontente. Tout d'un coup, elle se redresse et donne un coup de coude à son mari :

— C'est qui, ces types ?

Un groupe d'hommes en polos violet assortis fait son entrée. La moitié d'entre eux sont barbus, la plupart portent des lunettes, tous ont l'air redoutablement brillants.

— Et si, au lieu de participer, on ne faisait que regarder ? je propose, pour plaisanter, à Tilda.

Au même moment, un moustachu d'âge moyen monte sur l'estrade et s'empare du micro :

— Bienvenue à tous ! Je m'appelle Dave et, ce soir, je suis le meneur de jeu. Je remplace Nigel qui est souffrant. C'est la première fois que je me livre à cet exercice, aussi je vous demande la plus grande indulgence…

Il a un petit rire, s'éclaircit la gorge et poursuit :

— Ma recommandation à tous : pas de triche, prenons du bon temps, passons une bonne soirée… Et on *éteint* son portable… Ah ! Il est interdit de googler ou d'envoyer des SMS. Absolument *verboten*.

— Toby ! Ton téléphone ! s'écrie Tilda.

Il sursaute et met son portable dans sa poche. Je remarque qu'il a taillé sa barbe miteuse. Un bon point. Il faudrait maintenant qu'il se débarrasse de tous ses bracelets de cuir immondes.

— Hé, ça, c'est le parc national d'Iguazú, dit-il en désignant une des photos. J'y suis allé.

— Chut ! Un peu de discrétion ! murmure Olivia plus tendue que jamais. Pas la peine d'en faire profiter tout le pub !

— Marque : « Parc national d'Iguazú », s'empresse de dire un concurrent de la table voisine.

Ce qui fait exploser Olivia de rage :

— Tu vois, Toby, ils ont entendu. Si tu connais une réponse, note-la sur cette feuille. *Par écrit.*

— Bon, je vais aller chercher des chips, annonce ce dernier sans se préoccuper de ces remontrances.

Je lance un clin d'œil de connivence à Tilda, qui prend un air de *mater dolorosa*.

— Ah là là, ce *garçon* ! soupire-t-elle. Qu'est-ce que je vais faire de lui ? Tu ne devineras jamais sa dernière connerie. Jamais.

— Raconte !

— Il a bourré l'armoire sèche-linge de boîtes de pizza vides. Tu te rends compte ? Des boîtes de pizza ! Dans l'armoire chauffante ! Avec nos draps propres.

Ma copine est tellement rouge d'indignation que j'ai envie de pouffer mais je m'abstiens.

— Une idée nulle, je commente.

— Tu l'as dit ! Chaque fois que j'ouvrais l'armoire, je constatais une odeur d'herbes de Provence. D'origan, par exemple. Je me disais que c'était probablement notre nouveau produit adoucissant. Mais, aujourd'hui, ça sentait méchamment le rance. Alors j'ai regardé partout… Pour trouver quoi ?

— Des boîtes de pizza.

— Exactement. Des boîtes de pizza ! (Regard de reproche à son fils qui vient de s'asseoir et pose trois paquets de chips sur la table.) Pour ne pas s'embêter à les descendre dans la cuisine, il les conservait dans l'armoire.

Rectification laconique de Toby :

— M'man, je t'ai déjà expliqué que je ne les conservais pas. C'était un système de stockage avant de les emporter au recyclage.

— Comme si tu en avais eu l'intention !

— Mais oui ! Simplement, je n'en avais *pas encore* eu l'occasion.

— Qu'importe ! On ne choisit pas une armoire sèche-linge pour stocker des boîtes de pizza, s'énerve Tilda d'une voix aiguë. *Une armoire sèche-linge !*

— Nous abordons la série Espace et Temps, nous informe Dave, le meneur de jeu, d'un ton plein d'entrain. La première question est : qui était le *troisième* homme à poser le pied sur la Lune ? Je répète : le troisième homme sur la Lune était qui ?

Je fais une grimace à Tilda :

— Le troisième homme sur la Lune ? Tu sais, toi ?

— Pas Neil Armstrong, c'était le premier. Pas Buzz Aldrin, c'était le second, répond-elle en comptant sur ses doigts.

Nous échangeons des regards vides. Commentaire d'au moins vingt participants : « En tout cas, ce n'est *pas* Neil Armstrong. »

— On le sait que ce n'est pas eux, s'agace Olivia. C'était *qui*, bon sang ? Toby, toi qui as fait des études de maths et de sciences, tu connais la réponse ?

— Les atterrissages sur la Lune étaient truqués, donc la question n'est pas valable, rétorque Toby.

— Ils n'étaient *pas* truqués. Ne fais pas attention à ce qu'il dit, Olivia, rectifie Tilda d'un ton exaspéré.

— Vivez dans le déni si ça vous fait plaisir, marmonne Toby en haussant les épaules. Restez dans votre bulle. Gobez les mensonges.

Je suis curieuse :

— Qu'est-ce qui te fait dire qu'ils étaient truqués ?

Mais Tilda secoue la tête :

— Ne le lance pas sur le sujet ! Pour lui, la théorie du complot s'applique à tout. Au baume pour les lèvres, à Paul McCartney…

— *Le baume pour les lèvres* ?

— Le baume pour les lèvres dessèche les lèvres, explique Toby calmement. On prend l'habitude d'en mettre. C'est un produit conçu pour que les consommatrices en achètent davantage. Tu en utilises, Sylvie ?

Eh bien, dis-toi que les grands labos de cosmétiques te manipulent comme une marionnette.

Je regarde ailleurs, légèrement troublée. J'ai toujours un tube de baume pour les lèvres dans mon sac.

— Et Paul McCartney ? je ne peux m'empêcher de demander.

— Mort en 1966. Remplacé par un sosie. Les chansons des Beatles sont pleines d'indices si on sait les dénicher.

— Tu vois ce que je dois supporter à la maison ? me dit sa mère. Les boîtes de pizza, les théories du complot, les circuits électriques modifiés…

— Pas modifiés, *déviés*, corrige Toby tranquillement.

— Question numéro deux, clame Dave dans le micro. Dans *Star Wars*, Harrison Ford était Han Solo. Mais quel personnage interprétait-il en 1985 dans *Witness* ?

— Il jouait le mec amish, décrète Simon soudain très animé. Ou… attendez… Non, c'était la fille qui était une Amish.

— Oh, ce film est tellement vieux ! grogne Olivia. Quelqu'un s'en souvient ? Toby, tu n'étais même pas né. Ça parlait de quoi déjà ? De la protection des témoins, un truc de ce genre.

— Oui, la « combine » de la protection des témoins, ricane Toby en dessinant des guillemets dans l'air.

— Toby, ne commence pas avec ça, menace sa mère. Tu entends ? Tais-toi !

Il n'en faut pas plus pour que le démon de la curiosité s'empare de moi :

— Toby, tu crois que la protection des témoins fait aussi l'objet d'un complot ?

— L'un de vous peut donner la réponse, fulmine Olivia, que notre petite équipe s'empresse d'ignorer.

— Tu veux vraiment savoir, Sylvie ? s'enquiert Toby.

— Oui, dis-moi tout.

— Si jamais on t'offre la possibilité d'être protégée en tant que témoin, tire-toi au plus vite, affirme Toby sans broncher. Pourquoi ? Parce qu'ils se débarrasseront de toi.

— Tu veux dire que... ?

— Le gouvernement élimine toutes les personnes faisant partie d'un programme de protection. Pour faire des économies.

— On les *tue* ?

— Réfléchis ! Comment veux-tu que financièrement ils puissent se permettre de « protéger » (nouveaux guillemets dans l'air) un tel nombre de gens ? C'est un mythe ! Un conte de fées ! Ils les font disparaître.

— Mais ils ne peuvent pas éliminer des gens comme ça. Leurs familles se poseraient des... Oh ! Je vois...

Haussement de sourcils éloquent de Toby.

— Tu piges ? D'une façon ou d'une autre, ils disparaissent à tout jamais. Personne ne s'en aperçoit.

— N'importe quoi ! rétorque Tilda. Tu passes beaucoup trop de temps sur Internet, Toby. Bon, je vais au petit coin.

Une fois qu'elle s'est éloignée, je croise les bras et dévisage Toby :

— Tu ne crois pas à toutes ces stupidités, hein ? Tu dis ça pour faire marcher ta mère !

— Peut-être que oui, peut-être que non, fait-il avec un clin d'œil. Ce n'est pas parce qu'on est parano qu'on voit des complots partout. Hé, les amis, ça vous plairait une démonstration d'origami ?

Il attrape une feuille de papier qu'il commence à manipuler rapidement. En deux temps, trois pliages, il produit un oiseau.

— Étonnant ! je m'écrie.

— Donne-le à Anna. Et celui-ci sera pour Tessa.

Il fabrique prestement un chat avec des petites oreilles pointues.

— Tiens ! Cadeaux de leur copain Tob's.

Quand il me sourit, j'éprouve une bouffée d'affection pour lui. Je le connais depuis son adolescence, depuis l'époque où, vêtu de son uniforme, il allait en classe en trimbalant un énorme trombone.

Olivia donne un coup sur la table pour nous rappeler à l'ordre :

— Allez, concentrez-vous ! Harrison Ford, quel rôle il avait ?

— Voilà Dan qui arrive ! je m'exclame, en mourant d'envie de déguerpir. Je vais l'accueillir et je reviens tout de suite.

Promis, juré ! C'est la première et dernière fois que je participe à un quiz dans un pub. C'est une épreuve diabolique concoctée par Satan en personne. Un complot ourdi contre les honnêtes gens. Deux heures se sont écoulées. Nous avons subi plus de cent questions (tout au moins, c'est l'impression que j'ai). Et nous en sommes seulement au dépouillement des réponses. On est tous crevés, on en a marre. Mais on n'avance pas. Il y a de la contestation dans l'air. À la question : « Comment épelle-t-on Rachmaninov ? », une fille russe a écrit sa réponse en caractères cyrilliques. S'est ensuivie une discussion animée entre elle et l'équipe en polo violet qui affirme que, puisque personne ne sait déchiffrer l'alphabet cyrillique, il est impossible de savoir si sa réponse est correcte ou pas.

Franchement, quel est le problème ? Qu'on lui donne le point ! Qu'on lui donne dix points ! On s'en fiche. Mais, de grâce, qu'on avance !

Je vous le dis : il n'y a pas que notre mariage qui a soixante-huit ans devant lui. Ce quiz est également bien parti pour durer une éternité. Nous sommes coincés dans ce pub pour le restant de nos jours, jusqu'à ce que notre chevelure tourne au blanc neige et notre peau au parchemin, condamnés à boire du chardonnay infect en essayant de nous rappeler le nom du vainqueur de Wimbledon 2008.

— Sylvie, j'ai lu un article sur ton père dans le journal local, me murmure Simon à l'oreille. C'était au sujet des fonds qu'il a passé sa vie à collecter pour la recherche médicale. Tu dois être fière de lui.

— Et comment je suis fière ! Archi-fière !

Mon père a dépensé beaucoup d'énergie pour récolter de l'argent pour le cancer du foie. C'était sa cause de prédilection. Et comme il avait des super réseaux, il a réussi formidablement. Chaque année, il organisait un bal de charité au Dorchester et s'arrangeait pour attirer une tonne de célébrités – et même, une fois, un membre de la famille royale.

— Il paraît qu'on va donner son nom à l'unité de scanner du New London Hospital.

— Je sais ! C'est génial. L'inauguration a lieu dans quinze jours. La présentatrice du journal télévisé,

Sinead Brook, va dévoiler la plaque. C'est un tel honneur ! Et moi, bien sûr, je fais un discours.

Au fait, il serait bien que je le termine, ce discours. J'en parle avec assurance. Mais, au cas où vous voudriez savoir où j'en suis de sa rédaction, je vous réponds : « Madame la Maire, mesdames et messieurs, je vous remercie d'être venus nombreux pour assister à cette inauguration. »

— Lever des fonds, mobiliser les gens, et cela année après année : il devait être assez extraordinaire, poursuit Simon.

— Il a aussi escaladé l'Everest deux fois. Et il participait à la course à la voile du Fastnet. Tout ça pour récolter de l'argent.

— Impressionnant !

— Son meilleur ami est mort d'un cancer du foie. Il voulait donc venir en aide aux gens atteints de cette maladie. Personne dans son entreprise n'était autorisé à collecter des fonds pour un autre motif.

Je ris comme si c'était drôle alors qu'en fait ce n'est pas une plaisanterie. Papa pouvait se montrer tout à fait... Quel est le mot ? Intransigeant. Exemple : le jour où, à l'âge de treize ans, j'ai évoqué la possibilité de me couper les cheveux. Cette suggestion l'a mis en colère. Il n'arrêtait pas de dire : « Ta chevelure est ton joyau, Sylvie. Ton *joyau*. » En fait, il avait raison. Si je m'étais coupé les cheveux, je l'aurais probablement regretté.

Instinctivement, je passe une main sur mes longues mèches ondulées. Maintenant c'est trop tard. Si je les coupais, j'aurais le sentiment de le trahir.

— Il doit te manquer, dit Simon.

— Énormément.

Bien qu'au bord des larmes, j'arrive à garder le sourire. Je prends une gorgée de vin et jette un coup d'œil à Dan. Mâchoires serrées, sourcils froncés : en un mot excédé. Visiblement il attend que la conversation sur mon père se termine, un peu comme s'il attendait qu'un nuage noir s'éloigne.

Comment peut-il manquer d'assurance à ce point ? Je m'en veux immédiatement d'avoir cette pensée. C'est injuste. Mon père carburait toujours à fond. Il avait un tel dynamisme ! Être son gendre et entendre les gens chanter ses louanges doit être difficile à gérer alors que lui est simplement…

Non ! Stop ! On efface *simplement*. Dan n'est pas *simplement* quelque chose.

Mais comparé à mon père…

D'accord, si je veux être totalement honnête, je peux me dire à moi-même, dans le secret de mon cœur, que Dan ne joue pas dans la même catégorie que papa. Il n'a pas le même charme, la même fortune, la même générosité, la même envergure.

Et je ne demande pas qu'il les ait. Je l'aime exactement tel qu'il est. Vraiment. Je souhaite seulement qu'il reconnaisse les qualités remarquables de mon père – et qu'il arrête de se sentir menacé par elles.

C'est réglé comme du papier à musique. Chaque fois, il réagit de la même façon. Maintenant que le sujet est épuisé, il va se relaxer, s'installer confortablement, étendre ses bras en étouffant un petit bâillement sonore…

Et c'est exactement ce qui se produit. Je peux à peine le croire ! Pourtant, comme prévu, il sirote son vin, et comme prévu, il tend la main vers le bol de cacahuètes.

Il vient de commander un burger d'agneau, comme prévu. Il le demande sans mayonnaise, comme prévu. Et plaisante avec le barman (« C'est du véritable *agneau londonien* ? »), comme de bien entendu.

OK ! Je me fais peur, là ! J'ignore peut-être le nom de la capitale de la Lettonie ou le nombre de mètres correspondant à l'ancienne mesure de profondeur appelée brasse. Mais je connais mon mari sur le bout des doigts.

Je sais ce qu'il pense, ce qui lui importe et ce qu'il a l'habitude de faire. Je sais même comment il va se comporter dans la seconde qui suit. Eh oui ! Il va poser à Toby des questions sur sa start-up, comme chaque fois. Je le sais, je le sais, je le sais...

— Alors Toby, fait Dan aimablement, la start-up, ça avance ?

Ma parole ! Je suis extralucide !

Un truc bizarre se passe dans ma tête. Est-ce l'infâme chardonnay ? L'abominable torture générée par ce quiz de malheur ? Ou les perturbations de ma journée ? Toujours est-il que je perds le sens des réalités. J'ai l'impression que le brouhaha des conversations et des rires s'estompe. Que les lumières faiblissent. Que mon champ visuel se rétrécit. En regardant Dan, j'ai comme une révélation.

On se connaît trop bien.

Voilà la difficulté. Voilà le problème. Je sais tout de mon mari. Absolument tout. Je lis dans ses pensées. Je sais d'avance comment il va réagir. Je parle avec lui en langage codé. Et lui, de son côté, n'est jamais obligé de me demander une explication. Parce qu'il la connaît déjà.

Nous vivons dans une routine conjugale implacable. Si la perspective d'un futur interminable ensemble nous paraît insupportable, cela n'a rien d'*étonnant*. Qui aurait envie de passer soixante-huit années supplémentaires en compagnie d'un homme qui, soir après soir, range toujours ses chaussures au même endroit ?

En fait, que pourrait-il faire d'autre avec ses chaussures ? Les laisser traîner n'importe où ? Impensable. Mon exemple est nul, mais le sens de ma démonstration, toujours valable.

Après une gorgée de chardonnay supplémentaire, j'arrive facilement à trouver une solution. Il nous faut des surprises. Nous en avons besoin. Besoin d'être secoués, distraits, d'être remis en cause par plein de petites surprises. C'est ainsi que les soixante-huit années passeront à toute allure. Oui. Voilà le remède.

Dan continue à bavarder avec Toby sans s'occuper de moi. Il semble soucieux. Fatigué. Il lui faut quelque chose pour le réveiller, le faire sourire ou même rire. Quelque chose qui sorte de l'ordinaire. Quelque chose de marrant. Ou de romantique.

Mais quoi ?

Trop tard pour que je lui envoie un message délivré par une strip-teaseuse ? Oui. De toute façon, il détesterait ça. Que puis-je inventer ? À cet instant précis ? Pour nous dégager de cette ambiance pesante ? Une autre gorgée de chardonnay et j'ai la réponse. Brillante ! Simple mais brillante, comme toutes les bonnes stratégies.

J'attrape une feuille de papier et commence à composer un poème.

Tu seras peut-être étonné
Mais sois-en persuadé.
Tu es l'homme de mon cœur
Pour mon plus grand bonheur.
Trouvons un paradis
Juste pour nous, pardi !
Pour toujours...

Je suis à court d'inspiration. La poésie et moi, ça fait deux. Et ça n'est pas nouveau. Comment terminer ?

Célébrer notre amour, j'écris pour finir. Je dessine un cœur percé d'une flèche, ajoute quelques baisers pour faire bonne mesure. Et je plie plusieurs fois la feuille en longueur.

Maintenant la livraison. J'attends que Dan regarde de l'autre côté et glisse mon message dans la poche de sa veste de costume accrochée au dossier de sa chaise. Il le trouvera plus tard, se demandera ce que c'est, sera d'abord surpris puis rempli d'allégresse.

Je l'espère, en tout cas.

Évidemment, son allégresse serait plus intense si j'étais meilleure poétesse. Mais c'est l'intention qui compte, pas vrai ?

— Prends un caramel, propose Toby en me tendant un sac. Je les ai faits moi-même. Ils sont super bons.

— Merci, c'est gentil.

Et je fourre un caramel dans ma bouche. Geste que je regrette au bout de quelques secondes. Mes dents sont soudées ensemble. Impossible de mastiquer. Impossible de parler. Mon visage est entièrement paralysé. C'est quoi, cette horreur ?

— Oui, c'est pas facile de les mâcher, fait remarquer Toby. On les appelle des « colle-molaires ».

Je lui lance un regard qui est censé signifier : *Merci pour l'info, espèce de triple buse.*

— Toby, tu dois prévenir les gens, s'énerve Tilda. Ne t'inquiète pas, Sylvie, dans dix minutes tout sera fondu.

Dix minutes ?

— Alors les amis, où en est-on ?

Dave, le meneur de jeu, tapote son micro pour réveiller l'assemblée. Son entrain paraît diminuer au fur et à mesure de la soirée. En fait, il semble très désireux d'achever l'épreuve.

— Abordons la question suivante. Combien d'acteurs ont-ils joué le rôle de Docteur Who dans la série du même nom ? La bonne réponse est treize.

— Pas du tout ! s'écrie un type grassouillet en polo violet. C'est quarante-quatre.

— Peu plausible. Le chiffre est trop élevé, rétorque Dave.

— Le Docteur Who n'existe pas seulement dans la série de la BBC, conteste le mec en polo violet.

— La bonne réponse est quatorze, affirme une participante. Pour les cinquante ans de la série, il y a eu un épisode spécial avec un autre médecin, le Docteur Guerrier, incarné par l'acteur John Hurt.

— Oui, mais ce n'est pas ce qui figure sur ma liste de réponses, dit Dave.

— Vous avez tout faux, tonne Toby. La question est bidon. Le nom du personnage principal c'est le

Docteur, pas le Docteur Who. Et vlan ! Vous l'avez tous dans les *dents* !

— Erreur d'interprétation classique, riposte le polo violet, l'œil mauvais. La réponse exacte est quarante-quatre, comme je viens de le dire. Vous voulez la liste complète ?

— Quelqu'un a-t-il trouvé treize ? persévère Dave sans que personne ne lui prête attention.

Un homme rougeaud en chemise à fleurs se dresse tout d'un coup, l'air très en colère, et invective l'équipe en violet.

— Mais bordel, vous êtes qui ? On vous connaît pas ! Ce quiz est un jeu amical. Il s'adresse aux habitants du quartier. Et vous, vous débarquez dans vos tenues à la gomme, vous cherchez la bagarre…

— Oh ! Oh ! Monsieur n'aime pas les étrangers, persifle l'homme en polo. Désolé, *Adolf* !

— Comment tu m'appelles ? s'écrie la chemise à fleurs qui, en se levant, envoie valdinguer sa chaise.

— Tu m'as très bien entendu, mon pote !

L'homme en polo violet se lève à son tour et, le souffle court, s'avance d'un pas menaçant vers son contradicteur.

— Je ne supporte pas les conflits, dit Olivia. Je vais fumer dehors.

Elle enfile la veste de Dan puis jette un coup d'œil à celle de son mari, presque identique, et regarde à nouveau celle qu'elle vient de mettre.

— Simon, c'est ta veste ?

— Oui, c'est celle de Simon, répond Dan. Nous avons échangé nos chaises. Il préfère les dossiers bas.

Instantanément, je pressens la catastrophe. C'est la veste de Simon ? J'ai glissé mon poème d'amour dans la veste de *Simon* ? Enfer et damnation !

— Tu as un briquet quelque part ? demande Olivia en fouillant dans les poches de la veste de son mari.

Elle en sort mon papier, qu'elle déplie. Et blêmit en voyant le cœur percé d'une flèche.

— C'est quoi ?

Oh naaaan ! Il faut que je lui explique ! J'essaie de faire bouger mes mâchoires. Peine perdue ! Ce connard de caramel est de la vraie glu. J'agite frénétiquement les mains en direction d'Olivia qui, la mine révulsée, a les yeux fixés sur mon poème.

— *Ça recommence*, Simon ?

— Quoi, ça recommence ? dit Simon très occupé à observer polo violet et chemise à fleurs échanger des noms d'oiseau.

— Tu avais promis ! Tu avais promis que c'était la dernière fois.

Le ton cinglant d'Olivia me fait sursauter. Elle flanque le poème sous le nez de Simon qui commence à le lire en pâlissant.

Je m'efforce de récupérer mon papier et d'attirer leur attention. Hum ! Plus facile à dire qu'à faire. Les yeux d'Olivia lancent des flammes. Sa rage fait peur.

— Je n'ai jamais vu ce truc, balbutie Simon. Olivia, tu dois me croire. Je ne sais pas qui...

— Nous savons tous « qui ». Ça vient sans aucun doute de cette pétasse analphabète qui a été ton « amie ». *Tu es l'homme de mon cœur*, déclame-t-elle d'un ton sirupeux. *Trouvons un paradis, Juste pour*

nous, pardi ! Elle a piqué ces rimes débiles dans quoi ?
Une carte de la Saint-Valentin ?

La voir si sarcastique me fait rougir de honte.
Finalement, après un dernier effort, j'arrive à séparer
mes dents et lui retire la feuille des mains.

— En fait, c'est mon poème ! je fais en jouant les
filles nonchalantes. Destiné à Dan. Erreur de veste.
Simon n'a rien à voir avec. Pas la peine de t'énerver,
Olivia.

Quand j'ai fini ma tirade, je constate que toute la
table me fixe, sidérée. L'expression dégoûtée d'Olivia
me ferait éclater de rire si je n'étais pas aussi gênée.

— Euh… Tiens, Dan, c'est pour toi. Tu peux le lire
maintenant… ou plus tard… C'est très court, j'ajoute
au cas où il s'attendrait à des alexandrins bourrés de
métaphores sur la guerre ou autres allégories.

Disons, pour être honnête, qu'il ne semble pas
vraiment enchanté de recevoir un poème d'amour.
Il consulte vaguement la feuille et, après un petit
bruit de gorge embarrassé, la fourre dans sa poche
sans la lire.

— Je ne voulais pas…, s'excuse Olivia, les poings
encore plus crispés que d'habitude. Je n'avais pas
l'intention de t'insulter, Sylvie.

— Ne t'en fais pas !

Soudain, la voix de l'homme à la chemise fleurie
nous fait sursauter :

— Toi et ta bande, vous êtes la honte de ce quiz !
Vous aviez un téléphone planqué sous la table pendant
tout le jeu !

— N'importe quoi ! hurle le type en polo violet.
C'est une putain de calomnie.

Il pousse si violemment une table vers son adversaire que les verres s'entrechoquent.

— Battez-vous, les mecs ! crie Toby.

— Arrête de les *exciter*, Toby ! ordonne Tilda.

— Allez, on continue, lance Dave en s'efforçant de se faire entendre malgré le brouhaha ambiant. La question suivante était : quel Britannique a gagné une médaille d'or en patin à…

Il stoppe net. Le type à chemise fleurie vient de charger les gars de l'équipe en violet. Mais l'un d'eux le plaque comme au rugby tandis que les autres scandent des encouragements. Dans le pub, les gens réagissent bruyamment. La Russe glapit comme si on la poignardait.

— S'il vous plaît ! implore Dave. Du calme, je vous en prie.

Ils se bagarrent sec. S'empoignent, se flanquent des coups. J'assiste pour la première fois de ma vie à une vraie castagne de pub.

— Sylvie, on se tire, d'accord ? murmure Dan.

— *Oui*, je réponds sans hésiter.

Sur le chemin du retour, Dan sort mon poème. Il l'épluche et retourne même la feuille comme s'il escomptait trouver une suite. Puis il le relit et le remet dans sa poche. Il semble ému. Et légèrement ébranlé. Bon, d'accord, sans doute un peu plus ébranlé qu'ému.

— Écoute, Dan, il faut que je t'explique.

— Au sujet de ton poème ?

Eh oui ! Au sujet de mon poème. Qu'est-ce qu'il s'imagine ? Que je vais gloser sur la thermo-combustion ?

— Pas besoin d'explication. J'ai compris. C'est adorable de ta part, ajoute-t-il après une pause. Merci.

Je m'impatiente :

— Pas une explication sur le poème en lui-même. Sur le concept. Le fait de te destiner un poème. Ça fait partie de ma nouvelle idée brillante pour résoudre notre problème.

Il reprend la feuille et la scrute sous un réverbère en fronçant les sourcils.

— Il ne devrait pas y avoir une deuxième strophe ?

— Non, mon style est concis.

— Ah !

— Et ce n'est que le début ! Écoute mon plan, Dan ! Nous devons nous *surprendre* l'un l'autre. Ça sera une sorte de projet commun. On pourrait l'appeler. Euh… « Opération "Surprends-moi !" ».

Pour mon plus grand plaisir, Dan paraît surpris. Ha ! Ha ! Ça démarre ! J'avais espéré que ma proposition l'emballerait d'emblée mais il semble un peu hésitant.

— Compris ! Mais dans quel but ?

— Pour supporter la monotonie de ces dizaines d'années à venir, bien sûr. Imagine notre mariage comme un film d'aventures. Personne ne s'ennuie en voyant ce genre de films, d'accord ? Et pourquoi ? Parce qu'il s'y passe sans arrêt quelque chose.

— Je me suis endormi pendant *Avatar*, fait-il remarquer.

— Je parle de films pleins d'action. De toute façon, tu n'as piqué un somme qu'au milieu. Et puis tu étais crevé.

Nous sommes arrivés devant la maison. Dan cherche ses clés. Tout à coup, il regarde derrière moi avec une expression horrifiée :

— Oh non ! Qu'est-ce que c'est ? Ne te retourne pas, Sylvie ! C'est *atroce* !

Je pivote, l'angoisse au cœur.

— C'est quoi ?

— Surprise ! clame Dan en ouvrant la porte.

— Pas ce *genre* de surprise ! je m'exclame, furieuse. Pas ce *genre* !

Franchement ! Il est *complètement* passé à côté de ma suggestion. Je parlais de surprises sympas, pas de blagues imbéciles.

Ce soir, notre baby-sitter s'appelle Beth. C'est la première fois qu'elle garde les filles. Quand nous entrons dans la cuisine, elle affiche une mine réjouie. Impossible pourtant de lui rendre son sourire. La pièce est un vrai foutoir ! Un carnage de jouets et de peluches.

— Bonsoir, Beth, je balbutie. Tout s'est bien passé ?

— À merveille. Les jumelles sont adorables. Comme elles ne pouvaient pas dormir, je les ai laissées jouer. C'était super.

— Oui, je vois.

Pièces de Lego partout. Vêtements de poupée partout. Meubles miniatures en plastique partout.

— Merci, fait joyeusement Beth en prenant l'argent que Dan lui donne. À la prochaine !

— Oui… C'est ça ! j'articule avec difficulté.

— Eh ben ! je dis, dès qu'elle a franchi la porte.

— Laisse tout en plan, conseille Dan. Lève-toi un peu plus tôt demain et demande aux filles de t'aider.

— Non. On est trop à la bourre le matin. Je préfère ranger un peu maintenant.

Je m'accroupis et ramasse une table et des chaises de poupée, puis un minuscule paquet de céréales. Au bout d'un moment, Dan commence à rassembler des pièces de Lego en soupirant. Il a la tête résignée du type forcé de pédaler avec d'autres cyclistes pendant toute une journée.

— Combien d'heures de notre vie…

— Je t'arrête tout de suite, Dan !

Je pose trois casseroles microscopiques sur un petit fourneau. J'ai beaucoup de tendresse pour ces objets miniatures. Puis je m'assieds sur les talons.

— Sans rire, grâce aux surprises, notre mariage va conserver toute sa vivacité.

J'attends qu'il ait remis la boîte de Lego dans le placard pour continuer :

— Tu es d'accord, Dan ? Tu marches ?

— Marcher pour quoi ? demande-t-il avec une expression soupçonneuse. Je n'ai toujours pas compris ce que je suis censé faire.

— Justement ! Pas question d'analyse ! On parle d'imagination, là. Amuse-toi ! Lâche-toi !

Je m'approche de lui, mets mes bras autour de son cou et lui souris amoureusement.

— Surprends-moi, chéri !

5

En fait, je suis assez excitée.

Dan m'a dit qu'il ne pouvait pas souscrire tout de suite à un programme de surprises. Il a besoin de temps pour réfléchir. Une semaine est donc consacrée à son élaboration. Un peu comme pour les préparatifs de Noël. Visiblement, il a quelque chose en tête car il est beaucoup sur Google. Quant à moi, je suis à fond dans ce projet. Totalement, entièrement. J'ai un cahier spécial intitulé *Opération « Surprends-moi ! »*. Ah, ça, pour être étonné, il va l'être, mon mari !

Tandis que je contemple avec satisfaction la page « Surprends-moi : schéma directeur », les pas de Mme Kendrick se font entendre dans l'escalier. Je ferme en vitesse mon cahier, revient à l'ordinateur et recommence à taper les légendes de la brochure destinée à l'exposition « Éventaire d'éventails ». Nous allons l'imprimer sur du papier crème. Et l'étiquette explicative de chaque pièce sera rédigée au stylo à plume, à l'encre bleue (Mme Kendrick n'a pas une passion particulière pour les stylos à bille).

Éventail du XIXe siècle, décoré par un peintre parisien inconnu.

— Bonjour, madame Kendrick ! je lance joyeusement.

— Bonjour, Sylvie !

Aujourd'hui, ma patronne arbore un tailleur bleu pâle, sa broche en camée et son expression soucieuse habituelle. Je précise : habituelle depuis que son méchant neveu a fait son apparition. Apparemment, il séjourne chez elle, ce qui explique sa mine de victime. À mon avis, tous les matins au petit déj, elle a droit à un sermon sur les méthodes de travail modernes.

Dès qu'elle entre, elle regarde anxieusement la pièce tout autour d'elle l'air de dire « quelque chose ne va pas mais je ne sais pas quoi ».

— Sylvie, demande-t-elle finalement, vous avez entendu parler de « La Journée des selfies au musée » ?

— Oui, pourquoi ? je réponds sans trop m'avancer.

— Oh, Robert l'a mentionnée en passant. Il trouve que nous devrions y participer.

Je hausse les épaules :

— Nous pourrions. Mais est-ce que nos sponsors apprécieraient ? Ça s'adresse à un public précis, vous savez. Et je crois franchement que prendre des selfies pourrait rebuter certains de nos souscripteurs.

— Tout à fait ! Tout à fait ! C'est bien vu !

Puis, après une pause, le visage encore plus tourmenté, elle me demande à voix basse :

— Sylvie, pourriez-vous m'expliquer ce qu'est un « selfie » ? J'entends ce mot sans arrêt mais je n'ai jamais… Et *impossible* de poser la question à Robert…

Oh my God ! Je me pince les lèvres en imaginant la pauvre Mme Kendrick subir une conférence sur « La Journée des selfies » en ignorant tout de sa signification.

— Un selfie est une photo, je lui révèle obligeamment. Une photo de soi-même que l'on prend avec son téléphone.

Explication nulle et non avenue. Dans l'univers de Mme Kendrick, le téléphone est un objet muni d'un fil en spirale et posé immuablement sur une table. Elle sort du bureau, probablement pour jeter un coup d'œil mélancolique aux biscuits achetés en promotion au supermarché Tesco que nous proposons désormais à l'heure du thé.

Je me remets à mes légendes.

Éventail à plumes.

Tout en tapant, je me sens prise entre deux feux. Bien sûr que j'en veux à Robert de bousculer notre tranquillité et de terroriser sa tante. Mais, en considérant les choses de manière plus positive, sa suggestion de participer à « La Journée des selfies au musée » montre peut-être que notre joli petit immeuble ne sera pas transformé en appartements. Peut-être désire-t-il simplement nous aider.

Doit-on participer ?

J'essaie de visualiser un de nos mécènes en train de se prendre en photo. Le flop ! D'un côté, je comprends parfaitement où Robert veut en venir. De l'autre, j'ai l'impression que notre système lui passe complètement au-dessus de la tête. Il n'a sans doute pas pris la peine de regarder la liste de nos soutiens financiers.

Malgré tout, j'inscris *La Journée des selfies au musée* sur un Post-it et pousse un soupir. C'est le genre d'idée d'avant-garde qui m'aurait enthousiasmée à mes débuts à la Willoughby House. À mes moments perdus, j'avais d'ailleurs rédigé une recommandation sur la stratégie digitale à adopter. J'ai exhumé ce document hier soir pour voir s'il y avait un truc valable à récupérer. Peine perdue. Tout paraît tellement *démodé*. Les sites Internet auxquels je faisais référence n'existent même plus.

Inutile de dire qu'à l'époque Mme Kendrick n'avait pas été emballée par ma note. « Je n'y tiens pas, ma chère », avait-elle dit sans autre commentaire. Fin de l'épisode. Notre musée a donc continué son bonhomme de chemin. Ça fonctionne. Et nous sommes heureuses. Alors faut-il vraiment changer ? Sommes-nous réellement obligées de coller au progrès ? De nous conformer à la modernité ?

En soupirant une fois de plus, je consulte les notes qu'un des experts chéris de Mme Kendrick a pondues pour notre brochure – sans trouver plus d'infos. Franchement ! Quel manque d'imagination ! *Éventail à plumes ?* Un peu juste, non ? Je parie que le Victoria & Albert Museum serait plus bavard.

J'examine la photo de l'éventail : il est grand et plutôt extravagant. Alors j'ajoute : *ayant probablement appartenu à une cocotte.*

Ce qui est certainement vrai. Mon téléphone sonne. Le nom de *Tilda* s'affiche.

— Salut ! Quoi de neuf ?

Je coince mon portable entre mon épaule et mon oreille pour continuer à taper.

— Question théorique, fait Tilda de but en blanc. Suppose que Dan te fasse la surprise de t'apporter une fringue que tu n'aimes pas.

Mon esprit crépite à la vitesse de l'éclair. Dan me fait un cadeau. Tilda est au courant. Il lui a peut-être demandé son avis. Alors quel est le problème ?

Au fait, quel est le cadeau ?

Non, je ne veux pas savoir. C'est censé être une surprise. Je ne vais quand même pas lui gâcher son effet.

De toute façon, je ne suis pas le genre de fille à dénigrer un cadeau uniquement parce qu'il n'est pas « parfait ». Je ne suis pas un despote du goût. L'idée que Dan soit allé me choisir un présent m'enchante. Je suis persuadée qu'il est superbe.

— Je l'aimerai, quoi que ce soit, je réponds d'un ton moralisateur. Je serai pleine de reconnaissance à l'égard de mon mari et j'attacherai une grande valeur à sa gentille attention. Car c'est l'intention qui compte. Peu importe le cadeau, le principal, c'est son contenu *émotionnel*.

Et je termine la phrase que je tape avec le sentiment plutôt noble d'être détachée de l'aspect matériel des choses.

— D'accord, fait Tilda qui ne semble pourtant pas convaincue. Mais suppose que le cadeau soit très cher *et* très moche.

Mes doigts se paralysent au milieu du mot *broderie*.

— Cher et moche ? C'est-à-dire ? Précise !

— Vu que c'est une surprise, je ne peux rien dévoiler.

— Tu peux juste un tout petit peu éclairer ma lanterne, je dis en baissant la voix instinctivement. Personne n'en saura rien.

— OK, chuchote Tilda. Suppose que ça soit du cachemire dans une couleur vraiment bizarre.

Une fois encore mon esprit crépite en zigzag. Du cachemire ! Dan m'offre quelque chose en cachemire. Mais de quelle couleur ? Tilda est assez peu conventionnelle en matière de couleurs alors si *elle* pense que c'est affreux…

— Comment sais-tu de quelle couleur c'est ?

— Dan l'a fait envoyer à la maison. Comme la boîte était entrouverte, j'ai jeté un coup d'œil sous le papier de soie et… Écoute, je pense que tu ne vas pas l'aimer.

— Quelle couleur ?

Soupir de Tilda :

— Un drôle de bleu pétrole. Atroce, en fait. Je t'envoie le lien ?

— Oui !

J'attends son mail avec appréhension. Quand je clique, je cligne des yeux d'horreur.

— Au secours !

— Ouais, hideux ! acquiesce Tilda.

— Comment peut-on même créer une couleur pareille ?

— On se le demande !

Le pull en lui-même n'est pas mal, bien que sa forme soit un peu banale. Mais ce *bleu* ! En ligne, il est présenté sur une fille asiatique sublime. Avec son rouge à lèvres bleu et son allure, elle le met – presque – en valeur. Mais *ce pull* sur moi ? Avec mes cheveux blonds et ma peau ultra-claire ?

— Ton mari a été manipulé, assène Tilda. Sûr et certain. Il m'a dit que la fille au téléphone s'était montrée très serviable. Putain, elle pouvait ! Elle avait des tonnes d'horribles tricots bleu pétrole à fourguer. Alors quand ce pauvre Dan s'est pointé, innocent comme l'agneau qui vient de naître, avec sa carte de crédit et sans idée…

Panique à bord :

— Comment faire, Tilda ?

Tout à coup, la noblesse de mes sentiments ne semble plus aussi évidente. D'accord, c'est l'intention qui compte, etc. Mais je ne veux pas de pull bleu pétrole hors de prix dans mon placard et me sentir coupable chaque fois que je ne le mettrai pas. Et je ne veux pas être obligée de le porter chaque fois que nous sortirons pour dîner. Je n'ai pas envie non plus de dire que je le trouve divin. Pourquoi ? Imaginez que, pour Noël, Dan m'achète une écharpe et des gants assortis au pull et que je sois forcée de pousser des cris de joie. Imaginez qu'il m'offre ensuite un manteau bleu pétrole en me disant : « C'est ta couleur, chérie… »

— Échange-le, propose Tilda.

— Tu me vois m'exclamer : « Dan, trésor, quel pull idéal, ravissant ! Mais je vais immédiatement le changer » ?

— Tu veux que je lui parle ?

Méga soulagement.

— Tu le *ferais* ?

— Je peux lui expliquer que je l'ai aperçu dans le paquet et que, connaissant la marque, j'ai repéré un modèle qui t'irait encore mieux. Conseil d'amie, genre.

— T'es géniale, Tilda !

— Bon, alors je lui suggère quoi ?

— Je n'en sais rien. Il faut que je consulte leur site.

En fait, je suis épatée que Dan m'ait acheté un pull de cette qualité. Rien à voir avec du cachemire discount. C'est top chic, haut de gamme et fabriqué en Écosse.

Je fais défiler les pages du catalogue en ligne et tombe folle du cardigan « Nancy ». Superbe, d'une longueur flatteuse et ceinturé. Le rêve avec un jean.

— Regarde le cardigan « Nancy », Tilda !

— Épatant ! Je vais lui dire de rendre le pull et de commander celui-là à la place. Mais *pas* dans cet immonde bleu. Quelle couleur tu aimerais ?

En examinant les différents coloris, j'ai l'impression d'être une petite fille dans un magasin de bonbons. Rien ne *m'amuse* plus que de choisir le cadeau surprise qui m'est destiné.

— Écume de mer, je déclare finalement.

— Super. Et la taille ?

Dilemme.

— J'hésite entre le 38 et le 40. Quelle taille, le pull ?

— Du 38, mais il a l'air petit. Tu sais quoi ? Dan n'a qu'à commander les deux tailles. Je jetterai un coup d'œil et déciderai. Il renverra l'autre. Tant qu'à recevoir un beau cachemire autant qu'il t'aille comme un gant.

— Tu es un vrai chou ! Merci, Tilda !

— Je t'en prie. C'est plutôt marrant ces arrivages secrets de paquets. Mais au fait, en quel honneur Dan te fait-il un cadeau aussi somptueux ? Une occasion spéciale ?

— Euh…

Quoi répondre ? Je n'ai parlé à personne de notre petit projet. Mais je vais peut-être me confier à Tilda.

— Tu as presque deviné, je dis. Je te raconterai quand je te verrai.

Je ne m'attends pas à avoir de ses nouvelles avant le lendemain. Pourtant, deux heures plus tard, alors que je suis en train de taper notre « newsletter », elle m'appelle.

— Ils sont là !

— Qui ?

— Tes cardigans. Dan a passé la nouvelle commande. Un coursier à vélo est venu les déposer et récupérer le pull. Très efficace, ce service clients !

— Waouh ! Et alors ?

— Excellent choix ! s'emballe Tilda. Le seul souci, c'est la taille. Et si tu faisais un saut ici pour les essayer ?

Les essayer ? La proposition me rend perplexe. Choisir ma surprise, c'est une chose. Mais l'essayer, n'est-ce pas pousser le bouchon un peu trop loin ?

— Et la part de mystère, alors ?

— Le mystère ? Quel mystère ? Il n'y en a aucun. Tu essaies les deux et tu gardes celui qui te va. Affaire classée. Autrement, je risque de faire le mauvais choix. Et ça sera le bazar…

Sa solution simplissime me convainc. Un coup d'œil sur ma montre achève de me persuader.

— D'accord. De toute façon, c'est l'heure du déj. J'arrive !

Je sonne chez Tilda. Dès qu'elle ouvre la porte et m'embrasse, des coups sourds provenant du premier étage agressent mes oreilles.

— Toby, tu fais *quoi* ? crie-t-elle.

Le voici justement dans l'escalier, un marteau à la main. Jean noir et vieux tee-shirt blanc.

— Bonjour, Sylvie, tu vas bien ? fait-il poliment.

Puis à sa mère, avant même que j'aie pu répondre :

— Tu sais parfaitement ce que je fais. On en a déjà discuté, non ?

Tilda inspire et expire lentement.

— Pourquoi autant de boucan ?

— J'installe des haut-parleurs, répond Toby comme si c'était l'évidence même.

— Et pourquoi ça prend si longtemps ?

— M'man, tu as déjà installé des haut-parleurs ? s'agace-t-il. Non. Bon alors, je t'explique : c'est long et bruyant. Salut, Sylvie, cool de te voir. À plus !

Je ne peux m'empêcher de sourire. À sa façon, il est bien élevé, ce garçon.

Il remonte les marches tandis que sa mère continue à le houspiller :

— N'abîme pas le mur ! C'est tout ce que je te demande. Attention au mur !

— T'inquiète !

Une porte se ferme bruyamment. Tilda prend sa tête dans ses mains.

— Oh, Sylvie ! Il est nul en bricolage. Il a emprunté des outils électriques et…

— Ne t'en fais pas. Tout va bien se passer.

— Tu as sans doute raison. Ou pas. Mais tu es venue pour les cardigans !

— Oui, les cardigans ! je répète avec allégresse.

Je la suis dans son bureau : une pièce peinte en jaune, entourée de bibliothèques et dont les fenêtres

130

à la française ouvrent sur le jardin. Et je découvre le paquet : une longue boîte plate d'un luxe absolu.

— Ils sont superbes, commente-t-elle alors que je retire le couvercle. Le seul souci concerne la taille.

En soupirant de plaisir, je sors les cachemires. Couleur magnifique et maille ultra-douce. Comment Dan a-t-il pu opter pour cet horrible…

Non. On oublie ! Ce n'est pas la question.

Un bruit strident et persistant nous perce les tympans. Tilda sursaute.

— Mais qu'est-ce qu'il fabrique ? gémit-elle en levant les yeux vers le premier étage.

— Ce n'est rien. Il doit fixer des tasseaux ou des trucs du même acabit.

Je passe le cardigan taille 38, puis le 40, et reviens au 38 tout en m'admirant dans le grand miroir.

— Tu es magnifique ! s'écrie Tilda en me dévisageant avec curiosité. Mais tu ne m'as toujours pas dévoilé la raison d'un tel cadeau. Ne me dis pas que c'est pour ton anniversaire, pour Noël ou pour votre anniversaire de mariage.

J'arrête de m'extasier sur ma silhouette moulée dans du cachemire. Au fond, ça ne m'ennuie pas de mettre Tilda au courant même si le sujet est très personnel.

— À vrai dire, avec Dan, nous avons décidé de nous faire des tas de petites surprises.

Regard inquisiteur de Tilda :

— Vraiment ? Pourquoi ?

Pas question de lui parler des soixante-huit années de mariage. Un peu trop bizarre comme concept, je trouve.

— Parce que… Et pourquoi pas, en fait ? je dis afin de gagner du temps. Pour garder notre couple vivant.

Pour pimenter nos relations. Pour le côté fun de la chose.

— Le *fun* ? riposte une Tilda sidérée. Mais les surprises ne sont pas drôles.

Elle me fait trop rire, ma copine.

— Mais si !

— Je comprends la notion de garder son couple vivant. Mais pas cette histoire de surprises. En général, les surprises tournent mal.

— Pas du tout, je riposte, piquée au vif. Tout le monde adore les surprises.

— La vie est pleine de coups bas. Pourquoi en rajouter ? Tout ça n'augure rien de bon, ajoute-t-elle sombrement.

— Comment ça ? Écoute, ce n'est pas parce que tu détestes les surprises que…

— Je te l'accorde. Je me méfie des surprises. Tu sais pourquoi ? D'après mon expérience, entre la surprise de tes rêves et la surprise de la réalité, il y a une sacrée différence. Pour mes vingt-huit ans, mon amoureux italien – il s'appelait Luca – m'a organisé une surprise-partie. Eh bien, la grande surprise de la soirée, c'est qu'il a filé avec ma cousine.

— Oh non !

— Pendant que les amis chantaient « Joyeux Anniversaire ».

— Oh merde !

— Ils ne sont pas restés ensemble. Ils ont juste baisé une ou deux fois.

— Moche, vraiment.

— Et jusque-là nous avions été très heureux. Trois ans de bonheur. Sans cette fête surprise, j'aurais peut-être épousé Luca au lieu d'Adam et ma vie n'aurait pas été aussi désastreuse qu'elle l'a été. Il a fini par rentrer en Italie. Je l'ai suivi sur Facebook. La *Toscane*, Sylvie, tu te rends compte ! Prends le 38, ajoute-t-elle sur sa lancée. Il te va mieux niveau carrure.

— D'accord.

Je m'efforce d'assimiler d'un coup tout ce qu'elle vient de dire. Certes, Tilda est capable de gérer avec brio plusieurs tâches en même temps. Mais parfois sa conversation qui part dans tous les sens est un peu excessive.

— Si tu n'avais pas épousé Adam, tu n'aurais pas eu Gabriella et Toby, je lui fais remarquer.

À l'instant où je m'apprête à broder sur ce thème, un fracas tonitruant résonne dans l'escalier. La porte s'ouvre brusquement et Toby déboule, une perceuse à la main, l'œil furieusement accusateur. Ses cheveux sont couverts de débris de plâtre. Il en a même un morceau accroché aux poils de sa barbe.

— Ces cloisons sont merdiques, annonce-t-il, furieux. De la camelote. Tu l'as payée combien, cette baraque ?

— Qu'est-ce que tu as encore fabriqué ? réplique Tilda.

Il grimace sans répondre.

— Ouais, c'est du beurre, ces murs ! D'habitude, ils résistent au lieu de partir en morceaux.

— Comment ça, « partir en morceaux » ? s'alarme Tilda. Mais qu'est-ce que tu as fabriqué ?

— C'est pas ma faute ! OK ? se défend Toby. Si cette maison était mieux construite…

En gesticulant, il heurte le chambranle de la porte avec la perceuse et, sans le faire exprès, la met en marche. Docilement, l'engin commence son travail de vrille.

— Coupe ce truc, Toby ! hurle Tilda.

Il se dépêche d'appuyer sur le bouton « arrêt » et éloigne la perceuse du trou que la mèche vient de creuser dans le bois.

— J'sais pas ce qui s'est passé. Ça n'aurait pas dû arriver, fait-il tranquillement.

— *Mais qu'est-ce que tu as encore fabriqué ?* demande Tilda pour la troisième fois.

Et, ce coup-ci, elle semble intraitable.

— Il y a une petite… euh… brèche, dit Toby qui, croisant le regard de sa mère, paraît soudain moins sûr de lui. Je pense pouvoir la combler. Allez, au revoir, Sylvie !

Et il s'en va sans attendre.

— Bye bye, Toby, je réponds en me mordant les lèvres car la tête exaspérée de Tilda me donne envie d'éclater de rire.

— Quand je pense à la vie que *j'aurais pu* avoir, soupire-t-elle. Je pourrais être en Toscane et produire ma propre huile d'olive.

— Hé, Dan est à la porte, nous prévient Toby depuis la cage d'escalier. Je le laisse entrer ?

Je me fige. Dan ? *Ici ?*

Nous nous regardons affolées, Tilda et moi. Puis elle répond avec une drôle de voix étranglée :

— Non, ne te dérange pas, Toby !

Et à moi :

134

— Cache-toi à l'étage ! Je vais me débarrasser de lui.

Le cœur battant, je me dépêche de monter au premier en espérant qu'il ne me reconnaîtra pas à travers le verre dépoli de la porte d'entrée ou par la vitre de la lucarne adjacente. Qu'est-ce qu'*il fout là*, au fait ?

Sur le palier, je trouve un petit poste d'observation d'où je peux voir Tilda l'accueillir dans l'entrée.

— Quelle surprise ! lance-t-elle.

— Je suis en chemin vers Clapham pour surveiller une installation et je me suis dit qu'il serait judicieux de prendre le paquet pendant que Sylvie est à son travail.

— Bonne idée ! Viens dans mon bureau, ton cadeau est là.

Je me calme. Pas la peine de paniquer. Il va juste récupérer la boîte et repartira sans savoir que je suis là. C'est trop marrant, en fait, ce petit ballet clandestin à deux.

Tilda entraîne Dan dans son bureau et je descends quelques marches à pas de loup pour mieux les entendre.

— … très joli, dit Dan. Tu avais raison, le bleu était un peu trop… bleu. Alors, quelle taille tu penses qu'il faut garder ?

— Clairement le 38. Je sais que ça lui ira mieux.

— Parfait.

Après une courte pause, j'entends la voix intriguée de Dan :

— Mais où est le 38 ?

Merde ! Merde ! Et remerde !

Dans un éclair de compréhension affolé, je réalise que le 38 est *sur moi*.

Couinement désespéré de Tilda :

— Ah, mais j'avais oublié ! Je suis allée le montrer à Toby pour avoir son opinion. Je vais le chercher. Ne bouge pas !

Elle se rue vers l'escalier en m'adressant des mouvements de détresse avec les bras. Je déboutonne le cardigan, si vite que mes doigts se prennent dans les boutonnières, et le lui lance.

— Disparais ! marmonne Tilda.

Au moment où j'atteins le palier du premier étage, Dan s'avance dans l'entrée, la boîte sous le bras. C'était moins deux !

— Et voilà, dit Tilda en lui tendant le cardigan avec un sourire forcé.

— Tiens, mais il est tout chaud, constate Dan qui a effectivement de quoi être étonné.

— C'est parce qu'il était au soleil, réplique Tilda du tac au tac. Quel superbe cadeau ! Sylvie va l'adorer. Maintenant, excuse-moi, mais j'ai du boulot, je dois retourner à la mine.

Tout d'un coup, je sens une présence dans mon dos. C'est Toby, couvert de plâtre, qui vient de surgir d'une pièce.

— Oh ! Salut…

Avant qu'il ne prononce mon prénom, je le muselle en flanquant ma main sur sa bouche.

— Chut ! je murmure avec une telle férocité qu'il ferme les yeux.

Il essaie de se dégager mais je le maintiens fermement. Pas question de le laisser ouvrir le bec avant que le danger soit écarté.

Dan dans l'entrée :

— Merci encore mille fois pour ta gentillesse, Tilda. C'est adorable de ta part.

Tilda :

— Je t'en prie, ce n'est rien. Mais dis-moi, ce cadeau, c'est pour une occasion particulière ou c'est une surprise, juste comme ça ?

— Une surprise ! J'en avais envie.

— Bonne idée ! Rien de mieux qu'une belle surprise, affirme Tilda en lançant un rapide coup d'œil sardonique dans ma direction. À bientôt, Dan !

Elle l'embrasse sur les deux joues. J'attends qu'elle referme la porte pour relâcher mon emprise sur Toby.

— Aïe, râle-t-il en se frottant la bouche. Tu n'y es pas allée de main morte !

— Désolée, je dis sans le penser. Mais je ne voulais pas prendre le risque que tu me trahisses.

— Mais c'est *quoi* tout ça ?

— Un… truc, je dis en descendant. Un cadeau surprise. Surtout pas un mot à Dan !

Dans l'entrée, après avoir évalué la situation à travers la lucarne, je m'enquiers :

— Où est-il ? Que fait-il ? Il est parti ? Tu peux voir ?

— Il vient de démarrer, déclare Tilda qui lorgne à travers la fente de la boîte aux lettres.

Elle se relève en soupirant d'une manière exagérée.

— Quelle *histoire* ! C'est fou ce que vous vous créez comme problèmes !

— Au contraire ! C'est rigolo !

Tilda lève les yeux au ciel.

— Alors, tu as prévu quoi pour Dan ? Des chaussettes en cachemire ?

— Oh, j'ai plein de choses en tête !

Je passe mentalement en revue ce que je lui réserve pour le lendemain et me permets un petit sourire entendu.

— Oui, plein de choses !

6

Aujourd'hui, mon opération « Surprends-moi ! » démarre de bonne heure. Heureusement, je suis une lève-tôt. J'ouvre un œil spontanément pendant que Dan dort encore. Les filles bavardent tranquillement dans leur chambre. En principe, je devrais avoir une demi-heure de tranquillité avant qu'elles commencent à se chamailler en se lançant leurs nounours à la tête.

Je descends pour intercepter le livreur de Room Service London juste au moment où il descend de son scooter.

Je l'interpelle *mezza voce* en lui faisant signe :

— Bonjour ! C'est par ici. Merci.

Je suis très contente de moi. Tout le monde peut préparer un bon petit déjeuner, avec des croissants et des œufs au bacon, mais moi, j'ai prévu beaucoup mieux. J'ai concocté pour Dan un petit déjeuner surprise de niveau international qui va l'épater.

D'accord, « concocté » n'est peut-être pas le mot exact. « Commandé » serait plus juste. Je suis allée sur un site qui fonctionne comme un *room service* d'hôtel : on clique sur le menu, on choisit et ils vous livrent la

commande dans des boîtes isolantes avec tout le matériel, y compris un somptueux plateau. (Il faut verser
une caution pour l'argenterie car apparemment plein
de gens oublient de la rendre.)

Le livreur, coiffé de son casque de moto, arrive d'un
pas lourd. Il porte deux boîtes en équilibre sur ce qui
doit être le plateau dûment emballé.

— Pas de bruit, s'il vous plaît, c'est une surprise.

— Ouais, dit le type imperturbable en déposant les
boîtes et en me faisant signer le reçu. Les surprises,
on en livre souvent.

— Ah bon ?

— Ouais, un tas d'épouses du sud-ouest de Londres
commandent un petit déj surprise pour leur mari. C'est
pour ses quarante ans, non ?

— Absolument pas !

Mais quel toupet, alors ! D'abord, je suis unique dans
mon genre. Ensuite, je n'ai rien à voir avec la typique
« épouse du sud-ouest de Londres ». Et puis, il a tout
faux avec cette histoire de quarantième anniversaire.
Pour quelle raison, je vous le demande, serais-je mariée
avec un homme de quarante balais ? J'ai seulement
trente-deux ans et je parais beaucoup plus jeune que
mon âge. Surtout si on prend en compte les jumelles
et tout ça.

Et si je lui rivais son clou en disant : « Nan, c'est
pour mon gigolo de vingt ans ! » ?

Que nenni ! Je suis une adulte équilibrée qui se fiche
éperdument de l'opinion d'un livreur. (Sans compter
que Dan risque d'apparaître en robe de chambre à tout
moment.)

— Belle commande, commente le gars en regardant les boîtes. Y a tous ses trucs préférés ?

— Non, je riposte. C'est un petit déjeuner surprise élaboré sur mesure avec des spécialités du monde entier.

Et pan ! Tu vois mon p'tit gars, on est loin du banal petit déj du sud-ouest de Londres !

Le livreur retourne vers son scooter tandis que j'emporte les boîtes dans la cuisine. J'arrache le papier du plateau qui est superbe, avec un « RSL » gravé dessus. Et je commence à disposer la vaisselle en porcelaine blanche (caution pour ça, également), les plats, les couverts et les serviettes. Tout est superbe. Un seul petit bémol : il n'y a pas d'étiquette indiquant le nom des spécialités.

Qu'importe ! Je fourre le menu imprimé dans la poche de ma robe de chambre en me disant qu'on identifiera ces délices tout en les dégustant. Pour le moment, le challenge est d'arriver à monter le plateau sans tarder afin que les plats chauds le restent. Finalement, je réussis à tout transporter sans rien faire capoter.

— Surprise ! je claironne en entrant dans la chambre.

Dan lève sa tête enfouie dans l'oreiller. En voyant le plateau, son visage s'illumine.

— Sans blague !

— Eh oui ! je confirme, rayonnante. Petit déjeuner surprise !

Je pose le plateau sur le lit plus vigoureusement que j'en avais l'intention. Mais ça devenait vraiment lourd.

Dan se redresse avec précaution pour ne rien renverser et, frottant ses yeux encore tout ensommeillés, s'exclame :

— Regarde-moi ça ! Je suis gâté !

— Un petit déj *surprise*, je répète en appuyant sur *surprise* parce qu'il me semble que c'est l'élément à mettre en valeur.

— Waouh !

Dan examine le plateau et s'arrête sur un verre rempli de jus rose.

— Alors, ça, c'est… ?

— Du jus de grenade, je dis, ravie de mon choix. C'est la boisson à la mode. Le jus d'orange est complètement *out*.

Dan avale une gorgée et grimace instantanément.

— C'est intéressant ! Euh… très tonique.

Tonique dans quel sens ?

— Je vais goûter.

En buvant, je sens mes papilles gustatives se ratatiner. C'est *acide*. Il faut s'y habituer.

Ce qu'on peut faire vite, j'en suis sûre.

— Alors, raconte, fait Dan en inspectant les plats. Il y a un thème ?

— C'est un petit déjeuner fusion, j'explique fièrement. J'ai tout sélectionné moi-même. Un mélange de spécialités européennes, asiatiques, américaines…

Je sors le menu de ma poche.

— Tu as du poisson mariné, de la charcuterie allemande…

— Et ça, c'est du café ?

— Tu rigoles ? Boire du café le matin n'aurait rien d'une *surprise*. C'est une tisane sud-américaine. À base d'artichauts et de pissenlits.

Dan enlève sa main de la tasse et s'empare d'une cuillère.

142

— Et ça, dit-il en désignant ce qui ressemble à une bouillie grumeleuse. Ce ne serait pas du Bircher muesli, par hasard ?

— Non, je réponds, l'œil sur mon menu. C'est du *congee*. Du porridge de riz chinois.

En fait, cette mixture n'a pas l'air *aussi* appétissante que je l'aurais cru. Surtout avec cet œuf d'aspect gélatineux qui flotte au milieu – franchement, sa vue me retourne l'estomac. Mais apparemment les Chinois s'en repaissent tous les matins. Un milliard de gens ne peuvent pas se tromper à ce point, si ?

— OK, dit Dan qui avise un autre plat. Et ça ?

— Du ragoût de lentilles indien. Ou peut-être des *grits*, autrement dit de la purée de maïs au fromage, comme dans le sud des États-Unis.

Regardant avec attention le plateau pour la première fois, je me rends compte que j'ai commandé trop de trucs pâteux servis dans des bols. Mais comment pouvais-je savoir ? Pourquoi ce site n'a-t-il pas un algorithme dédié aux matières visqueuses ? Il devrait y avoir une fenêtre pop-up pour aider les utilisateurs. Genre : *Vous voulez réellement commander autant de plats gluants ?* Tiens, je vais le leur suggérer dans un mail.

— Mais, chéri, tu n'as encore rien mangé ! j'objecte.

Et je tends à Dan un objet sphérique qui tient de la boulette et du ravioli.

— Voilà un *idli*. Indien. Pâte fermentée.

— Bon, commente Dan en reposant prestement le dit *idli*. Eh bien, c'est véritablement…

— Véritablement original. Tu ne t'y attendais pas, hein ?

— Non. Je ne m'y attendais pas du tout.

— Allez, vas-y, pioche ! C'est tout pour toi !

— Oui, oui, dans une seconde !

Il hoche la tête plusieurs fois comme pour s'en convaincre.

— C'est juste difficile de savoir par où commencer. Tout a l'air tellement… Et ça, qu'est-ce que c'est ? demande-t-il en montrant l'assortiment de charcuteries allemandes.

— Du *Leberkäse*, d'après le menu. Traduction : du fromage de foie.

Mon mari émet une sorte de gloussement. Et moi, je lui fais mon sourire le plus encourageant. Évidemment, parler de « fromage de foie » est une erreur. Est-ce vraiment le mot qu'on a envie d'entendre de bon matin ?

— Regarde, il y a du pain de seigle. Tu adores. Pourquoi ne pas démarrer la dégustation avec ça ?

Et je lui présente le plat scandinave : poisson mariné avec crème aigre et pain noir. Parfait.

Pleine d'espoir, j'observe Dan prendre une grande bouchée.

— Oh non ! geint-il en plaquant sa main sur sa bouche.

Catastrophe ! Il est pris de haut-le-cœur, il est sur le point de vomir.

— Je vais…

— Tu n'as qu'à cracher, je dis en lui jetant une serviette juste à temps.

Très pâle, le front en sueur, il s'essuie la bouche en frissonnant.

— Excuse-moi, Sylvie ! C'était juste impossible. J'ai eu l'impression d'ingurgiter un truc avarié, décomposé… Mais tu me montres quoi, là ?

— Prends un peu de *Leberkäse* pour chasser le goût de pourri, je suggère en désespoir de cause.

OK ! Visiblement, il va être à nouveau malade.

— Peut-être dans un instant, fait-il en inspectant le plateau. Il n'y a rien de… tu vois… euh… de normal ?

Je consulte frénétiquement ma liste de mets.

Je suis certaine d'avoir commandé des framboises. Mais bordel, où sont-elles passées ?

Puis je remarque une note au bas du menu : *L'assiette de framboises est actuellement indisponible. Nous les avons remplacées par des fèves égyptiennes. Veuillez nous excuser pour ce désagrément.*

Des fèves ? Au diable, ces fèves ! Je regarde le plateau d'un air misérable. Ce petit déjeuner est une infection. Répugnant, bizarroïde. J'aurais dû acheter des croissants. Ou préparer des pancakes.

— Dan, je suis navrée, absolument désolée. C'est horrible. Surtout, ne mange rien !

— Mais non, ce n'est pas horrible.

— Si !

— Non, c'est juste un challenge. Parce qu'on est en présence de mets insolites. Et c'est une idée adorable.

Ses joues ont repris des couleurs et il m'enlace tendrement avant de mordre dans un *idli* et de se servir de tisane.

— Tu sais la bonne nouvelle ? La friandise indienne est un délice. Par contre – clignement d'œil comique –, cette boisson est abominable.

Je rigole malgré moi.

— Je nous prépare du café ?

— J'adorerais. Et merci encore, dit-il en me serrant à nouveau contre lui.

En cinq minutes, je fais le café, grille deux tranches de pain, étale dessus de la marmelade d'orange. En haut, Tessa et Anna ont rejoint leur père dans le lit. Quant au plateau, il est caché dans un coin de la chambre, loin de notre vue.

— Café à l'horizon ! s'exclame Dan, sur le ton du naufragé sur une île déserte qui voit apparaître un navire.

— Surprise ! j'annonce en lui présentant l'assiette de toasts.

— Moi aussi, j'ai une surprise pour *toi*.

— C'est une boîte, intervient Tessa. On l'a vue. Une boîte avec des rubans. Elle est sous le lit.

— Tu ne dois pas le dire à maman, s'angoisse Anna. Papa ! Tessa a rapporté.

Tessa pique un fard avec un air de défi. Elle n'a que cinq ans, mais elle a un sacré cran, ma gamine. Elle ne se justifie jamais, ne se plaint jamais, ne renonce jamais, même sous la plus sévère des contraintes. Alors qu'Anna, la pauvre, s'effondre d'un coup d'un seul.

— Maman sait déjà, affirme Tessa avec aplomb. C'est vrai, hein maman ? Tu *savais* déjà ?

Mis à jour, mon stratagème ? Mon cœur chavire. Et puis, je me dis que ma fille vient d'inventer une explication plausible pour se défendre. Du pur Tessa. (Comment va-t-on arriver à la gérer quand elle aura quinze ans ? Pour le moment, mieux vaut ne pas y penser.)

— Je savais quoi ? je m'enquiers d'une intonation qui sonne complètement faux. Oh ! Oh ! Une boîte, tu dis ? Mais qu'est-ce que *ça* peut bien être ?

Heureusement que Dan, penché pour regarder sous le lit, ne peut pas voir ma minable prestation d'actrice. Il remonte la boîte que j'ouvre, en m'efforçant de canaliser mes réactions et, surtout, consciente de l'attitude inquisitrice de Tessa, de jouer l'étonnée. Parfois ses yeux perçants sont beaucoup plus dérangeants que le regard confiant de son père.

— *Oh my God* ! Du *cachemire* ! C'est un cardigan ? Il est… somptueux. Et la couleur parfaite ! Et il y a une ceinture en plus…

J'en fais trop ?

Non, Dan semble enchanté – et plus je m'exclame, plus il paraît heureux. C'est tellement facile de le duper. À le voir là, si crédule, son toast à la main, j'éprouve une nouvelle vague de tendresse pour lui.

De toute façon, ça ne pouvait pas se passer autrement. Mon mari est transparent. Naïf. Si c'était lui qui mentait comme un arracheur de dents, je le saurais. Oui, je le *saurais*.

— Tilda m'a aidé à le choisir, confie-t-il avec modestie.

— Sans blague ? Tilda ? Vous avez fait équipe ? Toi alors !

J'en fais trop ?

Non. Il nage dans le bonheur.

— Tu l'aimes vraiment ?

— Je l'adore. *Quelle* magnifique surprise !

Je lui donne un énorme baiser, assez satisfaite de ma petite personne. Le plan fonctionne ! Nous pimentons notre relation ! D'accord, le petit déjeuner était un léger ratage, mais sinon l'opération est un succès. Je peux *facilement* envisager soixante-huit années de mariage supplémentaires si Dan m'offre un cachemire tous les matins.

Non ! Rectification ! Cette remarque n'est évidemment pas à prendre à la lettre. Pas question que Dan m'offre un cachemire tous les jours. Quelle perspective absurde ! (Encore que, tous les six mois... Pourquoi pas ? Voilà une idée à garder.) Non, à dire vrai, je peux facilement envisager soixante-huit années de mariage supplémentaires si toutes les journées démarrent comme celle-ci. Dans la joie et l'harmonie.

En fait, je ne sais pas où ça nous mène. Mais une chose est sûre : je me préoccupe de nos problèmes. Et c'est ce qui est positif, non ?

Dan termine son café et pose sa tasse avec énergie.

— Bon, j'y vais. Une course mystère à faire.

Nous nous regardons en souriant.

— Moi aussi, j'ai une tâche secrète dont je dois m'acquitter. Tu rentres pour le déjeuner ? j'ajoute l'air de rien. Aujourd'hui, c'est pâtes au pesto, rien de grandiose...

Ha ! Ha ! Grosse menterie !

— Je serai de retour vers midi, assure Dan.

— Très bien. Les filles, ça vous dit un petit déjeuner ?

En général, le samedi matin est consacré aux corvées domestiques pendant que Tessa et Anna s'amusent avec les jouets qu'elles n'ont pas eu le temps d'utiliser durant la semaine. Puis nous déjeunons de bonne heure et j'emmène les filles à leur leçon de danse à 14 heures.

Mais pas aujourd'hui.

Dès que Dan a quitté la maison, j'attaque. Ça fait un moment que je pense à changer les rideaux de la cuisine, et voilà le prétexte idéal. J'ai aussi acheté une nappe assortie, des nouveaux chandeliers et une lampe. Je vais relooker complètement la cuisine. Comme dans les émissions de déco que je regarde toujours dans mon lit pendant que Dan suit les matchs de rugby au salon. Notre cuisine aura belle et fraîche mine comme après un lifting. Dan ne va pas la reconnaître.

Quand j'en ai terminé, je dégouline de transpiration. Ça m'a pris plus de temps que prévu. Du coup, j'ai permis aux filles de regarder CBeebies, la chaîne de la BBC pour les petits de moins de six ans. Mais quelle réussite ! Les rideaux et la nappe sont dans un imprimé très funky de chez John Lewis. Et les chandeliers en néon ajoutent une note extra. (« Osez la couleur ! » préconisent les émissions de déco à la télé.)

Quand Karen, la nounou des jumelles, arrive, je m'appuie nonchalamment contre le comptoir et guette sa réaction. Karen s'intéresse beaucoup au design et à tout ce qui concerne l'aménagement intérieur. Elle favorise les tons vifs, que ce soit pour ses baskets ou ses ongles. Elle adore feuilleter mon magazine *Livingetc*. Étant moitié écossaise, moitié guyanaise, elle a de superbes boucles sombres qu'Anna adore orner de barrettes. Comme prévu, elle remarque immédiatement la transformation.

— Super ! s'écrie-t-elle en observant chaque détail. Vraiment super !

Karen a une manie : elle adopte un mot et l'utilise sans arrêt pendant environ une semaine avant de passer à un autre. La semaine dernière c'était « nul », cette semaine c'est « super ».

— Super chandeliers, dit-elle en les admirant de près. Ils sont de chez Habitat ? Je les ai vus la semaine dernière.

— Oui, j'ai osé la couleur, je dis d'un air dégagé.

— Super, répète Karen. Il se passe *un truc* inhabituel aujourd'hui ?

Je ne lui en veux pas de montrer un certain étonnement. D'habitude, elle ne vient pas le samedi. Et normalement les SMS que je lui adresse ne commencent pas par : Ne dis pas à Dan que je t'envoie un texto.

— Je veux faire une surprise à Dan, j'explique. L'emmener dans un endroit spécial.

— D'accord. Super.

Elle est sur le point d'ajouter quelque chose mais renonce.

— Je te demande donc de faire déjeuner les filles, de les emmener à la danse et peut-être de jouer au parc. Nous serons de retour vers 16 heures.

— OK.

Elle semble une fois encore vouloir parler davantage mais s'abstient, comme si elle ne savait pas par où commencer. Pourvu qu'elle ne me demande pas de changer ses horaires de boulot ! Parce que là, je n'ai vraiment pas la tête à ça.

— Bon, je vais me préparer. Merci, Karen !

Je prends une douche rapide avant d'enfiler un corsaire et mon nouveau cardigan. Un *minicab* vient de se garer devant la maison. J'exulte ! Dan va être tellement surpris. En fait, il a dû rentrer, car il me semble l'entendre. Vite, Sylvie, mets le turbo.

Je me maquille en quatre minutes, attache mes cheveux en une minute. Et je dévale l'escalier. À mi-étage,

je regarde par la fenêtre du palier. Surprise ! Surprise !
Un second taxi est garé à côté du premier.

Deux taxis ?

Oh noooon ! J'espère que…

Et voici que Dan émerge du salon, en chemise bleue
ultra-chic et veste de lin. Il a l'œil brillant.

— Tu es ravissante. C'est aussi bien parce que…
roulez tambours… nous n'allons pas manger des pâtes
à la maison.

— Tu as programmé quelque chose, Dan ? Parce
que moi aussi j'ai organisé une virée.

Tête intriguée de Dan.

— C'est-à-dire ?

— Regarde dehors, je dis en descendant jusqu'au
rez-de-chaussée.

Il ouvre la porte et tressaille à la vue des deux taxis
qui font partie, j'en suis presque sûre, de la compagnie
Asis Taxis que nous appelons toujours.

— Putain ! Mais…

— J'en ai commandé un. Ne me dis pas que l'autre
est le tien. À croire que nous avons tous les deux organisé une sortie surprise !

— Mais…

Comme foudroyé, Dan contemple les taxis en fronçant les sourcils.

— Mais j'avais arrangé un déjeuner, lance-t-il finalement.

— Non, c'est moi, je réplique presque furieuse.
C'était une surprise. J'ai réservé un taxi, demandé à
Karen de venir…

— Moi aussi j'ai demandé à Karen, s'indigne Dan.
Il y a plusieurs jours.

— Chacun de vous m'a retenue pour aujourd'hui, indique Karen qui vient de nous rejoindre. Vous m'avez envoyé des SMS top secret. Comme je ne savais pas ce qui se passait, je me suis dit que je viendrais et que je… verrais.

Elle a l'air embêtée, notre nounou.

— Tu as eu raison, je dis.

On aurait dû savoir que ça allait se produire. On aurait dû accorder nos violons. Oui… mais ça n'aurait pas été une surprise.

Dan me dévisage :

— Eh bien, à l'évidence, on doit choisir. Quelle est ta surprise ?

— Je ne te le dirai pas ! C'est une *surprise* !

— Je ne te dirai pas non plus ce que je t'ai réservé. Ça gâcherait tout, se défend-il.

— Bon, alors ? je réponds tout aussi résolue.

— On n'a qu'à jouer à pile ou face, propose-t-il.

— Pas question ! On fait ce que j'ai prévu. C'est vraiment cool. Ta surprise à toi, ça sera pour une autre fois.

— Et puis quoi encore ? s'insurge Dan. Tu prétends donc que ton idée est meilleure que la mienne ?

Des billets pour le spectacle de Tim Wender qui joue à guichets fermés au Barbican Comedy Festival, aujourd'hui à l'heure du déjeuner. Le one-man-show de notre comique préféré *ainsi qu'*un repas. Combinaison gagnante à tous les coups, non ? Voilà ce que je meurs d'envie de lui annoncer.

Mais, comme je suis bien élevée, je me contente d'un petit sourire en disant :

— La mienne n'est pas mal.

— La mienne *aussi*, réplique Dan.

— Je vais trancher, intervient soudainement Karen. Dévoilez-moi vos plans et je jugerai.

Quoi ? Quelle suggestion imbécile !

— Très malin ! s'exclame Dan. J'y vais en premier.

Vu son comportement exubérant, je me demande ce qu'il mijote.

— Karen, viens dans le salon avec moi, poursuit-il, et je te présenterai mon argumentaire, loin des oreilles de Sylvie. Et toi, tu n'écoutes pas aux portes, ajoute-t-il en me regardant.

Son argumentaire ? Et quoi encore ? Il se croit à « Dans l'œil du dragon », l'émission de télé-réalité ?

Je lui jette un regard méfiant tandis qu'il disparaît dans le salon avec Karen. Puis je pénètre tristement dans la cuisine où les filles engloutissent les pâtes au pesto en dédaignant ostensiblement les bâtonnets de carotte.

— « Vierge », ça veut dire quoi, demande Tessa de but en blanc.

Je la dévisage interloquée.

— « Vierge » ?

— Oui, « vierge ». Je sais pas ce que ça veut dire.

— D'accord !

Je me creuse la cervelle.

— Eh bien… c'est une personne qui n'a pas encore… euh…

Je m'interromps et attrape un bâtonnet de carotte histoire de gagner du temps.

— Non, pas une personne, objecte Tessa. Ça peut pas aller.

— Oui, c'est trop grand, renchérit Anna.

Elle mesure son tour de taille avec ses mains. Tu vois, maman ? C'est beaucoup trop grand.

Allons bon ! J'essaie d'évaluer les différentes interprétations qui me viennent à l'esprit tout en me demandant pourquoi Tessa parle tout à coup de vierge.

Je lui pose la question avec mille précautions.

— Dis-moi, Tessa, ce sont les autres enfants au jardin qui racontent ces histoires… de grandes personnes ?

Dois-je avoir ce genre de conversation ici et maintenant ? Et d'ailleurs, quelle conversation ? Il est vrai que les parents sont censés commencer l'éducation sexuelle des enfants de bonne heure et se montrer francs comme l'or. Pourtant, pas question de prononcer le mot « capote » devant mes filles de cinq ans uniquement parce que…

— Je crois que ça veut dire tomate, propose Anna.

— Ça peut pas ! riposte Tessa. C'est vert. *Vert*.

Je me rends compte subitement qu'elles fixent la bouteille d'huile d'olive extra-vierge qui est posée sur la table.

— Oh, ça ! je m'exclame presque étourdie de soulagement. Ça signifie… très nouveau. C'est de l'huile faite avec des très bonnes olives nouvelles. Miam ! Allez, on finit son assiette, les filles.

Quand il sera temps, je jure de dire la vérité sans détours. Je serai d'une franchise irréprochable. Je parlerai même de capote. Mais pas aujourd'hui.

— Et voilà ! clame Dan qui fait irruption dans la cuisine avec l'allant d'un entrepreneur qui, au cours de l'émission « Dans l'œil du dragon », vient d'empocher un million de livres à investir dans son projet. À toi, Sylvie !

Je trouve Karen au milieu du salon, assise dans un fauteuil à haut dossier et munie d'un bloc de papier et d'un stylo.

— Hello, Sylvie ! Bienvenue. On commence dès que vous êtes prête.

Elle se comporte comme une animatrice télé.

Je n'en crois pas mes oreilles ! Bienvenue dans mon propre salon ? Et, au fait, elle griffonne quoi au juste ? Je n'ai même pas démarré.

— Dès que vous êtes prête, répète-t-elle.

Je rassemble mes idées à toute allure.

— OK. J'ai l'intention d'emmener Dan voir un spectacle absolument unique. Notre comique préféré se produit pour un show exclusif sur la scène du Barbican Comedy Festival à l'heure du déjeuner. Boissons et nourriture sont comprises.

J'ai l'impression de présenter un concours télévisé. La prochaine fois, je lui promettrai un chèque de 500 livres à dépenser dans les boutiques chics de Regent Street.

— Très bien ! Et c'est tout ?

Comment *c'est tout* ? J'ai envie de lui lancer : « Tu sais combien de ficelles j'ai dû tirer pour obtenir ces billets ? » Mais ça ne ferait pas avancer mon schmilblick. (Et, de toute façon, c'est Clarissa qui, ayant bossé au Barbican, a fait jouer le piston.)

— Oui, c'est tout, je dis.

— Parfait. Je vais vous faire part de ma conclusion très bientôt.

155

Elle m'envoie un sourire et je retourne dans l'entrée, furibarde et tracassée. Quelle mascarade grotesque !

Dan sort de la cuisine en mâchonnant un bout de carotte.

— Ça s'est bien passé ?

— Très.

— Formidable !

Il me décroche un sourire étincelant au moment précis où la porte du salon s'ouvre. Le visage sérieux de Karen nous dévisage à tour de rôle.

— J'ai pris ma décision.

Petite pause exactement comme le ferait un juge à la télé.

— Aujourd'hui, le projet de Dan a gagné. Désolée, Sylvie, mais son idée comporte quelque chose en plus.

Vraiment ? Je ne peux pas le croire. La *mienne* comporte quelque chose de plus. Mais, à la façon d'une candidate de jeu télévisé, je parviens à cacher mes sentiments sous un grand sourire. Je l'embrasse :

— Bravo, Dan ! Tu le mérites, j'en suis certaine.

— J'aurais préféré qu'on gagne *tous les deux*, dit-il avec générosité.

— Votre programme était très bon, Sylvie, signale gentiment Karen. Mais Dan a davantage soigné les détails.

Sourire encore plus éblouissant de ma part :

— Bien sûr ! Je meurs d'impatience de découvrir ce qu'il me réserve.

Zéro stress. Mais j'ai quand même mis la barre trèèèès haut.

Dan informe Karen :

— Sylvie m'a apporté un petit déjeuner ce matin. Il était normal que je lui renvoie l'ascenseur avec un déjeuner surprise.

— Personne n'a mentionné mon autre surprise, je fais soudain remarquer.

Dan est allé dans la cuisine. Il a vu la transformation. Pourquoi n'a-t-il pas manifesté son étonnement ?

— Laquelle ?

— La cuisine !

Dan a l'air ahuri.

— La cuisine ! j'aboie. La cui-si-ne !

— Excuse-moi, Sylvie, mais je suis supposé avoir trouvé quoi dans la cuisine ?

Je m'efforce de respirer calmement.

— Les rideaux, je dis sans m'énerver.

Panique dans les yeux de mon mari.

— Évidemment ! Les rideaux. J'allais juste t'en parler.

J'agrippe son bras pour qu'il ne puisse pas bouger.

— Et quoi d'autre ?

— Euh… les placards ?

— Nan.

— La table… euh… La nappe.

— Tu as du pot ! En fait tu n'as rien vu, hein ?

— Il faut que je regarde à nouveau. J'étais distrait par mon affaire de déjeuner.

— OK.

Je le suis dans la cuisine divinement relookée, à mon humble avis. *Comment* a-t-il pu ne rien remarquer ?

— Waouh ! s'émerveille-t-il. Les rideaux sont canons. Et la nappe…

Il ne va pas s'en tirer comme ça.

— Quoi d'autre est différent ?

Le regard affolé de Dan papillonne un peu partout.

— Ça, c'est nouveau ! s'exclame-t-il en attrapant un livre de recettes de Nigella Lawson posé sur la table.

Tessa se tord de rire :

— C'est pas du tout nouveau, papa !

— Les chandeliers, je lui dis. Les *chandeliers*.

— Mais oui !

Manifestement il se triture les méninges pour dire quelque chose d'aimable.

— Comment ai-je pu les rater ? Ils sont si éclatants.

— Ils apportent une note de couleur, tu comprends ?

— Tout à fait ! acquiesce Dan.

Mais on a l'impression que la notion de note de couleur lui échappe et qu'il n'ose pas poser de question.

— Je me suis dit que j'allais rénover un peu cette cuisine, la rendre plus attrayante. Je pensais que tu aimerais…, j'ajoute en prenant une voix de victime.

— Oh, mais je l'adore ! Absolument. Et maintenant il est l'heure, milady, fait-il en s'inclinant. Votre carrosse vous attend.

Heureusement, le type du théâtre s'est montré très compréhensif. Apparemment, un couple sur la liste d'attente sera ravi de bénéficier de nos places (ils peuvent l'être !) pour le spectacle de Tim Wender. Le second taxi, lui, n'était pas enchanté de perdre sa course, mais, comme il travaille pour une compagnie que nous utilisons souvent, il ne nous a pas fait payer.

Le côté positif c'est l'enthousiasme de Dan. Pendant le trajet, dans le taxi *qu'il* a commandé, sa bonne humeur est contagieuse. Il me réserve une surprise canon, je le sens.

Et pourtant, curieusement, nous n'allons pas vers le centre de Londres comme je l'aurais pensé. La voiture se dirige vers un coin peu fréquenté de Clapham. Qu'est-ce qui se trame, par là ?

Le taxi nous dépose dans une petite rue, devant un bistrot. « Munch », annonce l'enseigne. Bizarre comme nom. Ça ne m'évoque rien. Mais peut-être ne suis-je pas au courant ? Peut-être est-ce un de ces minuscules troquets où les sièges sont inconfortables mais la bouffe sublimissime ?

Dan rayonne d'impatience.

— Tu voulais être surprise ?

— Oui ! je dis en éclatant de rire. Oui ! Oui ! Oui !

Son expression m'enchante. Qu'est ce qu'il a mijoté ?

Dès que notre chauffeur ouvre la portière, Dan me fait signe de sortir. Pendant qu'il paie la course, je consulte la carte affichée à l'extérieur. Tiens ? C'est un restaurant végétarien. Intéressant ! Pas du tout ce que j'imaginais. À moins que…

— Ne me dis pas que tu es devenu végétarien ? C'est *ça* ta surprise ? Si oui, je te félicite, je poursuis, changeant de ton. Bravo !

Grand rire de Dan.

— Non, je ne suis pas végétarien.

— Bon alors, tu veux manger sainement ?

— Mais non !

Il m'entraîne vers la porte et j'entre. Nous sommes dans un endroit bobo et nature. Beaucoup de terre cuite. Des ventilateurs en bois au plafond. Une grande jardinière de menthe à cueillir pour faire sa tisane. (Cool ! Idée à emprunter pour mes dîners.)

— Waouh ! C'est la…

— Non, non, pas ça ! fait Dan en se pavanant de fierté. Voilà la surprise !

Il me montre une table dans un coin éloigné. Une fille y est assise. Longs cheveux bruns et jambes maigres moulées dans un jean noir. Qui est-ce ? Je la connais ? Il me *semble* la connaître…

Mais oui. C'est une fille de la fac. Étudiante en chimie ? Biochimie ? Comment s'appelle-t-elle, déjà ?

Visiblement, Dan guette ma réaction. Et il n'attend pas n'importe laquelle.

— Incroyable ! je déclare avec tout l'enthousiasme dont je suis capable. Tu es le meilleur, Dan !

— Eh oui, se rengorge-t-il comme s'il réalisait tous mes rêves d'un coup.

Je réfléchis à toute allure. En fait, je suis dans le brouillard le plus complet. Pourquoi cette nana qu'il a piquée au hasard parmi toutes les étudiantes est-elle assise à notre table ? Et puis comment retrouver son nom ?

Après avoir confié nos vestes à la fille du vestiaire dont l'oreille droite est ornée d'au moins seize anneaux, je me lance.

— Je tombe des nues ! Comment tu as fait pour…

— Tu m'as répété tellement souvent que tu regrettais ne pas avoir gardé contact avec Claire, répond Dan rouge de plaisir, que je me suis dit : faisons en sorte qu'elles renouent.

Claire. Elle s'appelle Claire. Bien sûr. Mais c'est dément. Car je n'ai pas pensé à elle une seule fois depuis la fac. Je nage en plein…

Oh my God, Claire !

Il parle de la Claire qui était en histoire de l'art.

Je ne sais pas comment j'arrive à garder le sourire tandis qu'une serveuse nous escorte à notre table. Il y avait effectivement une Claire qui suivait les mêmes cours que moi. Hyper sympa, avec un grand sens de l'humour. Nous déjeunions parfois ensemble. Et puis notre amitié a tourné court. C'est elle dont il parle.

Et pas de celle qui est là, devant nous.

Et merde ! *Merde !*

Je me fige. Que faire ?

— On se rencontre finalement ! s'écrie Dan qui accueille Claire comme une vieille copine. Merci d'avoir accepté ce rendez-vous secret.

— Pas de souci, répond Claire platement.

Il y a toujours eu un côté terne chez elle.

— Bonjour, Sylvie, ajoute-t-elle en se levant. Ça fait un bail, hein ?

Elle est plus grande que moi et pas du tout maquillée.

Dan nous observe avec affection. Il espère manifestement que nous allons sauter dans les bras l'une de l'autre comme le lion apprivoisé qui retrouve ses maîtres qu'on peut voir sur YouTube.

— Claire ! je m'exclame en prenant ma voix de tragédienne. Ça fait des siècles ! Et voilà que tu es là. Je ne sais pas quoi dire.

Je serre son corps osseux contre moi.

— Oui, la fac, ça date pas d'hier, constate-t-elle avec un haussement d'épaules.

— Il devrait y avoir une bouteille de champagne sur la table, fait remarquer Dan. Je vais m'en occuper. Claire a sélectionné le restaurant. Super choix, hein ?

— Fabuleux ! je dis en posant mes fesses sur une chaise en bois peint inconfortable.

— Donc, c'est une surprise, constate Claire de sa voix atone.

— Absolument ! Raconte-moi comment ça s'est passé.

— Ton mari m'a contactée sur Facebook. Il m'a dit que tu avais très envie de me rencontrer. Que tu n'arrêtais pas de dire que c'était dommage qu'on se soit perdues de vue.

— C'est vrai.

Tout en évaluant frénétiquement les différentes options qui s'offrent à moi, j'arrive à conserver le sourire.

Dois-je lui dire la vérité en rigolant et en lui enjoignant de la boucler ? Non. Pas son genre. Dans la seconde, elle sortirait tout à Dan. Il serait accablé.

Il faut donc que je colle à cette histoire.

D'une certaine façon.

— Pour être honnête, j'ai trouvé un peu bizarre d'avoir de tes nouvelles, poursuit-elle.

— Ben, tu sais, je réplique un peu trop gaiement, j'arrive à un âge où je pense au passé. Et je me suis demandé… comment va Claire et… la bande ?

— La bande ?

Claire n'a pas la moindre idée de quoi je parle.

— Mais oui ! Tous les amis. Les potes. Euh… Machin… euh…

Impossible de me souvenir du nom des gens que Claire connaissait. On fréquentait des groupes différents. Nous étions, c'est vrai, dans la même résidence universitaire. Je crois même qu'un jour nous avons disputé un match de net-ball ensemble, quand j'ai été admise dans l'équipe. C'était mon seul et unique lien avec Claire. D'où l'erreur de Dan qui a dû tomber sur une vieille photo en ligne. Car nous *n'étions pas du tout amies.*

— Je suis en rapport avec Husky, admet Claire.

— Husky ? Comment va…

Au fait, c'est qui Husky ? Une fille ou un mec ? Je devrais consulter Facebook plus attentivement. Mais, franchement, depuis la naissance des jumelles, je n'ai pas le temps de rester connectée avec tous mes 768 « amis ». Déjà qu'avec les vrais j'ai du mal à garder le contact…

J'enchaîne :

— Moi, je suis encore en relation avec Sam… Phoebe… Freya, tous ceux de ma classe d'histoire de l'art. Phoebe vient de se marier.

— Ah bon ! dit Claire qui a l'air de s'en moquer royalement. En fait, je ne les fréquentais pas.

Quel enfer ! Où est passée cette bouteille de champagne ?

Claire affiche soudain une mine soupçonneuse.

— Dis donc, toi et ton mari, vous n'essayez pas de me *vendre* quelque chose au moins ?

— Non !

— Vous ne voulez pas non plus me convertir ? Vous ne seriez pas mormons par hasard ?

— Non !

Je suis partagée entre l'envie de pleurer et celle d'éclater d'un rire hystérique. J'aimerais lui sortir : *Ah, ça, tu te goures complètement. Nous avions des billets pour le spectacle de Tim Wender. Pas du tout le type de gaudriole mormone.* Au lieu de quoi, je dis :

— Regarde, Dan revient avec du champagne. On va pouvoir trinquer.

Quel cauchemar ! La nourriture (principalement à base de haricots) est fade et racornie. Le vin espagnol pétillant, bourré d'acidité. Bavarder s'avère aussi ardu que déterrer des carottes d'un sol rocailleux. Claire n'y met pas du sien. Je dirais même qu'elle rend *vraiment* l'échange difficile. Qu'elle soit chef d'une unité de recherche chez GlaxoSmithKline me paraît extravagant. Le seul aspect positif de cette situation de fous ? Un besoin urgent d'appeler très vite tous mes *vrais* amis pour le plaisir d'une conversation agréable.

Finalement, nous montons dans le taxi que Dan vient d'appeler. Séance d'au revoir (nous avons proposé à Claire de la ramener chez elle, ce que, heureusement, elle a décliné). Après quoi, très satisfait, Dan se cale contre le dossier de la banquette.

— C'était génial, je dis. Très réussi.

— Ça t'a plu, fait-il en souriant de toutes ses dents.

— Je suis époustouflée, tellement touchée à l'idée de tout le mal que tu t'es donné. C'est renversant.

Je me penche pour l'embrasser.

Et je le suis vraiment. Organiser des retrouvailles était une adorable attention de sa part. La meilleure des surprises. Surtout, soit dit en passant, si ça avait été avec une personne proche de moi.

— Elle n'est pas comme je l'avais imaginée, observe-t-il. Était-elle déjà une végétarienne pure et dure à la fac ?

Comme si je savais !

— Pas aussi forcenée, je réponds.

— Et ses opinions sur la technique du compost ? Drôlement véhémente, ta copine !

Pendant le déjeuner, Dan a essuyé une tempête de protestations à cause d'une petite remarque anodine qu'il avait faite. Déchaînement qu'il a supporté avec un calme olympien. Tout cela pour moi. Je me suis aperçue qu'il dévisageait Claire en se demandant pourquoi je voulais tant la revoir.

Je me mords les lèvres pour endiguer le fou rire qui me gagne. Un jour je lui dirai la vérité. Genre dans un an. Ou peut-être cinq.

— Au fait, j'ai encore une surprise, annonce Dan alors que le taxi prend un virage.

— Moi aussi. Une surprise sexy. La tienne aussi ?

— Très sexy.

Nous échangeons un regard brûlant puis nous embrassons passionnément, comme on le faisait toujours dans les taxis avant que les mots « banquette arrière » deviennent synonymes de « deux sièges enfants et des lingettes imprégnées au cas où ».

Ma surprise ? De l'huile de massage particulièrement vivifiante. Je précise toutefois qu'aujourd'hui Dan ne semble pas avoir besoin de stimulants. Et sa surprise ? De la lingerie, peut-être ? Une culotte et un soutien-gorge de la marque Agent Provocateur ?

— Je meurs d'impatience, je murmure, le visage niché dans son cou.

Et je reste collée à lui comme ça jusqu'à la fin du trajet.

À la maison, les filles viennent nous accueillir en courant et en criant. Je crois comprendre qu'elles parlent d'un spectacle de danse. Puis Karen arrive, les yeux brillants de curiosité.

— Alors, c'était formidable ? s'enquiert-elle. Sylvie, vous comprenez maintenant pourquoi j'ai privilégié la surprise de Dan. Arranger des *retrouvailles*, c'est quand même quelque chose !

J'essaie d'imiter son emballement :

— Oui ! C'est énorme !

Le portable de Dan sonne : un texto. Ses yeux pétillent.

— Déjà ? dit-il. Karen, tu peux y aller. Merci mille fois pour ton intervention.

— Tout le plaisir était pour moi, réplique-t-elle.

Dan a l'air surexcité. Vraiment. Dès que Karen ferme la porte derrière elle, il commence à taper un SMS. Au sujet de sa surprise sexy ?

— On fait des projets pour le reste de la journée ? je suggère. Ou on… ?

— Dans une minute, dit Dan comme s'il m'avait à peine entendue. Une minute.

L'atmosphère est étrangement électrique. Dan a un petit sourire accroché aux lèvres. Il consulte sans cesse son téléphone en faisant des allées et venues entre la cuisine et la porte d'entrée. Du coup, je suis super intriguée. En quoi consiste sa surprise sexy ? Si c'est à ce point torride, on devrait peut-être passer la nuit à l'hôtel.

La sonnette de la porte d'entrée nous fait sursauter.

— Qu'est-ce que c'est ?

— Une livraison. Très spéciale.

Dan ouvre la porte. Un livreur en anorak noir le salue sèchement.

— Dan Winter, c'est ici ?

— Oui. Tout est prêt.

— On va sortir le colis du camion. Y a assez de place ?

Le gars entre et évalue l'espace autour de lui.

Dan acquiesce :

— Sans problème pour passer dans l'entrée.

Ça alors ! Passer quoi dans l'entrée ? J'en déduis que ce n'est pas un ensemble coquin de chez Agent Provocateur. C'est un truc qui nécessite deux costauds pour le sortir d'un camion.

Miséricorde ! J'espère que ce n'est pas une sorte de… *matériel cochon*. Je devrais peut-être éloigner les filles avant qu'elles ne posent les yeux sur quelque chose qui les traumatisera jusqu'à la fin de leurs jours.

— Sylvie, tu veux bien aller avec les filles dans leur chambre ? dit Dan sans que je puisse déceler quoi que ce soit dans sa voix. Je vous dirai quand descendre.

Il *prépare quoi*, là ? Mon cœur fait des bonds. Je peux à peine parler.

— D'accord, je murmure.

J'emmène prestement les jumelles dans leur chambre et leur lis une histoire de Winnie l'Ourson tout en réfléchissant. Que contient ce colis apparemment énorme ? Une chaise érotique ? Un canapé érotique ? Quoi d'autre d'érotique ? Ah ! Une balançoire sexuelle ? (Non ! Dan n'a sûrement pas commandé ça. Nos poutres ne sont pas assez solides.)

Je taperais bien sur Google « Objets sexuels livrés par camion » mais les filles, chaque fois que j'écris, se croient obligées de regarder l'écran de mon télé-phone pour déchiffrer. (C'est l'inconvénient quand vos enfants sont en plein apprentissage de la lecture.) Je me contente donc de rester tranquille et de parler de Porcinet tout en m'égarant mentalement dans un monde de fantasmes et de soupçons… quand, finalement, la porte d'entrée claque.

Dan monte à l'étage. Tout content de lui, il nous annonce :

— Venez en bas. J'ai une vraie surprise pour vous.

— Une surprise ? s'extasie Tessa.

— Dan, il n'y a pas de problème pour les filles… (Regard plein de sous-entendus.) C'est *convenable* ?

— Bien sûr ! Allez dans la cuisine, mes cocottes. Vous n'allez pas en croire vos yeux !

La cuisine ?

Plus déboussolée que moi, ça n'existe pas.

Nous suivons les filles qui dévalent les marches.

— Je n'y comprends rien, Dan. C'est ta sur-prise sexy ?

— Mais oui ! Pas seulement sexy, je dois dire… Très beau aussi. Il est superbe.

Il ? Pour *une* surprise ? J'en perds ma grammaire.

— Aaargh ! Y a un serpent ! hurle Tessa en se pré-cipitant sur moi pour m'enserrer les jambes de ses bras. Y a un serpent dans la cuisine !

— Hein ?

Le cœur battant, je me force à entrer dans la cuisine et fais immédiatement un bond en arrière.

Contre le mur, à la place du coffre à jouets, se trouve un vivarium. Et dans le vivarium se trouve un serpent. Orange et marron avec de gros yeux noirs de serpent.

Au secours ! Je vais vomir.

— Que… que… que…, je bredouille, incapable de parler distinctement.

— Surprise ! s'écrie Dan derrière moi. Il est magnifique, tu ne trouves pas ? C'est un serpent des blés, inoffensif, élevé en captivité et habitué au vivarium. Tu n'as rien à craindre.

Ce n'est pas ce qui m'inquiétait, idiot.

— Dan, pas question d'avoir un serpent à la maison, j'articule finalement en saisissant les revers de sa veste.

— Mais nous *l'avons*, me corrige-t-il. Comment on va l'appeler les filles ?

— Petit Serpent Chéri, propose Tessa.

Je suis presque en hyperventilation.

— Je ne veux pas de serpent dans cette maison. Je m'y oppose formellement, Dan !

Il me regarde enfin dans les yeux. L'image incarnée de l'étonnement. Comme si *j'étais moi* la personne déraisonnable.

— Quel est le souci ?

Là, il dépasse les bornes.

— Tu as parlé de surprise sexy. *Sexy*, Dan !

— Mais ce serpent est sexy. Exotique. Sinueux. Tu n'es pas d'accord ?

— Non. Je ne peux même pas le regarder.

— On peut avoir un chien ? intervient Anna, toujours très intuitive. À la place du serpent ?

— Non, s'énerve Tessa. On doit garder Petit Serpent Chéri.

Elle colle un baiser contre la vitre du vivarium et le serpent se déplie.

L'horreur absolue ! Comment Dan peut-il confondre surprise sexy et serpent ? *Comment ?*

À l'heure du coucher des filles, nous sommes arrivés à un compromis. Nous allons donner une chance au serpent. Mais je n'aurai pas à le nourrir, ni à le regarder ni même à l'approcher. Je ne toucherai pas non plus au compartiment du congélateur contenant sa nourriture. (Il avale des souris. Des *souris* !) Et je ne l'appellerai pas Dora, qui est le nom que, pour finir, les filles lui ont donné. Pour moi, il n'y a pas de Dora. Il n'y a que le Serpent.

Il est 8 heures du soir. Nous sommes sur notre lit, épuisés par nos négociations. Quant aux filles, elles sont enfin dans les leurs, après avoir fait plusieurs expéditions au rez-de-chaussée pour « voir si Dora va bien ».

— Je croyais que tu l'aimerais, avoue Dan tristement. On avait parlé d'avoir un serpent…

— C'était en blaguant, comme je te l'ai expliqué au moins cent fois.

Il plaisante ou quoi ? Ça n'a jamais été sérieux, cette histoire de serpent.

Il s'adosse contre les oreillers en soupirant, la tête dans les mains.

— En tout cas, je t'ai bien surprise ! dit-il au bout d'un moment en risquant un petit sourire timide.

— Tu l'as dit ! je confirme en souriant malgré moi.

— Et tu aimes ton cardigan ?

— Superbe ! Vraiment, je l'adore. Et le cachemire, quel rêve.

J'en rajoute une couche dans la pâmoison pour faire oublier ma réaction au sujet du serpent.

— Et la couleur ? Elle te plaît ?

— Divine ! Tellement plus belle que ce bl…

Je stoppe à mi-mot. *Merde !*

— Tu as dit quoi ?

— Rien du tout. Bon, on regarde la télé ou on…

— Tu allais dire « bleu ».

— Absolument pas.

Mais mon affirmation n'est pas suffisamment catégorique pour que Dan la gobe. Il n'est pas bête, mon mari. On dirait même qu'il vient de comprendre.

— Tilda t'a téléphoné. Putain, c'est évident qu'elle t'a téléphoné ! Vous n'arrêtez pas de jacasser, toutes les deux.

Il me dévisage d'un sale œil avant de poursuivre :

— Le cardigan n'était pas une surprise – je me trompe ou pas ? Tu avais probablement…

Il s'interrompt comme si un nouveau soupçon lui traversait l'esprit. Et j'ai bien peur qu'il approche de la vérité.

— C'est pour ça qu'il était chaud, hein ? Tu étais *chez Tilda* ?

Il est choqué, c'est clair. Il me dévisage comme si son monde était sur le point de s'écrouler.

Je me frotte le nez avant de répondre :

— Écoute, je suis désolée. Elle ne savait pas quelle taille choisir. Ça t'a évité de perdre du temps, non ? Logique.

— Mais c'était censé être une *surprise* ! beugle-t-il.

Bon, sur ce point, il a raison.

Pendant un moment, nous regardons le plafond en silence.

— Mon petit déj surprise n'était pas très réussi, je constate d'un ton morne. Et tu n'as même pas *remarqué* le « relooking » de la cuisine.

— Mais si ! Les… euh… chandeliers. Superbes.

— Merci. Mais ne te crois pas obligé. J'avais l'illusion de croire que la transformation de la cuisine t'épaterait.

Est-ce que je le croyais vraiment ? Ou est-ce que je cherchais juste une bonne excuse pour changer les rideaux ?

— Et je sais que nous pensons tous les deux que le serpent est un flop, constate Dan.

— En plus, nous avons raté le spectacle de Tim Wender, j'ajoute d'une voix sinistre.

— *Tim Wender* ?

À cause du serpent, il n'est pas au courant.

— J'avais des places. Un show unique à l'heure du déjeuner. Un véritable…

Pas la peine d'enfoncer le clou. Alors je m'arrête avant de conclure :

— C'est pas grave. On ira une autre fois. Mais quand même, quel fiasco ! j'ajoute au bord du fou rire.

— Au fond, on s'est sans doute trompés avec ces surprises. On devrait en rester là.

— Je n'abandonne pas si vite. Attends un peu, Dan, tu vas voir comme je vais t'estomaquer.

— Sylvie…

— Moi, je continue, je répète avec obstination. À propos, j'ai une autre carte dans ma manche.

Je sors le flacon d'huile de massage du tiroir de ma table de nuit et le lance à Dan.

— Là, tu m'intéresses ! se réjouit-il.

Quand il lit l'étiquette, ses yeux brillent. Je marque des points. Pour atteindre le cœur de Dan, il faut toujours passer par le sexe. Donc…

Stop ! Minute ! C'est le moment de penser concrètement. Mais quelle nouille je suis ! Pourquoi me suis-je enquiquinée avec toutes ces stratégies ? Pourquoi ai-je cru qu'une nouvelle nappe allait l'émouvoir ou qu'un petit déjeuner international allait le faire chavirer ? La réponse, c'est le sexe. Comme on dit : le cul mène le monde. C'est la façon de pimenter notre couple.

J'ai déjà plein d'idées époustouflantes. Une nouvelle stratégie. La surprise idéale pour Dan. Le plan parfait. Il va adorer. Je le sais.

7

Le « plan cul » est remis à plus tard. Pourquoi ?
D'abord parce que nous avons décidé de laisser
passer quelques jours avant de poursuivre l'opération
« Surprends-moi ! ». Ensuite parce que j'ai d'autres
priorités. Préparer le petit déjeuner des filles, tresser
leurs cheveux et charger le lave-vaisselle, tout cela en
évitant soigneusement de poser les yeux sur le serpent.
Car, si je le regarde, il aura gagné. Voilà mon point
de vue.

D'accord, c'est complètement irrationnel. Mais quel
avantage y a-t-il à toujours se montrer rationnel ?
À mon avis, logique et bon sens ne font pas néces-
sairement bon ménage. Je suis tentée de faire part de
cette petite maxime à Dan qui est en train de lire le
journal du dimanche. Comme il a sa tête des mauvais
jours, je préfère m'abstenir.

Il est d'une humeur de dogue et j'en connais la
raison : ce matin nous allons voir ma mère. Son comportement commence à me chauffer. Il était pareil avec
papa. Au début, Dan s'entendait bien avec maman.
Tout a changé. Avant chaque visite, je sens les nuages

de tension s'accumuler. Quand je demande ce qui ne va pas, il se renfrogne et lance :

— Rien du tout. Tout va très bien.

Alors j'insiste :

— Mais non, tu es tout ronchon !

À quoi il réplique :

— Tu te fais des idées. Tout roule impec.

Et comme je déteste l'idée d'une dispute, surtout pendant le week-end (et ça se passe toujours au cours d'un week-end), je laisse tomber.

D'accord, dans notre océan de félicité, c'est le seul petit écueil. Mais, si notre couple doit durer des siècles, mieux vaudrait l'éliminer. Il m'est insupportable de voir Dan se crisper toutes les fois que j'annonce : « Ce week-end, on va voir maman. » En plus, les filles vont bientôt le remarquer et s'étonner : « Pourquoi papa n'aime pas Granny ? » Et là, la situation sera *intenable*.

— Dan ?

— Oui ?

Il lève la tête, l'air grognon. Instantanément, mon courage m'abandonne. Comme je l'ai déjà dit, je suis nulle quand il s'agit d'affrontement. Je ne sais même pas par où commencer.

Au fond, je ne devrais pas attaquer le problème de front. Utiliser des moyens détournés serait plus malin. Établir des liens de confiance et d'affection entre ma mère et mon mari de manière suffisamment fine pour que la manœuvre passe inaperçue. Ouais ! Génial !

— Il faut qu'on y aille, je dis en sortant de la cuisine – l'œil fixé sur un point éloigné pour ne pas regarder le serpent.

En voiture, entre la maison et Chelsea, je regarde défiler les rues en réfléchissant à l'aspect injuste de la vie conjugale. Si deux personnes méritaient une vie longue et heureuse, c'était bien mes parents. Le couple parfait. Ils auraient pu rester mariés six cents ans sans problème. Papa adorait maman qui le lui rendait bien. Ils étaient fabuleusement assortis ! Que ce soit sur une piste de danse, sur le pont de leur yacht en polos pastel ou à une soirée de parents d'élèves, ils souriaient, pétillaient, charmaient tout le monde.

Ma mère pétille toujours. Mais c'est le genre de pétillement nerveux et exagéré qui risque de voler en éclats à tout moment. Tout le monde dit qu'elle s'en sort « merveilleusement » bien depuis la mort de papa. Certainement mieux que moi qui pars en quenouille.

(Non ! On efface « mieux ». Ce n'est pas une compétition. Elle s'en sort différemment. Voilà tout.)

Elle parle toujours de papa. En fait, elle adore parler de lui. Moi aussi. Mais il faut que le sujet lui convienne. Si la conversation prend un « mauvais » tournant, sa respiration s'accélère, ses yeux s'embuent, elle cligne furieusement des paupières et regarde obstinément par la fenêtre. Et moi, je me transforme en flaque. Malheureusement, les « mauvais » tournants sont aléatoires et imprévisibles. On pourrait croire qu'évoquer les mouchoirs multicolores de papa, ses petites manies superstitieuses au golf ou nos vacances en Espagne serait sans danger. Erreur ! Chacun de ces thèmes peut déclencher une crise colossale de tics oculaires et de contemplation du ciel. Et je me retrouve obligée de passer en vitesse à autre chose.

J'imagine que c'est dû au chagrin. Pour moi, le chagrin est comme un nouveau-né. Tu en baves pendant six mois. Ton cerveau s'arrête de fonctionner à cause des pleurs incessants. Tu dors mal, tu manges mal, bref tu fais tout de travers. Les gens te disent : « Tiens le coup, ça va aller mieux. » Ils ne disent pas : « Dans deux ans, tu crois que tout est rentré dans l'ordre et puis soudain, en entendant une certaine chanson au supermarché, tu éclates en sanglots. »

Ma mère ne sanglote jamais. Pas son style. Mais elle cligne des paupières. Moi, je pleure parfois. À l'inverse, il m'arrive de ne pas penser à mon père pendant quelques heures ou même plusieurs jours. Et dans ce cas je m'en veux terriblement.

— Pourquoi on y va pour le brunch ? demande Dan en freinant à un feu rouge.

— Pour prendre un brunch en famille, je réponds vertement.

— C'est le seul but ?

Il lève les sourcils. Tout à coup j'ai quelques doutes. Très vagues. Hier soir, au téléphone, j'ai demandé au moins trois fois à maman :

— C'est juste un brunch. Rien d'autre, hein ?

— Bien sûr, darling ! a-t-elle répondu.

Mais je l'ai sentie légèrement froissée.

Je dois avouer qu'il y a des précédents. Elle le sait, je le sais et Dan aussi. Même les filles sont au courant.

— Elle recommence, affirme calmement Dan en se garant.

— Tu n'en sais rien !

Pourtant, en pénétrant dans son appartement spacieux, je ne peux m'empêcher de regarder partout à la recherche d'indices que j'espère ne pas trouver...

Gagné ! Que vois-je à travers les doubles portes vitrées du salon ? Un gadget de cuisine tout blanc, volumineux, trônant sur la table basse en bronze. Un objet brillant de grande taille qui paraît parfaitement déplacé à côté des piles de vieux livres d'art de maman.

Bordel ! Dan a raison.

Je fais semblant d'ignorer l'engin. Je ne le mentionne pas. J'embrasse maman. Dan fait de même. Nous aidons les filles à enlever leurs manteaux et leurs chaussures et nous allons dans la cuisine où le couvert est mis. (J'ai réussi à persuader maman de ne pas nous recevoir dans la salle à manger quand les jumelles sont avec nous.) Au moment précis où je pose un pied dans la cuisine, je prends ma respiration.

Ça y est ! Mon intuition était la bonne.

Maman, bien sûr, fait son innocente.

— Sylvie, sers-toi de crudités, propose-t-elle de cette voix vibrante qui sonnait juste – quand elle avait toutes les raisons de vibrer – et qui maintenant semble un peu forcée.

— Les filles, vous aimez les carottes ? Regardez celles-là. Elles sont drôles, hein ?

Quatre énormes plats s'alignent sur le comptoir, couverts de légumes aux formes plutôt bizarroïdes. Il y a des bâtonnets de courgette gravés de croisillons. Des rondelles de concombre aux bords festonnés. Des étoiles de carottes. Des cœurs en radis (assez mignons, ceux-là, je dois l'avouer). Et, en tant que pièce de résistance, un ananas découpé comme une fleur.

Je croise le regard de Dan. Nous comprenons tous deux ce que cet étalage signifie. Je suis à moitié tentée de durcir ma position, de faire comme si je ne voyais pas ces légumes d'aspect extraordinaire. Mais impossible. Je dois jouer le jeu.

— Waouh ! Incroyable !

— J'ai tout fait moi-même, triomphe ma mère. En une demi-heure.

— Une demi-heure ? je me récrie en me sentant comme la coprésentatrice d'un téléachat. Mais comment as-tu fait ?

Le visage de maman s'éclaire :

— Eh bien, j'ai acheté cette merveilleuse machine. Les filles, vous voulez voir comment marche le nouvel appareil de Granny ?

— Oui ! s'enthousiasment Tessa et Anna.

Dès qu'il y a une nouveauté à l'horizon, mes filles s'emballent si facilement que c'en est risible. Si je leur disais : « Vous voulez étudier la PHYSIQUE QUANTIQUE ? », elles crieraient « Oui ! » avant de se disputer pour savoir laquelle des deux serait la première à suivre les cours. Et si je leur demandais : « Vous savez ce que c'est la physique quantique ? », Anna prendrait un air dérouté tandis que Tessa claironnerait avec panache : « C'est comme l'ours Paddington », parce qu'il faut toujours qu'elle ait réponse à tout.

Quand maman sort de la cuisine, Dan me lance un regard menaçant.

— Quel que soit l'objet, pas question d'acheter, marmonne-t-il.

— OK, mais ne sois pas…

— Pas quoi ?

— Si négatif.

— Je ne suis pas négatif, réplique-t-il (mensonge éhonté !), mais il n'est pas question de dépenser encore de l'argent avec les…

— Chuuut !

— … les merdes de ta mère. Tu te souviens de l'appareil à faire la compote de pommes ?

— Je sais ! Je sais ! C'était une bourde ! Je l'ai admis, d'ailleurs.

Comprenez-moi bien ! Je suis une inconditionnelle des gadgets américains de style rétro. Mais ce foutu appareil – une référence pour préparer la compote de pommes comme autrefois – est *gigantesque*. À la maison, en plus, on n'en mange que rarement, de la compote. Et je ne m'en sers pas non plus pour faire « toutes ces purées si pratiques » dont maman émaille son boniment de vente. (Mieux vaut passer sous silence l'épisode des « sachets d'épices liquides ».)

Chacun gère son chagrin à sa façon. Moi ? Je me suis effondrée. Ma mère ? Elle n'arrête pas de cligner des paupières. Et aussi de vendre toutes sortes de trucs impossibles à sa famille et ses amis.

Quand elle a démarré ses ventes privées de bijoux, j'étais ravie. Je voyais ça comme un hobby marrant qui la distrairait de sa tristesse. J'y suis allée, j'ai bu du champagne avec ses copines et j'ai acheté un collier et un bracelet. Elle en a organisé une seconde à laquelle je n'ai pas pu me rendre. Il paraît que ça a été un succès.

Il y a eu ensuite une vente d'huiles essentielles. J'y ai trouvé tous les cadeaux de Noël pour la famille de Dan. Parfait. Suivie d'une vente d'art de la table en provenance d'Espagne. Également réussie. Je me suis offert des bols à tapas que j'ai utilisés peut-être une fois.

Je n'oublie pas la vente de Branché&Co.

Le seul fait de m'en souvenir me fait frissonner. Branché&Co est une marque de vêtements réalisés dans des tissus stretch, avec des imprimés moches, mais soi-disant « modernes et éclatants ». L'astuce ? Chaque modèle peut se porter de seize manières différentes. On commence par choisir sa personnalité (en ce qui me concerne : « extravertie et fraîche comme le printemps »). Après quoi, la vendeuse (maman) tente de persuader la cliente potentielle de flanquer à la poubelle toute sa garde-robe pour ne mettre que du Branché&Co.

L'horreur absolue ! Comme ma mère a conservé une silhouette de sylphide, le tube stretch porté en jupe lui va. Mais ses amies ? Bonjour, les dégâts ! Imaginez l'appartement plein de sexagénaires s'efforçant de draper un top rose vif autour de leur soutien-gorge-brassière. Ou s'escrimant pour passer la Veste-en-trois (thèse en ingénierie obligatoire). Ou refusant mordicus d'essayer quoi que ce soit. Je suis la seule à avoir acheté un modèle – la Robe Vedette, que je n'ai jamais mise. Ni de seize manières, ni même d'une seule.

Résultat de ce fiasco : les copines de maman ont boudé ses invitations. La vente de bijoux suivante n'en a réuni qu'une demi-douzaine. Et, à la vente de bougies parfumées, il n'y avait que moi et Lorna, qui est la plus vieille et la plus fidèle de ses amies. En bavardant – profitant d'un instant où maman s'était absentée –, nous avons conclu que son obsession marchande était un bon moyen pour elle de gérer sa douleur. Et que ça s'arrêterait naturellement. Prédiction nulle et non avenue. Elle a continué à dénicher des choses à vendre. Et devinez qui a été la seule personne assez poire pour acheter ? Moi, Lorna ayant décrété qu'il n'y avait plus un centimètre de libre dans son appartement. (Si j'avais utilisé ce prétexte, ma mère aurait débarqué chez nous et vidé une armoire pour faire de la place.)

Comme Dan l'a suggéré, et je suis d'accord, il faut absolument qu'on intervienne. Combien de fois, assis sur notre lit, n'avons-nous pas affirmé : « On va lui parler ! » En fait, j'étais prête à le faire la dernière fois que nous avons été la voir, mais elle traversait une mauvaise période. Avec profusion de clignements de paupières et de regards tournés vers la fenêtre. Elle paraissait si triste et fragile que je n'ai eu envie que d'une chose : la consoler. Et donc… je me suis retrouvée devant le bon de commande d'un appareil à faire la compote de pommes. Remarquez, ça aurait pu être pire. J'aurais pu commander la super machine de style rétro à trancher le jambon. Prix : 900 livres. Et présentée – c'est moi qui vous le dis ! – comme *l'ustensile original qui donne de la distinction à toutes les cuisines.*

Oh ! Oh ! Maman revient en serrant contre elle le gadget blanc que j'ai remarqué dans le salon. Elle a les joues rouges et cet air décidé qui précède son numéro de vendeuse. Elle démarre immédiatement son baratin.

— Vous pensez peut-être que cet appareil est un robot ménager ordinaire. Pas du tout. Le Créateur de Légumes est unique en son genre.

— Le « Créateur de Légumes » ? s'étonne Dan. Vous dites qu'il crée des légumes ?

— Les légumes peuvent être si ennuyeux, décrète maman en ignorant la remarque de Dan. Mais imaginez une nouvelle façon de les présenter ! Oui, imaginez un seul appareil pouvant offrir cinquante-deux possibilités différentes d'éplucher, trancher, découper, ciseler, sculpter, hacher, râper, polir, inciser, façonner, denteler les légumes. Et plus encore ! Si vous commandez aujourd'hui, vous bénéficiez d'une offre gratuite : douze fonctions supplémentaires grâce à notre forfait saisonnier. Le Créateur de Légumes est en phase avec l'hygiène de vie d'aujourd'hui. Il permet de manger sainement. Son fonctionnement est un jeu d'enfant.

Son timbre se fait plus aigu à chaque mot.

— Anna, Tessa, vous voulez essayer ?

— Oui ! Moi d'abord ! s'égosille Tessa.

— Moi ! Moi aussi ! geint Anna.

Maman installe l'engin sur le comptoir et enfonce une carotte dans une fente. Nous observons en silence l'appareil recracher des morceaux de carotte en forme de nounours.

— Des nounours en carotte ! s'esbaudissent les filles.

Manœuvre maternelle typique. Je me doutais bien qu'elle allait séduire les filles. Mais pas question de céder.

— Formidable ! Hélas, nous avons déjà une foule de robots à la maison.

— Une étude montre qu'avec le Créateur de Légumes les enfants mangent un tiers de légumes en plus, poursuit gaiement ma mère.

N'importe quoi ! Et d'abord, quelle « étude » ? Mais, si je la contredis, je vais avoir droit à une litanie de statistiques inventées en provenance du Véritable Laboratoire de Recherches du Créateur de Légumes et de ses Authentiques Scientifiques.

— Il y a beaucoup de déchets. Tous ces bouts de carotte ! je constate à voix haute.

— Parfait pour une soupe, réplique maman du tac au tac. C'est très nutritif. Et maintenant, les filles, des étoiles en concombre ! D'accord ?

Non, je ne vais pas l'acheter. Je suis sa seule cliente, c'est entendu. Pourtant je vais résister. Je tourne résolument le dos à l'engin en cherchant un autre sujet de conversation. Et je m'approche du tableau d'affichage où elle punaise différents papiers.

— Quoi de neuf, sinon, maman ? Oh, tu vas à un cours de zumba ? Cool.

— On récupère tous les morceaux non utilisés dans ce réceptacle extrêmement pratique, poursuit maman tout à son bla-bla.

— Je vois que tu as *À travers le labyrinthe* ! je m'exclame en repérant un livre sur le comptoir.

Il était au programme de mon groupe de lecture.

— Tu en as pensé quoi ? Pas tellement facile, hein ?

À vrai dire, j'ai arrêté à la moitié bien que ce soit un best-seller et qu'il ait des chances d'être adapté au cinéma. C'est écrit par Joss Burton, une fille qui a vaincu ses problèmes de comportement alimentaire en montant une boîte de produits de beauté et de parfums appelée Labyrinthe (d'où le titre). Elle a un physique frappant – la mèche blanche qui strie ses cheveux noirs coupés court est un peu sa marque de fabrique. Et ses parfums embaument, surtout « Ambre et Rose ». Elle donne maintenant des conférences où elle distille à son auditoire les secrets de la réussite. Ses recommandations sont assurément très judicieuses – mais, je vous le demande, quelle quantité de conseils un individu normal est-il capable d'absorber et de digérer ?

Toutes les fois que je lis des histoires de gens qui ont réussi, je commence par les admirer avant de me livrer à une sévère autocritique. Genre : J'aurais dû traverser le désert à pied ! Ou : Dommage d'avoir eu une enfance sans drames !

Maman n'a pas répondu à ma question littéraire, mais au moins elle a arrêté son speech sur le robot. Je m'empresse de meubler le silence.

— Tu vas au théâtre voir *Le Choix du croupier* ? je dis en découvrant des billets punaisés sur le panneau. C'est une pièce sur les jeux d'argent, si je ne me trompe. Lorna t'accompagne ? Tu peux bénéficier d'un forfait repas.

Silence radio. Ce qui est surprenant de la part de ma mère. Je lève le nez et me fige. Quel est le problème ? Ai-je dit quelque chose qu'il ne fallait pas ? Ses mains sont comme paralysées. Elle fait une drôle de tête. On dirait que son sourire s'est dissous dans de l'acide. Elle regarde fixement par la fenêtre avec force tics.

Merde alors ! À l'évidence j'ai touché un sujet sensible. À propos du théâtre ? De la pièce ? Sûrement pas. Dan a peut-être une piste. Mais il semble pétrifié : mâchoires serrées et regard sur le qui-vive, ses yeux vont de maman à moi.

Je n'y comprends *rien*. À croire que j'ai raté une marche.

— Peu importe ! lance finalement maman. Ça suffit comme ça. Vous devez mourir de faim. Je vais juste ranger un peu…

Visiblement, elle s'est reprise au prix d'un effort colossal. Elle se met à enlever au hasard ce qui encombre le comptoir : le Créateur de Légumes, une pile de boîtes Tupperware (probablement sorties pour accueillir ses créations végétales) et l'exemplaire du livre. Elle les emporte dans un petit débarras et revient les joues encore plus rouges qu'auparavant.

— Dan, tu aimerais goûter à un Buck's Fizz ? Tu sais, ce cocktail à base de champagne, jus d'orange et grenadine ? Allons dans le salon !

Elle ne tente même pas de me vendre son appareil. Bizarre. Tout dans son comportement m'intrigue.

Nous passons dans le salon où le champagne et le jus d'orange attendent dans un seau à glace posé sur une table Art déco en noyer. (Mon père adorait tellement les cocktails qu'à la fête de ses soixante ans la plupart de ses amis lui ont offert un shaker. Vous imaginez le tableau !)

Dan ouvre le champagne, maman confectionne les Buck's Fizz tandis que les filles se précipitent vers la grande maison de poupées installée près de la fenêtre. Tout semble normal. Sauf que rien ne l'est. Un truc bizarre vient de se produire.

Maman bombarde Dan de questions sur son boulot. On a l'impression qu'elle veut à tout prix meubler les blancs de la conversation. Elle termine son verre et s'en verse un autre alors que nous avons à peine entamé le nôtre.

— Je vais faire des pancakes dans un petit moment, m'annonce-t-elle avec un grand sourire.

— Venez, les filles. On va se laver les mains, je dis.

Dans la salle de bains de maman, les jumelles se chamaillent comme d'habitude devant le lavabo pour des histoires de priorité et répandent du savon liquide partout. Pour dompter la crinière sauvage de Tessa qui en a bien besoin, je vais dans la cuisine chercher ma brosse dans mon sac. En revenant, je jette un coup d'œil dans le salon. Et stoppe net.

Maman et Dan, face à face, conversent à voix basse. Impossible de m'en empêcher : je m'avance tout en restant à couvert.

Dan :

— Sylvie a trouvé.

Aïe, aïe, aïe, ils parlent de moi.

La réponse de ma mère est inaudible. Mais c'est sans importance. Je sais de quoi ils parlent. D'une surprise que me prépare Dan. Ils mijotent quelque chose.

Il ne faut surtout pas que Dan me surprenne en train d'écouter aux portes. Je repars vite me mettre à l'abri dans la salle de bains. Il y a de la surprise dans l'air. Quel genre ? Ah, j'ai trouvé ! Nous allons voir *Le Choix du croupier*. Ce qui expliquerait l'expression glacée de maman. Elle avait sans doute punaisé machinalement les billets et j'ai tout gâché en lui posant la question.

OK, tout se tient. *Tout*. Je discipline les cheveux de Tessa et emmène les filles dans l'entrée. Et là, je retrouve sur une console la grande photo encadrée de papa qui monte la garde comme une sentinelle. Mon père : le charme et la séduction personnifiés, toujours tiré à quatre épingles. Décédé dans la fleur de l'âge. Avant d'avoir eu l'occasion de connaître vraiment ses petites filles, d'écrire son livre, de profiter de sa retraite…

J'ai le souffle court, les poings serrés. C'est ainsi, je n'y peux rien. Je devrais oublier. Il n'a jamais été prouvé que Gary Butler téléphonait au moment de l'accident. Pourtant je le hais. Et je le haïrai *jusqu'à la fin de mes jours.*

Gary Butler ? C'est le nom du chauffeur de camion (jamais condamné par manque de preuves) qui a tué mon père sur la M6. Au pire moment de ma dépression, je me suis procuré son adresse. J'allais me poster devant chez lui. Sans rien faire. Je restais juste plantée sous ses fenêtres. Mais, apparemment, on ne doit pas s'attarder sans raison devant la maison des gens, pas plus qu'on ne doit leur envoyer des lettres. Sa femme se sentait « menacée ». (Par moi ? Quelle rigolade !) Finalement Dan a été obligé de venir me chercher. C'est l'époque où tout le monde s'est inquiété. Où mes proches murmuraient dans mon dos : « Sylvie n'arrive pas à faire face. »

Dan, en particulier, a mis les bouchées doubles. Il est généralement très protecteur – du genre à m'ouvrir la porte, à poser sa veste sur mes épaules pour me réchauffer. Mais là, il a passé la surmultipliée. Il a pris sur ses heures de travail pour s'occuper des filles. Il a obtenu de Mme Kendrick un congé supplémentaire. Il a tenté de m'envoyer chez un psychologue (*vraiment pas* mon truc !). Quand notre généraliste lui a dit qu'il fallait que je dorme (bien sûr que je ne pouvais pas dormir ! Comment aurais-je pu ?), il s'est senti responsable de mon sommeil. Non seulement il a acheté des stores opaques et des CD de musique relaxante, mais il a demandé à nos voisins d'éviter de faire du bruit. Il continue à me demander tous les matins si j'ai dormi. Une habitude qu'il a prise. Mon mari est devenu mon moniteur de sommeil.

À l'inverse, maman s'est voilé la face. Je ne la critique pas. Elle aussi avait à gérer son deuil. Comment aurait-elle pu se faire du souci pour moi ? De toute façon c'est sa façon d'être : elle ne supporte pas les comportements extravertis. Quand j'avais neuf ans, un invité de mes parents avait tellement picolé qu'il s'était affalé sur le canapé – ce que j'avais trouvé hilarant. Mais le lendemain, quand j'ai évoqué l'incident, elle l'avait évacué. Comme si rien ne s'était passé.

Tout cela pour dire qu'elle n'a pas apprécié que je sois en faction devant la maison de Gary Butler (les gens vont *penser* quoi ?). « Prends des médicaments, me conseillait-elle. Ou pars en voyage pendant un mois et reviens quand tu iras mieux. »

Elle a traité son chagrin comme une chenille dans son cocon. Après l'enterrement elle a filé droit dans sa chambre et s'y est enfermée en interdisant à quiconque d'entrer. Au bout de deux semaines, elle en est sortie, habillée, maquillée, avec ce nouveau tic aux yeux. Elle n'a jamais pleuré, seulement cligné des paupières.

— Grandpa est au ciel, affirme Tessa qui contemple la photo de mon père. Il est assis sur un nuage, hein, maman ?

— C'est possible.

Et pourquoi pas, au fond ? Il se trouve peut-être là-haut, installé sur un nuage.

— Mais s'il tombe ? s'alarme Anna. Si Grandpa tombe du ciel, maman ?

— Il se tient bien, répond Tessa. Hein, maman ?

Dans leurs regards, je lis toute la confiance du monde. Je suis maman, celle qui sait tout. Qui ne se trompe jamais.

J'ai subitement les larmes aux yeux. J'aimerais bien être infaillible. Avoir les réponses à leurs questions. Elles auront quel âge quand elles se rendront compte que ce n'est pas le cas ? Que personne ne détient la vérité ? Je contemple leurs petits visages interrogatifs. Quelle tristesse de penser qu'un jour elles auront à se colleter avec tous les événements merdiques que la vie réserve et dont je ne serai pas en mesure de les protéger !

Maman et Dan viennent de sortir du salon.

— Tout roule, Sylvie ? demande Dan en jetant un coup d'œil rapide sur la photo de mon père.

Il devine ma mélancolie. Les photos de mon père me flanquent toujours le cafard.

À vrai dire, beaucoup de choses me flanquent le cafard.

— À la perfection, je dis en m'obligeant à être gaie. Dites, les filles, vous allez mettre quoi sur vos pancakes ?

Car faire diversion est absolument essentiel. Tout pour éviter que Tessa parle devant maman de son Grandpa assis dans le ciel.

— Du sirop d'érable !

— Du chocolat fondu !

Oubliant leur grand-père et son nuage, Anna et Tessa se ruent dans la cuisine, suivies de Dan et maman qui marchent côte à côte. Ce spectacle me réjouit le cœur. Mon mari et ma mère vont-ils se rapprocher grâce à l'opération « Surprends-moi ! » ? Mon initiative aura-t-elle un bénéfice inattendu ? Il existe tout à coup une sorte de complicité entre eux, une franchise sympathique. Et c'est une première.

Bon, officiellement, ils s'entendent bien. Oui. Enfin, c'est juste que…

Comme je l'ai déjà dit, Dan peut se montrer irritable au sujet de papa. Autres thèmes sensibles : l'argent et… plein d'autres trucs. Mais, soyons optimiste, souhaitons que ces agacements appartiennent au passé. Que les choses aient changé.

Erreur d'appréciation ? Au moment où nous finissons notre brunch, Dan est encore plus irascible que d'habitude. Surtout quand maman l'asticote sur l'histoire du serpent. Il lutte pour ne pas exploser. Je le comprends, d'ailleurs. Maman a une habitude assommante : une fois qu'elle trouve matière à moquerie, elle revient sans arrêt dessus. Trop c'est trop. J'en serais presque à prendre la défense du serpent (j'ai dit « presque » !).

Je tente une diversion.

— Quand j'étais petite, je voulais absolument un animal domestique, je confie aux filles. Pas un serpent. Un chaton.

— Un chaton, soupire Tessa.

— Ton serpent aurait vite fait d'avaler le chaton, plaisante maman. Dan, ce n'est pas ce qu'on donne à manger aux serpents ? Des chatons vivants ?

— Non, répond Dan calmement. Pas du tout.

— Maman, ne sois pas ridicule, j'interviens prestement pour éviter que les filles paniquent. Granny blague, mes chéries ! Les serpents ne mangent pas de chatons.

Et je poursuis :

— Comme je n'ai pas eu le droit d'avoir un animal et que j'étais fille unique, je me suis inventé une amie imaginaire. Elle s'appelait Lynn.

C'est la première fois que je parle aux jumelles de ma copine imaginaire. Pourquoi ? Je ne sais pas.

En fait, si, je sais pourquoi. Mes parents n'arrêtaient pas de me faire des reproches et, du coup, j'avais honte de cette amitié. Même aujourd'hui, je dois rassembler tout mon courage pour aborder le sujet devant ma mère.

Avec le recul – surtout maintenant que j'ai des enfants –, je me rends compte que mes parents n'ont pas été formidables dans cette histoire. C'était certes de bons parents, et j'insiste sur ce point. Mais sur cette question ils ont eu tout faux.

Tout était différent à cette époque. Les gens étaient moins ouverts. En plus, papa et maman étaient super conventionnels. Ils se disaient sans doute que le fait d'entendre des voix signifiait que j'étais sur le chemin de la folie. Pourtant, avoir des amis imaginaires quand on est enfant est parfaitement normal. J'ai fait des recherches sur Google (très souvent, en fait). Ils auraient dû se montrer plus coulants. Chaque fois que je parlais de Lynn, maman se réfrigérait comme elle savait si bien le faire et papa la dévisageait avec une réprobation furieuse, comme si elle était fautive. L'atmosphère devenait toxique. C'était atroce.

Donc, forcément, au bout d'un moment, Lynn est devenue mon secret. Je ne l'ai pas abandonnée pour autant. Au contraire : la réaction extrême de mes parents m'a rapprochée d'elle. Je l'ai parée de toutes les qualités. Parfois j'éprouvais de la culpabilité, parfois je me sentais contestataire. Mais toujours avec cet horrible sentiment de honte. J'ai trente-deux ans mais, même maintenant, j'éprouve une certaine gêne à prononcer le nom de Lynn. L'autre jour je me suis réveillée en rêvant d'elle. Ou en me souvenant d'elle – qui sait ? Je l'entendais éclater de son rire si joyeux. Et chanter « Kumbaya », la chanson que je préférais.

— Tu lui parlais dans la vraie vie ? s'étonne Tessa.

— Non, seulement dans ma tête, je lui explique en souriant. Je l'avais inventée parce que je me sentais seule. C'est parfaitement normal. Plein d'enfants ont des amis imaginaires. Et, en grandissant, ça leur passe naturellement.

La dernière phrase est une pique adressée à ma mère qui, comme à son habitude, fait semblant de ne pas entendre.

Un jour, il faudra que je règle le problème avec elle. Promis, juré. Je sais déjà ce que je vais lui dire. « Tu te rends compte comme vous me faisiez honte ? Vous aviez peur de quoi ? Que je termine dans un asile ? C'est ça ? » Mais je n'ai jamais eu assez de cran pour me lancer. Je l'ai déjà mentionné : je déteste la confrontation. Surtout depuis la mort de papa. Et puis, inutile de bouleverser un équilibre familial déjà fragile.

Comme prévu, maman, qui a ignoré la conversation, aborde un autre sujet.

— Devinez ce que j'ai trouvé, dit-elle en allumant la télévision murale de la cuisine.

Quelques secondes après, une vidéo apparaît sur l'écran. Le film de la fête d'anniversaire de mes seize ans ou, tout au moins, le moment où mon père entame un discours.

— Je ne l'ai pas vue depuis longtemps, je murmure.

Nous regardons en silence. La salle de bal du Hurlingham Club où se déroule ma fête. Papa en smoking. Maman somptueuse dans une tenue argentée. Moi dans une minirobe rouge. J'avais passé plusieurs samedis de suite à faire du shopping avec ma mère avant de la trouver.

(Avec le recul je me trouve très mal fagotée. Mais est-ce qu'à seize ans une fille sait ce qui lui va ?)

— Ma fille a l'esprit de Lizzy Bennett (le personnage principal d'*Orgueil et préjugés*, le célèbre roman de Jane Austen), commence papa de sa voix impérieuse. La force de Fifi Brindacier… L'audace de Jo March (une des quatre filles du docteur March)… Et le style de Scarlett O'Hara.

Sur l'écran, on voit les invités applaudir, papa me faire un clin d'œil et moi le regarder, incapable de proférer un mot.

Je me rappelle ce moment. J'étais complètement retournée. Sans que je le sache, papa avait inventorié tous mes livres préférés, choisi mes héroïnes favorites et construit son discours autour d'elles.

Au bord des larmes, je croise le regard de maman qui m'adresse un sourire tremblant. Ma mère me rend souvent dingue mais de temps en temps elle est divinement unique.

— Bon speech, remarque Dan au bout d'un moment.

Je le récompense par un grand sourire.

Mais soudain l'écran se brouille, les voix sont déformées. La vidéo déraille.

— C'est quoi ? veut savoir Tessa.

Maman appuie plusieurs fois sur la télécommande, sans résultat.

— Cette copie doit être abîmée, constate-t-elle. Tant pis. Si vous avez terminé, on peut aller dans le salon regarder autre chose.

— Le mariage, propose Anna.

— Le mariage ! s'écrie Tessa.

— *Vraiment ?* s'étonne Dan. On n'en a pas fini avec les vidéos familiales ?

— Et pourquoi pas le mariage ? je rétorque.

Si j'ai l'air un peu vindicative c'est parce que… je le suis.

Une autre de nos caractéristiques familiales : nous regardons beaucoup le DVD de notre mariage. *Souvent.* Une fois sur deux quand nous allons chez maman. Elle ne s'en lasse pas. Les jumelles l'adorent. Et, je l'avoue, moi aussi.

Dan trouve bizarre de repasser en boucle un seul jour de notre vie. En fait, il n'aime pas cette vidéo pour l'exacte même raison que maman la chérit. Pourquoi ? Parce que, alors que la plupart des vidéos de mariage sont axées sur l'heureux couple des époux, la nôtre est essentiellement centrée sur papa.

Au début ça m'avait échappé. Pour moi, c'était un excellent DVD. Et puis, un an après notre mariage, en rentrant à la maison après une fiesta, Dan a piqué une crise :

— À croire que tu es aveugle, Sylvie ! Ce n'est pas notre DVD. C'est le sien.

Quand je l'ai visionné à nouveau, ça m'a sauté aux yeux. C'était son show. Le début ? Papa, superbe dans sa jaquette, appuyé contre la Rolls-Royce qui nous a conduits à l'église. Ensuite ? Papa qui m'emmène de la maison à la voiture… Papa au volant… Nous deux dans l'église avançant vers l'autel…

Le moment le plus émouvant ? Ce n'est pas la bénédiction nuptiale mais le moment où, selon le rite anglican, le prêtre demande : « Qui donne cette femme en mariage à cet homme ? », et que mon père, de sa voix de stentor, répond : « C'est moi. » Pendant l'échange des consentements, la caméra est fixée sur papa qui nous regarde avec une expression de fierté et de mélancolie des plus poignantes.

Dan est persuadé que papa a surveillé le montage pour s'assurer d'avoir le premier rôle. Après tout, c'est lui qui avait réglé les frais de vidéo – il avait insisté pour engager une équipe chère –, donc il était logique que le film corresponde à ses attentes.

La première fois que Dan m'en a parlé, j'ai réagi avec colère. J'ai admis par la suite que c'était une possibilité. Papa n'était pas vraiment prétentieux mais… Comment dire ?… Il s'estimait beaucoup. Il aimait toujours être au centre de l'attention. Un exemple ? Il *espérait* être anobli. Quand ses amis en parlaient, il repoussait l'idée d'une remarque bon enfant mais nous savions tous qu'il en mourait d'envie. Et c'était naturel vu tout le bien qu'il faisait. Qu'il n'ait pas eu de titre reste en travers de la gorge de maman ! Crise intense de clignements chaque fois qu'elle épluche dans le journal la liste des distinctions honorifiques conférées par la reine. Eh oui ! Aujourd'hui elle serait lady Lowe. Et c'est vrai que ça sonne bien.

Cela étant, j'ai une théorie différente sur le DVD. Pour moi, si la caméra était autant attirée par papa, c'est qu'il avait le charisme d'une vedette de cinéma. Il était si beau et si spirituel, il faisait danser maman avec tant d'aplomb que tout le monde, opérateur, monteur ou autre membre de l'équipe, s'était entiché de lui.

Pour résumer, Dan n'est pas dingue de ce DVD mais les filles en raffolent. À cause de ma robe de mariée, surtout, et de ma coiffure. Papa avait insisté pour que je porte mes cheveux – mon « joyau » – dénoués. Résultat spectaculaire : j'arborais une vraie chevelure de princesse, ondulée, blonde, brillante, ornée de fleurs et de tresses. Tes « cheveux de mariée » s'émerveillent Tessa et Anna qui essaient de coiffer leurs poupées de cette façon.

Généralement, quand nous mettons le DVD, Dan s'éclipse rapidement. Quant aux filles, qui s'ennuient au bout d'un moment, elles s'en vont jouer dans une autre pièce. Et donc maman et moi le regardons en silence, sans en perdre une miette. Revoir papa, l'homme qu'il était, est un régal. Notre gâterie. Notre boîte de friandises.

Pourtant, aujourd'hui, je n'ai pas envie de me gaver du spectacle paternel seule avec maman. J'aimerais que les choses soient différentes. Plus détendues, plus amicales… Je ne sais pas, moi… Plus familiales. En allant dans le salon, je prends le bras de Dan et lui dis d'un ton câlin :

— Regarde le film. Reste avec nous.

Maman a déjà appuyé sur « Play » – tiens, comme par hasard, le DVD est prêt à être regardé mais nous ne faisons aucun commentaire. Et défilent les images de papa et moi sortant de notre maison de Chelsea (maman l'a vendue l'an dernier et a déménagé dans cet appartement pour « commencer une nouvelle vie »), de papa et moi posant devant la Rolls.

— Quelqu'un du journal local m'a appelée hier, dit maman. Ils veulent faire des photos de l'inauguration de l'unité de scanner. N'oublie pas d'aller chez le coiffeur, Sylvie !

— Tu as prévenu Esmée ? je demande. Il le faut.

Esmée est la fille de l'hôpital qui organise l'événement. Elle n'a pas beaucoup d'expérience dans ce job. Elle m'envoie tous les jours un mail inquiet : *Je crois avoir tout prévu mais…* Même le week-end. Hier, c'était : *Vous allez utiliser combien de places de parking ?* Aujourd'hui : *Aurez-vous besoin d'un Powerpoint pour votre discours ?*

Un Powerpoint ? Au secours !

— Dan, tu viens à la cérémonie ? demande maman subitement.

— Bien sûr, s'exclame-t-il, après que je lui ai donné un coup de coude.

Franchement, il pourrait manifester plus d'enthousiasme. Ce n'est pas tous les jours qu'un hôpital donne à son nouveau service de scanner le nom de votre beau-père.

— Quand j'ai dit au journaliste tout ce qu'avait réalisé ton père, il n'en croyait pas ses oreilles, poursuit maman d'une voix frémissante. Créer une entreprise à partir de rien, initier toutes ces fêtes extraordinaires, grimper sur l'Everest… Le titre de l'article sera « Un homme remarquable ».

— Il n'est pas exactement « parti de rien », fait observer Dan.

— Pardon ? dit maman.

— Marcus a touché un gros héritage, il me semble. Ce n'est pas « rien ».

Mâchoires crispées, visage fermé : mon mari paraît complètement sous tension.

En présence de ma mère et de Dan, je passe mon temps à prendre parti pour l'un ou pour l'autre. Je me sens comme le balancier d'une horloge détraquée. À cet instant précis, je penche du côté de maman. Pourquoi Dan ne la laisse-t-il pas tranquillement évoquer le passé ? Sa mémoire n'est pas fidèle à cent pour cent ? Et alors ! Elle *pare* son défunt mari de toutes les vertus ? Quelle importance !

— Ça va être formidable, maman, je dis en ignorant délibérément Dan.

Je serre sa main en regardant si son tic des paupières a repris. Mais non. Malgré une voix un peu tremblante, elle paraît calme.

— Tu te rappelles quand il nous a emmenées en Grèce ? demande-t-elle, tout à ses réminiscences. Tu étais toute petite.

— Quelles vacances ! Tu sais, Dan, papa avait loué un yacht et nous avions navigué le long de la côte. Tous les soirs, on dînait aux chandelles sur une plage : crabes… langoustes…

— Tous les soirs, il inventait un cocktail, renchérit maman rêveuse.

— Incroyable, fait Dan qui manifestement s'en fiche comme de l'an quarante.

Maman cligne des paupières et reprend pied dans la réalité.

— Vous allez où cet été ? s'enquiert-elle.

— Dans le Lake District. On se loue un truc.

Maman se fend d'un sourire poli :

— Ah, très bien.

Je soupire intérieurement. Ce n'est pas qu'elle aime critiquer. Simplement elle ne comprend vraiment pas la vie qu'on mène. Elle ignore la notion de budget. D'éducation normale. De petits plaisirs simples. Quand je lui ai montré la brochure du camping en France où nous avons été une fois, elle a blêmi et s'est écriée : « Mais, chérie, pourquoi pas un séjour dans une jolie villa en Provence ? »

(Si j'avais dit : « Parce que ça coûte trop cher », elle aurait rétorqué : « Mais chérie, je vais te *donner* de l'argent. » Et Dan se serait énervé. Donc, une fois pour toutes, j'ai décidé de la boucler.)

— Oh, regarde, on arrive à l'instant où ton père va faire sa petite plaisanterie avant d'entrer dans l'église. Il était tellement amusant. Tout le monde a dit que son discours était le moment *fort* de la réception.

À côté de moi, sur le canapé, Dan change de position. Tout d'un coup il se lève.

— Excusez-moi. J'ai oublié que j'avais un coup de fil urgent à passer, lance-t-il en évitant mon regard.

En fait, je ne lui en veux pas. Enfin, si, un peu. Pour une fois, il pourrait faire avec.

— Pas de problème, je dis aimablement, comme si j'étais dupe. À tout à l'heure.

Une fois qu'il a quitté la pièce, maman y va de son commentaire.

— Ce pauvre Dan a l'air sous tension. Je me demande pourquoi.

Elle l'appelle souvent « ce pauvre Dan ». C'est très condescendant de sa part, je trouve. Du coup, je comprends Dan. Je dois le soutenir. Parce qu'il a raison.

— Je crois qu'il se sent… Il pense que…

Je prends ma respiration. Bon, une fois pour toutes, je vais y aller franco.

— Maman, tu as remarqué à quel point la vidéo de notre mariage était focalisée sur papa ?

Clignements de paupières.

— Je ne comprends pas.

— On ne voit que lui.

Perplexité.

— Bien sûr, c'était le père de la mariée.

— Oui, mais Dan dont c'est le mariage est beaucoup moins présent que lui.

Maman, surprise :

— Ah ? C'est pour *ça* que ce pauvre Dan est si irritable ?

— Il n'est pas irritable ! Tu dois admettre son point de vue.

— Eh bien non ! Le DVD représente parfaitement l'esprit de ce mariage. Et, que tu le veuilles ou pas, ton père était au centre de la fête. Il était normal que les gens chargés de la vidéo se concentrent sur la personnalité la plus divertissante de la soirée. Ce pauvre Dan est délicieux, tu *sais* que je l'adore, mais on ne s'amuse pas vraiment avec lui.

— Mais si ! je réplique, tout en pigeant ce qu'elle veut dire.

Quand on le connaît, on trouve Dan drôle et distrayant. Mais il n'est pas du genre *exubérant*. Ce n'est pas lui qui, comme papa, va se contorsionner sur la piste de danse avec trois femmes sous les applaudissements.

— Tout ça est ridicule, déclare maman avec une légère pointe de dédain dans la voix. Disons que ce pauvre Dan peut *se montrer* susceptible, surtout quand il s'agit de Marcus et de ses exploits. Mais peut-on lui en vouloir ? ajoute-t-elle en soupirant. Le principal, Sylvie, c'est que tu n'oublies jamais à quel point ton père était remarquable. Nous avons eu de la chance de l'avoir à nos côtés.

— Oui, c'est vrai.

— Dan a aussi des qualités, poursuit-elle après une pause. Il est très… loyal.

Visiblement, elle fait un effort pour être aimable, même si, dans son classement personnel, « loyal » se situe bien en dessous de l'attribut « remarquable ».

Nous regardons en silence la vidéo défiler. En voyant mon père m'observer pendant l'échange des consentements, je suis émue aux larmes. Quelle noblesse, quelle dignité sur son visage. Un rai de lumière tombe sur ses cheveux juste au bon endroit. Il adresse ensuite un de ses fameux clins d'œil à la caméra. J'ai vu ce DVD des dizaines de fois. Ça ne m'empêche pas d'avoir de la peine. Mon père m'a toujours fait des clins d'œil. Aux concerts de l'école, pendant des dîners ennuyeux, en me souhaitant bonne nuit dans ma chambre. Rien d'extraordinaire, me direz-vous ? C'est vrai, tout le monde peut faire un clin d'œil. Mais celui de papa était particulier. Il vous remontait le moral. Il vous mettait du baume au cœur.

Mon balancier s'est arrêté. Je fixe l'écran sans pouvoir parler. La réalité me frappe de plein fouet : tout s'est écroulé avec la mort de mon père. Il ne reviendra plus. Tout le reste est sans importance.

8

Le lendemain matin, mon balancier est encore détraqué. En fait, il bat carrément la breloque. Comment imaginer soixante-huit ans de vie conjugale avec Dan alors que j'ai à peine supporté les dernières soixante-huit *minutes* en sa compagnie ?

Qu'est-ce qui lui a pris hier chez maman ? Depuis, il est sinistre, cafardeux, difficile, en un mot « chiant ». Il a déblatéré sur ma famille pendant tout le trajet du retour. « Vous vous attardez beaucoup trop sur le passé. Tout ce rabâchage, c'est mauvais pour les filles. Et pourquoi as-tu parlé de ton amie imaginaire ? » (Et pourquoi, s'il vous plaît, me serais-je abstenue ?)

En fait, je connais les raisons de son inquiétude, même s'il préférerait se faire hacher menu plutôt que d'en convenir. Il craint que je sois dingue. Ou que je le devienne. Tout ça parce que j'ai patrouillé sous les fenêtres de Gary Butler. Et que j'ai glissé un tout petit mot dans sa boîte aux lettres (d'accord, je n'aurais pas dû !). Mais je traversais une période bizarre. Quand j'ai eu ma « crise » – peu importe le terme qu'on emploie –, j'étais en plein deuil.

En revanche, Lynn est une invention qui date d'il y a très longtemps. Et, comme je l'ai vérifié sur Google, c'était normal pour une petite fille. Il le sait parfaitement. *Alors, c'est quoi son putain de problème ?*

Ce qui est en gros le résumé de ce que je lui ai balancé. Sauf que je marmonnais pour que les filles ne puissent pas entendre. Pas sûr qu'il ait capté toutes les nuances de mes arguments.

Et puis je me suis réveillée ce matin, déterminée à être de bonne humeur. À jour nouveau, nouvel état d'esprit et nouveau départ. J'ai même dit bonjour au serpent, les yeux fermés. Mais Dan semblait plus que jamais englué dans sa morosité. Il a pris son petit déjeuner sans un mot en consultant son téléphone. Tout d'un coup il a dit :

— On a eu une offre pour se développer en Europe.

— Vraiment ?

J'ai levé les yeux du livre de lecture des filles.

— Prendre ?

— P-r-e-n-d-r-e, a épelé Anna.

— Des gens basés à Copenhague font la même chose que nous. Ils ont des objectifs dans tous les pays scandinaves auxquels ils veulent nous associer. D'après eux, on pourrait arriver à tripler notre chiffre d'affaires.

— Tu crois que c'est sérieux ?

— Je ne sais pas. Peut-être. Mais c'est aussi un pari. De toute façon, il faut qu'on avance.

Son air buté et malheureux n'augurait rien de bon.

— Explique-toi !

— Le business n'évoluera que si…

Il a avalé une gorgée de café. Je me suis inquiétée. Je connais mon mari sur le bout des doigts. Je sais quand son esprit galope bon train avec toutes sortes de nouvelles idées réalisables. Je sais aussi quand quelque chose coince. Et là, c'était le cas. La perspective de développement n'avait pas l'air de lui plaire. Il semblait accablé.

— Regarder, j'ai articulé soigneusement.

Et Tessa s'est lancée :

— R-e-g-a-r-d-e-r.

— Pour toi, évoluer signifie quoi ? j'ai demandé.

— La boîte devrait être cinq fois plus grande qu'elle n'est.

— Cinq fois ? j'ai répété avec étonnement. Qui prétend ça ? Tu réussis vraiment bien, tu as des tonnes de projets, des bons revenus…

— Oh, Sylvie ! a-t-il grogné. La chambre des jumelles est minuscule. On va vouloir déménager très bientôt.

— Mais d'où ça sort tout ça ?

— Il faut aller de l'avant, faire des plans.

— Oui mais ces plans occasionneraient quoi ? Tu vas devoir voyager ?

— Bien entendu. Ça sous-entend des obligations à un autre niveau, un nouvel investissement…

J'ai saisi le mot au vol :

— « Investissement » ? Il faudra que tu empruntes de l'argent ?

— On a besoin d'une plus grande marge de manœuvre, a-t-il répondu en haussant les épaules.

Marge de manœuvre. Je hais cette expression. Elle est ambiguë. Et paraît pourtant si simple. En y réfléchissant, c'est juste une manière de dire : emprunter beaucoup d'argent à un taux d'intérêt effrayant.

— Ça paraît risqué, j'ai dit. Ces gens de Copenhague vous ont approchés quand ?

— Il y a deux mois. On n'a pas donné suite. Mais maintenant je reconsidère la question.

J'ai senti la fureur me gagner. Pourquoi maintenant ? Parce que, hier, ma mère a mentionné des vacances de luxe sur un yacht en Grèce ?

J'ai plongé mon regard dans le sien.

— Dan, écoute-moi. Nous menons une vie agréable. Avec un bon équilibre entre travail et loisirs. Ta boîte n'a pas besoin d'être cinq fois plus grosse. Les filles te veulent ici, pas à Copenhague. Et moi, j'aime cette maison. C'est notre foyer. On n'a pas *besoin* de déménager, on n'a pas *besoin* de plus d'argent…

J'étais bien partie. J'aurais pu facilement continuer pendant une vingtaine de minutes. Mais le gazouillis d'Anna m'a interrompue :

— Sept heures cinquante-deux.

Elle lisait l'heure sur l'horloge du four, ce qui est sa nouvelle manie.

J'ai stoppé net mon envolée :

— Quelle heure ? Oh ! mer… credi !

Et ça a été la panique pour que les filles soient prêtes à temps pour l'école.

Inutile de préciser que je n'ai pas fini de leur faire réciter leur leçon d'orthographe. Super ! Elles vont probablement récolter un trois sur dix à l'examen. Et, quand la maîtresse demandera : « Pourquoi vous n'avez pas étudié votre vocabulaire ? », Tessa répondra de sa petite voix claire : « On n'a pas appris nos mots parce que maman et papa se sont disputés pour l'argent. » Et, à la prochaine réunion de parents d'élèves, on se fera remonter les bretelles.

Je soupire.

Je soupire une deuxième fois.

— Sylvie ! s'exclame Tilda en me rejoignant comme tous les matins. Qu'est-ce qui se passe ? Ça fait trois fois que je te dis bonjour. Tu as l'air à des kilomètres d'ici.

— Désolée.

Je l'embrasse et nous entamons notre trajet habituel.

— Un problème, mon chou ? demande-t-elle en examinant son Fitbit. Ou juste le blues du lundi matin ?

Re-soupir :

— Tu sais… La vie conjugale.

— Ne m'en parle pas ! Tu n'as pas lu la liste des contre-indications ? Peut causer des migraines, des bouffées d'angoisse, des sautes d'humeur, des insomnies, des poussées de violence.

Son expression est si comique que j'éclate de rire.

— Et j'oubliais : peut aussi déclencher des démangeaisons.

— Je n'en ai pas. C'est déjà un plus.

— Ton super cardigan en cachemire en est un autre. Alors, l'opération « Surprends-moi ! » a marché ? poursuit-elle les yeux brillants de curiosité.

Je plaque une main sur mon front.

— J'ai l'impression que c'est tellement vieux. Pour être honnête, tout a foiré. Dan a découvert que j'avais essayé le cardigan. Nous avions tous les deux réservé à déjeuner le même jour. Et on se retrouve maintenant avec un serpent à la maison.

— Un *serpent* ? C'est la meilleure !

Je régale Tilda du récit des événements du samedi. On se tord de rire. Et je me sens à nouveau en pleine forme. Jusqu'à ce que l'humeur grincheuse de Dan me revienne à l'esprit et que ma joyeuse énergie m'abandonne.

— Bon, alors, ton cafard est dû à quoi ? insiste-t-elle. Au serpent ?

Tilda fait partie de ces femmes qui veulent être sûres et certaines que leurs copines vont bien : elles acceptent de se faire rembarrer et ne prennent jamais la mouche. Ce sont des amies exceptionnelles.

— Non, j'avoue. Je vais sans doute m'y habituer, au serpent. C'est juste…

— Dan ?

Je marche, tout en mettant de l'ordre dans mes idées. Tilda est loyale et de bon conseil. Nous nous confions des secrets depuis des années. Sa façon de voir la situation pourrait être bénéfique.

— Je t'ai déjà parlé des relations entre mon père et Dan. Et de…

— Leur bisbille à propos de l'argent ? suggère avec tact Tilda.

— Exactement. Je pensais que ça s'arrangerait mais c'est pire.

Bien que la rue soit déserte, je baisse la voix :

— Dan a trouvé un plan d'expansion pour son entreprise. Tout ça, je le *sais*, c'est afin d'être à la hauteur de mon père. Mais je m'y oppose. Je refuse qu'il travaille comme un fou uniquement pour essayer de ressembler à papa. Il n'est pas mon père, il est mon mari. C'est pour cette raison que je l'aime. Parce qu'il est *Dan* et non pas parce que…

Je m'interromps, sans très bien savoir comment poursuivre.

Tout en avançant, Tilda cogite un moment en silence avant de déclarer :

— Un jour, j'ai vu un documentaire sur les lions. Plus précisément sur les jeunes lions qui, dans le groupe, veulent s'imposer face à l'ancienne génération. Ils se battent, s'infligent mutuellement des blessures atroces. Mais ils doivent s'affronter. Ils doivent instaurer leur autorité.

— Alors quoi ? Dan est un lion ?

— Peut-être un jeune lion sans adversaire, dit Tilda en me jetant un regard énigmatique. Réfléchis. Ton père est mort dans la force de l'âge. Il ne vieillira pas, il ne s'affaiblira pas. Il ne s'opposera pas à Dan. Dan veut néanmoins être le roi de la jungle.

— Mais il *est* le roi de notre jungle, je proteste. En tout cas, il partage son royaume avec moi. Car notre couple est un partenariat à égalité. Et c'est cet exemple de féminisme positif que je veux faire comprendre à Tessa et à Anna.

(Tout du moins quand je ne néglige pas leurs devoirs ou que je ne m'engueule pas avec leur père.)

— Il n'a peut-être pas l'impression d'être le roi, dit Tilda. Qui sait ? Pose la question au naturaliste David Attenborough. Il se peut aussi que Dan se ressaisisse et redevienne lui-même. Désolée d'être aussi brutale. Mais tu vois ce que je veux dire.

— Absolument.

Nous entrons dans la station. La foule habituelle de voyageurs et d'écoliers se presse à l'intérieur.

— Quoi qu'il en soit, je crie par-dessus le brouhaha ambiant, j'ai une nouvelle idée qui devrait couronner Dan roi de la jungle. Une autre surprise.

Tilda rugit :

— Ah non, assez de ces bêtises ! Je croyais que tu étais guérie. Vous allez vous retrouver avec un second serpent. Ou pire !

— Tu te trompes. Cette fois c'est imparable et inratable. Mon idée se rapporte au sexe. Et comme le sexe mène le monde… Tu piges ?

Ma copine a l'air à la fois horrifiée et fascinée.

— Attends, ne me dis pas que tu as inventé un nouveau truc cochon pour ériger Dan en grand monarque absolu ? Franchement, je rêve !

— Nan, il s'agit d'un cadeau sexuel, pas d'une position. Devine ! Des *photos boudoir* !

— Jamais entendu parler de photos boudoir, fait Tilda, sidérée.

— Je t'explique : avant ton mariage, tu te fais photographier dans une tenue suggestive, par exemple en bas et porte-jarretelles et tu donnes l'album à ton mari. Et plus tard, en le regardant, tu te rappelles comme tu étais canon.

— Et tu compares ces images avec ce que tu vois dans le miroir, commente Tilda. Non merci ! Je préfère les souvenirs flous !

— Qu'importe ! J'ai décidé de le faire. Je vais aller sur Internet pour trouver des photographes spécialisés.

— Combien ça va te coûter ?

— Aucune idée. Mais le bonheur d'un couple n'a pas de prix.

Tilda lève les yeux au ciel en ricanant.

— Je m'y colle, si tu veux. Et gratuitement. Tu n'auras qu'à m'offrir une bouteille de vin. Du bon, hein ?

Je pars d'un rire incrédule.

— Tu le ferais ? Mais tu viens de dire que tu détestais cette idée.

— Pour moi, oui. Mais pour toi, pourquoi pas ? Ça peut être marrant.

— Mais tu n'es pas photographe !

En disant ça, je me souviens subitement de son activité sur Instagram. Alors je rectifie prudemment :

— Pas photographe *professionnelle* !

— J'ai un bon œil, affirme Tilda. C'est le principal. Mon appareil est suffisamment performant et je peux louer des spots. J'ai toujours voulu m'impliquer davantage dans la photo. Quant aux accessoires… je dois avoir une cravache quelque part.

Elle soulève les sourcils et j'éclate de rire.

— OK. Je vais y penser. Salut !

Je l'embrasse et file sur le quai en rigolant.

En fait, elle a raison. Il est 10 heures et je viens de passer une heure à consulter les sites de « photos boudoir » sur l'ordinateur du bureau. (Pour qu'elle dégage, j'ai envoyé Clarissa faire un petit sondage de satisfaction auprès des bénévoles.) Première constatation ? Les séances coûtent les yeux de la tête. Deuxième ? Certains textes de présentation me donnent envie de rentrer sous terre. Exemple : *Kevin, notre photographe – qui cumule des années d'expérience auprès des magazines* Playboy *et* Penthouse *–, vous indiquera non seulement les poses érotiques à prendre mais vous conseillera aussi sur le placement de vos mains.* (Le

placement de mes mains ? Miséricorde !) Troisième ?
Les séances photos avec Tilda s'annoncent décidément
plus drôles et relax.

Je pique quand même au passage quelques idées.
Une fille en peignoir blanc est photographiée assise,
jambes cambrées, sur une chaise identique à celles de
notre cuisine. Facile, la pose ! Alors que je fixe l'image
afin de bien la mémoriser, j'entends un bruit sourd
de pas.

Merde ! C'est lui. Le neveu. Robert. *Merde !*

Sur mon écran : au moins trente fenêtres ouvertes.
Sur chacune : une photo de fille, soit en guêpière et
bas résille, soit allongée sur un lit avec, en guise de
vêtements, une double rangée de faux cils et un voile
de mariée.

Le cœur battant, je commence à les fermer, mais
je suis tellement fébrile que je m'emmêle les doigts.
Quelle que soit ma manip, une fille en soutien-gorge
de dentelle et à la moue suggestive reste figée sur
l'écran. Et cette autre, également, dont les mains sont
stratégiquement posées sur son string (je comprends
maintenant cette histoire de *placement de mains*).

Finalement, j'arrive à tout supprimer. Au moment
où je me débarrasse de la dernière fenêtre, je me rends
compte que le bruit de pas a cessé. Il est là. Mais tout
va bien. J'ai tout fermé à temps. Sûre et certaine. Il n'a
rien vu.

Enfin, j'espère !

Je ne peux me résoudre à me retourner tellement je
suis gênée. Et si je prétendais ne pas avoir remarqué
sa présence ? *Yeees !* Excellent !

J'attrape le téléphone et compose un numéro imaginaire.

— Bonjour. Ici Sylvie, de la Willoughby House. Je voudrais vous parler de notre prochaine manifestation. Pouvez-vous me rappeler s'il vous plaît ? Merci.

Je raccroche, fais pivoter mon fauteuil et joue les étonnées en voyant Robert planté là, dans son costume anthracite, avec un attaché-case à la main.

— Oh, bonjour ! je m'exclame joyeusement. Pardon ! Je ne vous ai pas vu entrer.

Il reste impassible. En revanche, son regard n'arrête pas d'aller et venir entre l'écran, le téléphone et mon visage. Ses yeux sont si sombres et impénétrables qu'il est difficile d'y lire quoi que ce soit. En fait, son expression est assez fermée, voire glacée. La partie émergée d'un iceberg.

Le contraire de Dan. Lui est direct. Son regard est clair et franc. S'il fronce les sourcils, je peux généralement en deviner la raison. S'il sourit, je subodore ce qui l'amuse. En fait de rigolade, ce mec a l'air d'un coupeur de têtes en série qui aurait dissimulé les corps dans la soute à charbon.

Je me réprimande aussitôt. Tu exagères, Sylvie ! Il n'est pas aussi horrible !

— La plupart des numéros de téléphone commencent par un zéro, fait-il remarquer.

Horreur ! Il observait mes doigts pour me prendre en flagrant délit. Quel reptile immonde ! Je dois faire attention.

— Pas toujours, je réplique sur le ton de la conversation, tout en ouvrant sur l'écran un document pris au hasard.

C'est le budget détaillé d'un concert de clavecin qu'on a organisé l'an dernier. Tant pis ! S'il me demande, je dirai que je démarre un audit. Ouais !

En fait, je me sens terriblement mal à l'aise, assise là sous son regard scrutateur. Obligée de raconter des craques. Mais c'est sa faute. Il n'a qu'à pas prendre cet air menaçant. Ça ne mène… nulle part. Ah ! Clarissa est de retour. En le voyant, elle ne peut réprimer un petit cri de consternation.

— Vous tombez bien, lui dit-il. Je veux vous voir toutes les deux pour éclaircir plusieurs points.

Qu'est-ce que je disais au sujet de son agressivité ?

— Très bien. Clarissa, si tu allais faire du café pendant que je termine de taper ?

S'il s'imagine que je vais lui obéir au doigt et à l'œil, il se trompe grave. Nous avons des vies remplies, des emplois du temps chargés. Il croit quoi ? Qu'on se tourne les pouces ici ? Je ferme le dossier clavecin, range deux fichiers isolés qui traînent (Clarissa a l'habitude de tout laisser sur le bureau) et clique sans le vouloir sur une fenêtre réduite.

Une fille en lingerie transparente envahit aussitôt l'écran. Bouche de mérou, moue provocante et mains sur les seins (excellent placement des mains, soit dit en passant). Je crois mourir. *Merde. Ce que tu es tarte, ma pauvre Sylvie ! Mais ferme ! Ferme !…* Le visage en feu, je manipule ma souris comme une démente pour éliminer l'image. Une fois qu'elle a disparu, je fais pivoter mon fauteuil et pars d'un rire aigu.

— Ha ! Ha ! Ha ! Vous vous demandez sans doute pourquoi j'ai cette photo sur l'ordinateur. En fait… (raclage désespéré de méninges)… je fais des recherches. Pour un projet d'exposition sur… l'érotisme dans l'art.

Je suis maintenant écarlate. Pourquoi ai-je dit « érotisme » ? À la Willoughby House, c'est considéré comme un gros mot. Aussi interdit que « transpiration ».

— L'érotisme dans l'art ? s'étonne Robert.

— Dans une perspective historique. À travers les âges. L'ère victorienne, l'époque édouardienne comparées aux Temps modernes… Euh… Nous en sommes aux préliminaires de la conception.

Silence assourdissant.

— La Willoughby House abrite de l'art érotique ? finit par demander Robert. Jamais je n'aurais pensé que ma tante appréciait ce genre pictural.

Évidemment qu'elle le déteste, pauvre idiot ! Mais, comme il fallait bien que je trouve un prétexte, j'ai extirpé une image des tréfonds de ma mémoire.

— Il existe, dans nos collections, une gravure représentant une jeune fille sur une balançoire.

Haussement de sourcils du méchant neveu.

— Ça ne semble pas très…

— Elle est nue. Et tout à fait… vous voyez… opulente. Certainement très au goût des hommes de l'époque victorienne.

— Pas au goût des hommes d'aujourd'hui ?

Ses yeux sombres brillent.

Est-ce bien convenable, cette lueur ? Je vais faire semblant de ne pas l'avoir vue. De ne pas avoir entendu sa question. De ne pas avoir entamé cet échange.

— Et si on commençait la réunion ? je propose. Que voulez-vous savoir exactement ?

— Je veux savoir ce que vous fabriquez à longueur de journée, dit-il aimablement.

Question qui me hérisse le poil instantanément.

— Nous administrons le musée et levons des fonds pour assurer son fonctionnement.

— Parfait. Vous allez donc pouvoir me renseigner sur cette chose.

Il me montre l'Escabeau. C'est un escabeau de bibliothèque en bois, posé contre un mur, dont les trois marches sont encombrées de multiples boîtes de cartes. C'est vrai que la fonction de l'Escabeau est particulière, même au vu de nos critères.

— C'est notre système de classement des cartes de Noël, j'explique. Pour Mme Kendrick, les cartes de vœux ont une importance primordiale. Sur la marche supérieure sont stockées les cartes de l'an dernier. La marche du milieu est destinée aux cartes non signées. Et celle du bas, aux cartes personnalisées. Nous en signons chacune cinq par jour.

— C'est à ça que vous passez vos journées ? À signer des cartes de Noël ? Au mois de *mai* ?

Il se tourne brusquement vers Clarissa qui, venant d'entrer avec trois tasses de café, sursaute d'effroi.

— Vous vous trompez, je réplique vertement en prenant ma tasse.

— Et les réseaux sociaux, ça vous dit quelque chose ? La stratégie marketing ? Le positionnement ? s'agace-t-il.

Là, il me cueille à froid.

— Eh bien, notre présence sur les réseaux sociaux est assez… subtile.

— « Subtile », vous dites ? Ma parole, je rêve !

— Discrète, intervient Clarissa.

— Ce que j'ai vu en ligne est inimaginable, s'insurge-t-il.

— Oh !

Je suis à court de repartie. À vrai dire, j'espérais qu'il ne regarderait pas notre site.

— Vous avez une *explication* à me fournir, dit-il d'un ton qu'il veut mesuré.

— Ce… concept a été inventé par Mme Kendrick. Elle n'aime pas vraiment l'idée d'un site.

— Regardons-le ensemble, si vous le voulez bien, tonne Robert.

Il attrape une chaise, s'installe, sort son ordinateur portable, l'ouvre et tape notre adresse. Au bout de quelques secondes, notre page d'accueil s'affiche. C'est un superbe dessin en noir et blanc de la Willoughby House. Sur la porte on peut lire en petites lettres : *Pour tous renseignements, veuillez vous adresser par écrit à la Willoughby House, Willoughby Street, Londres W1.*

— Vous voyez, je me demandais où étaient les pages d'informations, la galerie de photos, la foire aux questions, bref tout le site, commence-t-il avec un calme étudié avant d'exploser. *Où il est ce foutu site ?* hurle-t-il. Ça, ça ressemble aux petites annonces du *Times* des années 1920. *S'adresser par écrit ?* Il y a de quoi se rouler par terre !

Je tressaille. Il a raison. Oui, je suis d'accord. Notre site est grotesque.

Clarissa, perchée sur un coin de table, vient à mon secours :

218

— Mme Kendrick a imposé cette formule. Sylvie a essayé de la convaincre d'adopter un formulaire de courrier électronique mais…

— Nous avons essayé, je corrige.

— Pas assez, s'obstine Robert. Et Twitter ? Vous avez un pseudonyme mais où sont les tweets ? Et les abonnés ?

— Je suis responsable de Twitter, murmure Clarissa. J'ai tweeté une fois mais comme je ne savais pas quoi mettre j'ai juste dit « bonjour ».

Robert est tellement abasourdi qu'il reste sans voix.

— Notre public n'est sûrement pas sur Twitter. Il préfère les lettres, je déclare pour défendre Clarissa.

— Votre public est en voie d'extinction, rectifie Robert. Comme la Willoughby House. Toute cette affaire se meurt mais vous ne le voyez pas. Vous vivez dans une bulle. Ma tante aussi.

— C'est injuste, je rétorque. Nous ne vivons pas dans une bulle. Nous avons des échanges avec des tas d'organisations, des bienfaiteurs… Et nous ne sommes pas en voie d'extinction. Nous sommes un organisme prospère, dynamique, passionnant.

— Prospère ? *Certainement pas !*

Sa voix résonne dans notre bureau comme un coup de tonnerre.

Il se frotte nerveusement le cou sans oser nous regarder.

— Ma tante a tout fait pour vous cacher la vérité, poursuit-il plus calmement. Mais il faut que vous sachiez que cet endroit traverse de grandes difficultés financières.

— Des *difficultés* ? s'inquiète Clarissa.

— Depuis quelques années, ma tante pioche dans son argent personnel pour maintenir le musée à flot. Mais ça ne peut pas continuer. D'où mon intervention dans les affaires de la Willoughby House.

Je suis tellement sidérée que je peux à peine parler. Mme Kendrick nous fait vivre ?

— Mais nous levons des fonds, glapit Clarissa toute rouge d'émotion. Et cette année a été particulièrement bonne.

— Absolument, j'insiste. Faire rentrer de l'argent, c'est notre priorité de tous les instants.

— Eh bien, pas suffisamment. Maintenir cet endroit coûte une fortune. Le chauffage, l'électricité, les assurances, les biscuits, les salaires…

Et il me lance un regard pénétrant.

— Mais les 500 000 livres de Mme Pritchett-Williams ? fait remarquer Clarissa.

— Mais oui, sa donation ? je répète.

— Dépensée depuis longtemps, dit Robert en croisant les bras.

Dépensée depuis longtemps ?

J'en suis toute secouée. Je ne me doutais de rien. De rien du tout.

Pour Mme Kendrick, la situation financière du musée est un sujet tabou. Elle en a d'autres. Par exemple, les bases de données de notre fichier bienfaiteurs. Elle ne nous permet pas d'imprimer l'adresse de lady Chapman (« Elle n'aimerait pas, ma chère ») quand nous lui envoyons un courrier. Chaque enveloppe doit être libellée *à la main* et ma patronne se charge de la déposer personnellement à son domicile.

À ma connaissance, la Willoughby House a toujours vécu dans une certaine aisance. Mme Kendrick nous l'a toujours affirmé. Et, comme chaque année le bilan nous paraissait positif, je n'ai jamais imaginé qu'elle y contribuait de ses deniers.

Je comprends maintenant. Et le comportement méfiant de Robert. Et l'attitude préoccupée de sa tante.

— Alors, vous allez fermer le musée et transformer l'immeuble en appartements ?

La question m'a échappé. Robert me dévisage pendant un long moment.

— C'est ce à quoi vous vous attendez ? demande-t-il enfin.

— Et vous, c'est ce à quoi vous pensez ? je contre-attaque.

Le danger paraît bien réel. L'appréhension me plombe. Je dois commencer à m'inquiéter. Mais de quoi ? De Mme Kendrick, des œuvres du musée, des bénévoles, des bienfaiteurs ou de mon job ? OK, je l'admets : je me fais du souci pour mon boulot. Mon salaire n'est pas aussi important que les revenus de Dan mais nous en avons besoin.

— Peut-être, déclare Robert après un instant de réflexion. C'est sans doute une option. Mais ce n'est pas la seule. J'aimerais beaucoup que la Willoughby House marche. Toute la famille le souhaite aussi. Mais…

D'un coup d'œil circulaire il embrasse le bureau. Et je saisis son point de vue. Même bizarroïde, une association caritative qui fait des profits est acceptable. La même, qui perd de l'argent, s'avère inutile.

— Vous pouvez redresser la situation, je déclare. Ce musée a un grand potentiel. Nous pouvons l'exploiter.

— Bravo ! Mais il faut plus. Nous avons besoin de suggestions concrètes pour augmenter la trésorerie. Votre exposition sur l'érotisme dans l'art serait un bon début. De loin le meilleur projet qu'on m'ait soumis depuis mon implication ici.

— *L'érotisme dans l'art* ? s'étrangle Clarissa.

Une petite marche arrière s'impose.

— Juste une idée comme ça !

— Sylvie s'est lancée dans des recherches minutieuses sur le sujet, dit Robert.

Son expression impassible m'intrigue. Se moque-t-il de moi ? La réponse me saute immédiatement aux yeux. Il a vu les « photos boudoir » qui s'affichaient sur mon écran. Toutes les trente.

Super !

Je m'éclaircis la gorge.

— J'aime faire les choses à fond.

— C'est évident.

Il lève les sourcils d'un air éloquent. Je regarde ailleurs tout en fouillant ostensiblement dans ma poche à la recherche de l'étui en cuir rose qui contient mon baume pour les lèvres. Un cadeau de Dan, car je suis accro au baume pour les lèvres. (Une addiction qui, d'après Toby, est générée par les maléfiques labos de cosmétiques. Un de ces jours, je vais googler le problème. Il y a peut-être une action en justice en cours qui va nous faire gagner des millions.)

— PS, lit Robert sur l'étui orné de deux lettres dorées. Pour quoi ?

— Pour « Princesse Sylvie », le renseigne obligeamment Clarissa. C'est le surnom de Sylvie.

Oh, cette nouille ! Quel besoin a-t-elle de blablater ?

— C'est mon mari qui m'appelle parfois comme ça, je m'empresse de dire. Un petit nom stupide. Rien de plus.

— Princesse Sylvie, répète Robert comme s'il ne m'avait pas entendue.

Il m'examine pendant quelques instants. Ses yeux se posent sur mon top en soie damassée, mon collier de perles et mes cheveux blonds qui descendent jusqu'à ma taille.

— Yep, fait-il en hochant la tête.

Quoi « Yep » ? Qu'est-ce que ça veut dire ? D'un côté j'aimerais savoir, de l'autre je préfère rester dans l'ignorance.

— Quand allez-vous prendre une décision ? je demande.

Et là, je suis assaillie de pensées sombres. Si je perds mon boulot, je vais faire quoi ? Où chercher ? Je n'ai aucune idée de ce qui est disponible en ce moment. Je n'ai pas regardé car ça ne m'intéressait pas. Je me sentais en sécurité dans ma niche.

— On verra. Pour le moment, j'attends vos suggestions. Vous allez peut-être faire des miracles.

Il n'a pas l'air très convaincu. Je suis sûre qu'il est déjà en train de choisir dans sa tête des éléments de cuisine pour ses appartements de luxe. Le visage impassible, il regarde à nouveau notre page d'accueil sur le Net.

Une fois de plus je me sens humiliée.

— Nous avons essayé de mettre notre site au goût du jour. Mais Mme Kendrick ne nous a pas laissées faire.

— Ma tante a autant de sens commercial qu'une théière. Vous n'êtes pas responsables mais ça n'aide en rien.

— Où est-elle ? s'enquiert Clarissa timidement.

Robert fait une drôle de tête. Est-il agacé ou amusé ? Difficile à dire.

— Elle a engagé un professeur particulier d'informatique, lâche-t-il.

— *Hein ?* je m'exclame spontanément.

Clarissa a l'air sidérée.

— Pour apprendre quoi exactement ?

Je crois finalement que Robert se retient pour ne pas rire.

— J'étais présent quand il est arrivé. Elle l'a accueilli en disant : « Jeune homme, je souhaite me moderniser. »

Moi aussi, j'ai envie de pouffer, tout en me sentant coupable. Au moins Mme Kendrick a pris le taureau par les cornes. Si j'avais su que notre organisme prenait l'eau, je n'aurais pas perdu mon temps à défendre notre site nullissime et nos charmantes méthodes fantaisistes. J'aurais…

J'aurais fait quoi précisément ?

Je me mords les lèvres en réfléchissant. Pour le moment je ne sais pas. Mais il faut qu'on s'en sorte. Trouver des solutions. Si Mme Kendrick peut se moderniser, tout le monde le peut.

Toby ! C'est ça ! Je vais faire appel à Toby. Il va nous aider.

— Ma tante veut se mettre à l'informatique. Elle entend ainsi faire bouger les choses. Et vous Sylvie et Clarissa ? D'autres résolutions géniales en dehors de l'érotisme dans l'art ?

Je me creuse la cervelle à toute allure.

— Le site web est manifestement un problème, je lance.

— On le sait, réplique Robert. Autre chose ?

— Installer un panneau extérieur, je dis en extirpant de ma mémoire un vieux projet enterré. Les gens passent devant le musée sans savoir ce qu'il renferme. Nous avons soumis l'idée à votre tante mais…

— J'imagine sa réaction, commente Robert en levant les yeux au ciel.

— On pourrait imaginer un truc vraiment créatif. Un podcast à la Willoughby House ? Une histoire de fantôme ?

— Vous allez l'écrire ?

— Non, probablement pas. Mais quelqu'un d'autre peut s'en charger.

— Ça pourrait générer des revenus ? De la publicité ?

— Ça, c'est à voir, je dis, car en fait je n'y crois pas tellement. Mais il s'agit seulement d'une première idée parmi beaucoup d'autres. Beaucoup, beaucoup d'autres, j'insiste, pour me rassurer moi-même.

— Parfait, dit Robert qui ne semble pas persuadé. Je suis impatient de les découvrir.

— Croyez-moi, vous allez être… impressionné !

9

Tout est tellement stressant. Trois jours ont passé et j'en ai ras le bol. Pourquoi la vie se montre-t-elle aussi capricieuse ? Je vous le demande. À peine commence-t-on à se relaxer et à s'amuser, à sourire et à prendre du bon temps… que surgit un renversement sournois. C'est comme si une vache de surveillante criait : « La récréation est *terminée*. » Et qu'on retombait dans l'ennui et la sinistrose.

Dan est tendu en permanence mais ne veut pas dire pourquoi. L'autre soir, il est rentré à minuit en empestant le whisky. Il reste souvent assis à regarder fixement le vivarium du serpent. Et il affiche en permanence une expression renfrognée.

Hier matin, j'ai tenté une plaisanterie :

— Ne t'inquiète pas ! Plus que soixante-sept ans et cinquante semaines à tirer !

Il m'a regardée sans broncher comme s'il ne comprenait pas. Alors, j'ai demandé gentiment :

— Qu'est-ce qui se passe, Dan ? Dis-moi !

Il s'est levé et a quitté la pièce en marmonnant :

— Rien ! Mais rien !

Combien de divorces démarrent-ils par le mot « rien » ? Je serais curieuse de lire les statistiques s'il en existe. Quand Dan dit « rien », j'ai une attaque de *furibardise*. C'est comme si on me poignardait avec une lame émoussée. *Furibardise ?* Je l'ai inventé pour désigner cette colère intense que seul un mari a le pouvoir de déclencher sur sa femme. Non seulement celle-ci est furieuse mais elle a l'impression qu'il le fait exprès, *juste pour la tourmenter*.

J'ai abordé la question avec Dan, un jour où j'étais assez énervée. À ma décharge, les jumelles n'avaient pas dormi de la nuit. J'ai crié :

— Tu me balances délibérément la chose qui va m'exaspérer le plus. C'est ce que tu cherches ?

À quoi il a répondu, avec une mine de martyr :

— Non. En fait, je n'écoutais pas vraiment ce que tu disais. Tu es toute mignonne dans cette robe.

Réflexion qui m'a à la fois apaisée et irritée. Ma sortie était hors contexte, je l'avoue. Ce qui m'arrive de temps en temps. Mais pourquoi ne voulait-il pas admettre que nos projets de vacances, le tri du recyclage et le cadeau d'anniversaire de sa mère ne constituaient à mes yeux qu'*un seul et unique problème* ?

J'ajoute que je ne portais pas une robe mais une tunique de forme indescriptible spécialement conçue pour l'allaitement. Je l'avais déjà mise cinquante fois. Comment pouvait-il me trouver *toute mignonne* avec ?

Idée ! Nous devrions programmer nos empoignades. Décider que le jeudi soir sera la date de nos règlements de comptes. Amuse-gueules et médiateur de rigueur. Nous devrions reprendre en main tout le processus de nos disputes. En attendant, nous sommes confrontés aux

« riens » de Dan, à mes agacements et à une ambiance de mécontentement particulièrement électrique.

Espérons que les « photos boudoir » vont tout améliorer. Ou, en tout cas, changer certaines choses.

J'oubliais ! L'atmosphère au bureau est également stressante. Robert vient tous les jours, épluche les comptes et les dossiers et critique pratiquement tout ce que nous avons entrepris dans le passé. Il n'est pas franchement hostile. Plutôt bourru, je dirais. Il pose des questions brèves et directes. Et attend de nous des réponses brèves et directes. La pauvre Clarissa n'y arrive pas : elle ne communique plus qu'en chuchotant. J'ai plus de ressort – mais s'en aperçoit-il ? Au fait, nous ne prenons pas les décisions importantes. Ce n'est pas nous qui avons décidé de commander un pudding de Noël spécial Willoughby House pour tous nos sponsors (dépense : 379 livres), mais Mme Kendrick.

Fouettée par l'attitude positive de ma patronne et par sa volonté d'adaptation, j'ai fait des recherches sur Internet. Je suis allée voir ce que proposent les boutiques en ligne. Bref, je me documente. Je n'arrête pas de cogiter pour trouver d'autres idées que l'histoire de fantôme en podcast. L'ennui, c'est que, à force de vouloir être créative, je me retrouve à court d'imagination. J'ai voulu consulter Toby mais il était absent. Je lui ai envoyé un mail auquel il n'a pas encore répondu.

En même temps, maman ne cesse de m'appeler au sujet de l'inauguration. Avec ses innombrables questions, elle est aussi assommante qu'Esmée. Aujourd'hui, elle voulait savoir : 1. quelle couleur de chaussures porter, 2. comment se souvenir des noms des gens. (Réponses : 1. personne ne verra tes chaussures, 2. les gens auront des badges.) Parallèlement, Esmée voulait savoir : 3. si j'avais besoin d'un microphone radio, 4. quel genre de buffet je souhaitais dans le « salon vert ». (Réponses : 3. pas besoin, 4. un bol de M&M's mais sans les bleus – c'était *pour rire*.)

Pour couronner le tout, Tilda et Toby se sont engueulés sec hier soir. Je les entendais à travers le mur. Un vrai massacre ! Sonner à leur porte et m'exclamer « Oh, Toby, tu es là ? Tu as reçu mon mail ? » m'a semblé peu diplomatique. J'ai donc laissé passer une demi-heure. Mais, quand je me suis pointée, il était parti. Typique.

C'est dur pour Toby. Sa génération souffre. Je sais tout ça. Mais Tilda a raison de se montrer ferme. Il faut qu'il ait un boulot. Un endroit où s'installer. Une vie à lui, quoi !

Ce jeudi soir, en allant chez eux, je suis mal à l'aise. Et si je débarquais en pleine altercation ? Mais c'est une Tilda très calme – et même charmante – qui ouvre la porte. J'entends de la musique en fond sonore.

— Il est sorti, dit-elle. Chez des amis. Tout va bien. Prête ?

— Autant qu'on puisse l'être, je réponds avec un rire nerveux.

— Et Dan ? demande-t-elle en jetant un coup d'œil vers notre maison comme s'il allait subitement sortir.

— Il me croit à mon club de lecture. Tu as intérêt à trouver un baratin pour alimenter notre passionnante discussion à propos de Flaubert.

— Flaubert, rigole-t-elle. Eh bien, donnez-vous la peine d'entrer, madame Bovary.

Depuis trois jours, je suis rivée aux sites de « photos boudoir ». C'est dire si je suis au point. Plus qu'au point, même. D'abord : pédicure, manucure et brushing tout frais, bronzage au spray et faux cils. J'ai en plus dans ma besace un assortiment de jolis dessous, de dessous osés, de dessous super cochons ainsi qu'un long sautoir de perles acheté chez Topshop. J'ai également quelques accessoires qui ont été livrés à la maison dans des boîtes neutres – version officielle à l'intention de Dan : des chaussons de danse pour les filles. Mais je ne suis pas certaine de m'en servir. (Franchement, le masque de « Bunny » vintage en fausse fourrure est une erreur colossale.)

Chaque fois que j'en ai eu l'occasion, je me suis exercée à prendre des poses devant la glace, m'essayant à des airs aguichants tout en m'assurant que mon derrière vu de dos n'était pas trop gros. Malgré ces préparatifs, j'ai besoin d'un verre de prosecco pour me détendre (j'en ai apporté également).

Tilda m'emmène dans son salon.

— Qu'est-ce que tu en penses ?

Je n'en crois pas mes yeux ! Elle a enlevé la moitié des meubles. La pièce ressemble à un studio de photographe, avec des projecteurs sur pieds, un parapluie réflecteur de lumière, un canapé au centre, un écran de papier sur enrouleur et un grand miroir.

— Formidable !

— N'est-ce pas ? fait Tilda, enchantée. Si le résultat est concluant, je pense me lancer sérieusement dans le métier. C'est très juteux, ce business des « photos boudoir ».

— Tu as déjà utilisé ce genre d'équipement ?

— Non, mais ça n'a pas l'air compliqué. La température te convient ?

— C'est presque étouffant.

D'habitude il fait plutôt frais chez Tilda, qui décrète volontiers que le chauffage c'est pour les mauviettes.

— Il faut que tu sois à l'aise. Installe-toi confortablement. Les faux cils te vont bien, me félicite-t-elle. Montre ce que tu as dans ton sac ? Ah ! Des perles ! Un classique. Parfait pour une prise de vue avec drapé, comme nous disons dans notre jargon de photographes boudoir.

Son côté « pro » m'amuse et me touche. Elle prend cette séance très au sérieux.

— Change-toi derrière l'écran de papier, conseille Tilda tout en ouvrant la bouteille de prosecco. On va attaquer la première pose.

Elle me passe un verre plein et consulte une feuille sur laquelle elle a écrit *Poses de Sylvie*.

— Assieds-toi sur le canapé et laisse-toi glisser progressivement en arrière. Renverse la tête, plie ta jambe droite, mais que la gauche reste naturelle, creuse le dos. Ta chaussure doit se balancer au bout de ton pied…

— Euh… Tu peux me montrer ?

— Te montrer ? D'accord, mais je manque de souplesse.

Elle s'installe sur le canapé et se laisse glisser. À mi-parcours, elle s'arrête, une jambe toute raide, l'autre fléchie, le visage offert, affichant un rictus de douleur. Cette pose est nulle. On dirait qu'elle est en train d'accoucher.

Pour finir, elle s'affale par terre.

— Tu vois ? dit-elle.

— Euh… plus ou moins.

— On va y arriver, affirme-t-elle avec entrain. Je vais te guider. Bon alors, tu vas porter quoi ?

Nous nous amusons énormément à choisir la première tenue. Pendant presque une demi-heure. Comme j'ai un peu exagéré question shopping, il y a des quantités de dessous. Pour finir, je mets un ensemble, culotte et soutien-gorge en dentelle blanche, un porte-jarretelles assorti et des bas blancs à couture. En émergeant de derrière l'écran, je me sens vraiment sexy et coquine. Dan va être estomaqué.

— Étonnant ! commente Tilda, occupée à régler ses spots. Maintenant, prends la pose…

Je m'assieds sur le canapé, me laisse glisser et m'arrête net, exactement comme elle. Instantanément les muscles de mes cuisses sont douloureux. Trop bête ! J'aurais dû faire des exercices de gym spéciale boudoir.

— On y va ? je demande après ce qui me semble être une éternité.

— Excuse-moi ! Tu es somptueuse, Sylvie ! Superbe !

Elle démarre. Entre chaque prise de vue, elle me jette un coup d'œil.

— Vraiment ? Tu me trouves bien ?

Alors que ce qui me brûle les lèvres est : « Cette position ne te fait pas penser à un accouchement ? »

Mais ça ne serait pas sympa.

— Mets tes mains derrière ta tête, suggère Tilda. Oui ! Maintenant ramène tes cheveux en arrière ! Parfait. Encore une fois !

Dix-neuf fois, je ramène mes cheveux en arrière. À la vingtième reprise, mes jambes n'en peuvent plus. Je m'écroule par terre.

— Super ! s'écrie Tilda. On regarde ?

— Ouais !

Je me rue vers l'appareil. Tilda fait défiler les photos que nous étudions en silence.

Je reste sans voix. Le résultat est très loin de ce que j'avais imaginé. On discerne à peine mon visage. On ne voit pratiquement pas mes dessous. Les images sont dominées par mes jambes dans leurs bas blancs, éclairés si violemment qu'ils ressemblent à des bas de chirurgie. Sur la moitié d'entre elles, mes cheveux couvrent mon visage. Pas d'une manière sexy. Je suis échevelée, hirsute. Et, oui, j'ai l'air d'accoucher.

Au bout d'un moment, j'y vais de mon commentaire :

— Mes jambes sont…

Je me refuse à dire « énormes et blanches » mais c'est pourtant la vérité.

— J'ai *un peu* merdé avec l'éclairage, reconnaît Tilda après une longue pause.

Elle est moins enthousiaste, tout à coup, et fronce les sourcils.

— Un peu beaucoup, continue-t-elle. Mais ce n'est pas grave. Prête pour la deuxième pose ?

J'enfile un body en dentelle rouge et, suivant les instructions de ma photographe, je me mets à quatre pattes.

— Appuie-toi sur les genoux. Écarte les jambes. Encore plus.

— Impossible ! je râle. Je ne suis pas une gymnaste, moi !

Tilda ignore ma remarque.

— Lève le menton, m'ordonne-t-elle. Ton poids sur un seul bras si tu peux... Fais ressortir tes seins avec l'autre bras... Fais-moi un regard aguichant.

Mes genoux me tuent. Mon bras me flingue. Et il faudrait en plus que je lui sorte un regard aguichant ? Je bats des (faux) cils et l'appareil crépite.

— Hum ! fait Tilda, l'œil vissé sur son écran. Tu pourrais soulever tes fesses pour que j'aie un angle meilleur ?

Avec un gros effort, j'arque mon dos et lève mon derrière.

— Hum ! répète Tilda. Attends ! Tu devrais peut-être redresser aussi la tête.

Regard perplexe sur l'écran.

— Plus haut le derrière ! Allez creuse, creuse !

Elle a en de bonnes ! Ça veut dire quoi, d'ailleurs ? Mon derrière est ce qu'il est, avec la forme qu'il a.

— Non ! Assez ! Je n'en peux plus.

Je m'assieds et masse mes genoux.

— Oh là là ! Il me faudrait des protège-genoux.

Je me mets debout et frotte mes jambes.

— Je peux voir ?

— Non, s'empresse de dire Tilda alors que je m'approche. Pas la peine de s'attarder sur cette série. Elle est *magnifique*, absolument *superbe* mais je préfère l'éliminer.

Elle appuie sur un bouton et reprend en souriant :

— La pose n'était pas terrible. Mais on va essayer autre chose. L'encadrement de la porte.

Les photos dans l'embrasure de la porte sont encore pires. Cette fois, j'insiste pour visionner la séquence. Et vous savez quoi ? Je ressemble à un gorille. Un gorille pâle et sans poils, coiffé d'une perruque blonde, habillé de lingerie noire et suspendu à l'encadrement de la porte. La lumière est dirigée pile sur mon ventre. Mon visage est pratiquement caché. Mes vergetures, en revanche, sont visibles dans les moindres détails. Si ces photos tombent sous les yeux de Dan, nous ne referons plus jamais l'amour. Ça, je vous le garantis.

— Je peux *tout à fait* les photoshoper, n'arrête pas de dire Tilda en faisant défiler les prises de vue.

Visiblement, elle perd confiance en elle.

— C'est plus difficile que je ne pensais, poursuit-elle en soupirant. Prendre les photos n'est pas un problème. C'est les *réussir* qui l'est.

Elle examine une image particulièrement sinistre et grimace avant de remplir nos verres de prosecco.

Après quelques gorgées, Tilda commence à jouer avec mon corset en satin noir. Elle le met devant elle dans un sens, le retourne et ainsi de suite.

— Nous avons été trop exigeantes, décide-t-elle tout à coup. Faisons plus simple. Passons à la pose inratable.

— La pose inratable ?

— D'après Internet, ça marche pour tous les gabarits, assène-t-elle. Tu t'allonges sur le canapé avec les jambes croisées et tu fixes l'appareil. J'ai des instructions précises pour l'éclairage.

Être étendue sur le canapé me semble plus agréable que me retrouver à quatre pattes par terre ou – autre idée de Tilda – me renverser sur le dossier d'une chaise avec la tête en bas.

— Très bien. Je mets quoi ?

Mais Tilda se débat avec mon corset.

— Il est *bizarre* ce machin, s'énerve-t-elle. Où est le haut ? Et les bonnets ?

— Pas de bonnets, j'explique. C'est un modèle serre-taille. On peut le porter avec un soutien-gorge ou sans.

— Pigé ! Juste ce qu'il faut. Mets le corset, un slip et rien d'autre. Allonge-toi sur le canapé, amuse-toi avec le sautoir de perles. Super. Dan va être comme un fou.

— Euh… Une photo topless ? Tu crois ?

— Exactement. Résultat garanti.

Rien n'est moins sûr. Je suis d'accord pour poser en culotte et soutien-gorge. Mais seins à l'air ? Devant Tilda ? Hum !

— Ça ne t'embête pas ?

— Bien sûr que non ! J'ai déjà vu tes seins.

— Ah bon ?

— Mais oui ! Quand on a fait du shopping. Dans la cabine d'essayage.

Qu'est-ce qu'elle raconte ? Du grand n'importe quoi. De toute façon, montrer mes nénés m'embarrasse. Je ne suis pas *prude*, non. Vraiment. Pourtant…

— Ça te gêne ?

Elle me regarde comme si elle venait d'envisager cette possibilité.

— Eh bien…

— Je te montre les miens. Donnant-donnant.

Bouche bée, je l'observe enlever son top et dégrafer son soutien-gorge avec attache devant pour exhiber deux gros seins parcourus de veines.

— Affreux, hein ? constate-t-elle. J'ai nourri Toby pendant deux ans, comme une pauvre idiote. Pas étonnant qu'il reste scotché à la maison.

Que faire ? Et, surtout, que dire ? « Quelle belle poitrine ? » Honnêtement, elle ne l'est pas dans le sens conventionnel du terme. D'un autre côté, cette poitrine a une certaine beauté parce qu'elle ressemble à sa propriétaire. Confortable, volumineuse. Très Tilda, quoi !

Heureusement, elle ne compte pas sur une réponse. Elle rattache son soutien-gorge, remet sa blouse et sourit.

— OK, sexy Sylvie, à ton tour !

Mes hésitations me semblent soudain stupides. Après tout, c'est ma meilleure amie. Et ce ne sont que des seins !

J'attrape le corset :

— Allez, hop !

— J'ai besoin de filtres supplémentaires, dit-elle. J'en ai pour une seconde.

Je retire mon soutien-gorge, enfile le corset en le cintrant si fort que je peux à peine respirer. Je passe ensuite mes hauts talons de strip-teaseuse, enroule les perles autour de mon cou et m'inspecte. Je dois avouer que mon reflet dans le miroir est assez flatteur. Hot, hot, je dirais même. Mes seins sont pas mal, vu ce à quoi ils ont été soumis. Toujours fermes, en fait.

En entendant Tilda revenir, j'ouvre brusquement la porte.

— Tu en penses quoi ? je dis, une main sur la hanche.

Toby se trouve en face de moi. Juste avant de réagir, j'ai le temps de percevoir son regard dardé sur mes seins, ses pupilles dilatées, son expression sidérée.

— Argh ! je m'entends hurler. Désolée !

Je plaque mes mains sur mes seins exactement comme si je prenais la pose pour une photo boudoir.

Toby émet lui aussi un cri de détresse. Il paraît encore plus atterré que moi et se voile les yeux avec la main.

— Sylvie, excuse-moi. Argh. M'man !

— Toby ! s'écrie Tilda depuis l'entrée. Pourquoi tu es rentré ? Je t'avais prévenu de la visite de Sylvie.

Elle me jette un châle pashmina qui traînait sur la balustrade et que je me dépêche d'enrouler autour de moi.

— Je croyais que vous alliez boire un coup et papoter comme d'hab, réplique Toby. Pas... Vous faites quoi ? Des *photos* ?

— Pas un mot à Dan ! je m'exclame.

— Bon, compris ! répond-il les yeux fixés sur mes talons de strip-teaseuse.

Quelle situation humiliante ! Je me sens comme une épouse de banlieue qui, dans une série, essaie – mais probablement trop tard – d'empêcher son mari de coucher avec sa secrétaire. Et vous savez quoi ? Au lit, la fille en question ne porte qu'un de ses slips à lui. Elle a vingt et un ans et fait taille 34.

(Élucubration ridicule et *vraiment* hors sujet !)

— Quoi qu'il en soit, nous avons presque fini, n'est-ce pas, Tilda ? je fanfaronne. Ravie de t'avoir vu, Toby.

— Content aussi, Sylvie. Au fait, j'ai reçu ton mail. À quel genre de SGC tu penses ?

— SGC ?

De quoi il parle, là ?

— Système de gestion du contenu. Parce qu'il faut que tu réfléchisses à la scalabilité, au module d'extension, au commerce électronique. Tu recherches quelle fonctionnalité ?

— Et si on discutait de tout ça une autre fois, Toby ? (*Quand je serai rhabillée, par exemple.*) Tu es d'accord ?

— Pas de problème. Je suis à ta disposition.

Il grimpe dans son antre tandis que Tilda et moi nous échangeons un regard. Soudain elle explose littéralement. Ensuite, la main sur la bouche, elle tremble d'un fou rire réprimé.

— Hilarant, hein ? dit-elle une fois qu'elle s'est calmée.

— Pas du tout ! Je suis traumatisée. Toby aussi. Après un épisode pareil, on va être obligés de suivre une thérapie.

— Mais non, tu ne vas pas être traumatisée ! fait Tilda en se gondolant à nouveau. Et pour Toby ce n'est pas plus mal : il se rend compte comme ça que la génération du dessus a toujours du punch. Viens, on va faire une photo avec ce corset. Il te va à merveille.

Mais je serre étroitement le pashmina contre moi. Une vague de découragement me prend :

— Non. Je ne suis plus d'humeur à poser. Je me sens vieille et moche… Une vraie flaque.

Elle m'observe en silence avec son habituelle expression perspicace et amicale.

239

— Rentre chez toi ! Tu n'as pas besoin d'un album de photos boudoir. De toute manière, je suis merdique, comme photographe.

— Pas du tout, j'affirme poliment.

Mais Tilda proteste en grognant.

— Même si j'avais voulu, je n'aurais pas pu te rendre plus moche. Quand je pense que je me suis prise pour une photographe ! Suis mon conseil, Sylvie ! Retourne chez toi en corset. Si Dan ne réagit pas, c'est qu'il y a quelque chose qui cloche chez lui.

J'imagine mon mari de l'autre côté de la cloison, en train d'avaler son filet de saumon tout en regardant le sport à la télé et croyant sincèrement que nous discutons de Flaubert. C'est comme si je respirais une bouffée d'optimisme.

— Tu as raison ! Complètement raison !

Soudain, cette entreprise me semble artificielle et grotesque.

— Laisse ton bazar ici, tu le récupéreras demain. Si j'étais toi, m'encourage Tilda, j'arriverais telle que tu es, j'enlèverais mon pashmina et sauterais sur Dan séance tenante. Je vais monter le son de la télé pour ne rien entendre, ajoute-t-elle avec un clin d'œil.

Dan est assis à la table de la cuisine exactement comme prévu. Assiette contenant un reste de saumon. Match de foot en direct. Bouteille de bière ouverte. *Homme avec épouse à son club de lecture.* Un thème parfait de nature morte pour le peintre Vermeer s'il était dans le coin.

Dan (sourire absent) :

— Salut ! Tu rentres tôt !

Moi (sourire éclatant) :

— On a terminé ! Il y a des limites à ce qu'on peut raconter sur Flaubert.

Dan (œil sur l'écran et main sur la bouteille de bière) :

— Hum !

Va-t-il le dire ? (« Mais, Sylvie, pourquoi tu te balades avec seulement des hauts talons et un châle ? »)

À l'évidence, il ne va pas le dire. À l'évidence, il croit que c'est une robe.

Je me plante en plein milieu de son champ de vision et déroule le pashmina dans mon style photo boudoir le plus provocant.

— *Allez…*

Je n'en crois pas mes yeux. Le regard de Dan me contourne comme si j'étais un obstacle gênant. Quelque chose de bien plus excitant a lieu sur le terrain de foot.

— Allez ! Allez ! s'écrie-t-il le poing serré.

— Dan ?

Et je lâche d'un coup le pashmina.

Ah ! *Enfin*, j'attire son attention.

Silence. Troublé seulement par la rumeur du stade. Dan m'inspecte de haut en bas. Sans voix. Il lève une main pour me caresser un sein comme si c'était la première fois qu'il le voyait.

— Intéressant tout ça, fait-il.

— Surprise ! je fais en haussant les épaules l'air de rien.

— Je vois !

Il commence à jouer avec le sautoir. Presse les perles entre mes seins, me caresse et en frotte les pointes avec, tout ça les yeux dans mes yeux. Le sautoir est peut-être un accessoire classique des photos boudoir. Mais c'est drôlement sexy. Tout est sexy d'ailleurs. Les hauts talons de strip-teaseuse, le corset et surtout l'expression de Dan. Ça fait un temps fou que je n'avais pas vu mon mari avec cet air lubrique.

— Les filles dorment, je dis d'une voix enrouée tout en éteignant la télé. On peut faire ce qu'on veut. Essayer ce qu'on veut. Aller n'importe où. Changer de personnalité. Fantasmer.

Dan fixe avec intensité un tabouret de cuisine. Il adore faire l'amour sur un tabouret de cuisine. Moi, pas tellement. Ça finit toujours par me scier les cuisses.

— Un truc différent, je m'empresse de suggérer. Nouveau. Audacieux. Surprends-moi !

Seul le bruit des perles que Dan tripote déchire le silence. Son regard est distant. Il réfléchit. Moi-même j'entrevois différentes possibilités. Peut-être la peinture au chocolat que j'ai achetée un jour pour la Saint-Valentin. Oui. Mais où ai-je bien pu la ranger ?

Subitement Dan s'ébroue :

— OK. Mets ton manteau. Je vais demander à Tilda de garder les jumelles.

— On fait quoi ?

— Tu verras.

Son regard me fait frissonner d'avance.

— Il faut que je m'habille ?

— Ton manteau, c'est tout. Et pas besoin de ça, ordonne-t-il en désignant ma petite culotte de dentelle noire.

Battu à plates coutures, l'album de photos boudoir !

J'ai juste le temps de retirer ma culotte et d'enfiler mon manteau le plus coquin tout en m'assurant quand même de ne pas offrir un panorama classé X aux passants lorsque je serai dehors. Dan est de retour avec Tilda.

— Vous sortez dîner, apparemment, dit-elle d'un ton innocent. Ou c'est une petite collation en plein air ?

Elle louche sur mes talons et je me mords les lèvres.

— Qui sait ? Dan est l'organisateur des festivités, je réponds avec un air naïf. Je me laisse guider.

— Quel homme ! Bon, amusez-vous bien ! Et prenez votre temps !

Dans le taxi, Dan donne une adresse au chauffeur que je ne réussis pas à saisir. Sans un mot, il glisse sa main à l'intérieur de mon manteau. Mon pouls s'accélère. Je suis au bord de l'orgasme. Nous n'avons pas fait « ça » depuis des siècles. Si tant est qu'on l'ait déjà fait. Et je ne sais pas encore ce que « ça » signifie.

Nous descendons du taxi à un croisement dans Vauxhall, un quartier plein de boîtes de nuit et de lieux alternatifs. Vauxhall ? C'est assez improbable.

— Où sommes-nous… ?

— Chut ! Par là !

Il m'emmène à travers un square arboré – à croire qu'il le connaît par cœur. Nous passons devant une église et pénétrons dans un petit cimetière pour nous retrouver devant une vieille porte en bois encastrée dans un mur de brique. Un digicode commande son ouverture.

— Pourvu que le code n'ait pas changé, marmonne Dan.

Je suis trop perplexe pour dire quoi que ce soit. Où sommes-nous ?

Dan pianote sur le clavier. Il y a un déclic. Et il pousse lentement la porte. C'est un jardin. Un petit jardin totalement désert. Je le contemple bouche bée sous le regard enchanté de Dan.

— Surprise ! dit-il.

J'entre sur ses talons en regardant autour de moi avec étonnement. Qu'est-ce que c'est que cet endroit ? Il y a des plates-bandes surélevées. Des treillis sur les murs. Des pommiers taillés. Des roses. Un petit coin de paradis en plein Londres. Et, dressé au beau milieu, un groupe de cinq sculptures abstraites en bois, aux formes sinueuses.

Dan me pilote résolument vers elles. On dirait qu'il est le propriétaire de l'endroit. Sans parler, il me pousse contre une sculpture et m'embrasse, enlève mon manteau et caresse mes seins. Mon corps s'emboîte parfaitement dans les douces courbures de la sculpture. L'air ambiant rafraîchit ma peau. Les roses embaument, le rire des passants résonne de l'autre côté du mur. Quelle est la suite des événements ? Mystère. Quelle situation surréaliste !

J'ai plein de questions à poser. « Où sommes-nous ? » « Comment connais-tu ce jardin ? » « Pourquoi ne m'y as-tu jamais emmenée ? » Mais Dan me conduit vers une autre sculpture. Cette fois encore, il fait en sorte que mes membres s'ajustent aux contours de la statue. On dirait qu'elle est faite pour moi. Pendant trente secondes, il me regarde, abandonnée contre le bois comme si je posais pour sa séance personnelle de photos boudoir. Mais si loin du porte-jarretelles blanc et du prosecco…

Ensuite il retire ses propres vêtements, sans hésiter, sans s'arrêter, avec une sorte d'urgence subite. J'ai d'autres questions. « Cette sculpture est-elle conçue pour le sexe ? » « Comment es-tu au courant ? » « Pourquoi… ? »

Puis Dan m'entraîne avec autorité vers une troisième sculpture encore plus ondulante que les autres. D'une main ferme, mais toujours silencieux, il me fait prendre la plus bizarre des… Minute ! Il attend *quoi* de moi ? J'ai le vertige, mes jambes tremblent. Cette position est nouvelle. Comment y a-t-il même *pensé* ?… Si les photos boudoir étaient « soft », là nous jouons dans la catégorie « interdit aux moins de dix-huit ans ».

Je ne savais pas que Dan…

Oh my God ! Voilà que je perds la notion des choses. Ma respiration est saccadée. J'empoigne le bois. Je vais exploser. Ce n'est pas une « surprise ». C'est un « séisme ».

Je suis heureuse comme jamais. Presque frissonnante d'extase. *Que s'est-il passé ?*

Après l'amour, blottis dans l'arrondi d'une des sculptures (au design incroyablement sexy, je le répète), nous regardons le ciel. Pas d'étoiles à proprement parler – trop de nuages – mais les senteurs fleuries du jardin, l'odeur de la terre, le murmure d'une fontaine cachée derrière une haie.

— Waouh ! Quelle surprise ! Tu as gagné !

— Voilà ce qui arrive quand on s'habille comme une pute, rigole-t-il.

— Parle-moi de ce jardin. Comment le connais-tu ?

— Comme ça. C'est un endroit génial, hein ?

— Incroyable.

Le rythme de mon cœur s'apaise. Je suis entourée d'un halo rose, imprégnée d'endorphines (ou de phéromones ? D'hormones sexuelles, en tout cas), euphorique. Finalement tout a fonctionné. L'opération « Surprends-moi ! » nous a conduits à cette soirée extraordinaire, sublime, transcendantale dont je me souviendrai toute ma vie. Je me sens *connectée* à Dan comme jamais. Quelle est la dernière fois que nous nous sommes retrouvés à poil dehors, la nuit ? On devrait recommencer plus souvent. Tout le temps.

Je laisse mes pensées vagabonder. Mais comment a-t-il *découvert* cet endroit ? Il n'a pas vraiment répondu.

Je lui donne un coup de coude :

— Comment tu étais au courant pour ce jardin ?

— En vrai, dit-il en bâillant, j'ai participé à sa création.

— Tu as *quoi* ?

— J'ai fait du bénévolat pendant l'été qui a suivi ma première année de fac. C'était un jardin communal ouvert à des groupes d'étudiants que l'horticulture et la botanique intéressaient.

— D'accord mais comment ça se fait ? Pourquoi un jardin ?

— Eh bien, tu sais, répond-il comme si c'était l'évidence même, j'adore jardiner.

Première nouvelle !

— Je l'ignorais. Pour moi, la végétation et toi, ça fait deux. À la maison, tu ne jardines jamais.

— C'est vrai, regrette Dan. Je suis trop occupé par le boulot, je suppose. Et par les jumelles. De toute

246

façon, notre jardin est quasiment devenu un parc d'attractions avec les maisonnettes en plastique.

— Tu as raison.

Je pose mon manteau sur mes épaules en digérant l'information toute neuve. Mon-mari-le-jardinier.

— Pas grave, fait-il en soupirant. Je m'y remettrai quand je serai à la retraite.

— Au fait, comment savais-tu que les sculptures étaient si... adaptées à cet usage.

— Je l'ignorais mais, en travaillant la terre, je les regardais en me posant des questions – clin d'œil grivois –, beaucoup de questions.

— Dommage que je n'aie pas été ta chérie à l'époque, je souris en lui tapotant le bras. Mais cette année-là... euh... voyons... j'avais un amoureux.

— Moi aussi, j'avais quelqu'un. Tu sais, Sylvie, heureusement que toi et moi nous n'avons pas fait connaissance à cette époque. Nous sommes tombés l'un sur l'autre au bon moment.

Il m'embrasse très tendrement mais je souris machinalement. Un truc me turlupine. Il avait donc une copine. Je passe en revue le répertoire de ses petites amies d'autrefois (je l'ai pas mal cuisiné à ce sujet, je dois dire).

— C'était qui ? Charlotte ? Amanda ?

À mon avis, aucune des deux. Les dates ne collent pas.

Il s'étire, bâille comme un crocodile et m'enlace plus fort :

— Pas du tout. Mais peu importe qui c'était.

Dilemme. Si j'insiste, je gâche ce moment de grâce. Si je laisse tomber, je le fais durer.

— Peu importe ! je m'exclame sans avoir l'air d'y toucher. Je me demandais juste qui c'était.

— Mary.

Il m'embrasse sur le front mais je reste de marbre. Mon radar interne s'est mis en marche. Mary ? Mary ?

— Je suis sûr de t'en avoir parlé.

— Non.

— Mais si.

— *Absolument pas*, j'objecte sèchement.

J'ai en tête les prénoms de toutes les nanas de Dan aussi précisément que les agents du FBI gardent en mémoire les noms des ennemis publics de l'Amérique. Il n'y a jamais eu de Mary sur la liste. Jusqu'à maintenant.

— Alors je l'ai sans doute oubliée, dit Dan. Comme j'ai oublié ce jardin. Et, pour être honnête, tout ce pan de mon existence. C'est seulement quand tu as prononcé le mot « audacieux »… Ça a réveillé quelque chose en moi, ajoute-t-il en se penchant sur moi, l'œil égrillard.

— Manifestement ! je dis, bien décidée à imiter son ton enjoué et à oublier le problème Mary. Fais-moi faire le tour de ce paradis.

Il me guide le long des allées en me désignant les plantes et je suis assez sidérée par ses connaissances horticoles. Je croyais tout connaître de lui. Et voilà que je découvre les manifestations d'une passion qu'il n'a jamais partagée avec moi.

Un point hyper positif. Nous pourrons améliorer notre petit bout de terrain. Faire du jardinage notre hobby familial. Apprendre aux filles à désherber et à sarcler. Quant à des idées de cadeaux ! Tous mes problèmes de cadeaux sont résolus pour les vingt prochaines années. Je pourrai lui offrir des outils de jardin, des plantes et d'innombrables gadgets avec « Chef jardinier » inscrit dessus. Il va falloir quand même que je potasse le sujet. Parce que je me rends compte que je suis archi-nulle en matière de jardin. Quand il me parle d'un buisson je crois qu'il mentionne une plante grimpante, et vice versa (et les noms en latin ne me sont *vraiment* d'aucune aide).

— Quel arbuste extraordinaire ! je m'exclame alors que nous atteignons l'extrémité du jardin.

(Pour les arbres, je ne me trompe pas.)

Dan (attendri) :

— Une idée de Mary. Elle avait un faible pour les aubépines.

Hum ! C'est la troisième fois qu'il prononce son prénom.

Moi (sourire forcé) :

— Ah bon ! Ravissant. Et cette tonnelle est charmante. Comme elle se trouve à l'écart, je ne l'ai pas remarquée tout de suite.

Dan (touchant la structure en bois) :

— Mary et moi l'avons construite. En utilisant du bois de récupération. Nous y avons travaillé un week-end entier.

Moi (d'abord sarcastique, puis élogieuse) :

— Bravo, Mary ! C'est formidable, Dan !

J'attrape son bras et lui souris pour cacher l'irritation que j'éprouve chaque fois qu'il nomme Mary. Pour une fille dont je n'avais jamais entendu parler trois minutes plus tôt, elle semble étonnamment présente dans notre conversation.

Je ne peux pas m'empêcher de demander :

— C'était sérieux entre elle et toi ?

— Oui, pendant un moment. Mais elle faisait ses études à Manchester. Trop loin d'Exeter. C'est la raison pour laquelle nous avons rompu.

Je vois. Leur rupture n'a pas été causée par une dispute ou une infidélité. Juste par un problème de logistique.

— Nous avions toutes sortes de rêves, continue Dan. Nous voulions monter une petite exploitation de légumes bio. Nous voulions changer le monde. Comme je te l'ai dit, j'étais quelqu'un d'autre à cette époque.

Il contemple le jardin et poursuit avec un sourire désabusé :

— Revenir ici est étrange. Ça me ramène à la personne que j'étais.

— Tu étais *tellement* différent ? je demande en me sentant très déconcertée.

Dans son œil brille une lueur qui m'est inconnue. À la fois lointaine et résolue. Résolue à faire quoi ? Cette soirée est censée avoir merveilleusement resserré les liens de notre *couple*, pas avoir réveillé le souvenir d'une vieille histoire.

— Oui, j'étais différent, rigole-t-il. Attends, il y a peut-être une photo…

Il prend son téléphone et, au bout d'un moment, le met sous mes yeux. Sur l'écran s'affiche un site : « Le jardin St. Philip : comment nous avons commencé. »

— Regarde, dit-il en me montrant une photo un peu datée d'un garçon et d'une fille en jean, sur fond de fourches et pelles boueuses. C'est Mary… et c'est moi.

J'ai déjà vu des photos de Dan jeune. Mais pas de cette époque. Il paraît si *maigre*. En chemise écossaise avec un bandana autour la tête, il serre de près la dénommée Mary. Je zoome sur elle pour l'examiner en détail. Mis à part ses cheveux frisottés, elle est jolie. Vraiment jolie. Dans un genre naturel et sain. Très longues jambes minces. Sourire radieux, joues roses à fossettes et jean sale. Ce n'est pas elle qui poserait pour des photos boudoir. Mais imaginer Dan en jardinier semble aussi improbable.

— Je me demande ce qu'elle fait aujourd'hui, rêvasse Dan. C'est dingue de penser que je l'ai oubliée. Pendant quelque temps nous étions… Qu'importe !

Il s'arrête brusquement en réalisant le terrain miné vers lequel il s'avance.

— Oui, dingue ! je renchéris avec un petit rire aigu. Enfin, c'est le passé. Tu n'as pas froid ?

Je lui rends son téléphone, qu'il ignore. Planté comme un piquet, il contemple la tonnelle. Il semble perdu dans… Dans quoi ? Ses pensées ? Ses souvenirs ? Ses souvenirs de lui et Mary, à l'âge de dix-neuf ans, sveltes et idéalistes, construisant leur tonnelle en matériaux de récupération ?

Baisant sous la tonnelle quand ils se retrouvaient seuls ?

Non, Sylvie ! *Chasse* immédiatement cette image de ton esprit !

— Tu penses à quoi ? je demande d'un ton que je veux léger et insouciant.

S'il répond Mary, je vais…

— Oh, à rien. À rien de spécial, fait-il évasif.

10

Ça a réveillé quelque chose en moi.

Je me repasse en boucle la phrase de Dan. Chaque fois avec un mauvais pressentiment. Je ne peux pas m'empêcher de revoir son visage transporté. Transporté, loin de moi, vers des temps heureux de fleurs odorantes, de travail manuel, de filles de dix-neuf ans au sourire radieux et aux joues pleines.

Quoi que ce jardin secret ait « réveillé en lui », j'aimerais pouvoir me coucher sans insomnie, merci beaucoup. J'aimerais bien qu'il oublie le jardin, Mary et la « personne différente » qu'il était. Parce que – info de dernière minute ! – l'époque n'est plus la même. Il n'a plus dix-neuf ans. Il est marié et père de famille. L'aurait-il oublié ?

On ne doit pas accuser sans preuve, je sais. Mais il existe des preuves. Depuis cinq jours, depuis notre visite du jardin, il est complètement préoccupé par Mary. Concentré sur elle en cachette, je devrais préciser. Et sur lui-même. Bien loin de moi.

Je ne suis pas de nature méfiante. Non. Je trouve parfaitement justifié de jeter un œil sur l'historique de navigation de mon mari. Cela fait partie des joies du *conjugo*. Il voit mes mouchoirs en papier usagés dans la corbeille, je vois les rouages de son esprit exposés sur son ordinateur.

Franchement ! Vous ne *croyez* pas qu'il pourrait être plus discret !

Suis-je soulagée ou pas qu'il n'ait pas effacé ses recherches ? D'un côté, ça signifie qu'il n'a rien à cacher. De l'autre, qu'il n'a aucun sens de la psychologie féminine, aucun sens de rien et même aucune cervelle. Il s'imaginait quoi après m'avoir révélé l'existence de cette délicieuse et mystérieuse petite amie aux fossettes ? Que *je n'allais pas* fouiller son ordinateur ?

Quand même !

Il l'a recherchée de diverses façons. « Mary Holland. » « Mary Holland travail. » « Mari de Mary Holland ». On est en droit de se demander quel besoin il a de connaître la vie de son mari (qui n'existe peut-être pas) ? Mais pas question d'aborder le sujet. Question de convenance. Et puis, je ne suis pas une femme collante. Pas du tout mon genre.

Ma contre-attaque ? Trouver sur Google un de mes anciens amoureux – j'ai tapé « Matt Quinton très sexy job en vue grosse voiture » – et le laisser bien en évidence sur l'écran de mon portable dans la cuisine. À ma connaissance, Dan n'y a même pas prêté attention. Ce qu'il est *pénible* alors !

J'ai opté pour une autre tactique. Ayant acheté un magazine spécialisé, j'ai entamé une conversation sur notre jardin. Devons-nous augmenter le nombre de plantes vivaces ? J'ai persévéré sur ce thème pendant dix bonnes minutes en utilisant un ou deux noms latins. Et… ?

— Peut-être, a répondu Dan d'un air distrait.

Peut-être ?

Je croyais qu'il adorait jardiner. Que c'était sa passion non avouée. Il aurait dû sauter sur l'occasion de parler de plantes annuelles.

Résultat ? Une question brûlante me taraude. Préoccupante. S'il ne pensait pas au jardinage l'autre soir, c'était à quoi ?

Je ne l'ai pas posée. Pas directement en tout cas. Je me suis contentée de dire :

— Je croyais que tu voulais jardiner plus.

Et il a répondu :

— Mais oui. Il faut qu'on s'organise.

Là-dessus, il s'est levé pour envoyer des mails.

Aujourd'hui, bien sûr, il est d'une humeur massacrante car cet après-midi a lieu l'inauguration de l'unité de scanner. Il doit quitter son bureau, s'habiller en bourgeois et se conduire gentiment avec ma mère. En gros, trois des choses qu'il déteste le plus au monde.

Les filles, qui se sont réveillées plus tôt que d'habitude, ont voulu aller jouer dans le jardin. Nous sommes donc assis tous les deux dans la cuisine, dans un calme inhabituel. Je mets au point mon discours sur papa. Ma prose est-elle trop sentimentale ? Pas assez ? J'hésite. Quand je me relis, mes yeux se mouillent, mais je suis déterminée à ne pas pleurer quand je prendrai la parole. Je veux représenter dignement ma famille.

Évidemment, tout ça me ramène en arrière. Avec mon père, je menais une vie en or. Appelons ça une existence dorée. Je me rappelle les innombrables étés au soleil, les croisières sur le bateau, les meilleures tables au restaurant, les glaces spécialement élaborées pour « Darling Miss Sylvie », ses clins d'œil, sa main tenant fermement la mienne. Papa réenchantait le monde.

Il avait certes quelques opinions politiques tranchées que je ne partageais pas *complètement*. Et il n'aimait pas la controverse. Un jour, petite fille, arrivant à son bureau avec maman, je l'ai surpris en train d'insulter une malheureuse employée. Le choc m'a fait fondre en larmes. Mais maman m'a emmenée en m'expliquant que tous les patrons devaient de temps en temps enguirlander leur personnel. Puis papa nous a rejoints, m'a embrassée et m'a permis d'acheter deux barres au chocolat. Ensuite il m'a conduite dans une salle de réunion. Et là, il a déclaré devant tout son personnel rassemblé qu'un jour je gouvernerais le monde. Quand ils ont applaudi, papa m'a fait saluer comme une championne, en levant la main en l'air. C'est un de mes meilleurs souvenirs d'enfance.

Quant à l'engueulade, eh bien, tout le monde a le droit de s'énerver de temps en temps. C'est humain. Et le reste du temps, mon père dégageait une véritable énergie positive. Il était tellement solaire.

— Dan, allons en Espagne pour les prochaines vacances, je dis soudain après avoir relu mon anecdote sur papa et la voiturette de golf.

— Pourquoi l'Espagne ?

255

— Pour retourner à Los Bosques Antiguos. Ou dans les environs.

Pas question de séjourner sur place. J'ai regardé : les locations de maison sont trop chères pour nous. Mais on peut trouver un petit hôtel pas trop loin et aller y passer au moins une journée. À se promener parmi les villas blanches. Tremper nos pieds dans le lac. Écraser en marchant les épines de pin odorantes. Revisiter mon passé.

— Pourquoi ?

— Plein de gens passent leurs vacances là-bas.

Comme de bien entendu, il prend son air oursouille.

— Mauvaise idée. Trop chaud, trop cher.

N'importe quoi ! C'est cher si on séjourne dans un endroit cher.

— Les vols pour l'Espagne sont bon marché, je rétorque. On peut trouver un camping sympa. Et je pourrai retourner à Los Bosques Antiguos. Pour voir ce que c'est devenu.

— Je n'en ai pas envie, réplique-t-il au bout d'un moment.

Ce qui me fait bouillir de rage.

— Qu'est-ce qui te prend ? je hurle.

Anna entre en trombe dans la cuisine.

— Maman ! Ne crie pas. Tu vas faire peur à Dora.

Dora ? Qui est Dora ? Ah, oui, ce putain de serpent. Vous savez quoi ? J'espère que *je l'ai* effrayé et qu'il aura une crise cardiaque. Je rassure néanmoins ma fille autant que je le peux.

— Ne t'en fais pas, ma puce. J'essayais juste de faire comprendre quelque chose à papa. Et j'ai parlé trop fort. Retourne jouer avec ta fusée Stomp Rocket.

Anna se rue dehors et je me verse du thé. Ma question flotte toujours entre nous, sans réponse. *Qu'est-ce qui te prend ?*

Mais, au fond, je sais ce qu'il redoute. Nous passerons devant ces grandes villas blanches. Elles rappelleront à Dan ma vie de petite fille ultra-gâtée. Et ça gâchera tout. À ses yeux, pas aux miens.

— J'aimerais revoir l'endroit où j'ai passé les vacances de mon enfance, je lui explique tout en admirant ma nouvelle nappe. Rien de plus. Pas question de dépenser des sommes folles ou d'y retourner chaque année. Une seule visite me suffit.

Je m'aperçois du coin de l'œil que Dan est en train de se reprendre.

— Sylvie, dit-il en faisant visiblement un effort de patience, comment peux-tu te souvenir de Los Bosques Antiguos ? Tu n'y es pas retournée depuis tes quatre ans.

— Mais si, je m'en souviens ! Cet endroit m'a marquée. Je me souviens de notre maison avec sa véranda, du lac, du ponton, de l'odeur de la forêt, de la vue sur la mer…

J'aimerais ajouter : « Dommage que papa ait vendu la maison », mais ça ne serait pas bienvenu. Pas question non plus d'avouer que mes souvenirs sont un peu vagues. Je veux y retourner, un point c'est tout.

Dan ne dit rien. Son visage est sans expression. Comme s'il ne m'entendait pas. À moins qu'il m'entende mais qu'un bruit plus fort et insistant résonne dans sa tête.

Mon énergie est à son niveau le plus bas. J'ai beau essayer, rien ne marche. Je me dis parfois que ce problème avec mon père est comme un énorme boulet qu'il va me falloir pousser, soulever et traîner à nos côtés pendant toute la durée de notre vie conjugale.

— OK ! On va *où* alors, l'an prochain ?

— Je n'en sais rien, dit Dan sur la défensive. Quelque part en Bretagne.

— Dans un jardin bio, peut-être ?

Pas sûr que Dan ait saisi ma petite pique. Je suis sur le point d'ajouter : « J'espère que tu as déniché quelqu'un pour garder le serpent », quand Tessa déboule, affolée, dans la cuisine.

— Maman ! Mamaaaaan ! crie-t-elle. On a perdu notre fusée Stomp Rocket !

Quand le professeur Russell ouvre sa porte, il me semble discerner une lueur moqueuse dans ses yeux. Mes vociférations contre Dan sont-elles arrivées jusqu'à ses oreilles ? Possible. Owen et lui ne sont pas sourds. Assis bien confortablement, ils doivent écouter nos disputes comme si nous étions des personnages du célèbre feuilleton radio *The Archers*.

— Bonjour, professeur. Désolée de vous déranger mais je crois que la fusée de ma fille a atterri sur votre serre. Je suis navrée.

— C'est un jouet, spécifie Tessa agrippée à ma main. Elle a absolument voulu m'accompagner.

— Oh, ma chère enfant ! soupire-t-il.

La lueur a disparu. Il doit se remémorer l'escalade de Dan sur le toit de la serre et le panneau de verre cassé.

— J'ai apporté un balai télescopique. Je vous promets de procéder en douceur. Si je n'y arrive pas, je demanderai au laveur de carreaux de venir la récupérer.

— Très bien.

Il se détend et sourit :

— Eh bien, « tentons le coup », comme on dit.

Il nous précède dans la maison. Je le suis en regardant tout autour de moi. Waouh ! Que de livres ! Il y en a *des tonnes*. Nous traversons une petite cuisine toute simple et un petit jardin d'hiver meublé de deux chaises de bureau et d'une radio avant d'arriver en vue de la serre qui se dresse dans le jardin. C'est une structure moderne en métal et verre. Si on y installait une cuisine, les magazines de déco se battraient pour la photographier.

La fusée des filles se trouve sur le toit, l'air totalement incongrue et bébête. Mais c'est l'intérieur de la serre qui attire mon attention. Très différent de ce qu'on voit habituellement. Pas de plants de tomate, de fleurs ou de mobilier en fer forgé. On dirait plutôt un labo. Avec des tables fonctionnelles et des rangées de pots qui semblent contenir une même variété de fougère à différents stades de croissance. Il y a aussi un ordinateur. Rectification : deux ordinateurs.

— Ce sont toutes la même plante ?

— Toutes les variétés de fougère existantes, rectifie-t-il. C'est mon domaine de prédilection.

Le professeur Russell a un sourire hésitant, comme s'il partageait une bonne blague avec quelqu'un (ses plantes, sûrement).

— Regarde, Tessa ! Le professeur Russell a écrit des livres sur ces fougères. Il sait tout sur elles.

— Oh non, non, non ! ma chère enfant. Non, pas du tout. J'en suis seulement aux prémices.

Je m'adresse à Tessa :

— Tu étudies les plantes à l'école, pas vrai, ma puce ? Tu as fait pousser du cresson.

Idée subite : et si le professeur Russell donnait une conférence à l'école des filles ? Ça me ferait *drôlement* bien voir.

— Les plantes ont besoin d'eau, récite Tessa à point nommé. Les plantes se tournent vers la lumière pour pousser.

— Très bien, jeune fille, approuve le professeur.

Ma gamine de cinq ans qui discute de botanique avec une sommité d'Oxford ! Je suis fière comme un paon.

— Les gens aussi se tournent vers la lumière pour pousser ? demande Tessa avec cet air facétieux qui ne la quitte pas.

Au moment où je vais rectifier avec un « Mais non, ma puce ! », doublé d'un coup d'œil amusé à l'intention du professeur Russell, ce dernier dit :

— Je crois que oui, jeune fille.

OK. Ça en dit long sur le bonhomme.

— Bien entendu, il existe différentes sortes de lumière, poursuit le professeur rêveusement. Notre lumière est parfois une croyance, une idéologie ou même une personne, et nous nous tournons vers elle pour grandir.

— Vers une personne pour grandir ? s'esclaffe Tessa. Une *personne* ?

— Mais oui !

Ses yeux fixent un point derrière mon dos. En me retournant, je vois arriver son compagnon. Ça fait un moment que je n'ai pas croisé Owen. Là, tout de suite, je lui trouve une mine atroce. Il est transparent. Plus frêle que dans mon souvenir. Ses cheveux sont clair-semés et ses mains décharnées.

— Bonjour, dit-il gentiment d'une voix légèrement enrouée. Voulez-vous du café ?

— Non merci, nous sommes là à cause du jouet. Désolée pour le tapage. Nous avons été un peu bruyants ce matin.

Il échange un regard rapide avec le professeur. Tiens, ils ont entendu notre engueulade. *Super !* Mais Owen enchaîne très vite :

— Vous n'avez pas à vous excuser. Nous adorons entendre les filles jouer. Ah, vous avez un balai ! Voilà qui est ingénieux.

— J'espère. On va voir.

— Ne reste pas ici, dit le professeur en tapotant la main de son compagnon. Tu peux nous regarder depuis le jardin d'hiver.

Tandis qu'Owen s'en retourne vers la maison, je déplie le manche du balai, le lève et, après quelques tentatives, j'attrape la fusée.

— Bravo ! applaudit le professeur Russell. Et toi, jeune fille, je vais t'offrir une petite plante en souvenir. Il faudra que tu l'arroses et que tu t'en occupes bien.

— C'est adorable ! merci mille fois, je dis.

Je vais charger Dan de surveiller la plante. Enfin, si c'est réellement de jardinage qu'il est fou, pas d'une ex-chérie à fossettes.

Après avoir farfouillé dans la serre, le professeur en ressort avec un petit plumet vert planté dans un pot.

— De la lumière mais pas trop, lui recommande-t-il. Et regarde-la grandir.

Tessa prend le pot et...

— Il en faut une pour Anna, fait-elle remarquer.

Je rugis :

— Tessa ! Excuse-toi et dis merci. Tu peux la *partager* avec ta sœur. Anna est sa jumelle, j'explique au professeur. Vous savez comment c'est. Elles prennent toujours la défense l'une de l'autre.

— Mais bien sûr ! Tessa a raison. Comment ai-je pu oublier Anna ?

Il retourne dans la serre d'où il revient avec un autre plumet.

— Je suis confuse, professeur. Ma puce, ça ne se fait pas de demander.

— Balivernes ! s'exclame-t-il avec un clin d'œil à Tessa. À quoi servons-nous si on ne protège pas ceux qu'on aime ?

Pendant que Tessa s'accroupit pour examiner les plantes de près, le professeur Russell jette un nouveau coup d'œil vers le jardin d'hiver où Owen est assis, une couverture sur les genoux.

— Ça va ? articule-t-il silencieusement.

Owen hoche la tête. Je *jurerais* qu'ils ne sont pas de simples camarades. Sans trop savoir comment aborder le sujet, je demande :

— Votre ami et vous-même, vous êtes depuis longtemps…

— Nous nous connaissons depuis le collège.

— Oh ! Ça fait un moment donc…

— À l'époque, Owen ne s'était pas rendu compte de sa… véritable nature, si l'on peut dire. Il s'est marié… Je me suis consacré à la recherche… Nous nous sommes retrouvés il y a huit ans. Et, pour répondre à votre question, je l'aime depuis cinquante-neuf ans. Un amour qui ne date pas d'hier, non.

Et il a de nouveau son sourire un peu hésitant.

Je reste sans voix. *Cinquante-neuf ans !* En regardant son front ridé, je me dis que cet homme me domine dans tous les domaines. Son intelligence est sans bornes. Son amour sans limites. J'aimerais rester ici, à l'écouter, à m'imprégner de sa sagesse.

Je m'aperçois soudain que Tessa est en train de déchiqueter l'un des plumets. Ce que c'est que la curiosité d'une petite fille de cinq ans !

— Nous devons partir, je m'empresse de dire. Nous avons déjà trop pris de votre temps. Merci beaucoup, professeur.

— Je vous en prie. Appelez-moi John.

— Merci, John.

Nous retraversons la maison. On se dit au revoir en échangeant moult poignées de main et en se promettant de se revoir bientôt pour le thé. En ouvrant ma porte, l'image du professeur et d'Owen en ados dégingandés m'absorbe tellement que je ne vois pas Tilda qui, vêtue d'un tailleur marron plutôt démodé, m'adresse de grands signes.

— Alors ? fait-elle en me rejoignant.

— Salut ! Je sors de chez le professeur Russell. Il est vraiment charmant. On devrait prendre un verre avec lui, un de ces jours. Tessa, si tu allais montrer à Anna sa plante ? Et prépare ton cartable. Je suis là dans une minute.

— Alors ? répète Tilda, l'œil brillant. Comment était le dessert en plein air ? Tu me dois un compte-rendu complet.

Vrai. À part le « bonsoir-merci-bonne-nuit » expédié en trente secondes à notre retour du jardin, je ne lui ai pas parlé. Comme en ce moment elle travaille à Andover, au bureau d'un de ses clients, nous ne faisons pas notre trajet habituel. Elle n'est au courant de rien. Je regarde autour de moi : pas de Dan à l'horizon. Pour plus de sûreté, je referme la porte.

— Tu ne dois pas filer à Andover ?

— Si, dans un moment. Allez, accouche !

Je m'assieds sur le muret de son jardin en croisant les bras.

— Résultat plutôt contre-productif, si tu veux tout savoir.

— Ah bon ? Dan me semblait assez excité, pourtant. Il n'a pas apprécié le corset ?

— Oh si, ce n'est pas ça. La partie de jambes en l'air était géniale. Nous sommes allés dans un jardin secret tout à fait particulier. Soirée cinq étoiles.

— Alors, quel était le problème ?

Je ne réponds rien. À vrai dire, même si je m'efforce d'avoir l'air désinvolte et pragmatique, je suis inquiète. Et si exposer le sujet de ma préoccupation allait la multiplier par vingt ?

— Ça a réveillé quelque chose en Dan. Apparemment.

— Réveillé quoi ?

— La soirée lui a rappelé une de ses anciennes copines. Une dont il ne m'a *jamais* parlé. Maintenant il cherche des renseignements sur elle via Google. Il n'arrête pas. En secret.

J'expose les faits calmement mais je sens mon visage se crisper, comme s'il m'était impossible de maîtriser mon anxiété.

Tilda passe rapidement de la stupeur au bon sens.

— Mais aller sur Google ne veut rien dire. Tout le monde le fait. Moi, je me tiens au courant des faits et gestes d'Adam trois fois par semaine. J'adore me torturer, ajoute-t-elle avec une grimace.

— Mais avant, il n'allait pas sur Internet pour la retrouver. Avant, il ne pensait pas à elle.

Et, histoire de me flageller, je précise :

— Tout ça c'est ma faute. Je suis responsable.

— À cause de ta tenue sexy ? Tu dérailles, ma cocotte.

— Non, en voulant pimenter notre vie de couple. En lui demandant d'être audacieux. Je l'ai poussé à *penser*. Et penser à quoi ? À son ex.

Grimace comique de Tilda :

— Ah ouais ! La suggestion n'était pas tellement géniale. Ce n'est jamais bon quand les maris se mettent à *penser*.

— Tu m'avais pourtant prévenue. Tu m'avais dit que les surprises se terminaient généralement en catastrophe. Eh bien, tu avais raison.

— Oh, mais j'ai beaucoup exagéré, se récrie Tilda. Arrête de te faire de la bile et regarde les faits. Dan t'aime. Et vous avez fait l'amour comme des dieux. À ce sujet, beaucoup de couples vous envieraient.

— Mais, même le sexe était…

Coup d'œil sur ma porte d'entrée. Je me mords les lèvres.

— Était… ?

Tilda se penche en avant, l'air fasciné. J'hésite. Distiller des détails grivois n'est pas mon genre.

Mais, depuis la séance de photos boudoir, je ne vois pas pourquoi je me gênerais avec elle.

— C'était super hot mais... différent, je chuchote. Dan était différent. Sur le moment je me suis dit : « Waouh, je l'excite un max ! » Mais maintenant je me demande s'il ne pensait pas à elle.

— Tu te trompes...

Je la coupe :

— Je voulais une surprise. Imagine si, en fait de « surprise », il allait baiser ailleurs ?

Tilda pose sa main sur mon bras.

— Stop ! Tu t'emballes, là ! Ce n'est rien qu'une recherche sur Google. À mon avis, il ne va plus parler d'elle. Dans un mois, il l'aura oubliée.

— Tu crois vraiment ?

— Sûre et certaine. Comment s'appelle-t-elle au fait ?

— Mary.

— Impossible qu'il te trompe avec une Mary !

Je pouffe de rire malgré moi. Tilda a le don de me remonter le moral quelle que soit la situation.

— À part ça, tout va bien entre vous ?

— Tu sais, avec des hauts et des bas.

Elle prend un air interrogateur qui me fait ajouter :

— Tu m'as entendue lui crier dessus ce matin ?

— Difficile d'y échapper.

Elle pince les lèvres comme pour réprimer un sourire. Ou même un rire.

Parfait ! Nous voilà les héros, Dan et moi, du feuilleton de la rue.

— Ça va aller, m'encourage Tilda avec une petite tape gentille sur la main. Mais promets-moi une chose : plus de surprises.

Elle ne dit pas : « Je te l'avais bien dit. » Mais c'est tout comme.

— T'inquiète ! Les surprises, c'est fini. *Terminé.*

Je n'ai jamais rencontré Esmée en chair et en os. Pour je ne sais quelle raison, je me l'imaginais petite et mince, en veste étroite et talons hauts. La fille qui m'attend au New London Hospital est une blonde plutôt costaude et habillée de vêtements gentiment enfantins – jupe imprimée de moutons, chaussures à barrettes et à semelles en crêpe. Son visage ? Large, bien structuré, sympathique. Une ride soucieuse fronce pourtant son front. Cinq fois de suite, alors que nous traversons le hall, elle m'annonce que tout est fin prêt.

— Dans le salon vert, j'ai prévu café, thé, eau minérale, friandises, énumère-t-elle en comptant sur ses doigts. Croissants et biscuits. Et de l'eau pétillante, bien sûr.

J'essaie de garder mon sérieux. La cérémonie va durer une demi-heure en tout. Nous ne partons pas en expédition au pôle Nord.

— C'est très aimable à vous, je dis.

Rictus nerveux de la pauvre Esmée.

— Votre mari arrive bientôt ? Parce que nous lui avons *réservé* une place dans le parking.

— Merci. Oui, il amène nos filles et ses parents.

Les parents de Dan ont subitement décidé, il y a trois jours, qu'ils voulaient venir. Quand Dan a mentionné l'inauguration au téléphone, sa mère l'a mal pris.

— Pourquoi ne sommes-nous pas invités ?, a-t-elle demandé. Ne sommes-nous pas considérés comme des membres de la famille ? Il ne t'a pas traversé l'esprit qu'on aimerait, ton père et moi, rendre hommage au père de Sylvie ?

(Bizarre, bizarre, car quand papa était vivant, ils ne s'entendaient pas avec lui.)

Dan a dû se sentir acculé. Je l'ai entendu dire :

— Ce n'est pas une *fête*, maman. Je ne pensais pas que vous feriez le déplacement depuis Leicester. Mais vous êtes les bienvenus. Votre présence nous ferait très plaisir.

Mes beaux-parents peuvent se montrer compliqués. Comme ma mère, d'ailleurs. Et, aux yeux des jumelles, je suppose que Dan et moi, nous le sommes aussi. En fait, tout le monde est compliqué. Point final. Il y a tellement d'incompréhension entre les gens, de sujets épineux et de susceptibilité que je me demande parfois comment la race humaine arrive à avancer.

Je suis trop absorbée dans mes pensées pour prêter attention à ce que me raconte Esmée.

— Nous allons d'abord dans le salon vert. Ensuite, répétition rapide et essai micro. Et petite remise en beauté… Ce n'est pas que vous en ayez besoin. À propos, vos cheveux sont *extraordinaires*.

Vrai ! Ils sont particulièrement spectaculaires aujourd'hui. Bouclés en anglaises comme les aimait mon père. Je suis allée ce matin chez le coiffeur.

— Merci !

— Le shampooing doit vous prendre un *temps fou*.

Je m'y attendais à celle-là.

— Non, pas trop, je réponds, prête pour la réflexion qui ne va pas manquer de suivre : *Combien d'années ça vous a pris pour les avoir aussi longs ?*

268

— Combien d'années ça vous a pris pour les avoir aussi longs ? demande-t-elle dans un souffle alors que nous avançons au pas de charge.

— J'ai toujours eu les cheveux très longs. Comme Raiponce, je précise pour lui éviter de sortir le cliché sur Raiponce. Dites-moi, Sinead Brook est déjà là ?

— Pas encore. Mais son emploi du temps est très chargé. Elle est formidable, vous savez. Elle fait beaucoup pour nous. Ses trois enfants sont nés ici. D'où son lien particulier avec cet hôpital.

— Elle est très bien à la télévision, je commente poliment.

— Elle est encore mieux dans la réalité.

Esmée a répondu si vite que je me demande si Sinead n'est pas en fait une fieffée garce.

— Bon, tout est fin prêt…

En me guidant à travers un couloir où sont accrochées des gravures colorées et où règne l'habituelle odeur antiseptique des hôpitaux, elle fronce à nouveau les sourcils.

— Cette porte avec la pancarte « Visiteurs », c'est le salon vert où aura lieu la petite réception. Vous pouvez y laisser vos affaires.

Je n'ai pas vraiment d'« affaires » mais, pour me conformer à son programme, je suspends ma veste au dos d'une chaise. Je la vois rayer dans sa tête la ligne « déposer les affaires » et se détendre. Je la plains, Esmée. Croyez-moi, je sais ce que c'est que d'organiser des événements.

— Bien. Venez par ici, s'il vous plaît !

Nouveau couloir jusqu'à un vaste espace circulaire. Une estrade et un micro font face à une double porte. Au-dessus, le nom de mon père inscrit en gros caractères Helvetica bleus : « Unité Marcus Lowe ». Ma gorge se serre.

Je pensais m'être bien préparée. Je pensais m'être blindée mentalement. Mais quel choc de voir le nom de papa, comme ça.

— Rendue possible grâce à sa générosité, commente aimablement Esmée.

Je suis trop émue pour parler, aussi je me contente de hocher la tête.

Pas question d'être sentimentale. Mais comment ne pas l'être quand votre père finance une unité de scanner qui va aider à sauver des vies alors que lui a perdu la sienne ? L'odeur prenante d'antiseptique me rappelle ce moment terrible, trois jours après l'accident, où l'issue fatale a paru inéluctable.

Non, Sylvie ! Ne pense pas à ça. Pas maintenant.

— Mais, chérie, tu es *bras nus* ? s'enquiert maman.

Ma gorge se détend instantanément. Pour vous remettre les idées en place, on peut faire confiance à maman !

Elle vient de surgir du couloir en compagnie d'un type en costume que j'ai déjà rencontré : Cedric, responsable du développement et très certainement patron d'Esmée. Il a dû offrir à maman un café.

— Non ! J'ai juste retiré ma veste.

Et d'abord, qu'est-ce qui m'*interdit* d'être bras nus ? Tu veux que j'aie honte de mon corps ? Et si les filles t'avaient entendue et développaient un complexe ? (Ni le moment ni l'endroit.)

— Ton brushing est impeccable, admet tout de même maman.

Instinctivement, je passe une main sur mes cheveux. Et lui retourne le compliment.

— Merci. Tu es superbe, toi aussi.

Elle l'est, toute de mauve vêtue avec chaussures assorties. Moi, je suis en bleu ciel parce que papa adorait cette couleur.

— Comment tu te sens ? je poursuis à voix basse et solennel, tant aujourd'hui est un jour spécial.

Si je suis près de craquer, elle doit l'être aussi.

— Tout va bien, chérie, affirme-t-elle avec un grand sourire. Tout va à la perfection. Même si j'attends avec impatience ma coupe de champagne.

— L'estrade vous convient-elle ? me demande Esmée.

— Absolument, je lui réponds gaiement pour la mettre en confiance. Excellente organisation.

Je monte sur l'estrade, branche le micro, lance le traditionnel « un-deux-un-deux » pour tester le son. Ma voix retentit à travers les haut-parleurs.

— Parfait, acquiesce Esmée le nez dans son dossier. Ensuite, ce sera au tour de Sinead : elle dévoilera la plaque.

Elle me montre deux petits rideaux en velours rouge accrochés sur le mur à côté de la double porte. Deux cordons terminés par un pompon les commandent. Un ruban rose est enroulé autour de l'un.

— À quoi sert le ruban ?

— Pour que Sinead sache quel cordon tirer. Pas évident comme système. On va vérifier, d'ailleurs. Ça ne vous ennuie pas de faire comme si vous étiez Sinead ?

— Pas de problème.

Je m'approche des rideaux, m'assure que Cedric se trouve à portée de voix et lance mon couplet :

— Avant de commencer, Esmée, je veux vous remercier. Vous avez préparé cet événement avec un tel professionnalisme. La *perfection* dans chaque détail. Je vous félicite.

Esmée rougit modestement.

— Je crois que tout est fin prêt, se contente-t-elle de dire.

— Sans aucun doute. OK. Je suis donc Sinead. Je déclare cette unité de scanner ouverte.

Je tire sur le pompon. Et les rideaux s'ouvrent doucement sur… Sur rien.

Le mur est nu. Qu'est-ce à dire ?

Esmée contemple le mur avec des yeux horrifiés. Je manœuvre à nouveau le cordon pour fermer et ouvrir les rideaux, comme si la plaque se cachait quelque part. Mais rien de rien.

— Sinead Brook va trouver *un peu* curieux de dévoiler une plaque qui n'existe pas, commente maman de la douce voix pointue qu'elle sait prendre quand elle veut.

— Esmée ! aboie Cedric. Où est la plaque ?

— Je ne sais pas, murmure-t-elle en fixant le mur comme si c'était un mirage. Elle devrait être là. L'équipe de l'entretien était censée…

Elle pianote frénétiquement sur son téléphone.

— Trev ? Esmée. Trev, où est la plaque ? La plaque ! Pour l'unité de scanner. Elle devait être posée ce matin. L'inauguration va avoir lieu. Oui ! Vous le saviez !

Sa voix grimpe dans les aigus. Puis avec un air trop calme pour ne pas être feint :

— L'équipe la cherche, nous annonce-t-elle.

— Comment ça, vitupère Cedric. La cérémonie commence à quelle heure ?

— Dans vingt minutes, s'étrangle Esmée.

Son visage a une drôle de couleur vert pâle. Je suis terriblement désolée pour elle. D'un autre côté – hello ? –, vous n'avez pas *pensé* à vérifier ?

— Il va se passer quoi si cette plaque est introuvable ? glapit Cedric. Vous vous rendez compte que Sinead Brook se déplace spécialement ?

— Euh… euh…, suffoque Esmée. On peut fabriquer une plaque temporaire.

— Ah oui ? Avec quoi ? Un morceau de carton et un marqueur peut-être ?

— Ah, tu es là, Sylvie !

Dan arrive avec les jumelles et ses parents. Effusions. Embrassades. Échange d'amabilités. Sue, la mère de Dan, a visiblement été chez le coiffeur pour l'occasion : pas un de ses cheveux auburn tout brillants ne dépasse. Neville, le père de Dan, inspecte la pièce avec l'air mesuré qu'il affiche en permanence. Quand il était comptable, il avait des grosses boîtes comme clients. L'évaluation, c'est toujours son truc. Partout où il va, il se tient en retrait et commence par examiner et jauger les choses avant d'aller plus loin. C'est justement ce qu'il fait. Étudier le nom de papa. Considérer l'estrade. Observer les rideaux de velours et même Cedric qui est en train de sermonner Esmée dans un coin.

— Un problème ? demande Neville.

— Un petit drame, je dis. Laissons-les tranquilles un moment.

En nous dirigeant vers le salon vert, je pense tout à coup au couple que forment mes beaux-parents. Trente-huit ans de mariage. Dan prétend que ce n'est pas un modèle de félicité conjugale. Je *sais* qu'ils ont traversé de mauvais moments… mais ils sont toujours ensemble. Ils doivent savoir comment faire. Peut-être pourrions-nous les prendre en exemple.

Mais…

J'ai oublié. J'oublie toujours. L'ambiance quand ils sont tous les deux. Tendue. Électrique. Pourtant, ils sourient, rigolent, plaisantent. Mais sur le mode caustique, voire mordant. Avec des petites pointes de ressentiment et de colère contenue. C'est fatigant.

Voilà qu'ils racontent leur récent voyage en Suisse. Sujet inoffensif, pensez-vous ? Erreur.

— Donc nous étions à Lausanne, explique Neville à Tessa (comme si la gamine avait la moindre idée de ce qu'est Lausanne), et nous avons décidé d'aller nous promener dans la montagne. Mais Granny Sue a subitement changé d'avis. Et Grandpa a dû grimper tout seul. Très regrettable, tu ne trouves pas ?

— Granny Sue n'a pas « subitement changé d'avis », s'agace ma belle-mère. Grandpa, comme d'habitude, se souvient mal des faits. Il n'a jamais été question que Granny Sue fasse de l'escalade. Granny Sue a mal aux pieds, ce que Grandpa oublie toujours. (Sourire déroutant à l'attention d'Anna.) Pauvre Granny Sue !

Les filles ne pipent pas. Le numéro de duettistes de leurs grands-parents leur cloue le bec. Elles ne savent pas ce qu'est Lausanne. En revanche, elles perçoivent l'hostilité sous-jacente. L'atmosphère déprime même

Dan qui pourtant devrait être habitué. Le dos voûté, il me lance des regards de détresse.

— OK, tout le monde, je dis. Il est temps de rejoindre les autres. Finissez votre biscuit, les filles !

Maman a déjà quitté le salon vert après avoir grignoté un grain de raisin en annonçant qu'elle se rendait au petit coin. En fait, elle n'a aucun atome crochu avec Neville et Sue. Elle est aux antipodes de ce qui les intéresse et ils ne la comprennent pas du tout. Sue, tout particulièrement. Lors d'une vente de bijoux de maman pour laquelle elle s'était spécialement déplacée, elle a piqué une colère. La raison ? Un malentendu au sujet du prix d'un collier.

Malheureusement, n'étant pas présente, je n'ai pas pu arrondir les angles. Mais c'était la faute de maman, incontestablement. Sue n'est pas mariée à un comptable pour rien. Elle avait forcément enregistré le prix au penny près. Mais, pour ma mère, 20 livres de plus ou de moins, ça ne fait aucune différence. Le problème, sans importance à ses yeux, lui avait certainement échappé. C'est son côté exaspérant.

— Très élégant, ton tailleur, Sylvie, commente Sue alors que j'enfile ma veste. Vraiment. Et tes *cheveux*. Ton père serait fier. Il les admirait tellement. Ton « joyau », disait-il.

Il faut savoir que Sue est charmante avec tout le monde sauf avec son mari. Neville est pareil.

— C'est gentil à vous, Sue. Vous êtes superbe. Et quelle jolie blouse, j'ajoute en tâtant la soie crème de sa manche.

— Oui, tu es vraiment bien, maman !

Le compliment de Dan la fait rosir de plaisir.

— Oui, très bien, renchérit Neville les yeux ailleurs. Allez, on retourne dans l'arène.

Au fond, il ne la regarde jamais vraiment. Cette constatation m'effleure avant de se planter fermement dans un coin de ma tête. C'est une supputation. Une hypothèse. *Neville ne regarde jamais vraiment sa femme.* Son regard a toujours l'air de glisser sur elle. Comme repoussé. Jamais de contact visuel entre eux. Un comble ! Neville, l'homme qui examine chaque chose si scrupuleusement, ne regarde pas vraiment sa femme. Plutôt étrange, non ? Et assez triste.

Du coup, une nouvelle question me turlupine : aurons-nous, Dan et moi, un tel comportement un jour ? Râlerons-nous en silence l'un contre l'autre en gravissant les montagnes suisses ?

Non.

Non. Absolument pas. On sera vigilants. Pour que ça ne se produise pas.

Oui. Mais tous les jeunes couples se disent la même chose. Et un jour, boum ! Ils sont vieux, amers et évitent de se regarder. D'après Dan, mes beaux-parents ont eu, à une époque, des rapports excellents. Ils riaient, s'amusaient, dansaient, etc.

Comment prévenir l'ennui et la morosité dans un couple ? Que *faire* ? L'opération « Surprends-moi ! » ne fonctionne pas, c'est clair. Alors ?

Dans le hall d'accueil, le personnel de l'hôpital est en train de se rassembler. Des serveuses s'affairent. J'aperçois, en grande conversation avec maman, une femme en veste violette qui porte une lourde chaîne dorée sur les épaules : la maire du quartier. J'entends le bruit d'une perceuse : grimpé sur une échelle, un ouvrier en salopette fixe des vis dans le mur. La plaque se trouve à ses pieds, mais les gens – politesse oblige – l'ignorent en bavardant dans le vacarme ambiant. Esmée, plantée au pied de l'escabeau, houspille le type. Je lui adresse un sourire compatissant.

J'attrape ensuite un verre d'eau sur un plateau, avale une gorgée et sors mes feuilles. Je dois me concentrer. Je dois faire honneur à cette célébration et cesser d'être obsédée par ma vie conjugale. Aujourd'hui, l'important n'est pas mon couple. C'est mon père. L'ouvrier vient de poser la plaque. Une rumeur d'excitation parvient du couloir : l'arrivée de Sinead Brook sans aucun doute. Ça va être à moi sans tarder.

Je survole mon discours en me demandant s'il est bon, en me disant qu'il est mauvais et en réalisant qu'il m'est difficile de rendre justice à mon père en six minutes chrono. C'est tellement arbitraire. Trois feuilles format A4. Un minuscule aperçu de la vie d'un homme et de ses réalisations.

Aurais-je dû évoquer son enfance ? Ou l'anecdote sur les chevaux ?

Trop tard. Soudain, une femme, très star de la télé en robe rouge moulante, se matérialise devant moi et me serre la main.

— Sylvie, je suis ravie de vous présenter Sinead Brook, déclare Esmée d'une voix timide.

Nous avons à peine le temps d'échanger un mot que Cedric grimpe sur l'estrade et s'empare du micro.

— Madame la maire, mesdames, messieurs, je me réjouis particulièrement de vous retrouver cet après-midi à l'occasion de…

Ah ! Il m'a piqué *mon* début !

— Bon nombre d'entre vous connaissaient Marcus Lowe, d'autres malheureusement n'ont pas eu la chance de le rencontrer, poursuit-il sur un ton de circonstance. Pour nous tous, au New London Hospital, Marcus Lowe était un homme de responsabilités, de charme, de grande intelligence et d'engagement. Un homme qui refusait le mot « impossible ». Avec une extraordinaire ténacité, il a initié et mené à bien la levée de fonds pour cette unité de scanner qui, sans lui, n'existerait pas. Mais il est temps maintenant de laisser la parole à sa fille, Sylvie Winter.

Je monte sur l'estrade et regarde les visages qui me font face – certains familiers, d'autres inconnus. Et je respire à fond.

— Bonjour à tous. Merci d'être venus pour à la fois célébrer la création de cette unité de scanner et honorer la mémoire de Marcus Lowe ainsi que sa détermination à réussir ce projet. Ceux d'entre vous qui l'ont connu savent combien il était remarquable. Il avait le physique de Robert Redford… l'allure d'Errol Flynn… la persévérance de Colomb.

Ou devrais-je dire de Columbo ? Ah ! Ah ! Des deux, en fait.

Alors que je suis sur le point de terminer mon discours, je sais qu'il est merdique.

Bon, je suis trop exigeante, peut-être. Alors rectification : pas complètement merdique mais pas aussi bon qu'il aurait dû l'être. Les gens ont hoché la tête, souri et même ri, mais ils n'ont pas paru emballés. Ils n'ont pas compris qui était papa. J'ai une envie terrible de prendre une semaine de vacances pour remettre mes pensées à plat, retrouver l'essentiel de mon père, la quintessence de sa personnalité et de coucher tout cela par écrit. Et ensuite… d'inviter à nouveau l'audience à le découvrir.

Pourtant, visiblement, le public apprécie, sourit, applaudit. Maman est au bord des larmes. Au fond, qui, parmi tous ces gens, se soucie de la vraie nature de mon père ? Ce qu'ils veulent c'est siroter du champagne, utiliser le scanner et sauver des vies.

J'ai besoin d'un verre. Dès que la plaque sera dévoilée, je boirai quelque chose.

La maire monte sur l'estrade et présente Sinead Brook en trébuchant à deux reprises sur la prononciation de son nom (à l'évidence, elle ne sait pas qui c'est). Sinead Brook nous sort un laïus standard sur l'hôpital, puis tire sur le cordon. La plaque est cette fois bien en place. Applaudissements, photos. Et, enfin, les coupes de champagne font leur apparition tandis que l'assemblée s'éparpille en petits groupes.

Quelques jeunes membres du personnel hospitalier se chargent de distraire les filles en soufflant dans des gants jetables. Cedric m'entreprend sur le projet d'un nouveau bâtiment réservé aux enfants. En l'écoutant, je me surprends à descendre trois verres de suite. Comme c'est Dan qui conduit, tout va bien.

À propos, où est-il ?

Je le repère en grande conversation avec ma mère. Je me raidis instantanément. Qu'est-ce qu'ils ont, ces deux-là, à comploter dans les coins ? De quoi parlent-ils ?

Impensable d'échapper au torrent de paroles de Cedric qui m'entretient maintenant sur le nombre de lits d'hôpitaux à Londres destinés aux enfants. De plus, le sujet m'intéresse grandement. J'arrive toutefois, sous prétexte d'attraper un petit four, à me rapprocher en douce de Dan et maman. Et, en penchant la tête, à surprendre quelques bribes de leur bavardage.

Ma mère, d'un ton presque anxieux :

— … certain que c'est la bonne direction ?

Mon mari, également très tendu :

— … c'est la réalité de…

Ma mère :

— … ne comprends vraiment pas pourquoi…

Mon mari :

— … déjà discuté…

Ma mère :

— … mais alors, qui est exactement…

Alors que l'échange semble se terminer, je surprends Dan marmonner :

— Un million de livres, peut-être deux.

Je manque m'étrangler avec une gorgée de champagne. *Un million de livres, peut-être deux ?* Pour qui, pour quoi ?

Cedric suspend son flot de statistiques :

— Pas de problème, Sylvie ?

— Non, non ! Désolée. J'ai avalé de travers. Continuez, je vous en prie.

Je lui souris mais mon esprit charrie une tonne de pensées nauséabondes. Dan emprunte-t-il de l'argent ? Sans me le dire ? À ma propre mère ? *Un million de livres, peut-être deux ?*

Je ne veux pas être une femme soupçonneuse. Non. Et je ne le suis pas. Il y a une explication. Sans conteste. Il a peut-être gagné au Loto.

Non. Lui et maman ne semblent pas avoir remporté le gros lot. Plutôt le contraire, en fait.

Finalement Cedric me tend sa carte et s'en va. Les filles jouent tranquillement avec Esmée. Dan, tout voûté et misérable, a les yeux fixés sur son téléphone.

— Salut ! je lui dis en feignant la naïveté. Tu papotais avec maman ?

Il me regarde et, l'espace d'un instant – un court instant –, je lis dans ses yeux une lueur inquiète. Mais ça ne dure pas. Il baisse les paupières. Serait-ce le fruit de mon imagination ?

— Oui, acquiesce-t-il avec une mine découragée.

Nouvel essai de ma part :

— Vous avez l'air de vous entendre comme larrons en foire. Cool !

— Oui. Écoute, Sylvie, je dois passer un coup de fil. Super, ton discours, au fait, lâche-t-il avant de s'éloigner.

J'essaie de me calmer tout en hurlant dans ma tête quelques insultes bien senties. Il a esquivé mon regard. Il s'est tiré en vitesse. Il n'a rien dit sur mon speech qui, même merdique, représentait beaucoup à mes yeux. D'ailleurs, pendant que je parlais, il était tout fronchon et oursouille (je l'ai remarqué). Et il a applaudi super mollement (ça aussi je l'ai remarqué).

Pour finir, je cingle vers le buffet des boissons et m'empare d'une bouteille de champagne. Après quoi je me dirige vers trois chaises en mousse rouge qu'on a rapprochées en banquette. Sue, le visage congestionné, est affalée (ses chaussures à talons doivent lui faire mal) au milieu. À mon avis, elle a dû siffler pas mal de champagne, elle aussi.

— Ça va, Sue ? je dis en m'installant à côté d'elle. Ses yeux sont légèrement injectés de sang.

— Bravo pour ton discours, Sylvie ! dit-elle. J'étais bouleversée.

— Merci. Ça me touche beaucoup.

— Ça doit être dur pour toi, fait-elle en me tapotant le genou. Tellement dur. Dan dit que tu t'en sors vraiment bien.

Première nouvelle. Mais je m'efforce de cacher mon étonnement. Ma colère décroît. J'ai toujours cru que Dan me prenait pour une nullité émotionnelle. Il faut que j'en apprenne plus. J'aimerais demander à ma belle-mère : « Il dit quoi d'autre à mon sujet ? » Et : « Vous êtes au courant de cette histoire de un million de livres ou peut-être de deux ? » Mais ça risque de déclencher une avalanche de désagréments. Je me contente donc de remplir son verre.

— Oui, c'est dur, très dur, je soupire en me renfonçant sur mon siège.

Après une gorgée de champagne supplémentaire, je me sens passer du stade gentiment pompette à celui de joliment torchée. Et j'ai l'impression que Sue est dans le même état. Le moment idéal pour un tête-à-tête en toute franchise ?

— Euh…

J'hésite. Trop d'interrogations tournicotent dans ma tête. Il faut que j'en choisisse une. Question n° 1 :

— Euh, comment gérer une vie conjugale éternelle ? je demande d'une voix geignarde.

Sue rigole :

— Éternelle ?

— Enfin, qui va durer un sacré bout de temps...

Malgré le regard surpris de ma belle-mère, je continue sur ma lancée.

— L'avenir nous *inquiète*, Dan et moi.

Pour marquer l'importance de mon propos, je fais un large geste – et renverse un peu de mon champagne avant de poursuivre.

— Comment tenir sur le long terme ? C'est notre souci. Alors nous regardons le couple que vous formez avec Neville et nous pensons...

Je m'arrête à temps. Pas question d'avouer ce que nous pensons *vraiment*. C'est-à-dire ? Oh my God, *comment vous supportez de rester ensemble ?*

Mais pas besoin d'ajouter quoi que ce soit. Ma belle-mère s'est redressée, plus alerte que jamais. Comme si, après toutes ces années, je l'avais enfin branchée sur son domaine de prédilection.

— La réponse se trouve dans la manière de gérer la retraite, affirme-t-elle.

Une bonne lampée de champagne l'aide à développer.

— Quand il prendra sa retraite, il faudra éviter de l'avoir tout le temps dans les pattes.

— Ah ?

— Il faut aux hommes des passe-temps, des centres d'intérêt. Des voyages. En déplacement, c'est plus facile. Et puis vous pouvez voyager séparément. Des week-ends entre copines. À Dublin, par exemple.

— Mais...

— Et le golf. Neville n'a jamais voulu s'y mettre. Pourquoi ? J'aimerais bien savoir. C'est pourtant bien, le golf.

Sa bouche se pince, son regard se fait distant. On dirait que dans sa tête elle entame un débat sur le golf – et qu'elle a le dernier mot.

— Bon, revenons à nos moutons, se reprend-elle. Règle principale : ne pas les laisser traîner dans la maison en demandant toutes les demi-heures ce qui est prévu pour le repas. Toutes mes amies sont d'accord. C'est le début de la fin. C'est mortel. C'est l'enfer.

Je suis abasourdie. La retraite me semble très loin. Et puis refuser que Dan soit à la maison me semble invraisemblable.

— Au contraire, j'attends *avec impatience* de voir Dan plus souvent quand il s'arrêtera de travailler. Enfin, ce n'est pas demain la veille.

Sue éclate de rire.

— J'ai oublié que vous étiez jeunes ! Toutefois, garde mon avertissement en tête pour le moment venu. C'est la seule façon d'y parvenir.

Elle prend appui sur son dossier et se concentre sur son champagne. Je vais aborder la question n° 2. Celle qui concerne le conseil de ma belle-mère. Je devrais acquiescer. Dire « Comme vous avez raison ! » et continuer dans cette veine. Ça serait poli. Et complaisant.

Mais je ne peux pas. Je n'accepte pas cette image du mariage – ou de la retraite, qu'importe. Comprenez-moi bien ! Je ne suis pas contre les week-ends entre filles à Dublin avec Tilda et d'autres copines (excellente idée, en fait). Mais bannir Dan de la

maison parce qu'il veut connaître le menu du repas ?
N'importe quoi ! Premièrement, c'est plutôt moi qui
lui demanderai car il est meilleur cuisinier que moi.
Deuxièmement, il est probable que chacun de nous
se préparera son propre sandwich. Et, troisièmement,
pourquoi forcer un mari à faire un sport qu'il n'apprécie pas ?

Je me lance, et ma question cette fois est une
réflexion à voix haute.

— En créant de telles barrières, on ne risque pas
de s'éloigner l'un de l'autre ? De créer de la zizanie ?

— De la zizanie ? Qu'est-ce que tu veux dire par
là ? demande Sue comme si j'avais prononcé un gros
mot.

Vite, vite un synonyme !

— Des dissensions qui ébrèchent l'harmonie d'un
couple. Des différends qui écornent un mariage. Des
désaccords qui bousillent les bonnes relations avec
l'autre.

Sue monte à nouveau au créneau.

— Les bonnes relations avec l'autre ? Le mariage ?
L'harmonie du couple ? Il y a des milliers de façons
de voir *ça*.

Elle avale une bonne gorgée de champagne. Silence
sur la banquette. Les yeux fermés, je digère ce qu'elle
vient de dire et essaie de me forger ma propre opinion.

Je peux vous exprimer sans hésiter mon sentiment
sur la famille Kardashian. Mais sur la manière de fonctionner d'un couple, c'est plus compliqué. J'ai négligé
le sujet. Ou alors je n'ai jamais envisagé que ça puisse
être un problème.

— Pour moi, les relations avec l'autre, c'est comme deux histoires. Ou, plus exactement, comme deux livres ouverts collés l'un contre l'autre et dont les mots se mélangent pour former une seule grande et belle histoire. Mais s'ils ne se mélangent plus... Alors, l'histoire se divise en deux. Le livre se referme. C'est terminé. Fin du roman d'amour.

Sue ne pipe pas mot. Suis-je saoule au point de proférer des inepties ? Soudain des grosses larmes ruissellent sur ses joues. Merde alors ! *Pourquoi ?*

— Sue, je suis désolée. Ai-je dit un truc qu'il ne fallait pas ?

En secouant la tête, elle extrait un mouchoir en papier de son sac en cuir et s'essuie le nez avec énergie.

Silence à nouveau. Puis, spontanément, je la serre contre moi.

— Déjeunons ensemble un de ces jours, je propose.

— Oui, faisons ça.

La réception s'éternise. Des tas de gens de différents services de l'hôpital viennent nous saluer maman et moi. Ils nous racontent à quelle occasion ils ont rencontré papa et nous rappellent comme il était charmant/brillant/excellent aux fléchettes. (Tiens, je ne savais même pas qu'il jouait aux fléchettes.)

Pendant une accalmie, je me retrouve seule avec maman. Ses joues sont d'un beau rouge sans que je puisse affirmer si cette coloration est due au champagne ou à l'émotion.

— Merveilleux discours, Sylvie, dit-elle. Vraiment.

Je me mords la lèvre.

— Merci. J'espère que papa en aurait été fier.

— Oh, chérie, je suis sûre qu'il te regarde de là où il se trouve, fait maman en hochant vigoureusement la tête comme pour s'en convaincre. Il contemple sa ravissante fille avec une immense, immense satisfaction... Il aimait tant tes cheveux, dit-elle en touchant une de mes anglaises.

— Je sais.

Pendant un moment nous nous taisons. Une petite voix me conseille d'en rester là. Une autre petite voix me force cependant à aller plus loin. À pousser mon enquête. C'est le moment ou jamais.

— Je t'ai vue parler avec Dan, je dis sur le ton du bavardage décontracté.

— Oui. Ce pauvre Dan. C'est un tel roc pour nous toutes.

— Vous parliez de quoi ?

Clignement de paupières.

— Je n'en sais rien, chérie. De tout et de rien.

Ça alors ! De tout et de rien, vraiment ? Dans quel univers « un million de livres, peut-être deux » serait-il étiqueté « de tout et de rien » ? Je vous le demande.

Allons-y carrément :

— Donc rien d'important ? Rien qui mérite que je sois au courant ?

Maman m'adresse un de ses fameux regards furibards. Elle cache un truc. Je le sais. Mais quoi ? Et si elle était couverte de dettes ? Cette crainte me touche en plein cœur. Imaginons qu'elle ait à rembourser un million de livres, peut-être deux, pour avoir acheté trop de gadgets stupides ?

Arrête Sylvie ! Ne sois pas ridicule. Quelle autre cause, alors ?

Le *jeu* ?

Le soupçon m'atteint à la lumière de l'éclair. Je me souviens de ma mère battant furieusement des paupières dans sa cuisine après que j'ai mentionné la pièce *Le Choix du croupier*. Pourvu qu'elle n'ait pas noyé son chagrin dans les jeux de hasard !

Non, certainement pas. Jouer n'est pas son genre. Quand nous étions à Monte-Carlo, le casino ne l'attirait pas du tout. Elle préférait siroter des cocktails en observant les *beautiful people* des yachts.

Je gamberge en avalant une gorgée de champagne. Vais-je insister ? Confronter ma mère lors d'une réception donnée en l'honneur de son défunt mari ?

Non. Et non. Pas question. Je me retranche derrière des propos banals.

— Superbe cérémonie ! Très réussie !

— Sinead Brook fait *plus vieille* que je ne croyais, tu ne trouves pas ? Ou c'était ce paquet de fard qu'elle avait sur la figure ?

Nous critiquons joyeusement le maquillage de Sinead Brook jusqu'à ce que la voiture de maman arrive et qu'elle s'en aille. Je me mets alors à la recherche de ma petite famille que je trouve en train d'engloutir – Dan compris – les mini-éclairs du buffet. Je récupère les nouveaux jouets des filles, à savoir les gants jetables gonflés qu'elles ont baptisés « Gant gentil » et « Gant mignon » et qui, apparemment, sont devenus leurs amis adorés. (Que va-t-il se passer ce soir quand ils auront éclaté ? Je préfère ne pas y penser !) C'est enfin le moment des mercis et des au revoir.

Il était temps. Je commence à en avoir assez de cet événement.

Nous sortons à l'air frais. Je suis abrutie et j'ai mal au crâne. Trop de lumières, de voix, de visages, de souvenirs. Sans oublier le contenu émotionnel de l'inauguration. Sans oublier aussi la mystérieuse allusion au « million de livres, peut-être deux ». Nous lambinons dans la cour de l'hôpital. Nous décidons d'aller prendre une tasse de thé ? Oui, mais où ? Nous consultons sur nos téléphones la liste des salons de thé du quartier quand Neville et Sue nous annoncent qu'ils souhaitent finalement attraper un train plus tôt pour Leicester. Séance interminable d'embrassades et de projets de rencontre dans le futur.

Dans la voiture, je me sens à la fois au bout du rouleau et sur les nerfs. Maintenant que je me retrouve en tête à tête avec Dan, il faut que j'aie le fin mot de l'histoire.

Première offensive, tout en légèreté, à un feu rouge.

— Alors, comme ça, tu as bavardé longuement avec maman ? J'ai cru t'entendre parler… d'argent.

— D'argent ? Non ! réplique Dan en me lançant un regard impénétrable.

— Vous n'avez pas du tout parlé d'argent ?

— Pas du tout.

— D'accord. (Pause relativement longue.) Alors j'ai dû mal comprendre.

Je regarde à travers le pare-brise, le cœur serré. Il ment. Mon mari me raconte des bobards. Que faire ? Le contredire ? Affirmer que je l'ai entendu dire « un million de livres, peut-être deux » et attendre sa réaction ?

Non. Parce que… Non, simplement non.

S'il veut mentir, il s'en tiendra à son mensonge même si je lui balance à la figure la phrase exacte. Il prétendra que j'ai lu de travers sur ses lèvres. Ou il s'exclamera : « Oh ! Mais on parlait du budget de la mairie ! » Bref, il trouvera une explication. Ensuite il sera sur ses gardes. Et je serai, moi, encore plus misérable.

Je combats le besoin irrépressible de demander en gémissant : « Dan, s'il te plaît, dis-moi ce qui se passe », quand il se tortille sur son siège et s'éclaircit la gorge.

— À propos, j'ai rendez-vous avec des vieux potes, annonce-t-il. Mais ne t'en fais pas, c'est le soir de ton cours de Pilates, on ne t'embêtera pas.

Petit rire qui sonne assez faux. Là, j'ai de quoi me faire du souci. Le million de livres (peut-être deux) me semble moins d'actualité tout à coup. Cette histoire de vieux potes me perturbe bien plus. Quels vieux potes, au fait ?

— Pas de problème. Je vais annuler le cours de Pilates. J'adorerais faire la connaissance de tes vieux potes. C'est qui, d'ailleurs ?

— Juste des… amis. D'avant. Tu ne les as jamais rencontrés.

— Je n'en connais aucun ?

— Non, je ne crois pas.

— Ils s'appellent comment ?

Après un coup d'œil dans le rétroviseur, Dan change de file.

— Mais puisque tu ne les connais pas… Adrian, Jeremy… Il y en avait plein d'autres. Tous bénévoles dans le jardin St. Philip.

— Les copains jardiniers ! je fais avec un sourire féroce. Super ! Quelle bonne idée de les inviter après toutes ces années. Tu as aussi demandé à Mary ?

— Oui, bien sûr, répond Dan concentré sur sa conduite.

Mon sourire devient franchement mauvais.

— Bien sûr ! Bien sûr tu as invité Mary ! Le contraire serait étonnant !

Enfer et damnation ! Bien sûr qu'il l'a invitée !

11

Nous traversons ce qui s'appelle officiellement une Crise de Couple. Et, pour tout dire, je suis paniquée à un point inimaginable.

C'est comme si, jusqu'à maintenant, mes sujets d'inquiétude matrimoniale n'avaient été qu'une plaisanterie. De la gnognotte. Des soucis de rien du tout. Je me vois encore soupirer et lever les yeux au ciel en m'écriant « Oh, quel *stress* ! » sans savoir ce qu'était le vrai « stress ».

Mais désormais je me trouve confrontée à un véritable souci, un problème terrifiant, aussi immense que l'Everest. Dix jours ont passé depuis l'inauguration. Et, croyez-moi, rien ne s'est arrangé. Soupirer ? Lever les yeux au ciel ? M'écrier « Oh, quel stress ! » ? Des parades sans aucune utilité auxquelles on n'a seulement recours, je m'en rends compte maintenant, qu'en cas de faux stress. Quand le problème est réel, on la boucle, on se ronge les ongles, on oublie de mettre du rouge à lèvres. On dévisage son mari en essayant de lire dans ses pensées. On va sur Google cent fois par jour pour chercher « Mary Holland ». On tape des trucs comme : « Ça veut dire quoi un mari qui ment ? » Ou : « Un mari infidèle, c'est banal ? » Et on tressaille en lisant les réponses.

Je hais Internet !

Je hais particulièrement la photo de Mary Holland qui s'affiche chaque fois que je tape son nom. Elle ressemble à un ange. Elle est ravissante, elle réussit bien. Bref, elle frôle la perfection. Elle dirige une boîte de conseil en environnement, donne des conférences TED sur la pollution, est membre d'un comité à la Chambre des communes et a participé au marathon de Londres à trois reprises. Sur toutes les photos que j'ai trouvées, elle porte des fringues écolos – beaucoup de lin et de tops ethniques en coton. Elle a une jolie peau claire, de beaux traits bien dessinés, ainsi que des cheveux ondulés châtain foncé (finis, les frisottis) qui encadrent son visage dans le style des modèles préraphaélites. Quoi d'autre ? Certainement des fossettes quand elle sourit. Et un simple anneau d'argent qui n'orne *pas* sa main gauche.

Au début, je me suis dit qu'elle n'était pas le type de Dan. Ses autres ex-amoureuses sont comme moi : généralement blondes avec des traits fins et classiques. Mais, clairement, elle est son type. Et, clairement, je connais moins mon mari que je ne croyais. Il adore le jardinage. Il a plein de copains dont je n'ai jamais entendu parler. Il apprécie les nanas brunes en fringues écolos. C'est tout ?

Dan ne semble pas se rendre compte de l'enfer que je vis. Trop coincé dans sa petite bulle personnelle, préoccupé et même grognon. Donc, hier soir, j'ai décidé de passer à l'action. Pendant le dîner, j'ai sorti des blocs de papier et des crayons en déclarant, avec autant d'entrain que possible :

— Alors voilà, on choisit un hobby pour l'an prochain, ensuite on compare et on se prononce.

Distrayant, non ? C'est ce que je croyais. Je me disais aussi que ce petit jeu pourrait déboucher sur des conversations enjouées ou, au moins, alléger l'atmosphère.

Erreur sur toute la ligne. Dan a fait la grimace :

— *Vraiment*, Sylvie ?

Là-dessus il a emporté son assiette devant son ordinateur – habitude que nous avons toujours évitée car, on le sait, les maris et femmes qui ne dînent pas ensemble…

Peu importe !

Je ne pleure pas souvent. Pourtant, devant son hostilité, sa nervosité, son attitude tellement inhabituelle, j'ai écrasé quelques larmes.

Aujourd'hui, vendredi, à la table du petit déjeuner. Dan vient de me prévenir qu'il devra travailler tout le week-end.

— *Tout* le week-end ? je me plains, limite pleurnicharde, alors que je me suis toujours juré de ne jamais l'être.

— Projet hyper important, m'informe-t-il en terminant son café. J'ai besoin de me concentrer au maximum.

— Il s'agit du projet Limehouse ? je demande pour lui montrer que son boulot m'intéresse. J'aimerais bien voir les croquis.

— Non, fait-il en haussant les épaules.

Non. Juste *non*. Vraiment charmant !

— J'oubliais, j'ai passé une commande spéciale au supermarché. Pour le dîner de mardi.

— Ah bon ? Tu es très organisé !

— Ça sera livré lundi, précise-t-il sans tenir compte de mon commentaire. Je vais cuisiner l'agneau braisé d'Ottolenghi. Tu sais, sa recette avec toutes sortes d'épices.

L'agneau braisé du chef Yotam Ottolenghi. Le plat que Dan prépare pour les occasions spéciales ou quand il veut impressionner ses invités. Il n'a pas un moment pour sa famille pendant le week-end mais il a le temps de planifier un menu, de passer une commande et de cuisiner ? J'ai le cœur en berne. Tilda dirait que j'en fais des tonnes mais je n'y peux rien.

— Bon choix ! Mais, dis-moi, tu te donnes un mal fou pour quelques vieux potes que tu n'as pas vus depuis des siècles.

— Je ne me donne aucun mal. Allez, salut, à tout' !

Il m'embrasse machinalement et s'apprête à sortir quand Tessa déboule dans la cuisine.

— Fais un vœu, papa ! s'exclame-t-elle en brandissant une feuille de papier.

Allons bon ! J'avais oublié ! Les filles doivent faire un devoir sur les vœux. Anna a commencé avec « le souhait de maman » et j'ai épelé soigneusement « la paix dans le monde » alors que je souhaitais « savoir ce qui se passe dans la tête de mon mari ».

— Quel est ton vœu, Dan ? Vas-y ! Nous retenons notre souffle.

S'il y a de l'agressivité et même de la méchanceté dans ma voix, je m'en fiche. Il n'a qu'à l'interpréter comme il veut. (Sauf qu'il n'interprétera rien du tout.

Il ne remarque pas plus les intonations agressives que les regards en coin ou les silences pesants. Il n'y a que moi qui en profite…)

— Donc, je souhaite…

La sonnerie de son téléphone l'interrompt. Il jette un coup d'œil sur l'écran, fronce les sourcils et le remet dans sa poche. D'habitude, je demande : « Quelque chose qui cloche ? », mais aujourd'hui je m'abstiens. De toute façon, je connais d'avance la réponse. Ça sera : « Rien ! »

— Papa, ton vœu ! insiste Tessa.

Assise à table, crayon en l'air, elle est prête à écrire.

— Je souhaite pouvoir…

Il parle lentement, distraitement, comme s'il était absorbé par une question très différente.

— Comment on écrit « pouvoir » ? demande Tessa.

Vu que Dan pense à autre chose, j'épelle le mot à ma fille.Je remarque au passage que la lumière du matin accentue les petites rides qu'il a autour des yeux. Son regard est lointain, presque sombre.

— Pouvoir quoi ? s'obstine Tessa en tapant sur sa feuille avec son crayon.

— M'échapper, dit-il.

Il a tellement l'air d'être ailleurs qu'il ne semble pas être conscient de ce qu'il dit. Je suis effarée.

— T'échapper ? rigole Tessa comme si elle subodorait une blague d'adulte. Mais papa, tu n'es pas dans une cage. Les gens qui s'échappent sont dans des cages.

— Oui, m'échapper, fait-il en remarquant mes yeux posés sur lui. M'échapper, dit-il encore, cette fois sur un ton plus gai. M'échapper de la jungle pour aller voir des lions. Il faut que je file.

— Papa, ton vœu il est bête ! commente Tessa alors qu'il est déjà à la porte d'entrée.

— Écris seulement « voir des lions », je conseille à Tessa en m'efforçant de rester calme.

Mais ma voix tremble. Tout mon être tremble. Alors, comme ça, mon mari veut s'échapper ? Merci pour le tuyau !

C'est mon tour de conduire les filles en classe. Je suis tellement distraite que je me trompe de chemin deux fois.

— Maman, pourquoi tu passes par là ? fait remarquer Tessa à qui rien n'échappe.

— C'est amusant d'essayer d'autres choses. Sinon la vie est ennuyeuse.

À peine ces mots sont-ils sortis de ma bouche que je me rends compte de leur affreuse signification. Dan essaie-t-il « d'autres choses » ? Mary en fait-elle partie ?

Que m'arrive-t-il ? J'ai l'impression d'être à vif. Soupçons, tourments, supputations tourbillonnent dans ma tête comme jamais. J'avais confiance en Dan. Je le *connaissais*. Nous formions un tout. Un couple solide. Alors que s'est-il passé ?

À moins que je ne m'invente des problèmes là où il n'y en a pas. L'idée me frappe tandis que je me faufile dans la circulation en direction de l'école. Peut-être suis-je Othello, obsédé par un mouchoir. Que Dan est complètement innocent. Que ma jalousie irrationnelle me pousse à agir follement. Mais je ne le saurai, dans la douleur, que lorsque je l'aurai tué (que j'aurai divorcé, obtenu la garde des filles et la propriété de la maison – l'équivalent de la prison de Wandsworth aux yeux de Dan).

Je ne sais plus quoi penser. Quel serait le conseil de Tilda ? Elle dirait : « Concentre-toi sur ce que tu *sais vraiment*. » OK. Voici les faits. J'ai encouragé Dan à se montrer audacieux (connerie monumentale !). Quelque chose s'est réveillé en lui. Il va cuisiner pour Mary son plat de fête et me persuader de ne pas rester à la maison ce soir-là. Je sais tout ça. Comme je sais qu'il a cherché sur Internet si elle était *mariée*. Et, à présent, qu'il « souhaite s'échapper ».

C'est bien plus qu'un mouchoir.

Vous êtes d'accord ?

Ou pas ?

Je m'arrête à un feu. Mon cœur bat à toute allure, mon visage est crispé, mes mains serrent le volant. Bref, mon être est entièrement absorbé par ce processus mental.

Bon. Je ne dis pas qu'il me trompe. Pas encore. Je dis qu'il a atteint le périmètre dangereux. Il est prêt. Réceptif. Il ne le sait pas lui-même mais il l'est.

— Maman ! Maman ! Les voitures klaxonnent !

Merde ! C'est vrai ! Je ne m'en suis pas aperçue (mais vous pouvez faire confiance à Tessa pour le remarquer).

Je démarre en vitesse et commence à chercher une place, en laissant de côté mes considérations sur le mariage. Putain de Londres ! Impossible de s'y garer. Impossible d'y faire quoi que ce soit. Pourquoi y a-t-il tant de monde sur la chaussée ? Où *vont* tous ces gens ? Qu'est-ce qu'ils *fabriquent* ?

Je trouve finalement une place à trois rues de l'école. Je dis aux filles de se presser et je les suis, ployant sous les cartables, les affaires de gym et les flûtes. Dans la cour, je salue en souriant les mères que je connais qui, rassemblées en petits groupes, bavardent à qui mieux mieux. Il y a trois sortes de mères. Celles qui bossent. Celles qui restent chez elle. Et celles pour qui s'occuper des enfants est un vrai job. Ces dernières ne portent jamais rien d'autre qu'un pantalon de yoga et des tennis.

À quoi ressemblent les *couples* de toutes ces femmes ? Combien d'inquiétudes et de soucis derrière ces sourires et ces visages enjoués ?

— Sylvie ! s'écrie Jane Moffat, notre déléguée des parents. Tu pourrais apporter une quiche pour la sortie pique-nique de l'année ?

— Bien sûr, je réponds automatiquement avant de me maudire.

Qui aime les quiches ? Pas moi. En plus, elles sont peu pratiques à manger en pique-nique. Je vais lui envoyer un mail pour lui suggérer plutôt des sushis. Avantage supplémentaire des sushis ? Personne ne s'attend à ce que vous les prépariez.

Tessa et Anna sont déjà à la porte de leur salle de classe, qui se trouve au rez-de-chaussée et donne directement sur la cour de récréation. Je les fais entrer et les aide à suspendre leurs sacs de gym, à poser leurs cartables dans des paniers et à ranger leurs flûtes sur l'étagère réservée aux instruments de musique.

— Madame Winter ? Bonjour !

C'est leur maîtresse, Mme Pickford. Une femme adorable aux cheveux gris dégradés, toujours vêtue d'un de ses innombrables cardigans de couleur.

— Vos filles m'ont dit que vous aviez un serpent dans votre cuisine. Comme c'est intéressant !

Vous pouvez faire confiance à des filles de cinq ans pour raconter à leur maîtresse *tout ce qui se passe* à la maison !

— Mais oui ! Un serpent vit effectivement dans notre cuisine.

— Je me demandais si vous pouviez l'apporter pour la prochaine session de « Présente ton objet favori et raconte son histoire ». Ça passionnerait les enfants de… la voir, car c'est une femelle n'est-ce pas ?

— Pourquoi pas ? Mais c'est surtout l'animal de mon mari. Il s'en occupe et la nourrit.

— Je vois. Vous pourriez peut-être lui demander ? Mais, euh… est-ce *sans danger* ? Je veux dire : ce serpent est-il *inoffensif* ?

Je résiste à l'envie de lui balancer : « Nan ! C'est un énorme boa constricteur atrocement dangereux qui vit chez nous. »

— Tout à fait inoffensif, j'affirme en hochant la tête.

— D'après ce qu'ont dit les jumelles, c'était une surprise totale, ajoute Mme Pickford, en veine de bavardage. Tessa nous a raconté que vous aviez eu un choc. Je ne sais pas comment je réagirais si mon mari rapportait un serpent à la maison sans prévenir.

Propos dits sur le ton de la conversation. Il n'empêche que je suis piquée au vif.

— Avec mon mari, nous nous entendons à merveille, je m'entends dire subitement. Nous sommes très heureux. Notre couple est stable et solide. Tout va bien. Ce n'est pas un serpent qui va mettre notre relation en péril, ni autre chose d'ailleurs. Donc…

Mon envolée s'arrête net devant l'air légèrement stupéfait de Mme Pickford.

Miséricorde ! Je perds les pédales !

— Très bien, déclare-t-elle un peu trop joyeusement. Eh bien, tenez-moi au courant si vous acceptez d'apporter le serpent à l'école. Anna et Tessa, dites au revoir à votre maman.

Toujours très énervée, je serre mes filles contre moi. En partant, j'adresse des gestes d'adieu aux autres mères, avec le même visage détendu et affable que les leurs. Pourtant, à l'intérieur, je ne suis que bouillonnement. Il me faut un dérivatif.

Et vous savez quoi ? Ce dérivatif, c'est Toby. Quand j'arrive au musée, il est déjà dans le hall, faisant les cent pas, regardant avec curiosité l'escalier. Il détonne complètement dans son tee-shirt noir tout déformé.

Dieu merci, il est là. Parce qu'il a déjà annulé deux fois. Toujours avec une bonne excuse, mais quand même.

— Salut, Toby ! je dis en lui serrant la main.

Un drôle de petit courant passe entre nous. Pendant deux secondes. La dernière fois que nous nous sommes trouvés face à face, j'étais à moitié à poil. Vu ses regards gênés, il doit s'en souvenir aussi. Puis il se reprend et, au prix d'un immense effort, arrive à me dire bonjour normalement.

— Merci mille fois d'être venu. D'habitude, je grimpe dans mon perchoir à pied. Ça ne t'ennuie pas ?

— Pas de souci, fait-il en montant les marches deux à deux. Cet endroit est dingue ! Toutes ces armures !

— Incroyables, hein ? Tu devrais voir le sous-sol.

— J'ignorais que ce bâtiment était un musée. Je suis probablement passé devant des millions de fois sans le remarquer. Pareil pour mes potes. Genre, j'ignorais qu'il existait. La Willoughby House ? Littéralement en dehors de mon radar.

Il en fait des *caisses*, l'ami Toby. Heureusement que ni Robert ni Mme Kendrick ne sont à portée de voix. Heureusement que nous avons commandé un grand panneau « Willoughby House » à accrocher sur la façade extérieure – en bois, très chic.

Post-scriptum 1 : Avant de tomber d'accord sur la couleur grise et les caractères, il a fallu une semaine de discussions acharnées avec Mme Kendrick.

Post-scriptum 2 : *Comment* va-t-on parvenir à se mettre d'accord sur un nouveau concept de site web ?

Non, Sylvie, n'y pense même pas ! Sois positive.

— Ta mère ne t'a jamais parlé de cet endroit ?

Tilda a assisté à de nombreux événements, ici. Elle est très fidèle au musée.

— Ouais, peut-être. Mais je n'ai pas imprimé. Ce n'est pas *célèbre*. Pas comme le Victoria & Albert Museum.

— Tu as raison. C'est l'ennui. C'est d'ailleurs le problème que nous voulons résoudre.

Clarissa est absente et Robert ne s'est pas encore montré. Nous avons donc le bureau pour nous. Je montre à Toby notre page d'accueil. La mention « S'adresser par écrit » le fait mourir de rire.

— J'adore ! Non mais, j'adore ! répète-t-il au moins cinquante fois. Trop cool.

Il photographie la page d'accueil, l'envoie à ses copains geeks et lit tout haut leurs commentaires qui arrivent en rafales. Je suis partagée entre la fierté d'appartenir à un établissement original et la honte d'être la risée des petits génies de la high-tech.

— Bon, comme tu le vois, Toby, on est à la traîne. Ça ne peut pas continuer. Que peut-on faire ? Quelles sont les possibilités ?

— Y en a plein, dit Toby qu'un message sur son téléphone fait rigoler. Tout dépend de vos souhaits. Genre, gérer un fichier, une expérience interactive ou une boutique en ligne ?

— Je n'en sais rien ! Montre-moi des exemples.

— J'ai regardé les sites de quelques musées, m'informe-t-il en ouvrant son ordinateur. Genre à l'échelle mondiale. Très instructif.

Différents sites s'affichent l'un après l'autre. Et moi qui croyais avoir poussé mes recherches ! Beaucoup m'ont échappé parmi les meilleurs. Défilent sous mes yeux des photos animées, des vidéos à 360 degrés, des applis interactives, des graphiques extraordinaires, des audiotours commentés par des stars du cinéma et du monde de l'art…

— Comme je disais, intervient Toby, le choix est illimité. Tout est possible. Selon vos envies. Vos priorités. Ah, j'oubliais ! Selon votre budget.

Le budget ! J'aurais dû *commencer* par ce point.

— D'accord !

Je me détourne à regret du site d'un musée américain qui propose un carrousel de photo de leurs expositions

303

en 3D. Elles sont tellement vivantes qu'on se croirait sur place. Si on pouvait s'offrir ça !

— Combien coûterait un site comme celui-là ?

— J'ai lu dans un magazine spécialisé qu'il était revenu à un demi-million. De dollars, pas de livres, précise-t-il devant mon air médusé.

— Un demi-*million* ?

C'est comme si je recevais un uppercut dans l'estomac.

— Ouais, mais ça comportait l'ensemble du travail de rebranding, un repositionnement, quoi, sur l'image et tout. Encore une fois, ça dépend de ce que vous voulez.

En ligne, on vous serine que créer un nouveau site est enfantin et pas cher. Tromperie et compagnie, oui !

— Je croyais qu'aujourd'hui n'importe qui pouvait lancer un site sans sortir de son lit et pour des cacahuètes, je déclare d'un ton accusateur. C'est ce qu'on prétend sur Internet.

— Absolument. Mais le résultat ne sera pas le même. Cela dit, pas besoin de dépenser un demi-million. Vous pouvez vous contenter de 100 000 livres, de 50 000, de 10 000, de 1 000… Mais, franchement, votre page d'accueil est cool. Juste un plan immobile. C'est subversif, je trouve.

Subversive, Mme Kendrick ? C'est la meilleure ! Si ce demi-million ne me tarabustait pas, je me gondolerais.

— Tu as peut-être raison, je soupire. Mais cette page n'amène ni visiteurs ni *argent*.

— Comment vous attirez les visiteurs ?

— De différentes manières. Des petits placards de pub ici et là. Et le bouche à oreille.

— Le bouche à oreille ! Voilà le Saint-Graal de la communication. C'est ce qu'il vous faut.

— Apparemment il n'y a pas assez de bouches. Et pas assez d'oreilles non plus. Donc, pour résumer, nous avons besoin d'argent pour nous offrir un site qui nous permettra de gagner de l'argent. C'est ça ?

— La poule aux œufs d'or. Non, plutôt l'œuf et la poule. Vous avez déjà réfléchi à une plate-forme ?

Je sens mon énergie s'évaporer. Pourquoi tout dans la vie s'avère-t-il plus compliqué qu'on ne croit ? Tout est difficile : réussir le glaçage d'un gâteau, élever des enfants, rester mariée dans l'harmonie, sauver des musées. La seule chose qui s'est avérée plus aisée que prévu, c'est mon diplôme d'italien. (Oh ! Et l'épilation des jambes au laser. Simple comme bonjour !)

— Il faut que je collecte des fonds. Ensuite on pourra parler plate-forme et autres.

Collecter des fonds. Quel euphémisme. C'est comme si je n'avais qu'à ramasser un certain nombre de pièces éparpillées un peu partout et les rassembler. Or, je n'ai pas de pièces à ma disposition. Même pas un sou.

Pourquoi ne pas vendre quelques œuvres d'art ? je me dis soudain. Oui, à la condition peu probable que Mme Kendrick accepte.

— Écoute, Sylvie, fais-moi signe quand vous êtes prêts, dit Toby.

Une certaine commisération se lit sur son visage.

— C'est dur, ajoute-t-il, cette fois d'un ton plus grave, comme s'il comprenait la situation.

Bien sûr qu'il comprend. Il essaie lui-même de lancer une start-up. Les obstacles et les difficultés, ça le connaît.

Je lui souris et il ferme son ordinateur.

— Oui. Dur dur. Tout est drôlement dur.

12

Oui, drôlement dur ! Et ça ne s'est pas arrangé.

Nous sommes mardi. Jusqu'à présent, le point le plus positif, ces derniers temps, a été l'installation, hier, du grand panneau « Willoughby House Museum ». Superbe ! Bien plus beau que prévu. Nous n'arrêtons pas de sortir pour l'admirer. D'après les bénévoles, il attire déjà des visiteurs supplémentaires. Même Robert a lâché un grognement appréciatif quand il l'a vu.

À la maison, en revanche, l'atmosphère est toxique. Qui est le plus stressé des deux, Dan ou moi ? Je me le demande. Lui est crispé en permanence, ronchon, oursouille et, pour résumer, difficile à vivre. Quand son portable sonne, il bondit si fort que je sursaute. Par deux fois, je suis rentrée du boulot pour le trouver en train d'arpenter la cuisine en grande conversation téléphonique. Inutile de dire qu'il raccroche immédiatement quand il s'aperçoit de ma présence. Et, si je demande qui c'est, il me répond « Personne ! » d'un ton sec. À croire que je viole son intimité. Ça m'énerve tellement que j'ai envie de *cogner* sur quelque chose.

Je patauge dans un épais brouillard. Je ne sais pas ce que Dan pense. Ce qu'il souhaite. Ce que signifie cette histoire de « un million de livres, peut-être deux ». Ce que cachent ces messes basses avec ma mère. Si c'était pour organiser une surprise, eh bien, je l'attends toujours.

Je voyais notre mariage comme une structure solide. Ferme et dense, avec peut-être juste une petite imperfection. Question : ce défaut dissimule-t-il en fait une vraie ligne de fracture ? Une faille profonde ? Si c'est le cas, *pourquoi ne me saute-t-elle pas aux yeux* ?

Vous savez quoi ? J'ai parfois l'impression d'être aveugle. Comme si ce qui m'échappait totalement était visible par tout le monde. Par tout le monde et même par ma mère. Il lui arrive d'ouvrir la bouche pour parler avant de prétendre avoir oublié ce qu'elle voulait dire. Le tout en fuyant mon regard. *Que se passe-t-il ?* L'ignorance me mine.

Mais peut-être suis-je parano. Possible. Si seulement je pouvais me confier à une amie raisonnable ! Or la seule qui connaisse les tenants et les aboutissants de l'affaire, c'est Tilda, et elle passe ses journées à Andover. Hier, j'étais à ce point désespérée que j'ai tapé « Comment garder son mari ? » sur Google. Réponse : « Vous ne pouvez pas. S'il veut vous quitter, il le fera. » (Je hais Internet.)

L'infâme dîner a lieu ce soir. Dan est complètement obsédé par le menu, le vin et même les tasses à café (depuis quand se préoccupe-t-il des tasses à café ?)

Quant à moi, je suis perturbée, hargneuse. Vivement que cette corvée soit terminée ! J'oscille entre « Bon, ça ne va pas être si terrible ! » et « Quel enfer, ce truc ! ».

Et « Ça pourrait être pire ». (Encore que je ne visualise pas ce qui pourrait être pire. Le pire de chez pire ?)

Dan a remarqué mon stress – le contraire serait difficile. Mais, histoire de ne pas envenimer l'atmosphère, j'ai imputé mon humeur tendue aux problèmes de bureau qui sont toujours de taille malgré le panneau. Mon budget pour le futur site reste inexistant. J'ai approché tous les sponsors, philanthropes et bienfaiteurs des arts auxquels j'ai pu penser. Résultat ? Nul, à part 100 livres en liquide déposées anonymement dans la boîte aux lettres (je suspecte la main généreuse de Mme Kendrick) et une grande boîte de biscuits (grâce aux contacts d'une de nos bénévoles) livrée par Fortnum. Il fallait voir la tête de Robert quand il les a découverts. Je n'avais pas rigolé comme ça depuis des siècles.

Et maintenant je dois me préparer au face-à-face avec ma rivale en dégustant l'agneau braisé à la Ottolenghi.

Non, Sylvie ! Rien ne *prouve* qu'elle est ta rivale. N'oublie pas ce détail !

Je fais mon entrée dans la cuisine, dûment parfumée et habillée de ma tenue décontractée chic et choc : pantalon blanc, top imprimé au décolleté un peu plongeant. J'espère que Dan se détournera de la plaque de cuisson, que son œil s'allumera et que nous tomberons dans les bras l'un de l'autre en nous serrant tellement fort qu'il en oubliera Mary.

Pas de pot. Il a abandonné ses casseroles pour aller couper des brins de menthe du pitoyable buisson qui pousse à côté d'une des maisonnettes Wendy. (Je sais reconnaître la menthe et le romarin. Et les autres fines herbes ? Pour les identifier, j'ai besoin d'avoir l'étiquette du supermarché sous le nez.)

Je m'avance sur le gazon clairsemé en me triturant les méninges pour trouver un truc à dire.

— C'est divin, la menthe !

Voilà tout ce qui me vient à l'esprit.

Une remarque banale que je regrette instantanément. Mais Dan a-t-il seulement capté ? Pas sûr. Le regard lointain, il frotte une feuille de menthe entre ses doigts. À quoi rêve-t-il ? À sa jeunesse avec elle ?

L'anxiété me reprend. D'accord, je n'ai pas de preuves. Mais, au fond, c'est secondaire. Le point crucial reste la transformation de Dan. Il y a eu un déclic dans le jardin secret. Quelque chose l'a remué. Et maintenant cette fille va apparaître (ravissante, si elle ressemble *un tant soit peu* à ce qu'elle est sur la photo) et lui rappeler l'époque d'avant le mariage, d'avant la naissance des filles, d'avant les vergetures (elle en a peut-être mais ça m'étonnerait).

J'aide Dan à couper davantage de menthe. Je poursuis ma conversation anodine en retournant dans la cuisine mais je bouillonne intérieurement.

— Alors, parle-moi de tes potes, je déclare pendant qu'il lave les brins de menthe. Et de… (effort héroïque de ma part pour paraître indifférente) Mary.

— Je n'ai pas vu Adrian et Jeremy depuis des *années*.

Si mon cerveau pouvait se faire entendre, il hurlerait de frustration. *Je me fiche pas mal d'Adrian et de Jeremy. C'est sur Mary que je veux avoir des infos. Tu es bouché ou quoi ? Mary !*

— Pour autant que je sache, Jeremy est fiscaliste et Adrian est prof. Mais ce n'était pas tout à fait clair sur LinkedIn... Ils étaient marrants, tu sais. Une fois, on est allés marcher dans les Brecon Beacons, au sud du pays de Galles...

Tandis qu'il continue à bavasser sur Jeremy et Adrian, je me déconnecte. Finalement une pause ! J'en profite pour aborder mon sujet :

— Et Mary ? À quoi ressemble-t-elle ? Faut-il que je m'inquiète ? Ha ! Ha ! Ha ! (Rire peu convaincant.) Après tout, c'est une de tes ex-chéries.

— Ne sois pas ridicule ! réplique Dan du tac au tac.

Le ton défensif de sa voix me fait peur. M'effraie même carrément. Il se rend compte qu'il est allé trop loin car, aussitôt, il m'adresse un sourire de mari amoureux.

— Je devrais m'inquiéter que tu voies Nick Reese tous les jours, alors ?

J'arrive à cacher ma rage sous un air aimable. Le cas Nick Reese est *complètement différent*. Oui, c'est mon ex-copain. Oui, je tombe souvent sur lui car sa fille fréquente la même école que les jumelles. Oui, je le croise aux réunions de parents d'élèves. Forcément. Mais, non, je ne lui prépare pas un dîner succulent. Et, non, je ne mets pas ma plus jolie chemise pour le recevoir chez moi (oui, j'ai remarqué la tenue de Dan).

L'air de rien, je hausse les épaules :

— Je me demandais juste comment elle était.

— Oh, elle est... elle voit la vie du bon côté. Elle est pleine de sagesse. Calme. Certaines personnes sont naturellement dotées de bienveillance, de simplicité. Elle est rassurante. C'est un lac tranquille.

Je suis accablée. Mary est un lac tranquille. Et moi, je suis quoi ? Un torrent tumultueux ponctué de rapides dangereux à chaque tournant ?

Il en a assez de moi ? Il préfère un lac à un torrent ? Est-ce là l'énorme malentendu que je n'ai pas su voir ? Les larmes me montent aux yeux. Il faut que je me reprenne. Quel serait le conseil de Tilda ? « Arrête de dramatiser et bois un coup. »

— Je vais me servir un verre de vin, je dis en ouvrant le réfrigérateur. Tu en veux ?

— Je termine avec la menthe. Ils vont bientôt arriver.

Un verre de sauvignon à la main, j'essaie de me détendre en vérifiant la table. Tout en redressant les serviettes qui n'en ont pas besoin, je réfléchis. Au fond, j'ai concentré toute mon attention sur lui. Mais *elle* ? Sur la photo, elle a l'air d'une fille bien. Pas le genre qui piquerait le mari d'une amie. Devenir son amie serait peut-être la stratégie à adopter. Me rapprocher d'elle. Lui montrer que je suis sympa. Que même si Dan dit « ma femme ne me comprend pas » – ce qui est parfois le cas –, je tâche toujours de faire de mon mieux.

Petite digression au passage : Dan est vraiment bizarre, avec son habitude de fermer les radiateurs. Une manie que je ne pige pas. Franchement !

Oui ! J'ai trouvé la bonne tactique. Pas la peine de m'en faire. Excellente idée… Subitement le carillon de la porte me fait sursauter.

— La voilà ! je m'écrie. Je veux dire, les voilà ! Il y a quelqu'un.

Un instant plus tard, de puissantes voix mâles résonnent dans l'entrée.

— Adrian ! Jeremy ! Ça fait un sacré bail ! Entrez !

Mon cœur se desserre. Ce n'est pas elle. Pas encore.

Je rejoins les potes de Dan et adopte mon air le plus affable. Comment les décrire ? Bobines typiques des mecs de leur génération avec barbe d'une semaine. Sinon ? Adrian porte des lunettes et Jeremy a des chaussures en daim rouge. C'est le seul détail qui, à mes yeux, les différencie. Dan remplit les verres et propose des chips. Je n'écoute qu'à moitié leur conversation qui porte sur des gens qui me sont inconnus... Tout à coup, j'entends le nom de Mary.

— Elle fait du conseil environnemental ? demande Adrian. Logique.

— Je ne comprends pas comment nous avons perdu contact, dit Dan. Vous êtes retournés dans le jardin ?

— Oui, quelquefois, répond Jeremy. Tu sais...

— Oui, acquiesce Dan qui apparemment a saisi l'allusion de son copain.

Le carillon de la porte sonne. Et déclenche en nous quatre un frisson d'anticipation. En tout cas, j'en jurerais. C'est elle. Mary.

— Bon, ça doit être elle. J'y vais...

En allant ouvrir, Dan évite volontairement mon regard. À moins que je ne me fasse encore du cinéma. Je remplis à nouveau nos verres, et particulièrement le mien. J'ai comme l'impression que nous allons en avoir besoin.

Soudain, elle est là. Dans la cuisine, avec Dan. Mon cœur chavire. Quelle apparition ! Elle est ravissante. Plus grande que je ne pensais. Avec une masse de

313

cheveux bruns, un regard avenant et des fossettes incroyables. Et un sourire radieux.

— Bonjour ! Tu es Sylvie, n'est-ce pas ? Je suis Mary.

Terrassée, je contemple cette magnifique créature qui ressemble à un ange. Un ange en chemise blanche à grand col et pantalon souple en lin.

— Bonjour, Mary ! Effectivement, je suis la femme de Dan.

— Dan, c'est tellement gentil de nous recevoir tous, poursuit-elle. Oui, volontiers, du vin blanc, merci. Jeremy et Adrian, vous êtes superbes !

Elle a le don de mettre les gens à l'aise, c'est clair. Cerise sur le gâteau : elle porte des escarpins gris fabuleux, à la fois tendance et coûteux sans être bling-bling. Il y a dix minutes, j'aimais les sandales à petits talons que je mets toujours pour nos dîners. Tout à coup, elles me semblent médiocres et banales.

— J'adore votre cuisine, s'enthousiasme Mary. J'aime son atmosphère familiale. Et ce bleu est étonnant. Vous l'avez choisi vous-même ?

Sa voix est mélodieuse. Cette fille est vraiment comme un lac tranquille. Elle me plaît. Qu'importe son passé avec Dan !

— Nous avons fait plusieurs essais de bleu avant d'arriver à cette nuance, j'explique.

Nouveau sourire, nouvelles fossettes.

— Oui, j'imagine ! Oh, et ce jardin avec ces adorables maisonnettes Wendy !

Quand elle s'approche de la porte qui mène au jardin, je suis impressionnée par la souplesse de sa démarche. Sans être maigre elle est bien dans son corps. Je l'imagine à dix-neuf ans, j'imagine son halo de cheveux préraphaélite, sa peau pâle sans défauts…

Non. *Pas de jalousie rétrospective*, Sylvie ! Tu dois faire amie-amie avec elle. Parle-lui plutôt de jardinage.

— Viens voir dehors, je dis en l'entraînant dans le petit patio. On n'en fait pas grand-chose, dommage !… Tu as un amoureux ?

Oh naaan ! La question est sortie de ma bouche avant que j'aie pu la retenir. Trop inquisitrice ? Non ! Normale. Quand on rencontre quelqu'un, on l'interroge sur sa vie.

Avec une expression triste, elle va examiner notre unique arbre, un bouleau argenté.

— Non ! Pas depuis un moment, avoue-t-elle.

— Ah, je vois !

Une exclamation de compréhension que je veux digne d'une bonne copine. Sûrement pas la remarque d'une épouse qui enregistre avec méfiance la précision *pas d'amoureux depuis un moment*.

— Les hommes peuvent vous laisser tomber salement, continue Mary de sa voix suave. Ou, en tout cas, ceux que j'ai rencontrés. Ils semblent exceller dans l'art de la tromperie. Très joli cet arbre ! ajoute-t-elle sans transition.

Elle a repéré *l'unique* ornement de notre jardin qui mérite le qualificatif de joli.

— Et vous avez de l'achillée ! s'exclame-t-elle en effleurant une touffe verte quelconque que je n'avais jamais remarquée. Une plante épatante. Plein de vertus apaisantes. Tu en mets dans ton bain ?

— Euh, non !

Plonger ce végétal rabougri dans l'eau de mon bain ? Drôle d'idée !

— Contrairement à ce qu'on prétend, ce n'est pas une mauvaise herbe. On peut utiliser ses fleurs en teinture. Ses feuilles favorisent le sommeil, combattent la fièvre, etc.

Ses yeux brillants ont quelque chose d'envoûtant.

— La santé par les plantes. Une de mes passions. Avec le bien-être par l'énergie.

— Qu'est-ce que c'est ?

— On utilise l'énergie physique pour retrouver une santé équilibrée. Je ne suis qu'une débutante mais je crois beaucoup à la correspondance entre le corps et l'esprit. C'est un flux naturel, tu vois.

Et elle accompagne son explication d'un geste ultragracieux.

— Mais vous êtes là ! Qu'est-ce que vous êtes en train de conspirer toutes les deux ? s'écrie Dan en sortant dans le jardin.

Il est gêné, mon mari. Et il en fait trop dans le genre chaleureux !

— Sylvie me questionnait sur ma vie amoureuse, signale Mary avec une certaine tristesse.

Dan me jette un regard perçant. *Parfait !* Il va penser que j'ai éloigné Mary du groupe exprès pour la cuisiner.

Ce qui n'était pas mon *intention*. C'est arrivé comme ça.

— Mais non ! je proteste, en essayant de rire sans y arriver vraiment. Qui ça intéresse, de toute façon ? Mary, tu devrais expliquer à Dan les bienfaits des plantes médicinales.

Vous me voyez comme un Machiavel en jupon ? D'accord, vous avez raison ! Si je devais élire la personne-la-moins-concernée-par-la-médecine-alternative, ça serait Dan à tous les coups. Sa conception de la santé est assez basique : prendre un paracétamol au besoin et consulter son généraliste s'il le faut vraiment. Il n'avale pas de vitamines, il ne médite jamais et, à ses yeux, l'homéopathie est de l'arnaque organisée.

En prenant place à table, j'espère bien que Mary va tenir un *speech* sur le déblocage des énergies et le rapport naturel entre corps et esprit. En principe, Dan devrait rétorquer avec son cynisme habituel. Et la discussion devrait se terminer par une empoignade. Ou, au moins, par une belle querelle. (Scénario de rêve : Mary quitte la maison avec fracas en criant : « Dan, comment oses-tu qualifier le *reiki* de connerie monumentale ? »)

Mais ce n'est pas ce qui se produit. Pendant que Dan sert son agneau, Mary nous parle de la médecine douce avec tant d'intelligence que nous sommes subjugués. Elle s'exprime avec la conviction d'une actrice shakespearienne. Elle en a le physique aussi. Je me dis qu'il doit y avoir du vrai dans cette histoire de phytothérapie. Même Dan semble à l'écoute. Ensuite, elle passe au yoga et nous apprend, sans bouger de table, à pratiquer des étirements d'épaule. Pour finir, elle nous raconte des anecdotes amusantes sur un cours d'herboristerie qu'elle a suivi. En particulier, un épisode où tous les élèves se sont saoulés en buvant une liqueur à base de feuilles de hêtre qu'elle avait confectionnée.

Elle ne possède pas seulement la grâce d'un ange. Elle est habitée. Elle dégage une énergie positive. Nous sommes tous sous le charme. *Je suis* sous son charme. Je veux qu'elle devienne mon amie.

Au cours du dîner, je me détends. Mes craintes semblent s'envoler. Je ne perçois aucune vibration particulière entre Mary et Dan. Lui aussi est détendu. Et visiblement aussi content d'avoir renoué avec Adrian et Jeremy qu'avec elle. À la fin du dîner, je me surprends à penser : « On devrait recommencer. Quels amis formidables ! Je vais demander à Mary où elle a acheté ses escarpins gris. »

Alors que je verse du thé à la menthe dans les tasses, j'entends une petite voix aiguë crier « Maman ! Maman ! ». Anna est dans l'escalier, agrippée à la rampe, en larmes. Elle vient de faire un de ses cauchemars habituels.

— J'ai peur ! J'ai peur !

Ma pauvre puce ! Il lui faut toujours un certain temps avant de se calmer. Je m'installe au bord de son lit pendant une vingtaine de minutes, je la câline, la console, je lui fredonne des chansons, lui murmure des paroles apaisantes. Elle paraît s'assoupir quand soudain elle ouvre des yeux paniqués, m'attrape la main... puis s'assoupit à nouveau... puis ouvre les yeux une nouvelle fois... tandis que j'attends patiemment qu'elle s'endorme vraiment. Au bout d'un long moment, le sommeil la gagne. Sa respiration se fait profonde, ses mains tiennent fermement le bord de sa couette.

Je suis tentée de m'allonger à côté d'elle. La fatigue ! Hélas, nous avons des invités. Et qui va distribuer les chocolats ? Je me lève donc, sors de la chambre. Et...

m'arrête net. De là où je me tiens sur le palier, j'aperçois le grand miroir de l'entrée. Et dans ce miroir se reflète une partie du salon.

Et dans le salon se trouvent Dan et Mary. Seuls.

Ils ne se rendent pas compte que je les vois. Ils sont assis l'un près de l'autre. Mary écoute Dan avec attention, la tête penchée avec une expression intense. Il lui parle doucement – trop doucement pour que je puisse l'entendre. Mais je capte l'onde qui passe entre eux. Une onde d'intimité. De familiarité. De tout ce que je redoutais.

Je suis à la fois tétanisée et en effervescence. Je veux les surprendre. Non, je suis incapable de les affronter. Et si je me trompais ? Si ce n'était que le fruit de mon imagination galopante ? Après tout, ils se comportent comme deux vieux amis ravis de partager un bon moment.

Mais pourquoi se sont-ils éloignés des deux autres ?

Une voix d'homme s'esclaffe dans la cuisine. Je me ressaisis et commence à descendre en pilote automatique. Impossible de rester plantée au premier étage. Une marche craque. Dan apparaît dans l'entrée.

— Sylvie ! s'exclame-t-il un peu trop fort. J'étais juste en train de montrer à Mary...

À court d'explication plausible, il s'arrête net. Mary apparaît dans l'embrasure de la porte. Le regard qu'elle me jette me glace. Manifestement c'est un regard de pitié.

Nous nous dévisageons pendant un instant. Je déglutis, la gorge serrée, incapable de proférer un mot.

— En fait, je dois rentrer, dit Mary de sa voix angélique.

— Déjà ? fait Dan, qui pourtant ne semble pas si désolé que ça.

Dans la cuisine, nous retrouvons les deux autres, qui comparent les mérites du métro et d'Uber. Eux aussi sont sur le départ et nous remercient pour le dîner.

La soirée est passée trop vite. J'aimerais la faire traîner. Appuyer sur le bouton « Pause ». Pour faire le point. Mais trop tard : nous sommes déjà dans l'entrée, tendant les manteaux et échangeant des embrassades. Mary évite mon regard. Je meurs d'envie de la coincer et de lui demander ce qu'elle mijotait avec Dan, comme ça, loin des oreilles de leurs amis. Mais je manque de courage.

À ce point-là ?

— Maman ! Je dors plus !

La voix stridente de Tessa interrompt mes élucubrations.

— Toi aussi, Tessa ? Oh non !

Je remonte en vitesse et l'entraîne dans sa chambre avant qu'elle ne décide de se joindre à la fête. J'ai une règle pour ça, je ne leur laisse pas plus de cinq secondes lorsqu'une de mes filles se lève pendant la nuit. On a intérêt à réagir rapidement, sinon… Je la remets au lit et reste à côté d'elle jusqu'à ce qu'elle ferme les yeux, en écoutant les derniers au revoir et le *clic* de la porte qui se ferme. Une fois Tessa endormie, je sors subrepticement sur le palier. Au moment où je m'apprête à descendre, un méchant soupçon me vrille les entrailles. Je me glisse sans bruit dans la salle de bains dont la fenêtre donne sur le perron et me poste au carreau. Dan et Mary bavardent dans la rue. Seuls.

Comment savais-je qu'ils seraient là ?

Simple prémonition.

Le cœur battant, j'entrouvre la fenêtre. Mary s'est enroulée dans un pashmina. Son visage, éclairé par un réverbère, affiche une expression soucieuse.

Je colle ma tête à la vitre dans l'espoir de saisir quelques bribes de leur conversation.

— *Maintenant* tu comprends, chuchote Dan. Je me sens acculé.

Acculé ? Comment ça, *acculé* ?

— Oui. Je vois la situation. C'est juste que…

Ils baissent tellement la voix que seuls quelques mots me parviennent.

— … parler…

— … trouve…

— … elle ne…

— … faire attention…

Mon cœur bat la chamade. Je risque un nouveau coup d'œil par la fenêtre. Mary serre Dan contre elle. Dans une belle étreinte. Une étreinte passionnée.

Je me retrouve sur les talons, accroupie. J'ai le tournis. Des idées noires m'assaillent. Suis-je l'imbécile de service ? L'épouse naïve, comme dans un vaudeville ? Se sont-ils fichus de moi pendant toute la soirée ? Je revois l'air charmant, amical de Mary. Sa voix mélodieuse. La main qu'elle posait sur mon bras. Pure comédie ? Les hommes semblent exceller dans l'art de la tromperie, a-t-elle dit. Et je me souviens du regard qu'elle m'a lancé. Était-ce une allusion ? Un avertissement ?

La porte se ferme. Je sors rapidement de la salle de bains. Dan m'observe depuis l'entrée, la mine sombre, indéchiffrable. Difficile de lire dans ses pensées. Ah, si ! Je sais une chose ! Il se sent acculé.

— Va te coucher, dit-il. Je débarrasse juste quelques assiettes. On s'occupera du reste demain.

En temps normal, je répondrais : « Mais non ! Je vais t'aider. » Et on débarrasserait la table ensemble en commentant gaiement la soirée et en blaguant sur tel ou tel sujet.

Mais pas ce soir.

Encore sonnée, je me prépare pour la nuit. Une fois allongée, je ressasse les mêmes pensées. Comment agir ? Que faire ? Jusqu'à ce que Dan se glisse dans le lit.

— C'était réussi, hein ? fait-il.

— Oui. L'agneau était délicieux.

— Ils sont vraiment sympas !

— Oui.

Long silence bizarre. Tout d'un coup, Dan s'écrie :

— J'ai oublié ! Je dois envoyer un mail ! Excuse-moi !

Il se lève et va pieds nus dans son bureau.

Pendant dix secondes, je reste immobile en passant en revue toutes les bonnes raisons de ne pas m'inquiéter. Dan envoie sans arrêt des mails. Il a souvent une idée géniale qui le fait sortir brusquement du lit. C'est un homme super occupé. Il se précipite sur son ordinateur à cette heure ? Ça ne veut rien dire. *Vraiment*, ça ne veut rien dire du tout…

Mais je n'y peux rien. Ma méfiance est comme une soif intense. Je dois l'assouvir. En silence, je traverse notre chambre. La porte de son bureau est ouverte. La lumière allumée. Je m'approche sans bruit. Et là, nouveau choc.

Il est debout et pianote sur un portable dont je ne connaissais pas l'existence. À vue de nez : un Samsung. Pourquoi un téléphone supplémentaire ? Pourquoi lui en faut-il deux ? Soudain, il le fourre dans un tiroir qu'il ferme avec une petite clé, accrochée avec ses autres clés. J'ignorais qu'il avait cette petite clé sur son trousseau. Et j'ignorais qu'il verrouillait les tiroirs de son bureau.

Que me cache-t-il ?

Nous restons immobiles pendant un moment. Dan est plongé dans ses pensées. Moi, sidérée par ce que je viens de voir. Quand il s'ébroue enfin, je bats en retraite silencieusement. Et, dans les dix secondes, je me retrouve sous la couette, encore toute secouée.

— Tout va bien ? demande-t-il en revenant au lit.

— Tout est OK.

La suite ? Est-ce à cause de mon optimisme béat ? Est-ce parce que, à mes yeux, chaque individu a droit à une chance ? Toujours est-il que ma décision est prise : je vais lui donner l'occasion de mettre tout à plat. Autrement je ne pourrai pas trouver le sommeil.

Je l'attrape par l'épaule jusqu'à ce qu'il tourne vers moi un visage harassé et somnolent.

— Dan, écoute ! Je suis sérieuse. Dis-moi : il y a un problème ? S'il te plaît, parle-moi ! Tu as l'air tellement stressé ces temps-ci. Si quelque chose ne tournait pas rond ou te perturbait, tu me le dirais, n'est-ce pas ?... Tu n'es pas malade au moins ? Parce que si c'est le cas...

Je suis sur le point de pleurer. Quelle loque. Je suis pathétique.

— Mais non, je ne suis pas malade ! Pourquoi tu me demandes ?

— Parce que tu sembles si…

Parce que tu serrais Mary contre toi. Parce que tu me fais des cachotteries. Parce que tu te sens acculé. Parce que je ne sais plus où j'en suis.

Je le dévisage en silence en espérant qu'il déchiffre ce que je pense. Qu'il réagisse. Qu'il devine mes tourments. Je croyais qu'on communiquait par télépathie. J'escomptais qu'il comprenne mes craintes et qu'il me rassure. Mais il reste fermé.

— Tu te fais des idées. Tout va très bien. Bon, il faut qu'on dorme maintenant.

Il se retourne. Quelques instants plus tard, il respire lourdement comme quelqu'un que l'épuisement a précipité dans un profond sommeil.

Je reste éveillée. À fixer le plafond en cogitant. Ma résolution est prise. Je sais ce que je vais faire. Je le sais exactement.

Demain, je vais lui piquer ses clés.

13

Je n'ai jamais rien volé. C'est dire si la culpabilité m'étouffe. J'ai subtilisé les clés de Dan pendant qu'il était sous la douche avant de les dissimuler dans mon tiroir de sous-vêtements. Maintenant je tournicote dans la cuisine tout en essuyant des ustensiles déjà secs, en bavardant avec les filles d'une voix ridiculement haut perchée et en laissant tomber des couverts toutes les cinq minutes.

— Où sont mes clés, s'impatiente Dan en déboulant dans la cuisine. Je ne les trouve pas. Tessa ? Anna ? Vous avez pris les clés de papa ?

— Bien sûr que non ! je proteste. Tu les as probablement posées… quelque part. Tu as vérifié les poches de ta veste ?

Je tourne la tête pour camoufler mes joues empourprées de menteuse. Je ferais une *très* mauvaise criminelle.

Dan fourrage nerveusement dans la coupe de fruits.

— Je les avais. Je les *avais*.

— Oui, mais avec la préparation du dîner, les invités et tout, tu devais avoir la tête ailleurs, je dis en proposant habilement une raison plausible à ces clés égarées.

Tu vas certainement les retrouver. En attendant, prends le trousseau de secours.

— Non, je ne vais pas utiliser les clés de secours, s'entête-t-il. Je veux mon *propre* trousseau.

— Mais ce n'est que temporaire. Regarde, elles sont dans le buffet.

J'ai vérifié les clés de rechange avant d'escamoter les siennes. Au fond, par certains côtés, je *ferais* une bonne criminelle.

Dan est visiblement partagé entre deux grands principes diamétralement opposés. Ne jamais s'avouer vaincu quand on perd quelque chose. Et ne jamais arriver en retard au boulot. Finalement, il empoche le trousseau de secours. On s'assure que les filles enfilent leur sweat-shirt d'uniforme, on vérifie le contenu de leur cartable. Et hop ! Elles grimpent dans la voiture de leur père. Alors qu'il referme la portière, je lui lance :

— Je vais chercher tes clés avant de partir.

Un trait de génie si vous voulez mon avis. Parce que : 1. Si Dan revient à l'improviste et me trouve dans son bureau, j'aurai une bonne excuse. 2. Cela détourne tous les soupçons à mon égard. 3. Je vais effectivement « les trouver » et les poser sur la table de la cuisine – mission accomplie.

En définitive, je ferais une *excellente* criminelle.

Après leur départ, j'attends encore cinq minutes, au cas où. Puis, avec l'impression d'être quelqu'un d'autre, je monte au premier sur la pointe des pieds. Aucune raison de marcher sur la pointe des pieds, d'accord ! Sur le palier, j'hésite un peu, m'oblige à rester calme et, finalement, j'entre lentement dans le bureau de Dan.

Je sais exactement où fouiller mais pourquoi, me dis-je, ne pas faire un tour d'horizon avant de commencer ? Je feuillette quelques paperasses concernant des décisions d'aménagement. J'examine la brochure d'un concurrent de Dan. Dans le bac à courrier, je tombe sur un devoir d'Anna, que je lis.

Enfin, le pouls sous haute tension, je prends la petite clé. Vais-je vraiment passer à l'acte ? Et si je trouve… ?

En fait, je n'ai pas la moindre idée de ce que je risque de découvrir. Je n'ai rien anticipé. Mais je suis là. En mission. Pas question de mollir. Quand j'introduis la clé dans la serrure du tiroir, ma main tremble tellement que je dois m'y reprendre à trois fois. Le tiroir ouvert, je regarde à l'intérieur.

Le téléphone s'y trouve. Le Samsung qu'il avait à la main hier soir. Rien d'autre. Je m'en empare tout en me gendarmant (« Minute ! Et les empreintes digitales ? »), pour aussitôt après me rassurer (« Mais non ! Tu n'es pas dans *Les Experts*. »). Je tape le code habituel de Dan. Ça marche ! Manifestement, il ne s'attendait pas à ce que je trouve ce téléphone. Ce qui d'un côté me réconforte. Et de l'autre, me perturbe.

C'est un modèle récent. Seulement vingt-quatre SMS s'affichent. Qui est l'unique destinataire ? Mary. Je me fige, incapable de digérer cette énormité. Me voilà propulsée en plein cauchemar, au milieu d'un scénario catastrophe.

Je respire avec difficulté. Mon cerveau m'adresse des signaux d'alerte rouge. Exemples ? *Qu'est-ce que c'est ? Oh noooon ! Misère ! Ce n'est pas vrai ! Ça ne peut pas être vrai.*

Et le pire de tous : *Et si Tilda avait raison ? Si j'avais joué avec le feu ?*

Tout arrive en même temps. Les larmes. L'incrédulité. La trouille. Qui gagne ? Trop tôt pour le dire. Ah si, je sais : l'incrédulité à laquelle vient se rajouter la colère. *Vraiment, Dan ? J'hallucine ou pas ? Mais t'es le pire des salauds !*

Je peux justifier le reste. Les sautes d'humeur... l'onde d'intimité entre Dan et Mary... même l'étreinte. Mais pas ce que j'ai sous le nez. Pas ces messages en noir et blanc.

Te parle ds 5 mn
10 h Starbucks ?
C OK. J'ai géré S.
Ojourd'8 un peu Cho
A kaza, 1posibl de parler
Ne pas oublier l'élément PS
Dingue today ! S. nrv grave
11 h Villandry
En retard, dzolé
Sympa pour toi

Je fais défiler les vingt-quatre messages deux fois de suite. Je les photographie avec mon téléphone parce que... Juste parce que. On ne sait jamais. Je remets le Samsung en place, du bout des doigts comme s'il était contaminé. Ferme le tiroir, le verrouille, vérifie tout à fond comme sur une scène de crime. Et je sors, un peu hébétée.

Sur le palier, je ne reconnais plus rien. J'ai l'impression de voir la maison pour la première fois. Notre foyer. Notre petit nid douillet, avec nos cadeaux de mariage, les gravures achetées en vacances et les photos des filles éparpillées partout. Quand je pense au temps que j'ai passé à le rendre confortable – ou *hygge* comme disent les Danois –, à créer un refuge pour notre couple. Aujourd'hui je contemple mes bougies, mes plaids, mes coussins, tout cela judicieusement disposé… et je veux les détruire, les atomiser et jeter les débris dans la rue en criant : « Va te faire foutre Dan. JE T'EMMERDE ! »

Dan ne veut pas s'évader avec moi. Il veut *m'échapper*. Est-ce notre séance passionnée dans le jardin secret qui a attisé ce retour de flamme pour Mary ? Est-ce la perspective d'une nouvelle histoire qui l'excite ? Est-elle la dernière en date d'une longue liste de coups de cœur que j'ai ignorés par aveuglement ? Qu'importe ! Les soixante-huit années à venir en compagnie de Dan me paraissent soudain surréalistes. C'est une farce, une horrible farce. Une plaisanterie qui, loin d'être drôle, me fait sangloter.

Je reste immobile un moment en regardant sans les voir les grains de poussière qui voltigent dans l'air. Et puis, je me ressaisis. Une demi-heure s'est écoulée. Il faut que je parte au bureau. Même si, très franchement, ce n'est pas la priorité de ma vie.

Comme un automate, je prends mon sac, m'assure que la plaque de cuisson est éteinte (une de mes obsessions, je vous l'ai déjà dit) et laisse à l'intention de Dan un Post-it sur lequel je note : *Trouvé !*

Que pourrais-je écrire d'autre ? *Trouvé tes clés et tes SMS à Mary, espèce d'ignoble salopard infidèle !*

En partant, je tombe sur Toby, en jean avec un chapeau Trilby sur la tête. Spectacle du plus haut comique. Un magazine dans la bouche, à la manière d'un chien, il porte à bout de bras un énorme sac à linge débordant de trucs variés.

— Toby, tu as besoin d'aide ?

Il fait gentiment non de la tête et remonte la rue sans se rendre compte qu'il sème en chemin quelques tee-shirts, caleçons et vieux vinyles. Il me fera toujours rigoler, ce garçon !

— Toby ! Tu perds ton bazar !

Je ramasse son fourbi et le rejoins devant une fourgonnette blanche, garée un peu plus loin. Il balance son sac à l'arrière où s'entassent déjà plusieurs autres sacs, un bureau, une chaise et un ordinateur.

— Waouh ! Qu'est-ce qui se passe ?

— Je déménage. Ouais ! Je dé-mé-nage !

— Cool ! Tu vas habiter où ?

— À Hackney. Mon nouveau boulot est à Shoreditch. C'est plus pratique, non ?

— Tu as un job ?

— Un job, un appart, un chat. Je partage le chat, en fait. Treacle, c'est son nom, appartient à Michi.

— Michi ?

— Michiko. Ma chérie.

Toby a une chérie ? Première nouvelle !

— Eh bien, félicitations, je dis en fourrant un pantalon dans le sac à linge que je ferme à grand-peine. Et quid de ta start-up ?

— Elle n'a jamais démarré, c'est bien le problème.

En retournant à la maison, je trouve Tilda sur le pas de sa porte. Elle m'a envoyé un SMS hier soir pour me prévenir que sa mission à Andover était terminée. J'ai oublié de lui répondre. Tiens ! Elle a un drôle d'air ! Fébrile ! En plus elle frissonne. Ce doit être de joie. *Enfin*, son fiston s'en va ! Enfin, il s'est trouvé un boulot. Et une nana. Finis, le bruit, les disputes, les livraisons de pizza à minuit !

Si moi je suis soulagée, j'imagine sa satisfaction.

— C'est formidable, Tilda. On dirait que Toby est subitement devenu adulte.

— Oui, il m'a annoncé qu'il partait, il y a deux jours, pendant le dîner. Sans avertissement, sans préavis. Juste : « Bon, ben, je me tire ! »

— Je suis contente pour toi. Tu as attendu ce moment tellement longtemps.

Je me penche pour l'embrasser. Hum ! Bizarre ! Elle tremble, ma copine. D'allégresse ? Ou de…

Ses yeux sont tout rouges. *Oh my God !*

— *Tilda*, ça va ?

— Je suis trop bête !

— Regarde-moi !

J'observe de près son visage crispé. Sous son habituelle expression de bienveillance, je discerne de la tristesse. La peine de le voir partir. Car, ça y est, il coupe le cordon, finalement.

— Ça m'a fait un choc, m'avoue-t-elle, assise sur le muret qui sépare nos jardins. Ridicule, hein ? Dieu sait que je l'ai souvent supplié de prendre ses cliques et ses claques, mais…

Je me pose à côté d'elle.

— Normal ! C'est ton bébé ! je fais remarquer.

Nous regardons Toby repartir en direction de la fourgonnette. Il transporte cette fois une bouilloire électrique, un grille-pain et un extracteur de nutriments Nutribullet dont les fils pendouillent derrière lui.

— Eh ! C'est mon Nutribullet ! s'écrie Tilda. Je sais qu'il doit s'en aller, ajoute-t-elle en le suivant des yeux. Je sais qu'il doit grandir et que je l'ai poussé à partir. Pourtant…

Elle essuie ses larmes avec un mouchoir et secoue la tête.

— Oh, écoute, je suis vraiment trop bête !

Pendant ce temps, Toby, ignorant le chagrin de sa mère, continue ses allées et venues baskets de hipster aux pieds, chantonnant gaiement, prêt à commencer sa *propre* vie. Je pense tout d'un coup aux jumelles.

— Les filles partiront à leur tour, je fais remarquer à Tilda. Elles s'en iront sans regarder en arrière.

J'imagine soudain Tessa et Anna. Âgées d'à peu près vingt ans. Ravissantes, élancées. Pleines de vie. Vissées en permanence à leur portable. Critiquant tout ce que je dis parce que – « Ma pauvre maman, qu'est-ce que tu en sais ? » – je suis leur mère.

Si j'espérais un mot de réconfort de la part de Tilda (genre : « Mais non, tes filles sont différentes »), j'en suis pour mes frais.

— C'est compliqué, assure-t-elle. Les enfants vous provoquent. Ils vous prennent en grippe. Vous hurlent dessus. En même temps, ils sont dépendants et ne font qu'un avec vous. Et puis, *un beau jour*, ils fichent le camp sans l'ombre d'un remords.

Elle a raison. C'est indiscutable.

— Dans certaines familles la séparation se passe *en douceur*, je déclare pour dire quelque chose.

— Non, l'amour n'est jamais simple. S'il l'est, c'est qu'il y a un défaut.

Toby apparaît sur le perron avec une grande couette pour lit double.

— Sylvie, tu veux qu'on parle de ton site ? demande-t-il.

— Merci, mais nous ne sommes pas encore prêts.

— Comme tu veux !

Il se dirige vers la fourgonnette sans voir que le bord de la couette essuie la poussière du trottoir.

— Attention, ça traîne ! le prévient Tilda. Bah, tant pis ! De toute façon, il a une machine à laver.

— Je crois que Dan me trompe, je dis calmement en regardant droit devant moi. Je suis tombée sur des SMS. Téléphone camouflé. Tiroir fermé. Bref, tout le tremblement.

— Merde alors ! Sylvie, tu aurais dû m'en parler tout de suite.

— Non, ça va. Je gère. Je vais…

En fait, je n'ai aucune idée de ce que je vais faire.

— Non, mais ça va aller. No problemo.

— Oh, ma cocotte ! Quelle merde ! Vous sembliez tellement liés… Parmi tous les couples que je connais, j'aurais vraiment parié que…

— Eh oui ! Nous étions *le couple* que tu évoques. Tu sais le plus comique dans cette histoire ? Je le connaissais *trop* bien. (Rire sans joie.) Nous étions *trop* proches. Je voulais qu'il me surprenne ? Eh bien, c'est réussi ! Tout à fait réussi !

— Écoute, soupire Tilda, tu en es sûre ? Il n'y a pas d'autre explication ? Tu en as parlé avec Dan ?

La seule idée « d'en parler avec Dan » me rend malade.

— Non. Pas encore. J'imagine qu'on ne sait jamais la vérité sur les gens.

— Mais Dan. *Dan*. Le mari le plus aimant, le plus attentionné du monde. Je me souviens de sa visite chez nous après le décès de ton père. Il se faisait un sang d'encre pour toi. Comme il voulait que tu puisses dormir sans être dérangée, il nous a demandé de marcher en chaussettes dans la maison. Et on s'est exécutés, précise-t-elle en souriant.

— Désolée, je ne savais pas. Au fond, c'est peut-être ça, son problème. Il n'a pas pu supporter ma dépression.

Tilda fronce les sourcils et laisse passer un moment avant de réagir.

— Ta dépression ?

— Un sacré gros coup de déprime. Appelle ça comme tu voudras.

— Oui, je t'ai entendue mentionner cette période. Mais je croyais que… que c'était la conséquence de la mort de ton père.

— Oui, bien sûr, je n'arrivais pas à faire face.

— C'est ce que tu as toujours prétendu. Et je n'ai jamais voulu te contredire mais… Bon, c'est peut-être trop tard après tout, qu'importe. À mon avis, tu n'as pas fait de dépression. Tu as eu la réaction d'une personne normale face à un grand chagrin.

Je la dévisage, déconcertée, sans savoir que répondre.

— Souviens-toi, j'ai écrit cette lettre. Et je faisais le guet devant la maison de Gary Butler.

— Et alors ? C'était des moments irraisonnés.

— Mais ma mère… Et Dan. Ils disaient tous les deux… Ils ont appelé un médecin…

— Permets-moi de mettre en doute le jugement de ta mère. Quant à ton mari, il est très protecteur. Peut-être trop. A-t-il déjà perdu une personne proche ?

— Non.

— Donc il n'a pas vécu ce traumatisme. Il n'était pas préparé à ta réaction. Comme il ne supportait pas de te voir souffrir, il a souhaité te guérir. Le deuil, c'est long, horrible, complexe. Mais ce n'est pas une maladie, Sylvie. On ne s'en sort pas « bien » ou « mal ». On s'en sort comme on peut.

Tilda passe son bras sous le mien. Nous restons quelques instants silencieuses. En dépit de tout, sa démonstration me remonte le moral. Il y a du vrai dans ce qu'elle vient de dire.

— Je ne sais pas si ça sert à grand-chose. Probablement pas, dit-elle enfin.

— Au contraire. Tu es toujours de bon conseil. Oh, il faut que je file, je suis en retard, j'ajoute après lui avoir plaqué une grosse bise sur la joue.

— Tu veux que je t'accompagne jusqu'à la gare ? propose-t-elle.

Elle est vraiment top, ma copine.

— Non, reste pour dire au revoir à Toby. Sois tranquille, il reviendra. Tu verras.

14

Pendant le trajet, le tourbillon qui s'agite dans ma tête s'apaise progressivement. Marcher sur les pavés londoniens me fait du bien. À chaque pas, mes problèmes semblent s'estomper. La vie continue, n'est-ce pas ? Pas question de pleurer comme une madeleine au bureau.

Surprise ! Surprise ! Mme Kendrick est dans le hall d'entrée du musée. Accompagnée de Robert et d'un type au crâne rasé en costume bleu qui regarde autour de lui avec un œil exercé. Il est dans l'immobilier, j'en donnerais ma main à couper.

— Bonjour, madame ! Ça fait plaisir de vous revoir à la Willoughby House.

— Navrée de vous avoir laissée en plan, chère Sylvie. J'ai été très occupée.

— Robert nous a dit que vous appreniez à vous servir d'un ordinateur.

— Mais oui. J'ai même un Apple Mac. *A-pple Mac.*

Elle prononce le nom de la marque avec précaution, comme si elle s'exprimait dans une langue étrangère.

— Waouh ! Épatant !

— Oui, on peut faire des tas de choses avec. Je me suis procuré cette blouse (note de moi : blanche avec un col à fanfreluches) sur Internet. Ils l'ont livrée directement du magasin à mon domicile. Je n'ai eu qu'à taper le numéro de ma carte bancaire. Tellement pratique, ce système ! Et puis j'ai donné une note dans la rubrique « Évaluez votre achat ». Quatre sur cinq. Le tissu est parfait mais les boutons sont de médiocre qualité. Vous pouvez voir mon commentaire, si vous voulez.

Je suis sans voix. Ainsi Mme Kendrick est passée de l'ignorance informatique la plus crasse à l'évaluation de produits vendus en ligne.

— Certainement. Mais je ne sais pas sur quel site vous…

— Je vous engage fermement à me lire. Attribuer des notes est un passe-temps merveilleux. On peut évaluer tout ce qu'on veut. Hier j'ai évalué l'agent de police qui est en faction à côté de mon immeuble.

Stupéfaction de Robert.

— Tante Margaret, vous ne pouvez pas faire *ça* !

— Mais si ! Dans la catégorie « Généralités », on peut donner une note à tout. À des sachets de thé… à des vacances… à des policiers. Le pauvre ! Il n'a récolté qu'un trois sur cinq. Il n'a pas l'air très malin et l'uniforme ne lui sied pas.

En parlant, elle jette un coup d'œil oblique à l'homme au crâne rasé. Je me mords les lèvres. Mme Kendrick est à nouveau elle-même. Tant mieux ! Je vais lire certaines de ses évaluations. L'idée que ses critiques sur les choses de la vie se promènent sur Internet m'a mise en joie.

Quand crâne rasé s'éloigne, j'en profite :

— Qui est-ce ? je demande à voix basse.

— Robert l'a amené. Un certain « Miiike », je crois, dit-elle avec condescendance.

— Tante Margaret, vous savez très bien qu'il s'appelle Mike, rectifie son neveu.

— Vraiment, Robert, je n'ai rien à voir avec tout ça. Tu peux agir comme tu l'entends. De toute façon, quand je serai morte, tout te reviendra.

Je fixe Robert dans le blanc des yeux.

— Vous allez vendre sans nous donner notre chance ?

— Je récolte des informations, j'étudie toutes les options, se justifie-t-il.

Mme Kendrick le foudroie du regard.

— Certains renoncent, d'autres empiètent sur leurs prérogatives, assène-t-elle.

Robert semble accablé.

— Quelles *prérogatives* ? Je ne comprends pas. Je vous ai dit que je voulais avoir une estimation.

Hum ! On dirait qu'ils se chipotent depuis le début de la matinée.

— Et moi, je *t'ai dit* que j'avais un projet, mais il n'a pas l'heur de t'intéresser. Je ne suis pas le dinosaure que tu crois, je vis aussi avec mon temps.

— Mais si, il m'intéresse, mais je dois d'abord m'occuper de l'estimation du bâtiment.

— C'est une idée d'avant-garde, m'explique Mme Kendrick. Cela implique un smartphone.

J'essaie de ne pas pouffer. Ma patronne articule le mot « smartphone » en accentuant les deux dernières syllabes.

— Mavis, où est votre smart*phone* ? Nous allons en avoir besoin.

Mavis est une de nos plus vaillantes bénévoles. Une dame robuste, aux cheveux bruns coupés au carré, toujours habillée de robes sans forme et chaussée de souliers confortables. Elle brandit son iPhone.

— Voilà Margaret. Vous êtes prête ?

— Pas tout à fait.

Mme Kendrick contemple les bibelots précieux, la collection d'urnes en porcelaine et les tableaux du XVIIIe siècle comme si elle les voyait pour la première fois.

Que mijote-t-elle ? Va-t-elle faire un selfie ? Poster une photo du musée ? Envoyer commentaire et annotation sur le Net ?

— À quelle distance dois-je me tenir ? veut savoir Mavis. À deux mètres de vous ?

— Oui, parfait, répond Mme Kendrick.

Elles font le tour du hall. La bénévole, téléphone en l'air, cherche manifestement le bon cadrage. Elles ont un truc précis en tête. D'ailleurs, Mme Kendrick donne ses instructions :

— Robert, mets-toi à gauche. Un peu plus. Et vous, Miiike… c'est bien Miiike, n'est-ce pas ?… restez dans l'escalier, s'il vous plaît. Maintenant, je vous demande le silence. On tourne.

Nous n'avons pas le temps de protester qu'elle commence son numéro. D'abord, un sourire photogénique en direction de l'iPhone, ensuite, un petit speech à la gloire de sa fondation, tout en marchant à reculons sur le carrelage noir et blanc, à la façon d'une présentatrice de télé.

— Bienvenue à la Willoughby House. Que dire de ce ravissant musée niché au cœur de Londres ? C'est un joyau secret. Un endroit unique recelant des trésors d'œuvres d'art et d'antiquités. Un instantané de la vie d'autre…

Aaaaah !

Mme Kendrick trébuche. Glisse. Part en vol plané. Concert de cris horrifiés :

— Oh non !

— Mon Dieu !

En atterrissant sur un présentoir, ma digne patronne envoie valdinguer une de ses précieuses urnes bleu et blanc. La porcelaine est propulsée en l'air. Suspense. Va-t-elle se briser en mille morceaux ? Non ! Robert, en rugbyman chevronné, plonge, cravate le fragile objet et le sauve, puis il retombe sur le sol en roulant sur lui-même et va se fracasser la tête sur la balustrade.

— Robert ! Tu viens de sauver 20 000 livres ! s'écrie Mme Kendrick.

— 20 000 ? répète Robert avec un air d'incrédulité qui me donne envie d'éclater de rire. Qui voudrait dépenser autant d'argent pour *ce truc* ? Le monde ne tourne pas rond !

— Pas de casse, mon pote ? demande Mike en descendant les marches.

— Rien de rien ! affirme Robert en tenant l'urne fermement contre lui.

— Et vous, Mme Kendrick, ça va ? je demande, car quand même, elle aussi est tombée par terre.

— Mais oui ! s'impatiente-t-elle, je vais très bien. Mavis, montrez-nous ce que vous avez filmé.

On s'agglutine derrière Mavis pour profiter du spectacle : Mme Kendrick marchant à reculons, faisant posément et distinctement son baratin, perdant l'équilibre... jusqu'au chaos total qui s'ensuit. Difficile de s'empêcher de rire.

— La prochaine fois, avancez au lieu de reculer, conseille Robert à sa tante.

— En tout cas, l'urne est intacte, je fais remarquer.

— 20 000 livres ! Pour cette espèce de pot ! s'exclame-t-il. J'espère qu'il est assuré séparément. Au fait, il ne devrait pas être dans une vitrine fermée ?

Mais Mme Kendrick a d'autres chats informatiques à fouetter.

À Mavis :

— Publiez cette vidéo sur Twitter. Et sur YouTube. Mettez-moi tout ça en ligne !

À Robert et à moi :

— De nos jours, tout le monde tweete. Tout le monde partage. Enfin, vous voyez !

— Quoi ? je dis bêtement.

— Oui, le tweet ! explique-t-elle. Si on veut faire le buzz, il faut tweeter.

Le *buzz* ? Je rêve !

J'ai comme un soupçon tout d'un coup. Et j'ai l'impression que Robert le partage.

— Tante Margaret, cette scène, n'était-elle pas montée de toutes pièces ?

— Évidemment qu'elle l'était ! Robert, je te répète que je ne suis pas née au jurassique. Plus les gens verront la vidéo, plus le nom de Willoughby House rentrera dans leur caboche.

Mavis, qui est au téléphone, y va de son commentaire :

— D'après mon petit-fils, le moment fort est quand on croit que l'urne inestimable va se briser.

— Merveilleux ! s'exclame Mme Kendrick. Envoyez la séquence, ma chère.

— Vous m'avez laissé ramasser un gadin en toute connaissance de cause, s'indigne Robert. Je me suis cogné la tête.

— Fallait-il encore que tu en sois capable, ironise Mme Kendrick.

— Et si l'urne s'était cassée ? Vous auriez risqué 20 000 livres pour une vidéo virale ?

— Robert, s'il te plaît, un peu de jugeote ! L'urne ne coûte pas 20 000 livres. Je l'ai achetée chez John Lewis.

Robert semble proche de la crise d'apoplexie. Parce que sa tante a dépassé les bornes ? Parce que sa tête lui fait mal ? Parce que son copain ricane dans son coin ?

— Bon, je vous laisse, je dis de mon ton le plus diplomatique.

Je monte vers mon bureau d'un pas allègre. Cette histoire m'a requinquée.

Effectivement, la vidéo se retrouve sur YouTube. Chaque fois que je vérifie, le nombre de gens qui l'ont vue augmente. D'accord, pas autant que le bébé panda qui éternue. Il n'empêche que Mme Kendrick a eu une bonne idée.

Pourtant, une vidéo virale ne suffit pas pour que mon moral reste au beau fixe. Je passe l'après-midi comme un zombie. À 16 heures, je touche le fond. Clarissa est allée rencontrer un prospect. Il commence à pleuvoir. Je m'assieds devant l'ordinateur, la tête dans les bras. Soudain, des pas dans l'escalier. Robert ! Vite !

Je recommence à taper le mail que j'ai commencé trois heures plus tôt.

— Re-bonjour, je dis d'une voix absente, comme si je me concentrais à fond sur mon travail. Miiike est parti ?

Pour plaisanter, j'ai prononcé à la façon de Mme Kendrick. Ce qui semble amuser Robert.

— Oui, Miiike est parti.

— Et vous avez vendu la maison pour 20 millions ?

— Au minimum.

— Tant mieux ! Ça serait dommage que vous mouriez de faim, je commente en envoyant le mail.

— Ne vous en faites pas ! Les pauvres orphelins que je vais piétiner en allant chercher cet argent malhonnête me jetteront quelque pitance pendant qu'ils ramoneront ma cheminée de capitaliste.

Je me surprends à sourire. Il a plus d'humour qu'on ne croit, Robert. Je lève le nez. Une bosse bleue a poussé sur son front.

— Vous êtes blessé !

— Oui, merci ! Enfin, une âme charitable s'en préoccupe !

— Mme Kendrick est également partie ?

— Oui, à un rendez-vous avec Elon Musk.

Je réalise qu'il blague. Ouf ! C'était moins une. J'étais sur le point de m'exclamer : « Vraiment ? »

— Ah, ah, très drôle !

— À propos de truc marrant, dit Robert en produisant soudain une bouteille de vin. Regardez ce que j'ai déniché en faisant le tour de la maison avec Mike.

— Ben oui ! C'est le cadeau de Noël que nous donnons chaque année aux bénévoles.

— Château Lafite ! Rien que ça ! On ne se refuse rien à la Willoughby House.

— Votre tante aime la qualité.

Robert contemple la bouteille de bordeaux en secouant la tête.

— C'est du délire ! Enfin ! Vérifions si la qualité de ce nectar est à la hauteur de sa réputation. Il y a des verres quelque part ?

Je prends deux verres en cristal sur la Table Roulante, qui est l'endroit où nous conservons la bouteille de sherry, les noix salées et les chips.

— Drôlement bien équipé ce bureau ! s'écrie Robert. Ne me dites pas que ma chère tante…

— Mme Kendrick apprécie un verre de sherry quand nous restons tard le soir.

— Je ne suis pas étonné !

Il verse le Château Lafite dans les deux verres. Quel arôme ! Sans être une grande spécialiste, je devine à son parfum que c'est un vin extraordinaire.

Robert trinque avec moi :

— À votre santé !

J'ai tellement besoin d'un remontant que j'avale d'un seul coup la moitié de mon verre.

— Vous voulez des petits trucs à grignoter ? je propose en garnissant un bol en verre de biscuits au fromage.

Robert s'assoit sur un fauteuil pivotant et nous buvons tranquillement en piochant dans le bol. Quelques instants plus tard, j'ouvre un nouveau paquet de biscuits pendant qu'il remplit à nouveau nos verres. C'est fou ce qu'il détonne ici avec ses immenses chaussures, sa grosse voix et sa manie de tout déranger sans même s'en apercevoir.

— Attention ! je m'exclame quand son coude heurte la pile de cahiers à reliure de cuir sur le bureau de Clarissa. Vous allez faire tomber les Registres.

— Les Registres ?

— Nous y inscrivons le résumé de tous nos rendez-vous. La date, le nom de la personne, l'objet de la rencontre. C'est incroyablement utile. On fait ça depuis des années.

Il attrape un des cahiers, feuillette quelques pages, commence à lire le compte-rendu soigneusement calligraphié au stylo à plume par Clarissa et le repose en soupirant.

— Ce Plat, cette Échelle, ces Registres, ces Boîtes, ce Vin : tout ça me tape sur le système… On se croirait dans *Alice au pays des merveilles*. Je ne veux pas forcer cet endroit à quitter ce monde de chimères. Pourtant, il le faut. On ne peut pas échapper à la réalité.

— Je consulte différents sites, j'objecte. J'ai lancé un appel à nos bienfaiteurs. Nous pouvons vendre quelques pièces de collection pour obtenir des liqui-dités…

— Ça nous maintiendrait à flot pour un moment, concède-t-il. Mais ensuite ? Il faudrait vendre trois tableaux par an jusqu'à ce qu'il n'y en ait plus ? Ce musée doit être viable.

— Il a besoin qu'on lui injecte de l'argent frais, je rétorque. Un seul montant forfaitaire serait d'un grand secours…

— De l'argent frais, ma tante en injecte depuis des années. Aujourd'hui on a atteint la limite. Vous n'ima-ginez pas combien…

Quelle somme Mme Kendrick a-t-elle prélevée sur ses propres deniers pour nous renflouer ? Ça me gêne de le constater mais je n'en ai pas la moindre idée.

— Par conséquent vous allez vendre ? je demande, la gorge nouée. Je croyais que vous nous laissiez une chance.

— Écoutez, tout est encore du domaine du possible. C'est… une tâche énorme. Plus importante que je ne l'avais imaginé. Ce n'est pas juste faire en sorte que le paquebot change de cap. C'est le faire changer de cap en l'empêchant de couler. La vidéo sur YouTube ne nous sauvera pas. Quant à un nouveau site ? Peut-être oui, peut-être non.

Il remplit mon verre une nouvelle fois. La pluie tambourine sur les vitres. Une vague de tristesse me submerge. Alors voilà ! Il va falloir tourner la page. Au bureau et peut-être aussi à la maison. Soudain, je fonds en larmes. J'étais si *heureuse*. Ma vie avait du sens. Et maintenant tout part en quenouille. Mon job, mes revenus, ma vie conjugale…

— Sylvie, je suis désolé, s'excuse Robert, l'air perturbé. Ma décision n'est pas prise. Je vais réfléchir encore. Et puis on vous aidera à trouver un nouveau poste.

J'essuie mes larmes.

— Non, non. Pardon ! C'est un truc personnel.

— Ah ! fait-il.

Immédiatement, je sens un changement d'atmosphère. Une transformation chimique. Comme si la goutte de vie privée que je viens de laisser tomber dans l'eau claire de mon existence professionnelle la teintait lentement d'une autre couleur.

Qu'est-ce que je raconte ? Mes histoires personnelles doivent l'assommer. Mais non ! Penché en avant, les sourcils froncés, Robert semble intéressé. Très intéressé.

Tiens ! Ses cheveux sont deux fois plus abondants que ceux de Dan. Épais, bruns et brillants. Et son after-shave embaume. Je le sens d'ici. Une marque de prix.

— Je ne veux pas me montrer curieux, lance-t-il après un moment.

— Non, mais c'est que…

Je me mouche tout en essayant de me ressaisir.

— Vous êtes marié ?

La question a fusé malgré moi.

— Non, mais j'étais avec quelqu'un.

— D'accord.

— Et c'était tout de même compliqué. Quant au mariage…

— Yep !

Il avale une gorgée.

— Je vais vous *dire* une chose. Je ne devrais pas mais tant pis. Si votre mari… si d'une manière ou d'une autre… s'il ne se rend pas compte de ce qu'il a…

Il fait une pause et me fixe de ses yeux sombres indéchiffrables.

— … c'est qu'il est fou. Complètement fou.

Sous son regard, je me sens palpiter. Fascinée par ses yeux. Ses cheveux brillants. Sa franchise. Il ressemble tellement peu à Dan. C'est un homme d'un genre différent. D'une saveur différente.

Petite théorie à la Sylvie, en passant. Disons que la vie est une boîte de chocolats et que prendre un mari est comme choisir un chocolat. Avant de refermer le couvercle, vous vous exclamez : « Et voilà, c'est fait ! C'est celui-là que je voulais. Au praliné. Miam ! Les autres parfums ne me disent plus *rien*. Tra-la-la-la-laire. » Et vous vous régalez. Mais c'est plus fort que vous : de temps à autre, vous regardez le chocolat fourré au caramel en *salivant*...

— Oui, c'est qu'il est fou, insiste Robert les yeux plantés dans les miens. Ça vous dirait d'aller manger un morceau ? ajoute-t-il.

Soudain, un film se déroule devant mes yeux. Son scénario regorge d'événements attrayants, voire irrésistibles. Premier plan : un dîner. D'autres verres de vin. Des rires, la tête qui tourne, l'ivresse mentale d'envoyer *Dan au diable*. Séquence suivante : une main sur mon bras, des choses douces murmurées à l'oreille. *On va danser ?* Travelling : un taxi, le couloir faiblement éclairé d'un hôtel... *Close-up* : des lèvres que je ne connais pas sur ma bouche... des mains me déshabillent... un nouveau corps contre le mien...

Un script hyper séduisant.

Non, désolant !

Coupez ! Clap de fin. Ce rôle n'est simplement pas pour moi. Pour quel rôle suis-je faite ? Je l'ignore. Certainement pas pour celui-là, en tout cas.

— Non merci, je dis finalement d'une voix un peu saccadée. Il vaut mieux que je rentre et... Mais, vraiment, je vous remercie ! Merci !

J'arrive à la maison avant Dan, prends joyeusement congé de Karen, mets les filles au lit et m'installe dans la cuisine en me sentant comme le personnage du méchant dans un film de James Bond.

Je vous attendais, monsieur Winter. Telle devrait être ma réplique. Mais elle n'est pas conforme. Parce que, jusqu'à hier soir, tout cela m'était inconnu : les histoires de fesses extraconjugales, les tiroirs secrets, les messages clandestins. Aujourd'hui, je n'ai pas arrêté d'examiner les photos des SMS de Dan. Et de les étudier. Ils me sont familiers. Dans son style. Tout à fait le genre de textos qu'il m'adresserait… sauf qu'ils ne me sont pas destinés.

Un SMS, en particulier, me serre le cœur : Ne pas oublier l'élément PS. L'élément Princesse Sylvie. Je ne suis plus sa femme adorée, je suis un *élément*. En outre, Princesse Sylvie est un surnom très confidentiel : pour différentes raisons, je frissonne chaque fois que je l'entends. Et voilà qu'il le lui a divulgué.

Je ne comprends plus rien. Le Dan que je connais est attentionné et plein de sollicitude. Il protège notre couple et ce que nous avons construit. Notre foyer. Notre famille. Notre univers. Peut-on réellement méconnaître une personne dont on a été si proche ? Peut-on être aveugle à ce point ?

Comment vais-je l'accueillir ? Pas en lui balançant les faits à la figure. Ça servirait à quoi ? À rien, sauf à me procurer passagèrement une joie mauvaise (ce qu'en fait, à cet instant précis, je ne détesterais pas !).

Résumons. Je l'ai piégé et je l'ai démasqué. Enfin, si l'on peut dire.

Car le démasquer voudrait dire qu'il se confesse totalement et spontanément. Qu'il soit vraiment désolé et qu'il me donne une explication apte à tout rectifier. (Quelle explication ? Ne me demandez pas ! Ce n'est pas dans mes attributions.)

Encore mieux : on rembobinerait la pellicule et tout serait effacé.

Le son de sa clé dans la serrure me fait sursauter. Horreur ! Je ne suis pas prête ! Vite, une main pour lisser mes cheveux. Mon cœur bat à se rompre. Mais Dan, qui vient d'entrer, ne semble pas l'entendre. Ni remarquer quoi que ce soit, d'ailleurs. Il a l'air lessivé et fronce les sourcils, comme perdu dans ses pensées. Il laisse tomber sa serviette en soupirant. En temps normal, je compatirais et lui proposerais une tasse de thé ou un verre de vin.

Mais pas ce soir. Il est crevé ? *Bien fait ! Il n'a qu'à pas avoir une vie aussi compliquée.* Je crache ces mots en secret dans ma tête tout en souhaitant qu'il puisse les capter.

— Ça va ? je demande.

— J'ai connu des moments plus sympas, se plaint-il.

Je m'efforce de maîtriser ma colère.

— Il faut qu'on parle, je déclare.

Il me regarde comme si je dépassais les bornes.

— Sylvie, je suis claqué, j'ai eu une journée de merde et j'ai des coups de fil à passer...

— Oh, des *coups de fil* ! je souligne sans pouvoir m'empêcher de ricaner.

— Eh oui !

— Quel genre ?

— Des coups de téléphone.

J'ai le souffle court et la cervelle en ébullition. Reprends-toi, Sylvie !

— Dan, je sens comme un fossé entre nous. Nous devons être honnêtes l'un envers l'autre. Oui, francs,

350

directs. Pourquoi ne pas lancer un nouveau projet ? L'opération « Pas de Cachotteries ».

— Bordel ! marmonne Dan en ouvrant la porte du frigo à la recherche d'une bière. J'ai un besoin dingue de boire un coup.

Visiblement l'opération « Pas de Cachotteries » est le dernier de ses soucis. Mais j'insiste :

— Nous devons nous rapprocher. Et, pour ça, il faut se montrer sincères. Tout se dire. Par exemple (je me triture les méninges)... j'ai *complètement* oublié de te signaler que ta mère avait appelé l'autre jour. Excuse-moi.

Silence pesant. Et puis :

— De quoi tu parles ? fait Dan.

— De l'opération « Pas de Cachotteries ». À ton tour d'avouer. Tu as bien zappé un truc... Quelque chose... N'importe quoi...

Je me tais, subitement consciente de la stupidité de mon stratagème et de son inutilité. J'espère quoi ? Qu'il confesse son péché d'adultère contre un message téléphonique passé à la trappe ?

— Sylvie, je n'ai *absolument* pas le temps pour ces histoires.

La sécheresse de son ton me fait voir rouge.

J'explose :

— Tu n'as pas le temps pour ton couple ? Pour discuter des soubresauts de nos rapports ?

— Quels soubresauts ? Il faut toujours que tu inventes des problèmes.

J'invente ? Il se moque de moi ! *Et toi, tu as inventé tes SMS ?*

Plus un bruit dans la cuisine, mis à part le tic-tac de l'horloge murale que nous avons achetée chez Ikea, avant notre mariage. À cette époque, tout était simple. On avait été instantanément attirés par le même modèle, rond, sans chiffres, avec un gros bord noir. Pas de discussions, pas de palabres. On était synchrones. Le bonheur !

De quoi se tordre de rire !

Dan se pose sur une chaise. À cet instant, il ressemble au mari que j'ai connu et aimé pendant des années. Pourtant ce n'est pas lui. Le type assis devant moi est un homme bourré de secrets.

Je bouillonne de rage. Je dois le confronter. Si je ne peux pas brandir les textos adressés à Mary, il me faut trouver autre chose.

— Tu mijotes un truc de boulot, je le sais. À l'hôpital, tu as dit à ma mère « un million de livres, peut-être deux ». Alors, Dan ? Tu empruntes cette somme ? Sans me mettre au courant ? Pour ton business avec Copenhague ?

— Bordel, Sylvie !

— Ouais, je t'ai entendu ! je clame d'une voix aiguë. « Un million, peut-être deux. » Bon sang ! Tu joues avec notre avenir. Et je sais pertinemment de quoi il s'agit…

— Ah oui ? Et de quoi il s'agit ?

Franchement ! Il ose demander ?

— Il s'agit de mon père, je glapis. Qu'est-ce que tu *crois* ? C'est toujours au sujet de mon père. Tu ne peux pas supporter que papa ait gagné beaucoup d'argent, qu'il ait réussi, que les gens l'aient admiré. Si tu voyais ta tête quand les gens l'encensent…

— Ce n'est pas vrai ! aboie Dan.

— Mais reviens sur terre ! C'est l'évidence même. C'est pour ça que tu veux agrandir ta boîte. Pas pour nous mais pour faire concurrence à mon père qui, je te le rappelle, est *mort*. Mort et enterré. Tu es un pauvre connard, Dan, et j'en ai ras le bol.

À bout de souffle, je stoppe net. En larmes, au bord de la panique. Je n'en reviens pas d'avoir traité Dan de pauvre connard. Une expression que j'ai toujours voulu éviter. Et maintenant, voilà, j'ai franchi la ligne.

Une veine bat sur le front de Dan. Il me dévisage sans parler. Semblant réfléchir furieusement. Mais à quoi ? Impossible de deviner.

— C'est insupportable, décrète-t-il tout à coup en repoussant sa chaise.

— Qu'est-ce qui est insupportable ?

Il traverse alors l'entrée sans répondre et commence à monter.

— Dan ! Reviens ! Nous devons parler !

À mi-étage, il se retourne :

— Ça ne va pas la tête ! Nous n'avons *pas* besoin de parler. Je n'ai rien à dire. J'ai besoin d'air. D'espace. D'être seul. Pour penser. D'espace, tu piges !

— Ha ! ha ! D'*espace*, je réplique aussi méchamment que possible parce que, dans le tréfonds de mon cœur, je suis terrifiée.

Les choses se sont emballées plus vite que je ne le prévoyais. J'aimerais revenir en arrière. Le supplier : « S'il te plaît, Dan, dis-moi que tu n'es pas amoureux d'elle. » Mais j'ai peur de ce qu'il pourrait déballer. Je croyais savoir tout de lui ? Être branchée sur la même longueur d'ondes ? Communiquer par télépathie ? Au temps pour moi. Aujourd'hui, la ligne est coupée.

Je pourrais m'évanouir de trouille. Si l'entrée de la maison m'est familière, mon mari est devenu un étranger. D'ailleurs, son regard me fait dresser les cheveux sur la tête. Il n'a plus rien d'intime. Il est distant. Pire : indifférent.

— J'ai omis de te dire que je partais en voyage demain, annonce-t-il d'une voix hypocrite. Je dois me rendre… en Écosse, à Glasgow. Et je ferais aussi bien de dormir à l'hôtel de l'aéroport ce soir.

— Glasgow ? Pourquoi ?

— Un futur nouveau fournisseur, explique-t-il en regardant ailleurs.

Mon cœur se serre. Il ment. J'en suis certaine.

Il va la voir.

— Bon !

J'arrive à peine à prononcer cette seule syllabe tant je suis oppressée.

— Préviens les filles que je reviens vite et embrasse-les de ma part.

Il monte les marches tandis que je reste plantée dans l'entrée en repassant en boucle notre conversation dans ma tête. Quelques minutes plus tard, il redescend en tenant le sac de voyage en cuir que je lui ai offert pour notre premier Noël ensemble.

— Pourquoi tu ne restes pas cette nuit à la maison ? Tu ne préfères pas aller à l'aéroport demain ?

— J'ai des trucs à régler, dit-il en fixant résolument un point sur le mur derrière moi. Je vais envoyer un SMS à Karen. Elle sera sûrement d'accord pour faire des heures supplémentaires et être là pour la course de l'école.

Il croit que je me soucie de la course de l'école ? N'importe quoi !

— D'accord !

C'est tout ce que je parviens à articuler.

— Un déplacement d'un ou deux jours. Je te tiens au courant.

Il me plante une bise sur le front et marche vers la porte d'entrée de son grand pas déterminé. Deux secondes après, il est parti. Et moi, au bord du malaise, je suis toujours immobile. Quel choc ! Je n'en reviens pas !

Tout à coup, je me précipite à l'étage, pousse la porte de son bureau et ouvre le premier tiroir de sa table de travail. Son passeport s'y trouve, comme d'habitude. Dan n'est pas du genre à oublier son passeport. C'est la preuve qu'il ne prend pas l'avion.

J'ouvre le passeport et contemple la photo de mon mari. Quelle mascarade ! L'homme qui n'avait pas de secrets pour moi se révèle être un fieffé menteur.

L'humiliation s'abat sur moi et m'étouffe comme une couverture. Tout ça est tellement sordide, tellement banal. Mon mari me quitte en me laissant avec les enfants pour rendre visite à sa maîtresse. Voilà mon triste sort. Moi qui croyais dur comme fer que nous étions différents. Exceptionnels. Finalement nous sommes comme n'importe quel couple bancal du sud-ouest de Londres. Moitié en larmes, moitié hystérique, je commence à taper un message.

Fous le camp et amuse-toi bien. Au fond, tu n'es qu'un type nul, prévisible et ennuyeux.

Je l'envoie avant de m'affaler par terre. J'ai dépassé le stade des sanglots. Je suis anéantie.

Nous formions un couple idéal. *Quel couple !* s'extasiaient les gens.

Maintenant nous sommes juste *un de ces couples*.

15

Mon expérience du deuil date de la mort de mon père. Je vous explique. Au début, on est anesthésié. On fonctionne normalement. On sourit, on fait des plaisanteries. Et on pense : « Chouette alors, je suis drôlement solide – qui l'aurait cru ? » Ce n'est que plus tard que la douleur vous aspire et qu'on commence à avoir tout le temps mal au cœur.

J'en suis toujours au stade de l'engourdissement. J'ai préparé les filles pour l'école et salué le professeur Russell – John – par la fenêtre. J'ai bavardé gaiement avec Karen en lui expliquant que Dan était super occupé par son boulot.

J'aurais pu assister à la course de l'école mais, comme hier soir Dan lui a envoyé un texto réclamant en urgence sa présence, elle s'est pointée ce matin à 7 heures, prête à gérer la journée. Elles viennent de partir. Il règne dans la maison un silence propre aux lieux que des enfants ont quittés il y a peu. Nous ne sommes que deux : moi et le fichu serpent qui, heureusement, n'a pas besoin d'être nourri avant cinq jours. Si Dan n'est pas rentré d'ici là, je le refile à la SPA.

Je me maquille plus que d'habitude, en forçant particulièrement sur le mascara. J'enfile des talons hauts parce qu'aujourd'hui être plus grande va me donner confiance en moi. Ma veste sur le dos, je suis prête à filer au bureau quand j'entends le bruit caractéristique du courrier tombant dans la boîte aux lettres. Gamberge immédiate : si c'est pour Dan, dois-je lui faire suivre ? Et à quel endroit ?

Il y a seulement deux catalogues et une enveloppe adressée à nos deux noms. Papier luxueux couleur crème. Écriture élégante et penchée. Je la contemple avec suspicion. Elle n'a quand même pas… Non, c'est impossible…

Je déchire le rabat, l'angoisse au ventre. Mais si ! C'est d'elle. Une lettre de remerciements. Les mots dansent devant mes yeux. Je ne capte rien. Une pensée unique me taraude : *Comment osez-vous ?*

Oui, vous *deux*. Toi. Elle. Avec vos SMS secrets et vos étreintes en douce. Me prenant pour une conne. Comment osez-vous ?

Je me sens subitement gonflée à bloc. Débordante d'une colère incandescente. Hier soir, je m'y suis mal prise. J'ai joué à contre-pied. Je n'ai pas taclé assez vite, pas craché les paroles qu'il fallait. Je me rejoue la scène. Et je regrette. De ne pas lui *avoir flanqué* les SMS sous le nez. De ne pas lui avoir tout *balancé* à la figure. J'attendais quoi au juste ? Qu'il reconnaisse les faits ? Pour quelles raisons l'aurait-il fait ? Vœu pieu !

Donc, aujourd'hui, changement de tactique. Je prends les choses en main. L'amoureuse de mon mari s'imagine sans doute qu'elle peut tout se permettre. Mais le coup de la lettre de remerciements recto verso, en rigolant derrière mon dos, ça, je ne l'accepte pas. Pas question !

Je préviens Clarissa par texto que je me rends à la London Library pour faire des recherches. Ensuite, je cherche sur Google la boîte où Mary travaille : Green Pear Consulting. Facile, c'est à Bloomsbury. En sortant du métro à Goodge Street, j'avance d'un pas vif, poings serrés, menton en avant, fin prête pour une séance musclée de catch féminin.

J'arrive devant un vieil immeuble londonien assez typique : cinq étages abritant une dizaine d'entreprises, un ascenseur poussif et une réceptionniste particulièrement bouchée. Finalement, après un échange insoutenable entre la fille de l'accueil et une préposée de Green Pear Consulting – « Non, elle n'a pas rendez-vous. Pas de rendez-vous, qu'elle me dit. Son nom c'est Sylvie. C'est ça. Syl-vie Winter. Oui. Elle veut voir Mary. Ma-ry. Oui » –, je file au quatrième. Bien que j'aie l'habitude de grimper des étages, mon cœur bat à se rompre. L'appréhension me donne la chair de poule. Le moment est surréaliste. D'un autre côté, je vais enfin, *enfin*, obtenir des réponses. Prendre une sorte de revanche. Me battre contre *quelque chose* de tangible...

Je pousse une lourde porte coupe-feu : sur le palier étroit se tient Mary, toujours aussi ravissante dans une robe en lin gris. Elle semble stupéfaite de me voir. Ha ! Ha ! Bien fait, espèce de faux-jeton ! *Finie*, la tranquillité !

— C'est toi, Sylvie ! s'exclame-t-elle. On m'a téléphoné d'en bas pour m'annoncer une Sylvie mais je ne m'attendais pas...

— Tu ne sais pas pourquoi je suis venue ? Vraiment ? Tu n'as aucune idée ?

Silence. Vu sa tête intriguée, elle se pose des questions.

— Allons dans mon bureau, propose-t-elle enfin.

Elle me précède dans une pièce minuscule et m'indique le fauteuil qui fait face à sa table de travail. L'endroit est assez dépouillé – du bois clair, quelques affiches pour la défense de l'environnement et un étonnant tableau abstrait sur lequel, en d'autres circonstances, je me serais renseignée.

Elle s'assied mais je reste debout. Histoire de dominer la situation.

J'attaque :

— Merci pour ta *lettre*.

Je l'extirpe de mon sac et la flanque sur son bureau. Elle tressaille, récupère l'enveloppe avec circonspection et la repose.

— Y a-t-il… ? Es-tu… ? Sylvie…

— Oui ? je fais méchamment.

Comptez sur moi pour ne pas lui rendre la tâche facile.

— Quelque chose ne va pas ?

Un comble !

— Écoute, Mary, tu as une aventure avec Dan. Il s'est installé avec toi. C'est entendu. Mais te répandre en remerciements pour le dîner « très réussi », alors là, je trouve que c'est un peu fort de café.

Elle me regarde, sidérée.

— *Installé* avec moi ? Mais tu divagues…

— On ne me la fait pas !

— Minute, Sylvie ! Je ne couche pas avec Dan et il ne vit pas avec moi. D'accord ?

— C'est ça ! Et je suppose qu'il ne t'a pas non plus envoyé de messages dans mon dos. Je suppose qu'il ne t'a pas écrit qu'il se sentait « coincé ». Je vous ai vus parler, Mary ! Et vous serrer l'un contre l'autre. Alors arrête de jouer la comédie. OK ? Parce que je *sais*.

Nouveau silence. Je l'ai eue ! J'ai percé sa carapace de sérénité. La créature angélique me paraît sacrément ébranlée.

— C'est vrai que, ce soir-là, nous avons bavardé. Et, oui, nous nous sommes étreints, mais comme de vieux amis, rien de plus. Dan voulait me faire des confidences et… je l'ai écouté.

Elle se lève et se retrouve au même niveau que moi.

— Mais nous ne couchons pas ensemble, assène-t-elle. S'il te plaît, crois-moi !

— De vieux amis, je raille.

— Parfaitement ! Je ne couche pas avec des hommes mariés. Ce n'est pas dans mes habitudes.

— Et les SMS ? je rétorque.

— Je lui en ai seulement envoyé deux. Simple bavardage. Rien d'autre, je te promets.

— Et quand vous vous êtes retrouvés. Au Starbucks. Chez Villandry.

— De quoi tu parles ? Chez vous, on a envisagé un possible déjeuner. C'est tout. Il avait envie de s'épancher.

— À quel sujet ? Sur mon « NRVement grave » ?

— Quoi ? Mais absolument pas !

— Arrête de tout nier ! Je les ai vus, ces SMS. « En retard, dzolé. » « C OK. J'ai géré S. »

Chaque fois, je mime des guillemets avec les mains.

— Et « Ne pas oublier l'élément PS ». Je les ai lus. Pas la peine de mentir !

— Je ne comprends rien à ce que tu racontes. « L'élément PS », c'est du chinois pour moi. Et il n'a pas pu être en retard pour la bonne raison que nous n'avons jamais convenu d'un rendez-vous.

J'ai du mal à respirer. Elle me raconte des *carabistouilles* ! Je lui montre les photos des SMS que j'ai prises dans le bureau de Dan.

— Et ça ! Tu te rappelles ?

Le front plissé, Mary les consulte avant de secouer la tête énergiquement :

— Je tombe des nues.

— Quoi ? je rugis. Mais la destinataire est Mary. Tu vois : Mary !

— Peu importe ! Ce n'est pas moi !

Pendant un moment, nous nous regardons en chiens de faïence. Je me triture les méninges pour trouver une explication. Puis Mary attrape mon téléphone et fait défiler les SMS jusqu'à une réponse envoyée par « Mary ». Nouveau numéro de mobile à partir de demain. Suivent plusieurs chiffres.

— Ce n'est pas mon numéro, explique-t-elle posément. Et ce ne sont pas mes SMS. Je te montre mon téléphone, si tu veux. Et tu peux lire les messages de Dan. Il y en a trois. Très innocents, je t'assure.

Elle débranche son portable du chargeur et l'ouvre.

Les trois textes de Dan, commençant par « Bonjour, Mary » et disant en gros que c'était « sympa d'avoir repris contact », sont effectivement très inoffensifs et même assez formels. Rien à voir avec le côté intime et badin des autres.

— J'ignore qui est cette Mary mais tu t'es trompée de personne, conclut-elle.

— Pourtant…

Les jambes tremblantes, je m'affale sur le fauteuil. Je me sens chagrinou. Extrêmement chagrinou. Qui est cette autre Mary ? Combien de Mary Dan *a-t-il* dans sa vie ? Celle qui se trouve en face de moi a l'air tout aussi perplexe. Elle fait lentement défiler les SMS de Dan en grimaçant.

— Tu n'as pas tort de… t'inquiéter, déclare-t-elle. Tu vas faire quoi ?

— Je ne sais pas, je soupire, complètement découragée. Dan a quitté la maison hier soir. Un soi-disant voyage d'affaires. Mais c'est du baratin. À ton avis, il était avec *elle* ?

— Non, réplique Mary. Sûrement pas. Ce n'est pas son genre. Je crois plutôt que…

Visiblement une idée vient de lui traverser l'esprit. Je me redresse, aussitôt sur le qui-vive.

— Quoi ? Il t'a dit quelque chose ? Il s'est confié à toi ?

— Pas vraiment. Il a commencé mais n'a pas poursuivi. J'étais désolée pour lui. Il semblait terriblement stressé.

— *Pas besoin* de me le dire, je le sais bien ! Mais impossible de lui faire cracher la raison de son stress. Il garde tout pour lui. Comment l'aider si j'ignore ce qui se passe ?

Mary est à nouveau plongée dans les SMS. L'air embêté. On dirait qu'elle se trouve devant un dilemme, qu'elle pèse le pour et le contre.

— Il *t'a dit* quelque chose ! je glapis. Quoi exactement ?

À sa mine, je me rends compte que j'ai fait mouche. Lèvres pincées, regard contrit. C'est clair : il lui a révélé un secret qu'elle ne divulguera pas. Elle le protège parce que c'est une fille bien. Pour elle, c'est la seule attitude à adopter. Mais moi, je dis qu'elle se trompe !

— Mary, je t'en prie !

Penchée en avant, j'essaie de toutes mes forces de lui communiquer l'urgence de la situation.

— Mary, je sais que tu es son amie et que tu te refuses à trahir sa confiance. Mais ne crois-tu pas qu'au contraire, pour lui venir en aide, il vaut mieux dévoiler ce qu'il t'a confié ? Je ne dirai jamais que ça vient de toi. Promis, juré. Et je te rendrai la politesse si le cas inverse se présente.

Je suis sincère. Je ne cacherai *rien* à Mary. Même s'il y a peu de chances qu'une situation équivalente survienne.

— Il ne m'a pas vraiment donné de détails, hésite-t-elle. Mais oui, quelque chose le mine. « Quelque chose pourrit ma vie, m'a-t-il dit. Je vis un cauchemar permanent. »

— Avec moi il n'a jamais fait état de ce « cauchemar permanent ». Pourquoi ? Comment ?

— Ce sont les termes qu'il a employés. Je n'ai pas d'autres détails. Sauf…

Gênée, elle se mord les lèvres.

— Dis-moi !

— D'accord, chuchote-t-elle. Alors voilà : quel que soit le problème… c'est en rapport avec ta mère.

— Ma mère ? je répète, estomaquée.

— Demande-lui. Parle-lui. J'ai le sentiment que… Mais Mary s'arrête à mi-phrase.

Pas question d'aller au bureau. J'envoie un texto à Clarissa pour lui dire que je suis retardée par des recherches supplémentaires. Et je retourne à la maison. Au cours de mon trajet, j'ai laissé trois messages téléphoniques à maman et un SMS. Plus un mail avec pour objet : « Je dois te parler ». Jusqu'à maintenant, silence radio. S'il le faut, j'irai chez elle lui tirer les vers du nez. Mais, pour le moment, j'ai besoin de tranquillité pour réfléchir à ce que je viens d'apprendre. « Un cauchemar permanent. » Depuis combien de temps Dan est-il plongé dans cet enfer ?

D'après Mary, cela a un rapport avec maman. Première hypothèse : c'est lié à ce « un million de livres, peut-être deux ». Seconde hypothèse, bien pire : Mary a tout faux et *je suis* le cauchemar permanent. Cette idée me glace. Je revois le visage de Dan hier soir. La façon dont il a lancé « c'est insupportable ! », comme s'il était au bout du rouleau.

Chaque fois que je me repasse les événements de la veille, je me recroqueville intérieurement. Je l'ai traité de pauvre connard. Je présumais qu'il reproduisait l'image banale du mari qui trompe sa femme avec une ex-petite amie et lui raconte des bobards. Mais il y a autre chose, j'en suis sûre. En marchant, je suis prise d'une envie subite de lui envoyer un SMS pour me racheter. Je commence par « Cher Dan » avant de stopper net. Que lui écrire ? Des tas de phrases se forment dans ma tête que j'écarte aussitôt, l'une après l'autre.

Dis-moi qui est l'autre Mary. S'il te plaît, ne me tiens pas à l'écart de tes difficultés. Parle-moi de ce cauchemar permanent dans lequel tu vis.

S'il voulait me mettre au courant, il l'aurait déjà fait. Ce qui me ramène à la seconde hypothèse et au mauvais pressentiment qui en découle : je suis sans doute son cauchemar permanent.

Il ne m'en faut pas plus pour fondre en larmes. Juste au moment où j'arrive à la maison, je me reprends. Bien obligée. Toby est devant chez sa mère avec dans les bras une paire de rollers et un casque.

— Salut, Toby ! J'étais sûre que tu reviendrais !

— Pour prendre mes rollers que j'avais oubliés.

Il les flanque dans le coffre d'une Corsa garée devant.

— Une nouvelle voiture ? je demande.

— Elle est à Michi. Faut d'ailleurs que je la prévienne que je l'ai empruntée.

Il s'assied sur le muret du jardin, envoie son texto et paresse au soleil qui vient de percer à travers les nuages. Il n'a pas l'air pressé, l'ami Toby.

— Tu as un boulot ?

— Pas de souci, j'y vais tard. Normalement, je travaille genre de midi à minuit.

Minuit ? Je me sens complètement dépassée, tout à coup.

— N'oublie pas de voir ta mère, puisque tu es là. Elle est à la maison ?

— Ouais ! Elle me prépare des spaghettis bolognaise, dit-il d'un air ravi.

Je suis contente pour Tilda. Elle doit être enchantée qu'il soit revenu si vite. C'est ça, ou alors ils ont déjà commencé leurs éternelles engueulades.

— Tu veux déjeuner avec nous ? me propose-t-il poliment. Il y a sûrement assez.

— Non merci. J'ai des trucs à régler... Je traverse un moment un petit peu...

Sans en avoir l'intention, je m'installe en soupirant à côté de lui.

— Dis-moi Toby, as-tu parfois l'impression d'être victime d'une machination ?

En fait, je n'attends pas vraiment de réponse. Cependant Toby hoche la tête.

— Je te l'ai déjà dit, Sylvie : le complot est partout.

Le soleil réchauffe nos visages. Je sors mes lunettes de soleil et prends mon baume pour les lèvres. En voyant mon étui rose, il ajoute :

— À commencer par les grands labos de produits cosmétiques !

Au lieu de répondre, je fixe les lettres dorées qui ornent mon étui : *P.S.* Quand je pense que Dan a utilisé mon surnom dans ses SMS qu'il a envoyés à une autre femme ! Et qu'il parle de moi comme « l'élément PS ». L'élément Princesse Sylvie. L'idée même qu'une autre prononce ces mots est insoutenable. La pire des trahisons. Ou presque.

Mais qui est-ce ? Qui est-ce ?

— Tu ferais quoi si tu voulais retrouver l'auteur de SMS ? je demande.

— Cherche le numéro sur Contacts.

— Oui mais le numéro ne t'aide pas à identifier le nom.

— Va sur Google et vois si le renseignement sort.

Logique ! Je n'y aurais jamais pensé.

— Mais les numéros de portable ne sont pas listés sur Google, j'objecte.

— Quelquefois, ils le sont. Essaie, tu verras bien. C'est sur ton téléphone ?

Instantanément, je suis sur mes gardes.

— Une des filles du bureau. Sa cousine, j'ajoute pour faire bonne mesure. Cousine éloignée. C'est sans importance.

Pas une seconde à perdre, Sylvie ! Précipite-toi sur ton ordinateur. Je me lève.

— Bon, Tob's, c'était sympa de te voir. Amène Michi la prochaine fois. On serait contents de la connaître.

— Avec plaisir. Bye, Sylvie !

Je me rue vers la maison, tâtonne avec ma clé. Mon ordinateur met trois plombes à s'allumer. C'est en tout cas ce qu'il me semble. Je l'encourage en marmonnant : « Allez, *allez* ! » Après quoi je tape le numéro qui accompagne les SMS et attends le résultat en retenant mon souffle. En fait de réponse immédiate, j'en suis pour mes frais. S'affiche d'abord une foule d'infos inutiles concernant des numéros d'immatriculation de voiture, des annuaires nombreux et variés qui ne me servent à rien. Et puis, beaucoup plus loin, je tombe sur quelque chose qui m'interpelle :

St. Saviour's School Rugby Club. Déléguée des parents : Mary Smith-Sullivan.

C'est elle. Son numéro correspond. Le prénom correspond. Elle existe. Que puis-je dénicher d'autre à son sujet ? Elle bosse quelque part peut-être ?

Le cœur battant, je la cherche sur LinkedIn. Et je la trouve. Mary Smith-Sullivan, associée, cabinet Avory Milton. Spécialité : diffamation, litiges concernant la vie privée et les médias. À vue de nez elle a une petite cinquantaine, porte les cheveux courts et une veste un peu large. Maquillage très sobre. Sur la photo, elle sourit. Un sourire plus professionnel que chaleureux. Genre, puisque je dois avoir l'air aimable, je souris.

C'est à *elle* que Dan adresse tous ces SMS ?

Je ne le vois pas avoir une histoire avec elle. Non.

Elle ne *peut* pas être sa maîtresse.

L'œil rivé sur la page, je m'efforce de trouver une logique à tout ça. Au bout d'un moment, je prends mon téléphone et me décide à composer un numéro.

— Cabinet Avory Milton, bonjour ! répond une voix charmante.

— Je voudrais un rendez-vous avec maître Smith-Sullivan. Dans les plus brefs délais, s'il vous plaît. Aujourd'hui si possible.

Avory Milton est un cabinet d'avocats de moyenne importance, situé près de Chancery Lane. Perché au quatorzième étage, le hall de réception est percé de grandes baies vitrées qui offrent un panorama impressionnant sur Londres. Inutile de dire qu'en sortant de l'ascenseur j'ai les jambes flageolantes à cause du vertige. Franchement ! On ne devrait *pas* permettre aux architectes d'installer des ouvertures pareilles !

J'arrive tout de même à avancer jusqu'à l'accueil, à me faire remettre un badge de visiteur et à m'asseoir sur un des canapés gris ardoise en tournant résolument le dos à la vue.

Tout en faisant semblant de lire un magazine, j'observe attentivement le va-et-vient des gens et détaille même leur distributeur d'eau. Pour l'instant, pas l'ombre d'un indice. Je ne saisis toujours pas le rapport entre Dan et ce cabinet d'avocats. Je vois, en revanche, que leur sens de la ponctualité est à revoir entièrement. Ça fait une demi-heure que je poireaute.

— Madame Tilda ?

Ça y est ! C'est elle. Même coiffure courte que sur LinkedIn. Elle est en blazer bleu et jupe rayée (Zara, je l'ai reconnue tout de suite !), et porte de jolies chaussures. Ah ! Elle a une alliance.

— Je suis maître Mary Smith-Sullivan. Bonjour !

Avec un sourire de commande, elle me tend une main aux ongles faits et ajoute :

— Désolée de vous avoir fait attendre.

— Pas de pro...

Je n'arrive qu'à produire un couinement. Heureusement, ma seconde tentative s'avère plus concluante.

— Bonjour, maître, merci de me recevoir aussi vite.

J'ai pris Mme Tilda comme pseudonyme. Bizarre ? D'accord. Mais j'étais tellement énervée en appelant que je n'ai pas trouvé mieux. Quand la secrétaire m'a demandé mon nom, dans la panique, j'ai balbutié : « Tilda. » Puis j'ai rectifié : « Mme Tilda. Penelope Tilda. »

370

Penelope Tilda ! Ça sent l'invention à plein nez. Mais pour le moment ça passe. Encore que… Dans le couloir moquetté de beige qui mène à son bureau, l'avocate me jette un drôle de regard scrutateur. Au téléphone, je n'ai pas précisé le but du rendez-vous. J'ai seulement dit que c'était très confidentiel et urgent.

Maître Smith-Sullivan me fait entrer dans un grand bureau dont la fenêtre, par chance, est de taille normale. Je m'assieds sur une chaise tapissée de bleu pendant qu'elle verse de l'eau dans deux verres. L'attente est pénible. Comment aborder le but de ma visite ?

— Alors, madame Tilda, dit-elle une fois installée face à moi, que puis-je faire pour vous ?

Comme j'avais prévu sa question, je suis prête à lui débiter ma réponse, à la façon d'une héroïne de série : *Je veux savoir pourquoi mon mari vous envoie des SMS, espèce de GARCE.*

(Rectification. « Espèce de garce », ça marche dans un feuilleton, pas dans la vraie vie. Je le supprime.)

— Madame Tilda ? répète-t-elle aimablement.

— Je veux savoir…

Impossible de poursuivre. Ma voix tremble malgré ma résolution de rester calme et déterminée.

OK, Sylvie. Prends ton temps. Rien ne presse.

Eh si, justement, ça presse ! Ses honoraires s'élèvent probablement à 1 000 livres l'heure. Elle va me facturer le prix fort même si elle couche avec Dan. *Surtout* si elle couche avec lui. Vais-je pouvoir payer ? Je n'en sais rien. Merde ! J'aurais dû me renseigner. Bon, Sylvie, c'est à toi de parler ! *Lance-toi !*

Je respire à fond et rassemble mes idées tout en regardant machinalement à travers la porte vitrée du bureau. Et là, je crois tomber dans les pommes de surprise.

Qui vois-je dans le couloir, caracolant en compagnie d'un gros bonhomme en costume trois pièces ? Ma mère.

Maman, tout de rose vêtue, parlant avec animation. *Qu'est-ce qu'elle fout là, bordel ?*

C'est plus fort que moi. Comme prise de démence, je me rue sur la porte, attrape la poignée et crie :

— Maman ? *Maman ?*

Ma mère et le gros en costume s'arrêtent net. Elle a l'air consternée.

— Alors c'est *toi*, constate-t-elle.

— Comment ça, c'est moi ? Ça veut dire quoi ? Bien sûr, c'est moi. Mais toi, qu'est-ce que tu fais là ?

— J'ai appelé votre mère, explique Mary Smith-Sullivan derrière moi.

Je me retourne :

— Vous *savez* qui je suis ?

— Je vous ai reconnue dans le salon d'attente. J'ai vu des photos de vous. Et vos cheveux sont identifiables. Vous avez donné un faux nom. Mais j'étais sûre que c'était vous.

— Chérie, qu'est-ce qui t'amène ici ? fait maman avec une intonation limite accusatrice.

— Je suis là parce que… Maître Smith-Sullivan, je veux savoir pourquoi mon mari vous envoie des SMS.

J'ai finalement réussi à placer ma réplique. Mais elle a perdu de son mordant. D'ailleurs plus rien n'a de sens. Quant à moi, je me sens comme une actrice sur scène qui a oublié son texte.

— Votre question ne m'étonne pas, répond l'avocate. J'ai toujours *dit* qu'on devrait vous mettre en courant mais...

Le regard de pitié qu'elle me lance est le même que celui de Dan.

Le gros bonhomme s'approche de moi.

— Madame Winter, clame-t-il. Permettez-moi de me présenter : maître Roderick Rice, je travaille sur le même dossier que ma consœur maître Smith-Sullivan.

— Quel dossier ? *Quel dossier, bon sang ?* On peut me dire ce qui se passe ?

À ce stade, j'ai des pulsions de meurtre. Mon regard passe de Mary Smith-Sullivan à Roderick Rice, puis s'attarde sur maman qui fait du surplace près de la porte avec son habituelle expression fuyante.

Silence embarrassé. Je surprends quelques coups d'œil appuyés, quelques messages télépathiques. Puis le son revient.

L'avocate :

— Quelqu'un sait où joindre Dan ?

L'avocat :

— Il s'est rendu dans le Devon pour voir ce qu'il pouvait faire. Je l'ai appelé tout à l'heure, sans succès. Les communications ne passent pas, probablement.

Qu'est-ce que mon mari fabrique dans le Devon ?

— Oui, son déplacement intègre l'élément PS, constate maître Smith-Sullivan.

Encore ce PS qui revient ! Ça suffit maintenant !

J'explose :

— Ne m'appelez pas PS ! Je ne suis pas une princesse. Je ne suis pas Princesse Sylvie. J'aurais préféré que Dan n'invente jamais ce surnom !

Les avocats me considèrent avec un étonnement non feint.

— PS n'est pas l'abréviation de Princesse Sylvie. Pas dans ce cabinet, tout au moins, explique calmement Mary Smith-Sullivan.

— Mais alors ?

J'ai encore droit à un regard apitoyé de sa part.

— « Protéger Sylvie », voilà ce que ça signifie, fait-elle.

J'en reste bouche bée. Me *protéger* ?

— Mais de quoi ? je finis par demander. Maman ? Tu sais, toi ?

Ma mère, toujours plantée à la porte, cligne furieusement des paupières.

— Chérie, c'était si difficile… On ne savait pas quelle conduite adopter…

— Madame Winter, votre mari vous aime, dit simplement l'avocate. Il a agi de la sorte pour toutes sortes de bonnes raisons. Mais… Mais la situation devient ridicule. Vous avez le droit de connaître la vérité.

Nous sommes dans le coin salon du bureau de maître Smith-Sullivan. Une assistante a apporté du thé. J'agrippe ma tasse sans boire. Je la tiens serrée entre mes deux mains. Enfin quelque chose de réel, de tangible alors que tout dans ma vie ne semble qu'illusoire.

— Voici les faits, dit l'avocate de son ton mesuré dès que l'assistante s'est éclipsée. Votre père aurait eu une histoire sentimentale avec une fille de seize ans.

Je m'attendais à tout sauf à ce genre de révélation. J'en reste sans voix. Papa ? Avec une gamine de seize ans ?

374

Je jette un coup d'œil à maman.

— C'est vrai ? je demande.

— Bien sûr que non, aboie ma mère. C'est un mensonge éhonté, une invention ignoble. (Clignements intenses.) Quand je *pense* à ton père…

— La jeune fille en question, qui est maintenant une adulte, a menacé de raconter l'histoire dans un livre, poursuit l'avocate sans broncher. Cela a été… évité.

— Un livre ? Un livre au sujet de papa ?

— Pas exactement. Avez-vous entendu parler de l'écrivaine Joss Burton ?

— Oui, l'auteure d'*À travers le labyrinthe*. Je l'ai lu. Elle a traversé des moments difficiles avant de réussir. Troubles de l'alimentation, problèmes dans ses études… Mon père a-t-il ? *Non*…

Je sens que je vais être malade.

— Des calomnies, de A à Z ! s'écrie maman les larmes aux yeux. Elle a tout inventé. Elle était obsédée par ton père, par son charme, son physique.

— Une première version du livre comporte le récit de sa prétendue histoire d'amour avec votre père et de ses effets dévastateurs, résume l'avocate. Évidemment, à seize ans, on n'est plus considérée comme mineure, sexuellement parlant. Cela dit… ces passages sont d'une lecture difficile.

Ces passages sont d'une lecture difficile. J'enregistre cette phrase avant de l'éliminer aussitôt. Il y a tellement de choses auxquelles je dois faire face en même temps.

— Quand votre père a su pour le livre, il est venu nous consulter. Nous étions sur le point d'entamer une procédure quand l'auteure s'est laissé convaincre de supprimer les pages incriminées.

— Convaincre comment ?

— Dan s'est montré très efficace, dit maman en se mouchant.

— *Dan ?*

Je les regarde tour à tour, complètement interloquée.

— Votre père voulait que l'affaire ne s'ébruite pas, révèle maître Smith-Sullivan. Il a donc recruté votre mari pour l'aider.

Quelque chose dans sa voix attire mon attention.

Elle continue :

— On peut dire qu'il s'est donné corps et âme à cette mission. C'était lui, notre contact. Il a lu tous les documents. Il a assisté à tous les rendez-vous avec Joss Burton et ses avocats. Il a fait en sorte de transformer des discussions stériles en décisions plus constructives. Et, comme votre mère vient de vous l'apprendre, il est arrivé à persuader Joss Burton de supprimer les parties litigieuses.

— Dan était content d'être utile, se justifie maman. Trop content d'être utile.

Un kaléidoscope d'images se forme devant mes yeux. Papa. Dan. Joss Burton. Le livre, dans la cuisine de maman. Le stress de Dan. Ces chuchotements, ces apartés. Je savais que quelque chose se tramait…

— Pourquoi m'avoir tout dissimulé ? Pourquoi ne m'a-t-on rien dit ? Pourquoi suis-je la seule personne dans cette pièce à tout ignorer de cette histoire ?

— Chérie, papa était horrifié par cette… abominable calomnie. Il ne voulait pas que tu sois confrontée à cette ignominie, à ces racontars salaces. Nous avons décidé de tout te cacher.

Maître Rice intervient d'un ton pompeux.

— Votre père est mort juste au moment où les choses se sont arrangées. Mais depuis il y a du nouveau.

Maman serre ma main dans la sienne.

— Tu étais tellement triste quand ton père est mort, tellement déprimée. On a préféré passer cette malheureuse affaire sous silence. En plus (clignement accru de paupières), nous pensions que tout était terminé.

— Et ce n'est pas le cas ? À l'évidence, non. Autrement vous ne seriez pas ici.

Tant de questions me viennent à l'esprit que j'ignore par laquelle commencer.

— Pourquoi Dan est-il dans le Devon ? Et à quoi correspond ce « un million, peut-être deux » ? Maman, ça a un rapport avec le livre ? Qu'est-il arrivé ?

— Oh, chérie ! soupire maman, le regard ailleurs.

Ma pauvre mère est vraiment désespérante !

— Joss Burton a écrit un autre livre de mémoires, dit maître Smith-Sullivan. Un prologue à son premier livre, en quelque sorte. Elle y décrit son passé. Et, cette fois, elle est résolue à raconter sa présumée liaison avec votre père. Apparemment, c'est le moment crucial du récit. Le livre devrait sortir dans un an, en même temps que le film tiré d'*À travers le labyrinthe*.

— Un film sur elle ! s'indigne maman. Qui ça peut intéresser ?

Je sors de mes gonds :

— Oui ! On se demande ! Qui voudrait voir sur grand écran l'histoire de la vie d'une fille qui a combattu ses démons pour devenir une femme d'affaires célèbre dans le monde entier ?

— Le nouveau livre sera très médiatisé, précise l'avocate. Certainement publié en feuilleton dans un quotidien d'audience nationale. Avec le nom de votre père.

— Elle a touché une avance d'un million, nous informe maître Rice. Bien sûr, elle clame qu'elle a écrit ce livre non pas pour l'argent, mais au nom de la vérité.

— La vérité ! éructe ma mère. Si ce livre est publié, si les gens se souviennent de ton père pour *ça*… après son implication incessante dans les œuvres caritatives… C'est épouvantable. (Sa voix grimpe d'une octave.) De toute façon, comment peut-elle avoir des souvenirs précis après toutes ces années ?

— Pourquoi Dan s'est-il rendu dans le Devon ? Éclairez ma lanterne, je vous en prie !

— Il est allé encore une fois rencontrer Joss Burton, m'informe maman en tamponnant son nez avec un mouchoir en dentelle. Elle vit dans le Devon.

Maître Smith-Sullivan prend le relais avec gentillesse :

— Il est monté dans un train de nuit hier soir. Vous savez, Sylvie, le plus dur pour lui est de vous dissimuler la vérité.

Le train de nuit ! Et moi qui le soupçonnais de folâtrer avec son amoureuse ! Alors que pendant ce temps-là… Mon cœur se serre en pensant à Dan dans le train. Tout seul. Assumant les emmerdes. Tout seul. Je fixe l'intérieur de ma tasse tout en luttant contre les larmes. Je soupire :

— Il ne m'en a jamais soufflé mot ! Pas un traître mot !

— Vous savez quel est son plus grand souci ? Que vous n'arriviez pas à faire face – ce sont ses mots – en découvrant ces menaces.

— Il a peur d'une nouvelle... crise ! appuie maître Rice.

Là, il faut vraiment que je remette les faits à leur juste place.

— Ce n'était pas une crise. Ni un épisode de dépression nerveuse, comme certains le prétendent. C'était la douleur. Simplement. Oui, j'étais désespérée. Parce que la mort de mon père était difficile à gérer. Je n'avais *pas perdu la boule* pour autant. Dan se faisait trop de bile pour moi. Il s'est montré protecteur. Beaucoup, beaucoup trop.

— Nous étions tellement inquiets, proteste maman.

— Vous aviez surtout peur que je vous mette dans l'embarras.

Je m'adresse ensuite à Mary qui me semble plus réceptive à mon discours.

— Dan avait des raisons valables et je ne lui en tiens pas rigueur... Mais il avait tort. J'aurais pu faire face et il aurait dû se confier à moi. Vous tous, aussi, d'ailleurs. Maintenant je veux tout savoir. Tout.

Et je termine ma plaidoirie en posant violemment ma tasse sur la table.

Mary me considère brièvement avant de prendre la parole.

— Très bien. Je vais vous donner accès à l'ensemble du dossier. Toutefois, vous devrez le consulter dans l'enceinte du cabinet. Vous aurez un bureau à votre disposition.

— Merci.

— Chérie, s'agite maman. Si j'étais toi, je resterais en dehors de tout ça. Tu n'as pas à connaître…

— Au contraire. J'en ai assez d'être enfermée dans une bulle ! Je veux en sortir. Et je n'ai besoin ni de protection ni d'écran. Protéger Sylvie, c'est fini ! Terminé ! Vous m'entendez ? *Ré-vo-lu !*

Je suis seule, plongée dans le dossier. Je commence à voir trouble, à avoir mal au crâne. Une assistante n'arrête pas de m'apporter des tasses de thé. Mais je les laisse refroidir, trop absorbée par ce que je lis et ce que je comprends. Des tas de pensées tourbillonnent dans ma tête. Comment tout ça a-t-il pu se produire sans que je sois au courant ? Quel genre d'imbécile aveugle ai-je été ?

Pour résumer : Joss Burton passait ses vacances à Los Bosques Antiguos dans la maison de sa famille, très proche de la nôtre. Apparemment, c'est là qu'elle a fait la connaissance de papa. Ses parents comptaient parmi les gens que mon père et ma mère fréquentaient. Je ne m'en souviens pas mais il est vrai que je n'avais que trois ou quatre ans à l'époque.

Suivent ses allégations sur la façon dont elle a été séduite : papa la couvrant de cadeaux, lui servant continuellement des cocktails, l'entraînant dans les bois… C'est vraiment dur de s'appesantir là-dessus. La simple *idée* me donne envie de vomir. Je survole plusieurs pages en m'arrêtant sur quelques paragraphes. Ce qui me donne encore plus la nausée. Mon père ? Avec une ado naïve, sans expérience, qui n'avait même pas…

L'avocate a raison : ces pages ne sont pas d'une lecture facile.

Alors je me concentre sur les mails, la nouvelle correspondance, l'affaire présente. Il existe des centaines de mails. Des milliers, même. Papa à Dan, Dan à papa, maître Rice aux deux, maître Smith-Sullivan à Dan, Dan à l'avocate…

Plus je lis, plus je suis choquée. Les mails de mon père sont abrupts, exigeants, catégoriques. Ceux de Dan sont résolument polis et aimables. Mais papa… Papa le malmène. Il attend de lui qu'il ne s'occupe que de son cas. Il l'accable d'injures quand il y a des difficultés. Il est tyrannique.

Incroyable ! Jamais je n'aurais pensé ça de mon père. Mon charmeur de père, un *tyran* ? Oui, peut-être avec son personnel… mais jamais avec les membres de sa famille.

Vraiment ?

Je continue à lire, en espérant tomber sur un mail où il exprimerait sa gratitude. Où il remercierait Dan pour son travail. Où il se répandrait en compliments. Mon père était la séduction même. Pourtant, je ne décèle pas une once de séduction dans ses écrits.

Après deux cent cinquante-huit mails, je n'ai toujours rien trouvé. J'ai le cœur lourd. En même temps, tout s'éclaire. Je comprends maintenant les raisons de leurs mauvaises relations. Non seulement mon père a entraîné mon mari dans ses problèmes mais il l'a traité comme un moins-que-rien. Pas étonnant que Dan ait parlé de « cauchemar permanent ». Papa était son cauchemar.

Les joues en feu, j'interromps ma lecture. Je bouillonne. Je voudrais être partie prenante. Confronter mon père. Qu'il s'explique. *Comment tu as pu ?* je veux lui dire. *Excuse-toi ! Tu ne peux pas parler à Dan de cette façon ! C'est mon mari !*

Mais papa est mort. Mort. Trop tard pour le confronter, lui parler, exiger des excuses, lui demander de faire amende honorable. C'est trop tard, trop tard.

Je me sens coupable. Au lieu d'avoir aidé Dan, je n'ai cessé de glorifier mon père, d'encenser ses qualités sans qu'il puisse me dire ce qu'il en était. *Voilà* ce qui a causé l'incompréhension dans notre couple !

— Tout va bien ?

La voix de l'avocate me fait sursauter. Je réalise tout à coup que je me balance sur ma chaise, le menton en avant, prête à en découdre.

Je me cale sur mon siège.

— Ça va, merci ! C'est un sacré dossier.

— Oui ! Probablement trop indigeste pour l'absorber en une fois.

— De toutes les manières, il faut que j'y aille ! Je vais chercher les filles à l'école, j'ajoute après un coup d'œil à ma montre.

— Revenez quand vous voulez. Et n'hésitez pas si vous avez besoin de précisions.

— Vous avez des nouvelles de Dan ?

La question a fusé malgré moi.

— Non. Mais je suis sûre qu'il fait tout ce qu'il peut.

Il y a dix mille choses que j'aimerais éclaircir. En allant vers les ascenseurs, je me contente de deux requêtes.

— Mon père… Il est… ? Vous ne croyez pas que… ?

Impossible de proférer mes interrogations à haute voix mais l'avocate comprend parfaitement.

— Votre père a toujours maintenu que Joss Burton était victime de son imagination fertile et que l'affaire n'avait aucun fondement. Le compte-rendu complet qu'elle a établi est dans le dossier. Des milliers de mots. Très descriptifs. Malheureusement ils ne vont pas vous être bien utiles.

— Enfin… peut-être que je… Toujours à propos de mon père…, je dis en regardant le numéro des étages défiler.

— Oui ?

Je me mords les lèvres.

— J'ai lu les mails que mon père et Dan ont échangés et…

— Oui.

J'ai le sentiment, une fois encore, qu'elle sait exactement où je veux en venir.

— Votre mari a déployé des trésors de patience et d'intelligence. J'espère que votre père s'est rendu compte de ce qu'il avait accompli pour lui.

— En lisant ses mails horribles, je n'en ai pas l'impression.

Ça me rend triste de penser que Dan supportait sans se plaindre – et sans m'en parler – des missives désagréables de papa.

— Je n'en reviens pas que Dan ait continué à le soutenir, je reprends. Pourquoi il l'a fait ? Pourquoi ?

Maître Smith-Sullivan laisse échapper un curieux petit rire.

— Eh bien, Sylvie, devinez… Vous savez, ajoute-t-elle, j'étais curieuse de vous rencontrer. De rencontrer la Sylvie de Dan.

— « Sa » Sylvie ? C'est plutôt risible. Je n'ai pas l'impression d'être sa Sylvie en ce moment. Si j'étais lui, j'aurais fichu le camp depuis belle lurette.

L'ascenseur arrive. Juste avant que j'y entre, l'avocate me tend la main en disant :

— J'étais ravie de vous connaître, Sylvie. Ne vous faites pas trop de mauvais sang à propos du second livre. Le problème devrait se résoudre. Et si je peux vous donner plus d'informations sur Joss Burton... ou sur Lynn...

— Comment ça, Lynn ?

— Pardon ! On s'y perd ! Jocelyn est son vrai prénom mais pendant son adolescence tout le monde l'appelait Lynn. Bien entendu, pour des raisons légales, nous...

J'appuie sur le bouton pour éviter la fermeture des portes.

— Minute ! Lynn ? On l'appelait *Lynn* ?

Ma réaction paraît surprendre l'avocate.

— Au cabinet, nous employons son nom professionnel. Mais à cette époque, effectivement, elle était Lynn. Peut-être vous souvenez-vous d'elle ? Elle vous mentionne dans son compte-rendu. Vous jouiez ensemble. Vous chantiez ensemble. « Kumbaya », par exemple. Vous ne vous sentez pas bien, Sylvie ?

J'ai vécu enfermée dans une bulle, elle-même à l'intérieur d'une autre bulle. Je patauge dans une mer d'illusions. En descendant Lower Sloane Street, je n'arrête pas de me demander : mais où se situe la réalité ? Où est la vérité ?

En quittant le cabinet Avory Milton, j'ai essayé de joindre Dan à cinq reprises. Mais il n'a pas pris mes appels, à moins qu'il n'y ait pas de réseau là où il est. En désespoir de cause, je lui ai laissé un message affolé : « Dan, je sais tout. Désolée, j'ai mal agi, par ignorance. Dan, il faut que nous parlions. Je suis vraiment navrée… »

Et ainsi de suite jusqu'à ce que le bip de fin sonne.

Là, tout de suite, je me dirige vers l'appartement de maman. Dans un état d'agitation extrême. Un verre serait le bienvenu pour me calmer. Mais non ! Je dois la voir de toute urgence. J'ai déjà téléphoné à l'école pour que les filles restent à la garderie (vu les emplois du temps dingues des parents de leurs élèves, ils ont l'habitude des coups de fil de dernière minute).

J'entre dans son appartement avec ma clé, fais irruption dans le salon sans lui dire bonjour.

— Tu as menti ! je rugis.

Elle saute en l'air. Serre un coussin contre elle, l'air éperdu. Comme elle semble petite et fragile dans ce vaste canapé. Mais je ne veux pas m'attendrir !

— Lynn, maman ! *Lynn !* je lance en plantant mon regard furibard dans le sien.

Il faut lui accorder qu'elle ne joue pas les étonnées. Elle me regarde sans me voir. On dirait qu'elle aperçoit un fantôme. Son visage se crispe.

— Lynn ! je crie. Tu me disais qu'elle était imaginaire. Tu m'as bien eue. Elle existait. Elle *existait* vraiment.

— Oh, chérie ! se défend ma mère en triturant sa veste.

— *Pourquoi ?*

Ma voix est dangereusement proche d'un gémissement d'enfant.

— Pourquoi m'avoir culpabilisée ? M'avoir perturbée ? M'avoir empêchée de parler d'elle ? Alors que tu savais qu'elle existait. C'est dégueulasse ! C'est glauque !

Je vois Tessa et Anna, mes divines petites filles, avec leurs rêves précieux, leurs fantasmes, leurs souhaits. Jamais je ne pourrais les gruger, les mystifier, faire en sorte qu'elles se sentent fautives. Pour moi, ça serait l'abomination suprême.

Ma mère ne répond rien. Je veux la pousser dans ses retranchements. Alors j'insiste en vociférant :

— Pourquoi ? *Pourquoi ?*

— Tu étais si petite.

— Et alors ? Quel rapport ?

— Nous trouvions que c'était plus simple.

— Plus simple ? Explique-toi !

— Parce que nous avons été obligés de partir très vite.

— Pour quelle raison ?

— Parce que cette fille portait... des *accusations* contre ton père.

Sa voix prend soudain des accents stridents de douleur, son visage affiche une expression de méchanceté que je ne lui connais pas, un rictus de dégoût qui me glace le cœur.

Ces manifestations disparaissent presque instantanément. Mais elles m'ont frappée. Impossible de les effacer de ma mémoire.

Notre vie était tellement flamboyante ! Faite uniquement d'éclat, de luxe et d'amusement. Mon superbe père et ma ravissante mère. Ce couple charmant et envié. Mais aujourd'hui, à quoi suis-je confrontée ? À des mails despotiques. À des parents menteurs. À une laideur sous-jacente qui entache tout.

— Y a-t-il... une once de... vérité dans ce qu'elle prétend ?

— Certainement pas, s'indigne maman avec ce même ton douloureux. Bien sûr que *non*.

— Alors pourquoi... ?

Maman scrute un angle du salon :

— Nous avons été obligés de quitter Los Bosques Antiguos. C'était devenu parfaitement désagréable. Insupportable même. La fille a raconté cette histoire à ses parents. Naturellement ils ont cru à ces inepties. Tu imagines la manière dont ils ont réagi. Ils ont répandu d'abominables rumeurs auprès de nos amis... Nous ne pouvions pas... Bref, nous avons dû partir.

— Et vous avez vendu la maison.

— De toute façon, nous l'aurions vendue.

— Et vous m'avez dit que Lynn était le fruit de mon imagination. Vous avez manipulé l'esprit d'une petite fille de quatre ans.

Mes reproches sont sans pitié.

— Tu n'arrêtais pas de *parler* d'elle. Tout le temps. De la demander : « Où est Lynn ? » De chantonner cette stupide chanson.

— Oui, « Kumbaya ».

— Ça rendait ton père fou. Moi aussi, d'ailleurs ! Nous voulions mettre tout ça derrière nous. Mais comment ? Ton père a eu cette idée. « On va lui faire croire que Lynn est une amie imaginaire. » Je n'y ai vu aucun mal. Réelle… Imaginaire… Tu n'allais jamais la revoir. C'était un petit mensonge sans conséquence.

Un petit mensonge sans conséquence.

La rage au ventre, je me repasse certaines séquences de mon enfance. La colère blanche de mon père chaque fois que je mentionnais Lynn. La fausse désinvolture de ma mère changeant vite de sujet. Son art de la dissimulation. Un art qu'elle continue à exercer, d'ailleurs.

Nous nous taisons. Je suis paralysée sur place alors que je n'ai qu'une envie : détaler. Curieusement, le canapé m'obnubile. Il est immense, de couleur crème, bordé de franges, orné d'une multitude de coussins faits sur mesure en velours rose, en damas, en lin imprimé. L'ensemble est magnifique. Et ma mère paraît si blonde et si jolie, assise là dans son tailleur rose. Le tableau est parfait. En apparence.

Au fond, voilà ce que ma mère a toujours été pour moi : une apparence. Superficielle et lustrée. Nourrie de sourires éclatants pour donner le change. Nos propos au fil des années ? Anodins, futiles. « Quelle belle jupe ! » « Délicieux, ce vin ! » « Papa était une star. » Avons-nous déjà eu des conversations profondes et constructives qui *débouchaient* sur quelque chose ? Avons-nous abordé de vrais sujets ?

Jamais.

— Et Dan ? je lui demande.

— Dan ?

Elle fronce les sourcils avec perplexité. On dirait qu'elle a oublié qu'il est son gendre. Du coup, ma fureur redouble.

— Oui, Dan. Dan qui s'est donné un mal de chien pour vous. Dan qui est dans le Devon pour empêcher que le nom de papa soit traîné dans la boue. Dan qui est le dévouement même mais que tu traites à la légère… comme… (je m'empêtre dans les mots)… comme une plaisanterie.

Finalement, c'est le bon terme. Maman n'a jamais pris Dan au sérieux. Elle se montre polie et agréable, sans pouvoir se départir d'une moue dédaigneuse et d'une expression de pitié. *Ce pauvre Dan.*

— Chérie, ne raconte pas n'importe quoi, proteste maman. Je l'aime bien, ce pauvre Dan.

Elle recommence ! Je n'en crois pas mes oreilles.

— Ne l'appelle pas « ce pauvre Dan » ! Je hais ta condescendance.

— Calme-toi, Sylvie !

— Je me calmerai quand tu respecteras mon mari. Tu es aussi détestable avec lui que l'était papa ! Les mails qu'il adressait à Dan étaient grossiers. *Grossiers,* tu entends ! Et, pendant tout ce temps, nous nous comportions comme s'il était un héros. Papa, le chevalier sans peur et sans reproche. Eh bien, c'est Dan ce chevalier. Et il n'a jamais obtenu la moindre reconnaissance, le moindre merci…

Je crache ma colère. Mais je suis également furieuse contre moi-même, bouillonnante de récriminations et de culpabilité. Le nombre de fois où j'ai pris le parti de mon père contre Dan ! Le nombre de jugements que j'ai émis ! Sans compter les horreurs que je lui ai balancées. « Tu ne supportes pas que papa ait gagné beaucoup d'argent et que les gens l'aient admiré… », « Tu es un *pauvre connard* et j'en ai ras le bol »…

J'ai traité mon mari, qui supporte tout cet imbroglio, de pauvre connard.

Je m'en veux tellement. Pas étonnant qu'il se montre oursouille à ce point. Qu'il se sente acculé. Qu'il déteste voir le DVD du mariage à la gloire de mon père.

J'ai honte. Je me pensais maligne. Extralucide. En fait, je ne savais *rien*.

Le plus difficile à avaler, c'est l'attitude de maman. Elle se refuse à changer d'opinion. Je le vois à son regard vague : elle est en train de réarranger les événements à sa convenance. Elle redistribue les rôles selon ses désirs : mon père et elle-même au centre et les autres en tant que figurants insignifiants.

— Dans ce même salon, un jour, tu as minimisé les qualités de Dan. Pour moi, je le proclame haut et fort, c'est un homme d'exception. Sans frime, sans étalage. Il répond toujours présent quand on a besoin de lui. Tu l'as sous-estimé. Je l'ai mésestimé.

Je me mets à pleurer.

— Tout ce que Dan a fait, papa le tenait pour acquis. Il l'injuriait. Le considérait comme…

— Assez, Sylvie ! crie maman. Tu t'emballes ! Dan a beaucoup de chance d'être entré dans notre famille. Vraiment beaucoup de chance.

— Je *rêve* ! Dis-moi que j'ai mal entendu !

— Ton père était merveilleux, généreux, remarquable. Pense à tout ce qu'il a accompli. Il serait désespéré de t'entendre parler de lui comme ça.

— Eh bien, je m'en fiche royalement ! Quant à la chance de Dan ? Laisse-moi rigoler ! Il s'est toujours refusé à toucher un penny de votre argent. Il bosse comme un malade pour entretenir sa femme et ses filles. Chaque fois qu'on met les pieds chez toi, il doit endurer le DVD du mariage ou, plutôt, le show de papa... De la *chance* ? Papa et toi vous avez eu de la chance d'avoir un tel gendre. Ça ne t'est jamais venu à l'esprit ?

Je ne me contrôle plus mais tant pis !

— Ne parle pas ainsi de ton père ! s'égosille maman. Sais-tu combien il t'aimait ? Comme il était fier de toi ?

— S'il m'avait aimée, il aurait eu des égards pour l'homme que j'aime. Il aurait considéré Dan comme un membre de la famille à part entière. Pas comme un subalterne ! Il ne m'aurait pas raconté cette histoire d'amie imaginaire juste parce que ça l'arrangeait.

Et subitement la réalité me frappe de plein fouet. Une évidence horrible.

— Je ne suis même pas sûre qu'il m'aimait comme une personne à part entière. Il m'aimait plutôt comme un prolongement de lui-même. Un élément du cirque Marcus Lowe. La princesse du roi. Mais je suis moi. Je suis *Sylvie*.

En parlant, je jette un coup d'œil dans un des miroirs à cadre doré du salon. Et je vois mes cheveux longs jusqu'à la taille, bouclé comme ceux d'une princesse de légende. C'était papa qui aimait mes cheveux. Papa qui m'empêchait de les couper.

Question.

Est-ce que ça me plaît d'avoir les cheveux longs ?

Et : est-ce que ça me va ?

Pendant une minute ou deux, le souffle court, je contemple mon reflet. Puis, comme une somnambule, je m'avance vers l'écritoire de maman et m'empare de ses ciseaux à papier – un cadeau que je lui ai fait lors d'un Noël précédent. J'attrape mes cheveux d'une main et commence à les couper.

Le premier geste d'émancipation de ma vie. De ma *vie entière*.

— Sylvie ! s'écrie ma mère, hystérique. *Sylvie*, qu'est-ce que tu fais ?

Je m'arrête. Une grande mèche de cheveux blonds est déjà par terre. Et vous savez quoi ? Ça ne me fait ni chaud ni froid. Je me contente de lui répondre :

— Je grandis, maman !

16

Je passe le reste de la journée sur pilote automatique. Aller chercher les filles à la garderie. Rire à leurs exclamations consternées.

— Maman, tu as fait quoi avec tes *cheveux* ?

— Tes *cheveux* sont partis où ?

Et Anna d'ajouter avec anxiété :

— Tu vas les remettre quand ? Maintenant, maman ?

Instinctivement, j'ai envie de les protéger. D'adoucir le choc. J'en viens même à me dire que je pourrais acheter une perruque à longs cheveux blonds. Et puis, je me raisonne. Protéger les filles pour toujours ? Je ne peux pas et je ne dois pas. Dans leur vie, elles auront à faire face à des circonstances difficiles. Les emmerdes, ça existe. Elles devront se débrouiller avec. Comme tout le monde.

Dîner avec les filles. Les coucher. M'asseoir sur mon lit – notre lit – en regardant fixement le mur.

Finalement, quand les événements de ces derniers jours reviennent par vagues et me submergent, je fonds en larmes : de gros sanglots que j'étouffe dans mon oreiller. Comme si j'étais à nouveau en deuil.

Je suis en deuil. Oui. Mais de qui ? De Lynn, mon amie perdue ? De mon père, ce soi-disant héros ? De Dan ? De notre mariage qui bat de l'aile ? De la Sylvie insouciante que j'étais, qui avançait dans l'existence avec tant d'innocence ?

L'histoire de mon père avec Lynn me tourmente... Inventée... Véridique... Je m'efforce de chasser ces pensées. Trop difficiles à gérer. Toute l'affaire semble tellement surréaliste.

Au fond, ce qui m'obsède vraiment, c'est Dan. Quand vient l'heure de dormir, impossible de fermer l'œil. Je regarde le plafond en ressassant toutes sortes de phrases. *Je suis réellement navrée... Je n'avais pas compris... Tu aurais dû m'en parler... Si j'avais su... Si seulement j'avais su...*

Il n'a pas répondu à mon message vocal. Il ne s'est pas manifesté du tout. Mais bon, je ne lui en veux pas.

Je ne parviens qu'à somnoler deux heures. Bonjour la mine des mauvais jours ! Pourtant, quand le réveil sonne, je me sens pleine d'énergie. Dans mon placard, j'attrape machinalement une des robes fleuries chère à Mme Kendrick. Deux secondes – de réflexion – plus tard, je la remets en place et pousse sur le côté toutes mes tenues pastel. Devinez ce que je choisis ? Un tailleur noir – pantalon slim et veste près du corps – que je n'ai pas porté depuis des siècles. Le genre de fringues que Mme Kendrick déteste. Mais ça m'est bien égal.

La nuit porte conseil, dit-on. C'est vrai que je vois les choses différemment à la lumière du matin. Pas seulement en ce qui concerne Dan, notre couple, mon père. Ma vie professionnelle m'apparaît également sous un jour nouveau. Et ma personnalité.

Je dois changer. Finis, les petits pas féminins. La retenue. La prudence. Je dois avancer à grandes enjambées. Prendre la vie à bras-le-corps. Rattraper le temps perdu.

En déposant Tessa et Anna à l'école, j'adresse un sourire de Joconde à ceux qui découvrent avec surprise ma nouvelle tête. Les parents, les maîtresses, même la directrice qui passe : tous blêmissent avant de vite se ressaisir en me disant bonjour. À vrai dire, mon look n'est pas terrible. J'ai moi-même sauté en l'air en me voyant dans la glace ce matin. Mais que répondre sinon une banalité aimable ? Alors je me fends chaque fois – un nombre incalculable de fois – d'une explication neutre. Genre : « Oui, j'avais envie d'un changement. » Ou : « Ils avaient vraiment besoin d'être coupés. » Après quoi je file au bureau.

Un rendez-vous chez le coiffeur pour une coupe convenable est indispensable. Mais, pour l'instant, j'ai d'autres priorités.

À la Willoughby House, Clarissa manque s'évanouir :

— Tes cheveux, Sylvie ! Tes *cheveux* !

— Je les ai coupés, je concède.

— Je vois ! *Oh my God !* C'est… ravissant.

— Pas la peine de mentir, je dis en souriant, très touchée par ses efforts de gentillesse. C'est moche. Mais ça me convient.

Visiblement, ma copine de bureau ne pige pas. Et je la comprends.

— Robert se demandait ce que tu fabriquais hier. Pas seulement lui, en fait. On se posait tous la question.

— Je me coupais les cheveux, je dis en me dirigeant vers la table qui jouxte l'ordinateur.

Les Registres forment une pile parfaite. Je les examine. Les premiers remontent à douze ans. Ça devrait aller. J'espère.

— Tu fais quoi ? demande Clarissa qui m'observe attentivement.

— L'heure est à l'action. Quelqu'un doit foncer dans le tas. Prendre le taureau par les cornes. Y aller *carrément*. Il y a un moment qu'on aurait dû passer à l'attaque.

— D'accord, fait-elle abasourdie. Tu as raison.

— Je reviens tout à l'heure, je dis en fourrant les Registres dans un cabas. Souhaite-moi bonne chance.

— Bonne chance ! Eh, Sylvie, tu sais quoi ? Tu fais très femme d'affaires avec ton tailleur et tes cheveux.

— Il était temps !

J'arrive à la Wilson-Cross Foundation avec vingt minutes d'avance. Leur siège, qui emploie une vingtaine de personnes, occupe une maison en stuc rose dans le quartier de Mayfair. À quoi s'occupent-elles – en dehors de prendre des cafés au Claridge's avec des idiotes comme moi ? Je l'ignore et je m'en moque. Ce qui m'intéresse, c'est l'argent de la fondation, pas son personnel.

L'assemblée des administrateurs commence à 11 heures. Je suis au courant parce que j'ai consulté le calendrier des événements de la fondation que Susie Jackson m'envoie en chaque début d'année. Pendant nos rendez-vous, elle m'a plusieurs fois décrit le déroulement de leurs réunions. Il y a de quoi se gondoler.

Apparemment, les administrateurs préfèrent parler de leurs vacances et des écoles de leurs enfants que regarder les chiffres. Ils ne comprennent rien aux bilans tout en prétendant le contraire. Ils se mettent d'accord en un clin d'œil pour dépenser un million de livres mais discutent pendant une demi-heure sur le bien-fondé d'en lâcher cinq cents. Quoi d'autre ? Ils font clans les uns contre les autres. Bref, les administrateurs ont beau être très « gratin » et très connus – la liste regorge de sir Trucmuche et de lady Machinchose –, ils se comportent comme des sales gosses.

J'ai appris également qu'aujourd'hui ils vont décider de subventions à hauteur de 5 millions de livres, après avoir écouté les recommandations de gens habilités, comme Susie Jackson.

Et, justement, la Susie Jackson en question nous est redevable.

J'ai raconté à la fille de l'accueil que j'étais attendue. Aussi, quand Susie entre dans le hall un gros dossier blanc à la main et qu'elle me voit, elle a du mal à dissimuler sa surprise.

— Bonjour, Sylvie. Oooh ! Vos *cheveux* !

Dans la catégorie « réactions pleines de tact », je lui colle un petit deux sur dix. (La directrice de l'école, elle, a obtenu un dix sur dix pour avoir dit, alors qu'elle était clairement ébranlée : « Madame Winter ! Quelle coiffure intéressante ! Félicitations ! »)

— Ah, oui, mes cheveux… Bof…

— Nous avions rendez-vous ? s'inquiète-t-elle en consultant son portable. Je ne crois pas. Désolée, je n'ai pas encore répondu à votre mail.

— Ne vous en faites pas pour le mail. Au fait, je n'ai pas rendez-vous mais, soyez sans crainte, je ne prendrai qu'une seconde de votre temps. Juste une question rapide : quelle somme avez-vous l'intention de donner à la Willoughby House ?

— Pardon ?

— J'ai beaucoup apprécié notre café au Claridge's. Et vous, le gâteau, vous l'avez aimé ? je lui demande d'un ton plein de sous-entendus.

Elle rougit et balbutie un « Oui, merci » en s'adressant au tapis.

Je poursuis gracieusement :

— Je crois beaucoup à la notion de donnant-donnant. À l'échange de bons procédés. Au remboursement des dettes. Et vous ?

— Écoutez, Sylvie, ce n'est pas le bon moment.

Pas question de m'avouer vaincue ! Et j'ai des munitions plein ma besace.

— À nos yeux, le remboursement se fait attendre, j'annonce en produisant un Registre que j'ai dûment annoté. Voyons voir… Le premier rendez-vous entre une personne de votre fondation et quelqu'un de chez nous a eu lieu il y a onze ans. *Onze ans*. D'après ce que je lis, Marian – je ne me trompe pas ? – a déclaré que la Willoughby House était exactement le genre de musée que vous pourriez soutenir financièrement mais que malheureusement ce n'était pas le moment adéquat. Elle a répété la même chose trois années de suite.

J'ouvre un autre Registre.

— Ensuite… D'après le rapport consigné dans ce cahier, Mme Kendrick a invité une dénommée Fiona de la Wilson-Cross Foundation au Savoy le 12 mai 2011.

Au menu : trois plats et du vin. À l'issue de ce déjeuner, la déléguée de la fondation a promis une donation au musée. Bien sûr, rien de la sorte ne s'est jamais produit. Ensuite, chère Susie, vous avez pris le relais. Nous nous sommes rencontrées – quoi ? – à huit reprises. Café-gâteaux, five o'clock teas, cocktails, réceptions... J'en passe et des meilleures. Chaque année, nous avons sollicité une subvention, pour un résultat nul.

— C'est exact, confirme Susie qui a repris ses manières de pro. Comme vous ne l'ignorez pas, nous recevons de nombreuses demandes que nous examinons avec beaucoup d'attention et...

— Pas de baratin, s'il vous plaît ! Pourquoi donnez-vous constamment au V&A, à la Wallace Collection, à la Handel House, au musée Van Loon d'Amsterdam et jamais à la Willoughby House ?

Mes recherches sont payantes : apparemment j'ai visé juste. Mais instantanément Susie contre-attaque.

— Sylvie, si vous croyez qu'il existe une sorte de complot contre la Willoughby House...

— Oh non ! Pas du tout ! Nous n'avons pas été assez agressifs, voilà tout. Notre organisme est aussi méritoire qu'un autre. Mais, malheureusement, nous allons faire faillite.

Si Mme Kendrick entendait le mot « faillite », elle tomberait dans les pommes ! Mais le moment est venu d'aller à l'essentiel. De tailler dans le vif. Les cheveux. Les propos.

— Faillite ? s'étonne Susie. Comment est-ce possible ? Je croyais que le musée était bénéficiaire, que vous profitiez d'une importante donation privée.

— Terminé ! La maison est sur le point d'être transformée en appartements.

— Oh, mais c'est affreux ! Des *appartements*, dites-vous ? On pensait tous que…

— Nous aussi…

Elle a l'air réellement ennuyée. Elle hésite quelques instants avant de déclarer :

— Aujourd'hui, il n'y a rien à faire. Les budgets sont établis, les recommandations faites. Tout est planifié jusqu'au dernier penny.

— Mais rien n'a été voté, je proteste en faisant un geste vers son dossier blanc. Ce sont seulement des préconisations. Vous pouvez revenir dessus, changer une des recommandations.

— Impossible !

— Si, vous pouvez faire une rectification. Lancer une nouvelle proposition.

— Trop tard.

Quel manque de bonne volonté ! Mais je ne suis pas encore à court d'arguments.

— Comment, trop tard ? L'assemblée n'a pas encore commencé. Vous n'avez qu'à leur faire une annonce dès le début de la réunion. « Mesdames et messieurs les administrateurs, je vous demande un peu d'attention ! Je viens t'entendre des nouvelles peu réjouissantes au sujet de la Willoughby House. Le musée est menacé de faillite. Il se peut que nous l'ayons négligé au cours des années. Aussi, je propose que nous lui allouions une allocation. Qui est d'accord ? »

Mon idée semble faire son chemin dans l'esprit de Susie. Pourtant, ce n'est pas gagné.

— Ça serait la chose à faire, j'insiste. Vous le savez comme moi. Tenez ! Voici un document contenant des informations utiles sur la Willoughby House. Je vous laisse faire. J'ai confiance, Susie. Bonne réunion ! Donnez-moi des nouvelles très vite.

Je me force à tourner les talons alors que j'ai encore en réserve tout un lot d'arguments. Mais point trop n'en faut. Si je reste, je vais continuer à fulminer au risque d'exaspérer Susie.

En plus, aujourd'hui, je suis en service commandé. Je n'ai effectué que la première partie de la mission. Il en reste trois autres à accomplir.

À 17 heures, je suis épuisée. Mais c'est bien parti. Je me suis démenée comme jamais pour la Willoughby House. Je n'ai jamais rencontré autant de gens en si peu de temps. J'ai parlementé, plaidé, discuté passionnément. J'ai fait mon aimable, lancé des compliments, cajolé dans le sens du poil. C'est à se demander ce que j'ai bien pu faire jusqu'à maintenant.

Pendant des années, j'ai évolué comme une somnambule. Obéi aux directives de Mme Kendrick. Même au cours des dernières semaines, même en connaissant nos problèmes, je n'ai pas rué dans les brancards. Je n'ai rien remis en question. Rien essayé de réformer.

Aujourd'hui, changement de méthode. Je fonctionne selon mon propre système. Le Système Sylvie.

C'est la première fois que je mène le jeu. J'ai convoqué Mme Kendrick et Robert pour une réunion dont j'ai décidé le lieu, l'horaire et l'ordre du jour. En gros, je suis aux commandes. Je fais la loi. Concentrée et implacable : telle est ma devise.

Rectification. La vérité m'oblige à avouer que je suis concentrée et implacable par moments. Parfois absorbée par le sauvetage de la Willoughby House. Parfois accaparée par mon téléphone : vérifications incessantes pour voir si Dan m'a envoyé un SMS, tentatives également persistantes pour le joindre. Sans parler d'une multitude de gamberges plutôt négatives (« Il ne m'aime plus », « C'est fini entre nous ») qui me prennent la tête en me donnant envie de pleurer.

Mais les larmes ne sont pas au programme de l'après-midi. Je réussis à chasser Dan de mon esprit et j'entre dans la bibliothèque d'un pas décidé. Tête droite et regard sévère. La tante et le neveu n'en reviennent pas.

— Sylvie ! s'écrie Mme Kendrick scandalisée. Vos…

Je la court-circuite :

— Je sais ! Mes cheveux !

— Ça vous va bien, commente Robert.

Il se fiche de moi ? Non. Il semble sincère.

Mais trêve d'amabilités ! Je sors mes notes, prends position devant la cheminée et attaque.

— Le but de cette réunion est d'évoquer le destin de la Willoughby House. Ce musée à vocation éducative est unique en son genre. Il a énormément de potentiel, d'atouts, de capacités.

Je repose mon carnet et les regarde dans les yeux :

— Nous devons étudier de près ces capacités, exploiter ce potentiel et monétiser ces atouts.

« Monétiser » ? Encore un mot que ma patronne *abhorre*. Alors je fais exprès de le répéter :

— Pour survivre, nous devons monétiser nos atouts.

— Bravo ! s'exclame Robert à qui j'adresse un bref sourire de gratitude.

— J'ai réfléchi à un certain nombre de solutions que j'aimerais vous exposer. D'abord le sous-sol : trop souvent oublié, et à tort. Je suggère d'y organiser une exposition basée sur le célèbre feuilleton *Maîtres et Valets*. Il faut tirer profit de la fascination du grand public pour les us et coutumes des habitants de Londres au début du XXe siècle. Ensuite la cuisine : le « journal de bord » d'une servante qui raconte ses journées de labeur pourrait être publié comme document. Deux des éditeurs que j'ai contactés semblent intéressés. La sortie du livre serait liée à l'exposition. Si nous mettons la main sur le journal de son employeur, il pourrait être en vente en même temps.

— Voilà une approche stimulante ! s'enthousiasme Robert.

Je continue sur ma lancée.

— Nous devons attirer davantage d'écoles et développer l'aspect pédagogique du musée. Nous devons créer un site attractif sur Internet. Nous devons louer le musée pour des fêtes et des réceptions de mariage.

— Quoi ? s'indigne Mme Kendrick.

— Et le louer aussi pour des films.

— Oui, oui ! fait Robert.

— J'oubliais ! Nous allons monter une exposition sur le thème de l'érotisme et faire un carton dans les médias. Et, dernier point très important : il faut nous focaliser plus énergiquement sur la collecte de fonds, parce que, pour le moment, ça part un peu dans tous les sens. Voilà, j'en ai terminé.

— Eh bien, commente Robert, vous n'avez pas chômé !

— Les rapaces de l'immobilier nous tournent autour. Mais nous pouvons au moins *essayer* de transformer la Willoughby House en un musée moderne qui fonctionne ?

— J'apprécie beaucoup vos suggestions. Néanmoins le nerf de la guerre reste financier. *Non*, tante Margaret, il ne faut plus que vous mettiez la main au porte-monnaie. Vous avez *assez* contribué !

— Je suis d'accord. Cela dit (je me permets un petit sourire), nous n'avons plus besoin de la générosité de Mme Kendrick. Aujourd'hui, la Wilson-Cross Foundation nous a octroyé un don de 30 000 livres.

Susie m'a fait part de cette bonne nouvelle il y a une heure. Pour être honnête, j'étais un peu déçue. J'avais secrètement espéré une somme d'un demi-million de livres qui aurait aplani d'un coup de baguette magique toutes nos difficultés.

Mais il ne faut pas cracher sur les opportunités sympathiques – n'est-ce pas ?

— Joli travail, Sylvie ! applaudit Mme Kendrick.

— Bien joué ! confirme Robert.

— Cette somme va nous remettre à flot en attendant les revenus générés par mes projets.

Je passe mes notes à Robert. Il les examine en hochant la tête.

— Vous comptez mener tout ça à bien ?

— J'ai hâte de démarrer.

C'est vrai. J'ai hâte de m'y mettre. De lancer ces chantiers et les voir aboutir. Et, surtout, de nous voir, grâce à eux, sauvés de la banqueroute.

En même temps, un drôle de sentiment m'envahit. Un sentiment grandissant. L'impression que je ne vais pas rester longtemps à la Willoughby House. Que, dans un futur pas si lointain, je vais aller voir ailleurs. Pour me lancer un nouveau défi. Tester mes possibilités.

En surprenant l'expression de Robert, j'ai l'étrange conviction qu'il devine mes pensées. Je détourne prestement le regard. Et contemple la cheminée – dans le style de l'architecte Robert Adam – sur laquelle trônent les deux énormes coquillages rapportés de Polynésie par sir Walter Kendrick. C'est devant cette cheminée que nous nous réunissons pour la fête de Noël du musée, là où nous recevons les petits cadeaux choisis par Mme Kendrick et les personnages en pâte d'amande qu'elle confectionne spécialement...

Ces réminiscences me secouent. C'est fou comme cet endroit est attachant avec ses traditions et ses bizarreries. Mais on ne peut pas rester quelque part uniquement pour des traditions. Ou pour des raisons sentimentales.

Question : est-ce le cas de Dan ?

Suis-je, à ses yeux, une raison sentimentale ?

Ça y est ! Je suis à nouveau sur le point de pleurer. Après une telle journée, je ne suis pas sûre d'arriver à me retenir.

— Si ça ne vous ennuie pas, je vais y aller, j'annonce d'une voix enrouée. Je vous envoie un mail de résumé. Mais, là, tout de suite, il faut que je rentre.

— Bien sûr, Sylvie, dit Mme Kendrick. Je vous souhaite une excellente soirée. Et encore bravissimo !

Robert me suit hors de la bibliothèque.

— Tout va bien ? murmure-t-il.

Je le maudis d'être aussi perspicace.

— Oui ! Enfin, pas vraiment.

Je m'arrête près des marches.

— Qu'est-ce qu'il a fait ? demande-t-il.

C'est plutôt à moi qu'il devrait dire : « Qu'avez-vous fait ? » Si ce n'était pas aussi triste, ce serait drôle. Ce que Dan a fait ? Il s'est voué corps et âme à ma famille sans rien obtenir en échange que des insultes de la part de sa femme.

— Rien. Il n'a rien fait. Excusez-moi, je dois filer.

Dans la rue, je me sens raplapla. Comme engourdie. L'adrénaline a quitté mon système nerveux. L'excitation de l'action a disparu. Je me mets à cogiter. Au fond, ces histoires de boulot ont-elles de l'importance ? L'essentiel ? Un homme, un seul et unique. Mais il est aux abonnés absents. J'ignore ce qu'il a dans la tête. Et ce que l'avenir nous réserve.

En rentrant, je n'aurai pas la consolation de serrer les filles contre moi, d'écouter leurs petites anecdotes, de leur lire un livre, de leur préparer le dîner, de me changer ainsi les idées : elles sont à une fête d'anniversaire avec Karen. J'avance dans la rue, perdue dans mes pensées, sans me préoccuper de ce qui m'entoure. Soudain, en arrivant à la maison, je remarque une ambulance garée devant chez le professeur Russell. Owen, sur une chaise roulante, très pâle, un tube dans le nez, est poussé par un infirmier. John, qui tente de poser une main réconfortante sur le bras de son compagnon, est gentiment mais fermement repoussé par un second infirmier.

Je m'élance.

— Que se passe-t-il ?

— Owen n'est pas bien.

Ton bref. Presque une mise en garde. Il ne veut pas entrer dans les détails, c'est clair.

— Désolée. Si je peux faire quelque chose…

Ces mots sonnent creux. D'accord, c'est la formule habituelle de réconfort. Mais elle signifie quoi en fin de compte ?

— C'est très gentil à vous, dit-il avec un effort d'amabilité. Vraiment très gentil.

Il précède Owen et les infirmiers dans la maison. En les suivant du regard, je suis partagée. Pas question de jouer les voisines inquisitrices. Pas question, non plus, d'avoir l'air indifférente.

Ah, je sais ! Je sais ce que je vais faire pour eux. Je me précipite à la maison, me rue dans la cuisine vide et silencieuse et farfouille dans le réfrigérateur débordant de victuailles. Nous venons d'être livrés et, franchement, en ce moment, je n'ai aucun appétit.

J'empile sur un plateau des tranches de jambon, un pot de guacamole, quelques poires mûres à point, deux baguettes surgelées à réchauffer pendant huit minutes au four, une plaque de chocolat, un bocal de noix et des dattes qui restent de Noël. Après quoi, je me rends chez mes voisins. L'ambulance n'est plus là. Tout paraît calme.

Comment procéder ? Laisser le plateau sur le paillasson pour ne pas les déranger ? Oui, mais si John n'ouvre pas sa porte avant demain matin et que les renards dévorent mes friandises ?

Finalement, je décide de sonner, toute prête à m'excuser. Le professeur Russell ouvre, les yeux rouges, l'air bouleversé. Le pauvre ! Je meurs d'envie de tourner les talons, de les laisser tranquilles. Mais puisque je suis là...

— Je me suis dit que vous aimeriez des petits trucs à grignoter, je fais, un peu gênée... Que vous n'aviez pas trop le temps de faire la cuisine.

— Ma chère enfant, vous êtes adorable.

— Je mets tout ça à l'intérieur ?

Je m'avance dans la maison avec précaution pour ne pas incommoder Owen. En passant devant la porte fermée du salon, John me souffle :

— Il se repose.

Après avoir déposé le plateau sur le comptoir, je range les denrées périssables dans le réfrigérateur. Ses étagères sont vides. Je vais en parler à Tilda. Nous allons faire en sorte de les garnir régulièrement.

John semble perdu dans un rêve. Je me garde bien d'interrompre le cours de ses pensées. Subitement il s'anime :

— Votre fille ! Elle a laissé un petit lapin. Blanc avec des grandes oreilles. Une race que je n'ai pas pu identifier.

— Oh ! Son lapin en peluche. Désolée ! Elle l'oublie partout.

— Je vais le chercher.

— Je viens avec vous !

Je le suis dans la serre où le lapin de Tessa trône d'une manière incongrue au milieu des rangées de fougères. Le comportement de John est assez étrange. Il fixe ses plantes. Une en particulier. Tilda m'a dit l'autre jour qu'elle avait lu sur Google que les recherches du professeur Russell avaient permis une avancée spectaculaire dans la thérapie génétique, ce qui pourrait aider des millions de gens dans le monde. (Comment ça marche ? Aucune idée. Mais les faits sont là.)

— Quel travail formidable vous avez accompli, je déclare, pour dire quelque chose de positif.

— Mon travail est loin d'être fini, répond-il, comme si la remarque l'amusait.

Il frotte quelques feuilles entre ses doigts et ajoute :

— Ces merveilles ne révéleront jamais tous leurs secrets. Je les étudie depuis que je suis enfant. Chaque fois que je les regarde, j'en apprends un peu plus. Et je les aime encore davantage.

Il déplace doucement un pot, tapote avec tendresse quelques feuilles.

— Des petits miracles de la nature. Comme les êtres humains.

S'adresse-t-il à moi ? Ou à lui-même ? Ses mots sont pour moi comme les gouttes d'un élixir de sagesse. Je veux en entendre davantage. Je veux qu'il m'éclaire sur les grandes questions de la vie.

— Comment vous… ? Euh… Vous êtes passionnant. Dan et moi… Qu'importe, le problème n'est pas là. Nous devrions en prendre de la graine. Cinquante-neuf ans d'amour pour une même personne, ce n'est pas rien. C'est un exploit.

Il reste sans rien dire pendant quelques instants, manipulant ses plantes, le regard absent.

— Je suis un lève-tôt, confie-t-il finalement. Chaque matin j'assiste au réveil d'Owen. Et chaque matin est porteur d'une joie nouvelle. C'est la lumière qui éclaire son visage d'une certaine manière. Une pensée dont il me fait part. Un souvenir commun qu'il me rappelle. Aimer – son sourire se fait serein –, c'est ne jamais se lasser l'un de l'autre. L'amour n'est pas une réussite, ma chère enfant. C'est plutôt une grâce.

La gorge serrée par l'émotion, je l'observe remettre ses pots en ordre. Il les arrange machinalement, maladroitement, l'esprit ailleurs. J'ai alors la vision d'Owen, si pâle et maigre, avec un tube dans le nez. Et je suis prise d'un mauvais, très mauvais pressentiment.

Sans réfléchir, je prends les mains de John dans les miennes pour apaiser leurs tremblements.

— Si vous avez besoin que je vous tienne compagnie, que je vous donne un coup de main, que je vous conduise quelque part, n'hésitez pas. Je suis à côté.

Il me serre les mains en acquiesçant. Nous rentrons dans la maison et je me rends utile en préparant du thé. Au moment de partir, tout en promettant de revenir le lendemain, je ne pense qu'à Dan. Je dois le joindre. Même s'il se trouve toujours dans le Devon. Même s'il n'a pas de réseau. Même si je suis la seule à parler.

Une fois franchie ma porte d'entrée, je m'assieds sur les premières marches de l'escalier et compose son numéro. Il est impératif que je lui explique, que je lui dise… Quoi, au fait ?

Le bip de la messagerie sonne.

— Dan. C'est moi. Je m'excuse… Je souhaite… Je…

Incohérent ! *Incompréhensible !* John, avec tous ses soucis, arrive à s'exprimer d'une façon élégiaque alors que je balbutie comme une débile. Je raccroche.

Nouvel appel, nouveau message.

— Dan… C'est moi. Je t'appelle juste pour te dire…

Non ! On dirait la chanson de Stevie Wonder. Nul ! Je raccroche et recommence.

— Dan, c'est moi. Mais tu le sais déjà, hein ? Tu as vu mon nom s'afficher sur l'écran. Tu écoutes donc mon message. Ce qui est plutôt bon signe…

N'importe quoi ! Je raccroche pour couper court à cette litanie imbécile et refais son numéro pour la quatrième fois.

— Dan, ignore les précédents messages. Excuse-moi. Je n'arrivais pas à formuler ce que je voulais te dire. Bon écoute, voilà, c'est simple. Je ne pense qu'à toi. Où es-tu ? Que fais-tu ? À quoi penses-tu ? Je ne sais plus, je suis perdue. C'est drôle, hein ? Moi qui croyais te connaître par cœur. Mais maintenant… Si tu écoutes toujours ce message, ce que je veux surtout te dire c'est que…

La porte s'ouvre brusquement. Je laisse tomber mon portable de surprise. Dan ? C'est *Dan* ?

C'est Karen, en baskets, avec ses écouteurs aux oreilles et son sac à dos de cycliste. Très étonnée de me voir assise sur les marches.

— Ah ! Bonjour ! J'ai oublié mon iPad. Oh merde, Sylvie ! Vos *cheveux* !

— Ouais ! Mes cheveux ! Mais, attends ! Tu n'es pas censée être avec les filles ?

— Dan a pris la relève. Oh ! Oh ! Vous en faites, une tête ! Je fais peut-être une gaffe, là. Il est arrivé et les a emmenées à la fête.

Souffle court. Pouls en surmultipliée. Hyperventilation.

— Dan est rentré ? Il est à Londres ? Mais *où* ? *Où* ?

— Au parc d'attractions de Battersea. Dans l'enclos de la Promenade dans les arbres.

En moins de temps qu'il ne faut pour le dire, je suis partie !

17

Battersea Park est une des raisons pour lesquelles nous aimons le sud-ouest de Londres. C'est un immense espace vert qui offre toutes sortes d'activités de loisirs en plein air. Je croise plein d'adultes et d'enfants qui se promènent à pied, en vélo, en patins à roulettes, qui jouent au tennis, naviguent sur le lac, visitent le zoo. Tout le monde prend du bon temps et profite de cette superbe fin d'après-midi. Tout le monde sauf moi. Je suis tendue, concentrée. Je cours, je vole.

La crise que traverse mon couple me donne sans doute des ailes. C'est mon carburant. Muscles tendus, je me propulse à toute allure en chancelant sur mes talons hauts, soufflant, haletant, transpirant, dépassant les joggeurs. Poumons en feu, ampoules aux pieds, je garde un rythme effréné. Plus j'ai mal, plus j'accélère. Je ne sais pas ce que je vais lui sortir. Pourrai-je d'ailleurs articuler quoi que ce soit ? Pendant que je marche, trois mots seulement tournent en boucle dans ma tête : *Amour. Glamour. Toujours.*

— Aaaah !

La collision est brutale ! Et je m'étale de tout mon long, face contre le macadam. Aïe ! Aïe ! Aïe ! Je me suis salement écorché le front. Je me relève péniblement. Un gamin à bicyclette – clairement celui qui m'est rentré dedans – me regarde sans manifester la moindre compassion.

— Pardon ! s'écrie une femme. Josh, je t'avais bien dit de faire attention ! Oh, mon Dieu ! Mais vous saignez. Il faut voir quelqu'un. Il doit y avoir un poste de secours par ici.

— Ça va, je dis brusquement avant de recommencer à courir.

Cela dit, elle a raison : je sens le sang dégouliner sur mon visage. Tant pis ! Je mettrai un pansement plus tard.

La Promenade dans les arbres est située dans un grand enclos pour les enfants. L'espace grimpette, perché à mi-hauteur des grands arbres, fourmille de barrières en liane, d'échelles de corde, de sentiers suspendus, de passerelles de bois. En m'approchant, je suis prise de panique. Drôle de balade ! Curieuse idée ! Pourquoi organiser une fête d'anniversaire dans les cimes au lieu de faire jouer sagement les gamins dans le jardin ?

Tout à coup j'aperçois Dan. Il est sur une plateforme au sommet d'une tour en compagnie de deux papas. Tous portent des casques de sécurité. Tandis que les deux autres plaisantent, Dan regarde dans le vague, les sourcils froncés, la mine lugubre. Pas vraiment d'humeur festive, mon mari !

Je m'égosille :

— Dan !

Mais mon appel est noyé par les clameurs d'enfants. Il ne bouge pas la tête.

— Dan ! Dan !

Cette fois, je hurle à m'en irriter la gorge. Il ne bronche toujours pas.

Bon. Je n'ai plus le choix. Ignorant les cris d'indignation de l'employé, je passe prestement le portillon d'entrée, cours vers une échelle, envoie valser mes hauts talons et m'aventure sur les barreaux qui doivent m'emmener à la hauteur de Dan. Je ne réfléchis pas, j'agis. C'est la seule façon de le rejoindre.

Arrivée à trois mètres cinquante du sol, je prends subitement conscience de ce que je suis en train de faire. Oh nooon ! Je ne peux pas… Non.

Impossible de desserrer mes doigts des cordes. De respirer normalement. Quand je regarde vers le bas, je suis sur le point de vomir. Vers le haut ? Dan semble perché à plus de dix mètres au-dessus de moi. C'est l'enfer ! Entre ciel et terre. Mais pas question de flancher.

— Hé ! Vous ! Qui êtes-vous ? Vous êtes une invitée ? Et où est votre casque ? s'indigne un préposé en bas.

Je m'oblige à grimper un échelon supplémentaire. Et encore un. Je suis en larmes. Ne regarde pas en bas, Sylvie ! Un de plus. Cette maudite échelle oscille dangereusement. Je pousse un gémissement de terreur.

— Sylvie ? *Sylvie ?* Qu'est-ce que tu *fous* là ?

Dan ! Sa voix !

Je lève la tête : il me dévisage avec incrédulité.

Au sol, le préposé s'agite :

— Il faut aller chercher un responsable. Gavin, t'es chef adjoint. Essaie de la rattraper.

Le dénommé Gavin :

— Ça va pas, non ? ! Y a qu'à suivre la procédure d'urgence. Jamie, apporte l'échelle extensible !

Mon corps tout entier m'envoie des signaux d'alarme. Arrêt impératif. La tête me tourne. Mais je parviens à me hisser plus haut, échelon après échelon, encore plus haut, sans tenir compte d'être plus grande – six mètres, puis sept, huit – à laquelle je me trouve. Sans tenir compte de mon manque d'équipement – ni harnais ni casque. Ou du risque d'accident. Si je tombe ? Non. Stop ! N'y pense pas. Ne mollis pas, Sylvie ! Grimpe !

C'est bien calme soudain, me semble-t-il. Les gens doivent regarder mon ascension. Et les filles ? Elles me regardent aussi ? J'ai les mains moites, le souffle saccadé.

La plate-forme se trouve à moins de deux mètres. Encore quelques efforts et j'y suis. Mais une nouvelle vague de frissons me submerge. Mes jambes tremblent tellement que je suis prise de terreur. Je ne contrôle plus rien. Je n'en peux plus. Je vais dégringoler. Comment éviter la chute ?

— Tu y es presque !

La voix de Dan me parvient. Familière. Encourageante. Quelque chose à quoi m'agripper mentalement.

— Courage ! Tu ne vas pas tomber. Un échelon de plus pour atteindre le plat, Sylvie. Allez, allez !

Soudain, j'y suis. Sa main puissante attrape la mienne et je m'effondre sur la plate-forme en bois. Je reste sans bouger pendant un moment. Dan m'observe, tellement fronchon que j'ai envie de pouffer, sauf que… Vous savez quoi ? Impossible de rire parce que je pleure à chaudes larmes.

— Putain ! Sylvie, je rêve ! s'écrie-t-il en me serrant si fort la main que j'en grimace. Tu aurais pu… ! Mais c'est quoi ce cirque, bon sang ?

Bon, d'accord, je dois offrir un drôle de spectacle. Cheveux cisaillés et visage ensanglanté.

— C'est pas vrai ! Tu voulais me faire une surprise ? Ou quoi ? Me filer une crise cardiaque ? Je n'en crois pas mes yeux !

Quand il touche mes joues et aperçoit du sang sur ses doigts, son bouleversement est à son comble.

— Je n'essayais pas de te surprendre, j'explique en chevrotant. Il fallait que je te voie. Tu n'as pas eu mes messages ?

— Tes messages ? Non, mon téléphone est en panne. Sylvie, ça veut dire quoi, cette escalade ? Toi qui as le vertige. (Coup d'œil vers le sol, quinze mètres plus bas.) Tu ne peux même pas monter sur un escabeau.

— Eh ben, on dirait que j'y suis quand même arrivée !

— Mais ces écorchures ! Tes cheveux ! Que s'est-il passé ? Ne me dis pas qu'on t'a attaquée ? s'écrie-t-il en pâlissant.

— Non, non ! Je me suis coupé les cheveux moi-même.

C'est le moment d'entrer dans le vif du sujet.

— Écoute-moi, Dan. Je suis au courant. Je *sais* tout.

— Tu « sais » quoi ?

Il affiche son habituelle expression circonspecte, celle qu'il prend quand il s'apprête à esquiver mes questions. Je réalise à ce moment ce qu'il a enduré en me cachant les choses. Le poids constant du mensonge. Le stress permanent. Pas étonnant qu'il en ait eu marre.

— Je *sais*. OK ? Crois-moi. Je sais.

Les pères qui étaient avec Dan ont eu le tact de se rendre sur la plate-forme de la tyrolienne, là où démarre le parcours dans les arbres. Tous les enfants de la fête d'anniversaire – Tessa et Anna comprises – y sont rassemblés sous la surveillance des moniteurs du parc. Dan et moi sommes seuls.

— Que sais tu, en fait ? demande-t-il prudemment.

Sa volonté de me protéger me touche infiniment. En définitive, que sais-je exactement ? La plupart du temps, j'ai le sentiment de ne savoir presque rien.

— Je sais que tu n'es pas l'homme que je croyais, je dis en me noyant dans le bleu de ses yeux. Tu es tellement plus, Dan, tellement plus. Je sais ce que tu as fait pendant tout ce temps. Je sais ce que tu me caches, au sujet de mon père et de Joss Burton. Je sais tout. J'ai lu les mails. Je sais – je prends une grande respiration – que mon père était un menteur et un sale type.

— *Qu'est-ce que tu dis ?* rétorque Dan sidéré.

— Mon père était un menteur et un sale type.

Le silence se fait sous les feuillages. Dan a sa tête de grand chagrinou. Ma déclaration lui a coupé le sifflet. Mais ce n'est pas grave : moi, je n'ai pas fini de parler.

— Je vivais dans une bulle. Une bulle climatisée, sécurisée. Elle a éclaté. Les intempéries sont entrées dedans. C'est… vivifiant !

— Oui, je vois. Ton visage a changé.

— En mal ?

— Non, il est différent. Tu parais plus authentique. Tout est plus *vrai*. Ton regard. Ton expression. Tes *cheveux*.

Je touche ma nuque. Une sensation inédite. Je me trouve… Comment dire ? Dénudée. Métamorphosée. Oui, c'est ça : je suis devenue une nouvelle personne.

— Princesse Sylvie est morte, je proclame brutalement.

Il doit y avoir une note solennelle dans mon annonce car Dan hoche gravement la tête.

— Vive Sylvie ! dit-il.

Je remarque tout à coup qu'une grande échelle est posée sur le côté de notre plate-forme. Une seconde plus tard, un jeune gars apparaît, un casque à la main. En voyant l'état de mon visage, il a un mouvement de recul.

— Vous êtes-vous blessée sur les lieux ? s'enquiert-il avec effroi. Parce que je vous préviens : 1. vous n'avez pas le droit d'être là, 2. vous n'avez pas assisté au briefing santé et sécurité, 3. vous ne portez pas le casque de protection homologué…

Je l'interromps :

— Ne vous en faites pas ! Je ne me suis pas blessée ici.

Regard peu amène du gars qui me tend le casque de secours.

— Tous les clients doivent porter un casque de protection. Tous les clients doivent s'inscrire avant d'utiliser nos installations. Tous les clients doivent être équipés d'un harnais.

— Excusez-moi.

Je prends le casque et l'enfonce sur ma tête.

— Vous êtes priée de quitter nos installations. Sur-le-champ.

Il est tellement désapprobateur que je sens le fou rire me gagner.

Sur-le-champ ? Hum ! Visiblement, Dan a du mal à réprimer son amusement.

— Très bien, je dis. Dans une minute.

L'idée d'emprunter la grande échelle me donne envie de vomir.

— Je peux t'aider à descendre en douceur, propose Dan. À moins que tu ne veuilles dégringoler l'échelle de corde, tête en avant ?

— Sans façon ! Une autre fois mais pas aujourd'hui.

Je traverse derrière lui un pont branlant en corde, le suis sur une passerelle instable pour atteindre une plate-forme moins élevée. Mes jambes me portent à peine. Le contrecoup, sans doute. Chaque fois que mon regard s'aventure vers le plancher des vaches, j'ai des haut-le-cœur. Mais chaque fois que Dan se retourne, je m'efforce de sourire gaiement. Et nous progressons, clopin-clopant. *Vincit qui se vincit.* « Celui qui sait se dominer est vainqueur. » La citation latine du professeur Russell n'arrête pas de me trotter dans la tête.

Après l'épreuve d'une dernière échelle, plus facile celle-là, nous touchons terre. Destination atteinte. Le *bonheur* ! J'ai presque envie d'embrasser le sol en signe de reconnaissance.

Mais plutôt mourir que l'admettre.

— Maintenant que tu es saine et sauve, passons aux choses sérieuses, Sylvie, me dit Dan sans crier gare. (Je perçois son malaise.) Alors, je te demande : c'est quoi ce *bordel* ? Ton visage ? Tes cheveux ? Comment as-tu appris pour ton père ? Je te laisse deux nuits et tout part en vrille.

Deux nuits seulement ? Ça m'a paru une éternité.

— J'ai compris que tu mentais au sujet de Glasgow. J'ai cru que tu allais chez… J'ai cru que tu me quittais. Tu m'as dit que tu avais besoin d'espace, de prendre l'air…

— Oui, confirme-t-il en fermant les yeux. Pourtant ce n'est pas ce que je voulais dire.

Je flippe. Qu'est-ce qu'il va me dire ?

— Toute cette affaire devenait…

Nouvelle pause. Cette fois, on dirait qu'il implore le ciel.

Je suis incapable de terminer sa phrase. Disparue, la communion de pensée ! Volatilisés, mes talents d'extralucide ! Maintenant que la griserie de mon escalade s'est dissipée, je vois clairement ce que nous sommes. Un couple bancal comme un autre. Qui essaie de se remettre d'aplomb. Qui cherche à raccorder les morceaux manquants. Tant bien que mal.

— Tu as vécu un cauchemar permanent. Mary Holland me l'a dit.

— « Cauchemar », le mot est probablement trop fort. Mais c'est sans fin. Ta mère m'appelle tous les jours à ce sujet. Il y a les mails des avocats, de l'agent littéraire de Joss Burton… Le bouquin va sortir. Un lancement à grande échelle. Elle est hyper connue, cette fille. Cette fois, je ne suis pas certain de pouvoir lui faire supprimer des passages.

Tout ça le tracasse, c'est évident. J'aimerais faire preuve de compassion. Mais un vieux fond de rancune m'en empêche. Parce que c'est lui qui a gardé le secret, qui a érigé des barrières entre nous, qui m'a aiguillée sur des fausses pistes quand je sentais que quelque chose cafouillait.

— Pourquoi toutes ces cachotteries ? Tu aurais dû m'en parler depuis le début. Dès que mon père t'a contacté, tu aurais dû le persuader de me mettre au courant. Tout aurait été différent.

Désolée pour ce ton accusateur. Mais voilà, dans ma tête s'est déroulée une tout autre version du film. Un scénario dans lequel les événements de la vie devaient renforcer notre entente, pas la torpiller.

— Tu plaisantes, Sylvie ? Pour commencer, ton père m'aurait assassiné. L'histoire était top secret. Ta mère était dans le déni. Le but de nos efforts était d'éviter que les rumeurs ne s'ébruitent. Ton père espérait être *anobli par la reine*. Il était résolu à tout cadenasser. Personne ne devait être informé. Sa fille moins que quiconque. Tu n'imagines pas dans quel état de rage il était.

Si, j'imagine très bien la fureur paternelle. Jamais vis-à-vis de moi, sa princesse, mais avec les autres gens. Et j'imagine sa réaction à l'idée d'être impliqué dans un scandale pareil.

— Là-dessus, l'accident de voiture s'est produit. Il est mort. Et il n'a plus été question que je te dise la vérité.

— Au contraire. C'était le moment.

— Sylvie, tu n'aurais pas pu faire face ! explose Dan. Tu te souviens de cette époque ? De mon inquiétude ? Tu étais dans un état épouvantable. Si je t'avais confié que ce père adoré dont tu pleurais tant la perte avait séduit – ou pas – une gamine de seize ans, je n'ose... Tu étais effondrée, ta mère complètement à l'ouest. Et moi, j'étais censé faire quoi ?

Quelle plaidoirie ! Plus oursouille et soucieux que jamais, le Dan que j'ai en face de moi porte le poids de ces années de dissimulation, de décisions difficiles, de solitude.

— Je suis navrée. Tu as fait ce que tu pensais être juste. Par amour pour moi, je m'en rends compte maintenant. Simplement, Dan… tu t'es montré trop protecteur.

Mes paroles le piquent au vif. Alors qu'il pensait agir pour le mieux, faire preuve de témérité et de courage, je lui balance qu'il avait tort. Terrible !

— Peut-être, concède-t-il au bout d'un moment.

J'insiste :

— Tu étais trop protecteur. Arrêtons, s'il te plaît, de parler de ma « dépression ». Les deuils, le chagrin, les emmerdes font partie de la vie. Les passer sous silence ou les dissimuler sous une pseudo-maladie n'aide en rien. Il faut les accepter. Les supporter. S'en débarrasser ensemble.

Instantané : Dan et moi en train de balayer résolument devant notre porte, côte à côte, rouges et suants. Peut-être pas l'image la plus romantique d'une vie conjugale mais c'est celle que je veux.

Dan digère ce que je viens de dire. Ou du moins il essaie. Le processus va prendre un moment.

— D'accord, admet-il. Tu as peut-être raison.

Puis, le visage tendu, il demande :

— Tu as lu ce qu'elle a écrit ?

— Parcouru seulement.

La *big* question doit être posée. Comme Dan ne va pas la poser lui-même, je m'y colle. Je prends une grande respiration et me prépare à la réponse, quelle qu'elle puisse être :

— Tu crois que c'est vrai ?

Il se ferme comme une huître :

— Je n'en sais rien. C'est la parole de ton père contre celle de la fille. Bien trop ancien pour qu'on fasse des spéculations.

— Mais tu as lu tout ce qu'elle a écrit. Quelle est ta *conviction* ?

Et je scrute son visage pour le percer à jour.

Il est à la torture.

— Sylvie, je préfère ne pas aborder ce sujet avec toi. C'est…

— Sordide. Le comble pour les gens dorés sur tranche que nous étions supposés être, hein ?

Il tressaille sans me contredire. Quelle vision pourrie il doit avoir de notre trio ! Les brunchs grotesques avec maman. Les numéros interminables de papa sur le DVD de mariage. Et, pendant ce temps, être obligé de lutter avec des avocats pour que notre linge sale soit lavé en famille.

— Je vais éplucher le dossier. Chaque phrase qu'elle a écrite, chaque parole qu'elle a proférée. Tout.

— Mauvaise idée !

— Je vais le faire quoi que tu dises. Je dois me forger ma propre opinion. Ne t'en fais pas, je ne craquerai pas. Tu savais qu'elle était « ma » Lynn ? j'ajoute en croisant les bras. Les parents m'ont menti.

— Oui, confirme-t-il avec une grimace. C'était le pire. T'entendre parler de ton amie imaginaire tout en sachant… Quel gâchis !

— Je me suis sentie coupable pendant toute mon enfance. Honteuse, paumée, stupide. Et ça, je ne le lui pardonnerai jamais. *Jamais*, tu entends ?

— Sylvie, ne va pas trop loin dans l'autre sens ! Cette affaire est horriblement choquante, d'accord. Mais Marcus était ton père. Et tu l'aimais. Tu te rappelles ?

Oui, je me rappelle mon père. Je m'attends à être emportée par un torrent de chagrin, comme chaque fois que je pense à ce maudit coup du sort, à sa mort, au vide qu'il a laissé. Mais rien ne se produit. On dirait que la source de ces émotions est tarie.

— Oui, peut-être, je dis en observant un garçon en rollers qui essaie de patiner à l'envers. Peut-être, un jour, je me le rappellerai. On verra. Au fait, Dan, maintenant je comprends ce qui n'allait pas entre toi et papa.

J'ai droit à un sourire désabusé.

— Je suis assez bon pour camoufler mes sentiments.

— Pas tant que ça ! je réplique en souriant également. Quelle période abominable tu as traversée !

— Oui, assez difficile. J'adorais ton père, à ma manière. C'était un héros à mes yeux. Quand ces accusations sont sorties, j'ai été choqué. Je voulais le défendre. J'étais *heureux* de lui venir en aide. C'était, du moins je le croyais, une façon de resserrer nos liens. Jusqu'à… Disons que ça n'a pas marché.

— J'ai vu les mails qu'il t'envoyait.

— Il n'a pas apprécié que je découvre ce qu'il y avait sous le vernis de perfection. Il ne le supportait pas.

Les enfants viennent de quitter la tyrolienne pour aller goûter dans une salle décorée de ballons. On les entend piailler de joie. En passant devant nous, Tessa et Anna prennent des airs surpris, comme si elles ne nous avaient pas vus depuis plusieurs jours.

— Maman, tu as un bobo ! s'écrie Tessa.

— Un tout petit. Je vais mettre un pansement et il va disparaître.

— Regardez, c'est mon papa qui est là, indique Anna d'un air important. Et ma maman elle grimpe *toujours* sur des échelles.

Les enfants nous dévisagent comme si nous étions des célébrités alors qu'ils nous voient pratiquement tous les jours à l'école et que les autres parents sont également présents.

Mon radar de mère de famille se remet en marche.

— Dan, on va goûter avec les enfants ?

— Pas la peine, laissons-les s'amuser entre eux.

Nous échangeons un long regard, comme si nous recommencions à zéro.

Dan s'est départi de son air gêné. Il y a une franchise nouvelle dans ses yeux. À chaque révélation, je le comprends un peu mieux. J'en apprends plus sur lui. C'est mon souhait le plus cher. Comme a dit John, *aimer, c'est ne jamais se lasser l'un de l'autre.*

C'est mon homme. Mon Dan. Mon astre. À un moment, il a été éclipsé par un soleil plus grand et plus voyant – d'où notre problème. Mais comment ai-je pu le comparer à mon père, même dans l'intimité de mon cœur, et le trouver moins brillant ? Dan est mon soleil. Il rayonne de mille feux pour moi. Il m'éblouit.

— Sylvie ?

— Désolée, je dis en essuyant les larmes qui ruissellent sur mes joues. Je réfléchissais à… tu sais… à nous.

— Oh ! À *nous* !

Il plonge ses yeux dans les miens. J'y perçois de la compréhension, une reconnaissance qui n'y était pas auparavant. Une complicité différente. Nous avons évolué. Tous les deux.

— Alors ? je dis.

— Soixante-huit ans, moins quelques semaines, c'est toujours un long parcours, fait-il avec une expression indéchiffrable.

— Ouais.

— Un sacré bout de temps, je dirais.

— Yep !

Suspense. Je peux à peine respirer. Mais, quand il tourne à nouveau la tête vers moi, son regard me chavire.

— Je suis partant si tu l'es.

L'intensité du moment me laisse sans voix.

— Moi aussi ! Je suis partante, j'arrive quand même à articuler.

— OK.

— OK.

Avec hésitation, il effleure le bout de mes doigts. Je frissonne d'une curieuse manière. Que m'arrive-t-il ? Mes extrémités nerveuses sont hyper sensibles. Nouvelle sensation. Imprévue. Dan me mordille les doigts sans me quitter des yeux. Je le dévisage, dans un état second. Surtout, qu'il ne s'arrête pas. Je veux qu'il continue, qu'il m'emmène dans une chambre. Je veux redécouvrir cet homme que j'aime.

— Sylvie ? Dan ? Vous venez ?

Nous sursautons ! C'est Gill, la mère de la petite fille dont c'est l'anniversaire. Sur le pas de la porte de la salle où a lieu le goûter, elle nous fait des grands signes.

— Nous avons prévu des bonnes petites choses à grignoter pour les parents et du prosecco...

— Peut-être dans une minute, répond poliment Dan.

Et, murmurant à mon oreille :

— Elle ne voit pas que nous sommes occupés ?

— Oh, ne sois pas désagréable ! Elle offre du prosecco.

— Je ne veux pas de prosecco, je te veux, toi. Et tout de suite.

Il est excité comme jamais, mon mari. L'urgence de son désir m'électrise. Il m'attrape par les hanches en grognant. Il meurt d'envie de me faire l'amour immédiatement, là, au pied de la Promenade dans les arbres. Mais nous sommes à Battersea Park, à une fête d'enfants. Parfois, il ne se rend pas compte, le chéri...

— Eh, Dan, on a encore soixante-sept années devant nous. On trouvera un autre moment.

— Non, tout de suite ! dit-il en enfouissant sa tête dans mon cou.

— Dan ! On va nous arrêter pour outrage à la pudeur.

— Bon, d'accord ! Allons déguster ce prosecco. Et tu pourras te nettoyer le visage par la même occasion. Remarque, j'aime bien ton look de zombie ensanglanté.

— Comme dans un film d'horreur, le clown zombie qui fait peur aux enfants.

— Ça te va bien.

Et, posant une main sur ma nuque, il ajoute :

— J'aime beaucoup ça aussi.

— Tant mieux.

— Beaucoup, beaucoup, insiste-t-il d'une voix rauque.

Il garde sa main sur ma nuque. *Et s'il avait toujours préféré les filles aux cheveux courts et que je l'aie ignoré ?*

— Évidemment, les filles détestent.

— Évidemment ! Et Mme Kendrick ?

— Elle est horrifiée. À propos, je songe à quitter mon boulot.

— Ah ? Dis-moi, qu'est-il arrivé à ma femme ? Tu en as fait quoi ?

Je le défie du regard :

— Pourquoi ? Tu aimerais qu'elle revienne ?

L'ancienne Sylvie insouciante et enfantine, avec ses cheveux de princesse, me semble appartenir à une autre vie.

— Pas du tout, réplique Dan. Qu'elle reste là où elle est. Je préfère de loin cette version.

— Moi aussi.

Il a toujours sa main sur ma nuque. Pourvu qu'il ne la retire pas. J'ai des picotements dans le cou. Des picotements *partout*. Il y a belle lurette que j'aurais dû me couper les cheveux.

Nous sommes parvenus à l'entrée de la salle où a lieu le goûter. Cris des enfants. Bavardages des adultes. Dan s'arrête subitement. Tout fronchon.

— C'est compliqué, hein ? dit-il, comme s'il en arrivait à une conclusion importante. La vie conjugale. L'amour. Hyper *compliqué*, tout ça.

Je pense aux mots de Tilda.

— Si l'amour paraît facile, je cite… c'est qu'il y a un défaut.

Je ne suis plus Sylvie, l'épouse dotée de dons de voyance. Pourtant, je perçois le méli-mélo de sentiments qu'éprouve Dan à l'instant présent. Des vieux restes de mécontentement. De la tendresse. De l'amour.

— Dans ce cas, on est les meilleurs ! assène-t-il.

Sur ce, il plonge sur moi et m'embrasse goulûment, longuement, ardemment. Comme s'il scellait une déclaration d'intention. Ou qu'il renouvelait notre serment de mariage.

— Tu viens le boire, ce verre de prosecco ? dit-il quand il me libère enfin.

18

La maison est perchée sur une falaise. De grandes baies vitrées donnent sur la mer. La pièce embaume. Je suis assise à un bout du canapé drapé de lin. Lynn est en face de moi.

Rectification : Jocelyn. Je sais qu'elle est Joss, c'est ainsi que je l'ai appelée. Mais, en la voyant, je pense Lynn.

On croirait fixer une image « Magic Eye ». À première vue, il y a Joss, la célèbre Joss Burton fondatrice des parfums Labyrinthe que j'ai vue des centaines de fois dans des magazines, avec sa mèche blanche caractéristique et ses yeux sombres intelligents. On distingue ensuite, si on regarde comme il faut, les contours de Lynn. Spécialement quand elle rit. La façon dont elle fronce le nez lorsqu'elle réfléchit, dont elle bouge les mains lorsqu'elle parle.

C'est Lynn. La Lynn que j'ai inventée, en vrai, plus vivante que jamais. Un personnage imaginaire soudain métamorphosé en une jeune femme élégante.

Ce n'est pas notre première rencontre. Nous nous sommes vues pour la première fois il y a un mois. Malgré ça, je trouve toujours la situation surréaliste.

— Je bavardais avec toi tous les jours, je lui confie en serrant dans mes mains une tasse de camomille. Je te racontais mes problèmes. Je m'allongeais sur mon lit, j'invoquais ta présence et… te parlais.

— C'était utile, au moins ? s'amuse Joss avec le sourire dont je me souviens : chaleureux et un peu taquin.

— Oui. Je me sentais toujours mieux.

— Super ! Encore de la tisane ?

— Merci.

Pendant qu'elle remplit ma tasse, j'admire la vue. Immensité de ciel gris dominant une mer agitée de décembre. Me trouver à cet endroit est un test. Un défi volontaire. Et vous savez quoi ? À ma grande satisfaction, mon cœur ne s'emballe pas. J'ai suivi une thérapie complète. Résultat ? Je ne serai jamais une funambule accomplie, mais je gère mieux mon vertige. *Beaucoup* mieux.

Je vois encore la psychologue. Une fois par semaine, je frappe à sa porte, impatiente de débuter la séance. Dommage de ne pas avoir commencé plus tôt. Nous abordons d'autres sujets que la peur du vide. On parle de la figure paternelle, des amis qu'on s'invente, d'accusations anciennes. Elle est d'une aide précieuse.

À ce propos, je vous annonce que je me suis documentée à fond. J'ai d'abord lu le livre *À travers le labyrinthe* du début à la fin, deux fois de suite, en cherchant des indices entre les lignes. Ensuite, au cabinet Avory Milton, je me suis plongée dans le récit de Joss sur ses relations avec papa. Ça m'a pris une matinée entière parce que j'étais obligée de faire des pauses. Soit je ne pouvais ni ne voulais y croire. Soit j'y croyais et je me haïssais d'y croire.

C'était des semaines avant que tout se remette en place dans ma tête. Maintenant je me dis que…

Je me dis quoi au juste ?

Toujours la même chose depuis que je me suis rendue pour la première fois au bureau de l'avocate Mary Smith-Sullivan.

À mon avis, Joss est une personne digne de foi. Chaque détail est-il exact ? Ça, comment en être sûre ? Mais je la crois sincère. Maître Smith-Sullivan est moins convaincue. « C'est sa parole contre celle de votre père », s'entête-t-elle à dire. Normal ! En tant qu'avocate, son rôle est de protéger son client. Je la comprends.

En fait, les mots de Joss sonnent vrais. En lisant son histoire, des petits points concernant le comportement et la manière de parler de mon père m'ont sauté aux yeux. Je n'arrêtais pas de me dire : Oui, c'est papa. Tout à fait lui. Comment une gamine de seize ans en vacances aurait-elle pu le connaître aussi bien ? Cette question m'a naturellement conduite à une certitude.

J'en suis venue à cette conclusion il y a quatre mois. Ce jour-là, je me suis couchée, comme tétanisée. Je n'ai même pas pu en discuter avec Dan. Mais, le lendemain matin, j'avais l'esprit clair et, avant de partir travailler, j'ai écrit à Joss. Dès qu'elle a reçu ma lettre, elle m'a téléphoné. Notre conversation a duré une heure. J'ai pleuré. Pas elle, car elle fait partie de ces gens qui ont trouvé leur force tranquille à travers les tempêtes (phrase extraite de son livre). Mais sa voix tremblait. Oh oui, elle tremblait. Elle m'a dit qu'elle avait beaucoup pensé à moi au cours de ces années.

Nous nous sommes vues à Londres, un jour, à l'heure du thé. Deux boules de nerfs ! Dan avait gentiment proposé d'être présent mais j'avais refusé. Franchement, s'il avait été là, je n'aurais pas eu cet échange à cœur ouvert avec Joss. Elle m'a confessé que Dan, au milieu de ce maelström, avait toujours fait preuve de bon sens. Qu'il l'avait persuadée que l'histoire avec mon père n'avait pas sa place dans un livre axé sur la volonté de s'en sortir. Que l'inclure pouvait même avoir un effet négatif.

— Et il a bien fait. Bien sûr, il était du côté de ton père, mais il se trouve qu'il a eu raison. Je suis heureuse de ne pas avoir basé ce livre sur les troubles de mon adolescence.

S'en était suivie une longue pause. Allait-elle m'annoncer qu'elle renonçait à raconter l'histoire ? Que je n'avais plus besoin de me faire du souci ? Non. Elle m'a tendu une épaisse liasse de feuilles. À voir son geste hésitant, j'ai immédiatement deviné.

— Ce sont les épreuves de mon nouveau livre. Je veux que tu les lises.

Ce que j'ai fait.

Avec sérénité. Si je les avais lues quelques mois auparavant, sans mise en garde, j'aurais craqué. J'aurais balancé les feuilles à travers la pièce. Mais j'ai changé. Tout a changé.

— Sylvie, ton dernier mail m'a déconcertée, fait-elle en reposant le pot de camomille.

Sa façon de parler est apaisante. Elle dit quelques mots et laisse un silence s'instaurer pour que son interlocuteur ait le temps de cogiter.

— Quoi précisément ?

Joss regarde l'étendue infinie de la mer et du ciel. Elle a appelé son nouveau livre *En plein air libre*. Un titre très approprié, je trouve.

— Tu m'as donné l'impression de te sentir coupable. Alors, je te le dis, fermement et définitivement : ton père n'a pas été la cause de mes troubles du comportement alimentaire.

— Peut-être pas mais quand même...

— C'est bien plus complexe, en fait. Il occupe une place importante dans mon histoire personnelle, mais il n'est pas *responsable* de tout. Tu dois le comprendre.

Cet air affirmatif ! Pendant un instant, c'est comme si elle avait seize ans et moi quatre. Elle est Lynn, ma bonne fée Lynn qui ne se trompe jamais.

— Mais il y a contribué !

— Probablement. Avec tout un tas d'autres facteurs, y compris certaines facettes de ma personnalité. Ces révélations sont difficiles à avaler pour toi, Sylvie. Elles t'arrivent en pleine figure. Mais moi, pendant toutes ces années, j'ai eu amplement le temps d'analyser les événements.

Je fixe les flammes des nombreuses bougies odorantes disséminées dans cette grande pièce. Il y en a au moins huit. Un luxe parfumé – « le » cadeau chic et cher du moment à Londres – qui a des vertus délicieusement relaxantes. Je me sens maintenant capable d'aborder le sujet fatidique.

— Comme je te disais dans mon mail, j'ai lu les épreuves du nouveau livre.

— Oui.

Une seule syllabe. Mais Joss est sur le qui-vive. Elle penche d'ailleurs la tête comme un oiseau aux aguets.

— C'est puissant. Ça apporte beaucoup… Comment dire ? Je saisis le but de ce livre. Les femmes qui le liront vont voir comme il est facile de tomber dans un piège. Ton récit leur évitera peut-être toutes sortes de faux pas.

— Exactement ! jubile Joss. Je suis heureuse que tu te rendes compte qu'il ne s'agit pas d'un livre à scandale. Je ne veux pas démasquer ton père. Si j'expose quelqu'un, c'est moi-même, à l'âge de seize ans, avec mes complexes, mes idées fausses et le schéma de pensée erroné que j'avais à l'époque. J'espère que mon expérience servira d'exemple à une nouvelle génération de filles.

— Tu dois le publier tel quel.

Voilà. C'est dit. On a tourné autour du pot pendant des semaines. J'ai négocié avec maman, avec les avocats, avec Dan, avec mes terribles incertitudes. Surtout : j'ai d'abord essayé de faire entendre ma voix, puis de résoudre mon propre trouble.

Ce n'est qu'après la lecture des épreuves du livre que j'ai compris le message de Joss. Ce qu'elle a vécu en aidera d'autres. Maman ne pige rien à rien. Dan ne cherche qu'à me protéger. Les avocats ? Ils ne pensent qu'à leur job. Moi, en revanche, je comprends Lynn. Sage, gentille, drôle, talentueuse. Faisant d'une situation glauque un élément constructif. Pas question de la réduire au silence.

Maman me considère comme une traîtresse. Elle a toujours cru que Joss mentait. Que l'histoire n'était qu'une immonde fiction destinée à foutre en l'air notre famille. Quand je lui ai demandé si elle avait vraiment lu le récit de Joss, elle m'a abreuvée de vociférations : « Tout est faux, archifaux ! Comment cela pourrait-il être *vrai* ? »

« Comment mon amie imaginaire pourrait-elle être réelle ? » j'ai alors eu envie de rétorquer.

Mais je me suis abstenue.

Joss baisse la tête.

— Merci ! chuchote-t-elle.

— Tu te souviens de la sortie sur le bateau des Marsterson ? je dis pour alléger l'atmosphère.

— Bien sûr ! Tu étais toute mignonne dans ton petit gilet de sauvetage.

— Je voulais tellement voir un dauphin, je dis en riant. Mais l'occasion ne s'est jamais produite.

Des images de cette journée ne m'ont jamais quittée. Ciel bleu, reflets brillants sur l'eau. Lynn chantonnant « Kumbaya », moi l'écoutant, assise sur ses genoux. Ensuite, ces flashs ont fait partie de ma mémoire imaginaire. Et sont devenus d'autant plus précieux. J'ai inventé des conversations et des jeux, construit notre amitié secrète, créé un univers de fantaisie pour Lynn et moi. Un monde vers lequel je pouvais m'évader.

Vous savez le plus drôle ? Si mes parents ne m'avaient pas persuadée que Lynn n'existait que dans ma tête, je l'aurais sans doute oubliée.

— J'aimerais rencontrer tes jumelles, fait Lynn. Amène-les un jour.

— Promis.

— Des dauphins croisent parfois dans nos eaux. Je verrai ce que je peux faire, plaisante-t-elle.

— Il faut que j'y aille, je dis en me levant à regret. J'ai une longue route à faire et je veux être à Londres ce soir.

— Reviens sans tarder. Avec ta famille. Et bonne chance pour samedi.

— Merci ! Désolée de ne pas pouvoir t'inviter.

Voir Joss en tête à tête, c'est bien. Qu'elle se retrouve dans la même pièce que maman est un peu too much. Ma mère ignore que je suis en contact avec elle. La possibilité même d'un tel rapprochement lui semble inconcevable.

— Je penserai à toi, Sylvie.

Quand elle me serre fort contre elle, je me dis que de toute cette horreur est né quelque chose de formidable. Une nouvelle amitié. Que dis-je ? Une amitié retrouvée.

Une amitié vraie de vraie.

Et, en un clin d'œil, nous sommes samedi. Je me prépare. Maquillage ? Terminé. Robe ? Enfilée. Cheveux ? Laqués. Je ne peux rien faire d'autre avec ma nouvelle coiffure. Même des fleurs ou un bijou seraient ridicules.

Mes cheveux sont encore plus courts que lors de mon premier « élagage ». Une fois la surprise passée, Neil, mon coiffeur, m'a fait remarquer les dentelures et les créneaux de ma coupe sauvage. Son diagnostic ? « Pour égaliser et retrouver une forme, il faut raccourcir. » Il appelle ça mon « look Twiggy », ce qui est sympa de sa part car je ne ressemble absolument pas à Twiggy. Cela dit, cette coiffure me va plutôt bien.

En général, les gens me complimentent. Même ceux qui manquaient s'évanouir en me voyant pour la première fois sans mes cheveux de princesse. « Tu sais, en fait, je te préfère maintenant » est le commentaire le plus fréquent. Une seule personne continue à les regretter. Qui ? Maman, bien sûr.

J'ai essayé de lui parler au cours de ces six derniers mois. Chez elle, sur son canapé, j'ai voulu aborder différentes questions. La raison de ma coupe de cheveux. De mon explosion de colère. De mon refus d'être considérée comme une enfant à qui les adultes cachent tout. J'ai tenté de lui faire comprendre combien cette histoire d'amie imaginaire avait eu des conséquences néfastes. Combien mes sentiments vis-à-vis de mon père étaient mitigés. J'ai essayé plusieurs fois d'avoir une conversation en profondeur avec elle. Le genre de dialogue qui me semble normal entre une mère et sa fille.

Les ballons d'essai lancés n'ont atterri nulle part. Résultat nul. Son regard est fuyant, ses positions ne bougent pas d'un pouce. Elle voit toujours papa comme le mari idéal, le héros intouchable. Joss est le diable incarné. Et moi, la renégate. Elle s'est barricadée dans une espèce de réalité sclérosée dont les sentinelles sont les photos de papa et le fameux DVD qu'elle passe chaque fois que les filles lui rendent visite. (Je ne le regarde plus. Peut-être le ferai-je dans dix ans… On verra…)

Lors du dernier brunch (moi seule avec elle), nous avons évité les sujets qui fâchent. Au menu ? La destination de ses prochaines vacances avec son amie Lorna. Et les Bellini qu'elle a confectionnés. Je lui ai acheté une série de bagues empilables, le genre très passe-partout (prix « occasion spéciale » pour un anneau : 39,99 livres ; prix boutique pour le set de cinq : 120,95 livres). Au moment de mon départ, elle était ravie. « Quel bon moment, chérie ! » a-t-elle déclaré.

C'était sincère. Elle est heureuse dans sa bulle. Et ne souhaite surtout pas qu'elle éclate.

— Mamaaan !

Tessa déboule dans ma chambre vêtue des vêtements qu'elle a choisis : maillot de foot de l'équipe de Chelsea, tutu de danseuse et tennis à paillettes. Pendant une nanoseconde, j'envisage de faire preuve d'autorité pour l'obliger à mettre la ravissante robe rose de la marque Wild & Gorgeous que j'ai trouvée sur Internet. Puis je me reprends. Je ne vais pas dicter ma loi à mes filles. Ni pour leurs fringues ni pour leurs cheveux. Et pas question non plus de leur imposer des idées qui ne sont pas les leurs. Au diable les contraintes ! Je vais laisser Tessa porter son maillot de foot et Anna son déguisement de souris. De toute façon elles feront de parfaites demoiselles d'honneur. Au fait, est-ce le bon terme ?

— Papa m'a dit qu'il nous retrouvera là-bas, annonce-t-elle.

— Super, ma puce. Merci.

Nous n'avons pas respecté la tradition en dormant chacun de notre côté. Ce n'est pas un mariage, tout de même. Juste un renouvellement de notre serment. Mais nous sommes convenus d'arriver séparément. Pour conserver à la cérémonie sa magie.

Dan n'a pas vu ma robe. Il ne sait pas que j'ai craqué pour la plus divine des robes de Vera Wang, gris pâle, à bretelles. À vrai dire, c'est maman qui a fait cette folie. Elle a voulu m'offrir ce cadeau pour l'occasion. Et j'ai accepté sans hésiter. Après tout, ce sont les deniers de papa. Et lui, eh bien, il a une dette envers nous.

Dan et moi avons d'ailleurs discuté « gros sous » récemment.

— Pendant longtemps, j'ai cru que la fortune de papa t'irritait, ai-je dit.

Mal à l'aise, il a haussé les épaules.

— Tu n'as pas tort. Mais ce serait plus juste de dire que bon nombre de choses concernant ton père m'irritaient.

Puis il a avoué que ce qu'il gagnait le complexait.

— Tel père, tel fils, lui ai-je rappelé.

Il ne m'a pas contredit.

Alors j'ai voulu lui démontrer que nous pourrions vivre sur mes revenus (à condition de procéder à *pas mal* de changements).

— À bas les vieux stéréotypes ! Si tu es un vrai féministe, ne te sens pas obligé de nourrir ta famille. Tu peux nous apporter beaucoup dans d'autres domaines.

Il a écouté sans m'interrompre, a acquiescé, pour finalement déclarer :

— J'ai oublié de te dire que nous venons de décrocher une grosse commande. Tu es d'accord pour que je contribue à votre entretien ? Du moins pour le moment ?

Ouf ! Ouf !

Je mets quelques gouttes du parfum au muguet que Joss m'a offert, enfile mes escarpins et descends dans la cuisine. Les filles ont le nez collé au vivarium.

— Je veux que le serpent parle, s'énerve Tessa qui a vu le film *Harry Potter*. Parle, Dora ! Je te dis de *parler* !

— Dans la vraie vie, les serpents ne parlent pas, fait remarquer Anna. Les choses inventées n'existent pas dans la vraie vie – c'est vrai, hein, maman ?

— C'est vrai.

Je ne leur raconterai jamais que mon amie imaginaire a réapparu en chair et en os. Pas la peine de leur bourrer le crâne avec des notions compliquées et bizarres. Quand elles rencontreront Joss, elle sera Joss, un point c'est tout.

— Allez, on dit au revoir à Dora, je dis en faisant sortir les filles de la cuisine.

Vous savez quoi ? Je n'adore pas Dora. Mais je peux au moins la regarder sans avoir des haut-le-cœur. Je la trouve presque sympathique. Surtout maintenant qu'elle va quitter la cuisine. (Ouais ! *Victoire !*)

Autre progrès : la transformation de notre jardin. On a enlevé les maisonnettes Wendy – sans que les filles ne s'en émeuvent particulièrement. On a construit un bureau pour Dan tout en bois et verre avec un espace spécialement aménagé pour Dora. Et nous commençons un petit potager.

— Puisque tu es un tel expert en jardinage, j'ai lancé un soir à Dan, pourquoi ne ferais-tu pas pousser des légumes bio ?

Il s'est marré. Dès le lendemain, il a appelé son copain Pete qui est paysagiste. Ensemble ils ont dessiné des plans pour le nouveau jardin. Quelques espèces vivaces bien résistantes sont prévues.

Et puis nous avons convié Mary Holland à venir déjeuner. Elle nous a donné des conseils avisés pour nos plantations d'herbes aromatiques. L'autre but de l'invitation ? Lui montrer que je ne lui en voulais pas, que tout était clair entre nous.

Nous avons passé un moment épatant. John, qui se trouvait dans son jardin, s'est approché de la palissade. Et s'est joint à notre conversation. Un forum de spécialistes hors pair pour parler de l'avenir d'une minuscule plate-bande !

Mary est revenue à la maison plusieurs fois. Elle s'entend bien avec Tilda (« Pas étonnant que tu te sois fait du souci », a marmonné Tilda cinq secondes après lui avoir dit bonjour pour la première fois). Dan rend fréquemment visite à John, officiellement pour discuter boulot – officieusement pour vérifier le niveau de ses provisions. Il me semble que nous respirons mieux. Moins de retours sur le passé. Davantage d'ouverture sur le présent.

Maintenant que Dan a déménagé son bureau, chacune des filles peut avoir sa chambre. (Sauf que, comme de bien entendu, elles refusent de se séparer. Tessa pousse des gémissements poignants – « Je veux *rester* avec Aaaa-naaa » – en s'accrochant à sa sœur comme si je l'envoyais passer la nuit au goulag.)

La voiture attend devant la maison. Flash-back : le jour de mes noces. Papa me faisant franchir le seuil de la porte. Moi-même, véritable incarnation d'une princesse de Walt Disney. Comme beaucoup d'autres souvenirs, ils me semblent appartenir à des temps très anciens. Aujourd'hui, je pars seule avec mes filles. Personne ne me conduit à l'autel. Je ne suis pas une chose qu'on « donne en mariage », selon la formule consacrée. Je suis quelqu'un. Et je veux m'engager pour la vie envers quelqu'un d'autre.

Trajet vraiment cool en limousine. Les filles saluent les passants, je me mets et remets du baume pour les lèvres en répétant mon discours dans ma tête. Et puis, très vite, nous arrivons à destination : la Willoughby House. Et alors là, même si ce n'est pas un mariage, même si je ne suis pas en blanc, même si ce n'est pas la cérémonie du siècle… je suis drôlement, *drôlement* émue.

Le chauffeur ouvre la portière arrière : je descends de la voiture avec – je l'espère en tout cas ! – infiniment de grâce. Quelques passants s'arrêtent et prennent des photos, en particulier quand Anna sort à son tour déguisée en souris, un bouquet à la main. Nous avons toutes les trois des bouquets d'hiver – branches d'eucalyptus liées par du lierre provenant du jardin St. Philip – que Mary a déposés ce matin avec une boutonnière pour Dan. Quand elle m'a embrassée en me disant qu'elle était heureuse pour moi, j'ai senti qu'elle était sincère.

Je pousse la porte de la Willoughby House.

— Allez, les filles, on y va !

Vision de rêve ! La décoration florale est sublime : des fleurs et des plantes cascadent de la rampe d'escalier ou jaillissent de grands vases. Les invités ont pris place sur des chaises en bois doré dans le hall d'entrée et dans le salon. La musique se fait entendre et j'avance lentement entre les rangées comme si c'était une nef d'église.

Nombre de bénévoles en chapeau pastel m'adressent des sourires attendris. Les parents de Dan sont sur leur trente et un. Je fais un signe à ma belle-mère. Au cours d'un déjeuner récent, elle m'a confié qu'avec Neville ils avaient repris la danse de salon. Un bon point pour eux.

Il y a Mary, ravissante en robe couleur aigue-marine… Tilda, enroulée dans un châle à sequins… Toby et sa chérie… Maman, dans un nouvel ensemble rose, parlant justement à Michi avec animation (essayant probablement de lui fourguer ses bagues empilables)… John, reconnaissable à sa touffe de cheveux blancs, assis seul au bout d'un rang. Mon cœur se serre. Il est venu. Bien qu'Owen soit vraiment mal ces jours-ci, il est présent.

Clarissa se tient sur le côté : elle est chargée de la vidéo. Robert est en face : en train de filmer, lui aussi. Nos regards se croisent. Je hoche la tête en passant. C'est un type bien, Robert.

Et puis, devant moi, sur une petite estrade recouverte de tapis, il y a Dan dans un élégant costume bleu qui s'accorde si bien à ses yeux. Ses cheveux sont éclairés par la lumière dorée qui filtre à travers les célèbres vitraux. Il nous regarde venir à lui avec fierté. Et je me dis qu'il ressemble à un lion. Un lion victorieux, valeureux, heureux. À la tête de sa tribu.

(Précision : j'occupe la place de cheffe conjointe de ladite tribu. Évident, non ?)

Vous vous souvenez ? J'avais émis l'idée de louer la Willoughby House pour des événements. Quand nous avons décidé de renouveler notre serment, j'ai cherché des endroits sur le Net. Tous promettaient des salons élégants et des espaces de réception « chargés d'histoire ». Et j'ai pensé : minute papillon ! Nous avons le musée. Nous avons l'occasion. Et nous voulons faire rentrer de l'argent dans les caisses.

Obtenir la licence a pris un peu de temps. Ça valait la peine. Depuis, nous avons organisé trois noces (des filles de sponsors) et nous croulons sous les demandes, les visites de futurs mariés, les repérages des traiteurs et des fleuristes. C'est excitant et bénéfique. Toute cette joyeuse agitation redonne vie à notre vénérable institution.

Autre innovation ? Notre site Internet est opérationnel. Un vrai site bourré d'informations pratiques et de renseignements historiques. Avec une billetterie – on peut acheter ses tickets d'entrée à l'avance – et, bientôt, une boutique en ligne. Chaque fois que je me connecte, je crâne. Il y a de quoi ! Il ne ressemble pas à n'importe quel site de musée. C'est *notre* site. Vu notre budget restreint, pas d'audiotours commentés par des personnalités du monde de l'art ou de films en 3D. Mais chaque page est illustrée de superbes dessins au trait, de reproductions des œuvres d'art et des objets. Mme Kendrick a fait des croquis pour la rubrique « Histoire de la famille ». Le tout est agréable à l'œil, intéressant à lire et allie avec charme l'ancien et le nouveau. À l'image de notre établissement. À l'image de notre patronne, qui, ayant récemment découvert l'usage des SMS, nous bombarde continuellement d'émoticons nombreux et variés.

— Bienvenue à toutes et à tous !

C'est justement elle.

Je réprime un sourire en coin. Car la chère Mme Kendrick a fait l'acquisition d'une robe pour l'occasion : d'une belle couleur violet foncé avec de grandes manches chauve-souris et une encolure carrée, on dirait la toge que portent les directeurs de collèges anglais lors des remises des diplômes de fin d'études.

En fait, ça lui va à ravir.

Quand s'est posé le problème de savoir qui serait l'officiant de la cérémonie, nous l'avons rapidement élue. Parce que le renouvellement des vœux ne requiert pas la présence d'un personnage officiel – ecclésiastique ou fonctionnaire de l'état civil. Et surtout parce qu'au fond ça tombait sous le sens. Non seulement elle s'est montrée extrêmement touchée mais elle a pris son rôle très au sérieux. Au bout de sa centième question, j'ai commencé à *regretter* de l'avoir choisie. C'est dire…

Rayonnante d'autorité, elle se comporte comme si elle était la propriétaire des lieux – ce qu'elle est – et déclare à l'assemblée :

— Nous sommes heureux d'accueillir Dan et Sylvie dans cette maison historique afin qu'ils renouvellent devant nous leurs consentements de mariage. Ce moment qui nous honore n'est pas à prendre à la légère. (Grande envolée de bras.) Ce couple que Dieu a uni, nul ne peut le désunir. (Effets de manches accrus.)

OK… Quoi ? Elle improvise, là. Mais visiblement elle jubile. Alors, quelle importance ?

— Je cède maintenant la place à Sylvie et à Dan, qui vont nous faire part de leurs serments réciproques.

Elle fait un pas de côté et je me tourne vers mon mari.

Mon Dan adoré. Auréolé d'une lumière d'or. Son regard plein d'amour. Je croyais avoir tout en main mais… ma bouche me trahit… ma langue est paralysée, mes lèvres n'obéissent pas.

Dan, à qui mon émoi n'a pas échappé, n'en mène pas large non plus. Déclarer sa flamme à son conjoint en public ? Franchement, quelle idée à la… *noix* (et je suis polie) !

Il se lance, d'une voix saccadée.

— Sylvie, mon amour, avant de prononcer mon renouvellement de consentement, j'ai quelque chose à te dire.

Il se penche et me murmure à l'oreille :

— Tout est arrangé. Nous partons demain tous les quatre pour Sainte-Lucie. Lune de miel en famille aux Antilles. Surprise !

Quoi ? Je croyais que cette opération était *terminée*. Il n'était pas censé me surprendre avec une surprise. Mais Sainte-Lucie ! Je ne vais quand même pas bouder mon plaisir !

Je réfléchis deux secondes, avant de me pencher à mon tour et de lui chuchoter :

— Je ne porte pas de petite culotte. Surprise !

Ah ! La tête qu'il fait !

Du coup, il semble avoir complètement oublié son speech. Au moment où je vais pour le remplacer, il y a une sorte de remous dans le hall d'entrée. Un retardataire. Et qui entre dans le salon en nous saluant gaiement ? Le docteur Bamford en personne.

— Surprise ! je souffle à Dan. Je l'ai invité. En définitive, toute l'histoire a commencé à cause de lui.

— Excellente initiative !

Finalement, nous renouvelons nos consentements, sans pleurer, sans bafouiller. Les applaudissements retentissent, le champagne coule à flots. Clarissa passe des vieux airs de jazz sur l'antique gramophone. Quelques bénévoles dansent sur la piste improvisée. Tiens ! Robert est en pleine discussion avec Mary. Hum ! Affaire à suivre ? Les parents de Dan exécutent un splendide quickstep. Comme ils bougent harmonieusement ensemble ! J'ai presque la larme à l'œil. J'intercepte le regard épanoui de Sue et je lui adresse un sourire de connivence.

Clarissa change les disques. Un commentaire à son propos : proprement renversante. Sans nous le dire, elle a écrit et enregistré sur podcast *Fantômes à la Willoughby House*. « J'avais entendu Sylvie en parler et je me suis dit que j'allais tenter le coup », nous a-t-elle expliqué ensuite. Son histoire n'arrête pas d'être téléchargée. De l'avis de tous, Clarissa est bien partie pour devenir un jour écrivain à part entière. C'est juste qu'elle l'ignore encore.

J'en suis là de mes observations quand Dan vient me poser une question.

— Tu l'as dit à Mme Kendrick ? Et à Clarissa ?

Message reçu cinq sur cinq.

— Ce n'est pas le bon moment. Quand nous rentrerons.

Je suis vraiment fière de ce que nous avons accompli au musée. Et je l'aime encore plus maintenant qu'il a ressuscité. Mais comme dit le proverbe que j'ai vu l'autre jour imprimé sur un tee-shirt : « Rien ne change si rien ne change. » Je suis d'accord. J'ai changé.

Mon horizon s'est élargi. Si je veux continuer à évoluer, je dois me lancer des défis.

J'ai mis du temps à trouver ce que je voulais faire. Objectif atteint ! Je vais organiser la campagne de communication pour le nouveau bâtiment Pédiatrie du New London Hospital. En voyant l'annonce, j'ai tout de suite su que c'était *pour moi*. C'est un gros job. Il m'a fallu persuader Cedric et son équipe que mes compétences en matière d'art feraient merveille dans le monde hospitalier. Ce travail me comble. Je vais aider des enfants. Je vais passer à un autre niveau de collecte de fonds. Et je laisse ma place au musée à quelqu'un qui aura un œil neuf et une énergie nouvelle.

Parfois, pour réveiller un feu, il suffit de donner un coup de tisonnier dans les bûches. Que se serait-il passé sur le long terme si je n'avais pas attisé les braises de notre vie conjugale ? Je n'aime pas tellement y penser parce que c'est inutile, tout va bien, nous sommes OK. Mais imaginons, juste comme ça… ! Réponse : rien de bien ne se serait passé.

Petit retour en arrière. Ce Dan et cette Sylvie, mariés depuis toutes ces années, heureux l'un avec l'autre, considérant la vie avec légèreté… Eh bien, ils étaient à côté de la plaque.

— Félicitations ! s'exclame le docteur Bamford qui s'approche, un verre à la main. Ravi de vous revoir. J'ai toujours voulu visiter cet endroit. Superbe collection de livres. Et la cuisine au sous-sol ! Fascinante !

— Vous devez trouver bizarre d'être invité aujourd'hui, je lui explique aimablement. Mais, comme je vous l'ai dit dans ma lettre, vous avez été l'instigateur d'un grand bouleversement, quand nous sommes venus vous consulter il y a plusieurs mois.

— Oh là là ! s'exclame le médecin qui visiblement ne se souvient de rien.

— Un bouleversement positif. À la fin, du moins, le rassure Dan.

— Oui, à la fin. Vous nous avez prédit une vie conjugale de soixante-huit ans. Votre diagnostic a été comme un coup de fouet... Au début, nous avons mal réagi.

— Nous avons eu peur, intervient Dan. Soixante-huit ans ! Ça veut dire *beaucoup* de coffrets de DVD.

Sa plaisanterie le fait rire mais le docteur Bamford ne rigole pas du tout. Son regard passe de Dan à moi plusieurs fois.

— Soixante-huit ans ensemble ! Miséricorde. Se pourrait-il que j'aie surestimé mon évaluation ? J'ai tendance à surnoter, vous savez. Mon collègue McKenzie ne cesse de me réprimander à ce sujet.

— Surestimé comment ? je m'écrie une demi-seconde avant que Dan ne pose la même question.

— McKenzie m'a récemment conseillé d'enlever un bon un et demi pour cent à mes calculs. Ce qui, dans votre cas, donnerait, voyons, soixante-quatre ans... Ah, des canapés au saumon fumé ! Excusez-moi !

Le docteur Bamford se précipite vers le plateau de petits sandwichs. Et Dan et moi échangeons un regard interloqué. Alors, comme ça, on passe de soixante-huit à soixante-quatre ? Quelle arnaque !

Moi, traumatisée :

— Soixante-quatre ans ? Mais c'est rien !

Dan, également sidéré :

— Seulement soixante-quatre ans. On va en profiter !

Et il m'attire sauvagement contre lui comme si chaque seconde comptait.

— Fini de perdre notre temps.

— Terminées les chamailleries idiotes.

— On avancera la sonnerie du réveil, suggère Dan. Dix minutes par jour. On pourra récupérer un peu de temps de cette façon.

Il semble tellement survolté que je me dis : *Attention ! Nous sommes encore en train de dramatiser !*

— Dan, écoute. C'est la grande inconnue. Nous pouvons vivre ensemble soixante-douze années supplémentaires ou seulement deux. Ou même seulement deux jours, pour ce qu'on en sait.

Tout à coup, chaque personne présente m'apparaît sous un éclairage différent. Maman, avec son sourire éclatant, qui croyait vivre longtemps avec son époux adoré. John, si triste, confronté à un avenir sans Owen. Tilda, qui doit se contenter d'une vie qui n'a pas tourné comme elle l'espérait. Les parents de Dan, déterminés à ce que leur union se poursuive. Mary et Robert, toujours en grande conversation et, peut-être, au seuil d'une belle histoire. Nos jumelles, qui se trémoussent joyeusement, l'une dans son maillot de foot, l'autre dans son déguisement de souris. Vous savez quoi ? Tous autant qu'ils sont, ils ont tout compris.

— Viens Dan ! Ne cherchons pas midi à quatorze heures. Allons vivre notre vie !

Je serre son bras tendrement et l'entraîne sur la piste de danse. Aussitôt l'assemblée tape dans ses mains en cadence. Dan exécute quelques pas. Tilda l'encourage de la voix. Les filles font la ronde avec moi. Nous tourbillonnons en riant à gorge déployée.

C'est la vie.

Remerciements

En écrivant ce livre, j'ai longuement réfléchi à ce qu'impliquent durée, fidélité, partenariat.

J'ai la chance d'écrire depuis de longues années grâce à la merveilleuse fidélité de mes lecteurs, ce dont je les remercie. Je lève donc mon verre à leur santé en signe de ma profonde reconnaissance.

Je saisis cette occasion pour exprimer ma gratitude à mes éditeurs à travers le monde. J'ai en effet la chance d'être publiée dans de nombreux pays, en Grande-Bretagne, aux États-Unis et au Canada, mais aussi en Europe, en Amérique du Sud, en Asie et en Australie. J'ai travaillé avec bien des éditeurs et noué avec eux des liens durables et d'une qualité exceptionnelle. J'ai encore de nombreux pays à explorer, bien consciente de l'énergie à dépenser pour qu'ils publient mes livres. Ainsi qu'une belle dose d'enthousiasme. Merci du fond du cœur à tous.

Je souhaite remercier en particulier mon agence – une équipe pleine de talents qui m'a toujours soutenue. Si elle me surprend, c'est toujours pour le meilleur. (Ce n'est pas un défi !) Araminta Whitley, Marina de

Pass, Kim Witherspoon, Jessica Mileo, Maria Whelan, Nicki Kennedy, Sam Edenborough, Katherine West, Jenny Robson, Simone Smith et Florence Dodd : à tous et à toutes un grand merci.

Merci également à ma Bande, qui fait partie de ma vie depuis que j'écris ou presque. Impossible de songer à m'en passer.

À Jenny Colgan, ma gratitude pour être ma Docteur Who.

Enfin, le mariage étant le sujet de ce roman, je tiens à saluer Henry, mon merveilleux et inébranlable mari, nos enfants Freddy, Hugo, Oscar, Rex et Sissy pour m'avoir soutenue, m'avoir applaudie, m'avoir fait rire et m'avoir montré ce qu'un amour durable signifie.

POCKET N° 17235

« *Un roman d'été joyeux et solaire. Des dialogues qui claquent pour une comédie qui donne des idées et de l'énergie.* »

Bernard Babkine,
Marie France

Sophie KINSELLA
MA VIE (PAS SI) PARFAITE

Sur Instagram, la vie de Katie a tout du rêve éveillé. Les restos londoniens les plus hype, le job le plus cool... Tout sauf la colocation à deux heures de trajet, la boss toxique, le budget ultraserré. Pourtant Katie s'accroche. Élevée au fin fond du Somerset, elle n'y retournerait pour rien au monde. Un licenciement plus tard, la voilà contrainte de rentrer au bercail. Qu'à cela ne tienne : elle fera de la ferme paternelle le camping le plus hipster d'Angleterre. Authentique. Organique. Yoga druidique à volonté... De quoi rameuter le Tout-Londres – et ses ennuis avec !

Retrouvez toute l'actualité de Pocket sur :
www.pocket.fr

Faites de nouvelles rencontres sur pocket.fr

- Toute l'actualité des auteurs : rencontres, dédicaces, conférences...
- Les dernières parutions
- Des 1ers chapitres à télécharger
- Des jeux-concours sur les différentes collections du catalogue pour gagner des livres et des places de cinéma

Composition et mise en pages
Nord Compo à Villeneuve-d'Ascq

Imprimé en Espagne par
Liberdúplex
à Sant Llorenç d'Hortons (Barcelone)
en mai 2020